山东省社会科学规划研究项目文丛·一般项目
山东省一流学科中国语言文学建设经费资助

文化生态与山水诗文论稿

赵海菱 / 著

中国社会科学出版社

图书在版编目（CIP）数据

文化生态与山水诗文论稿/赵海菱著.—北京：中国社会科学出版社，2018.5
ISBN 978－7－5203－2302－4

Ⅰ.①文…　Ⅱ.①赵…　Ⅲ.①中国文学—古典文学研究　Ⅳ.①I206.2

中国版本图书馆CIP数据核字(2018)第065182号

出 版 人　赵剑英
责任编辑　郭晓鸿
特约编辑　席建海
责任校对　王　龙
责任印制　戴　宽

出　　版　中国社会科学出版社
社　　址　北京鼓楼西大街甲158号
邮　　编　100720
网　　址　http://www.csspw.cn
发 行 部　010－84083685
门 市 部　010－84029450
经　　销　新华书店及其他书店

印　　刷　北京明恒达印务有限公司
装　　订　廊坊市广阳区广增装订厂
版　　次　2018年5月第1版
印　　次　2018年5月第1次印刷

开　　本　710×1000　1/16
印　　张　22.75
插　　页　2
字　　数　279千字
定　　价　96.00元

知此花不在心外

（序）

在先秦诗歌中，景物描写已经时时出现，如在《诗经》里，无论是婚恋、行役之歌，还是祭祀、农事之诗，里面都有零星写景的句子，像《周南·关雎》之“关关雎鸠，在河之洲”“参差荇菜，左右流之”，《卫风·淇奥》之“瞻彼淇奥，绿竹猗猗，有匪君子，如切如磋，如琢如磨”，《小雅·节南山》之“节彼南山，维石岩岩。赫赫师尹，民具尔瞻”，《小雅·采薇》“昔我往矣，杨柳依依；今我来思，雨雪霏霏”，《卫风·竹竿》之“淇水滺滺，桧楫松舟。驾言出游，以写我忧”，《邶风·泉水》之“毖彼泉水，亦流于淇。有怀于卫，靡日不思”，都写到了山水风景，给人以美的愉悦。这些文字写的是自然，但诗人的目的不是表现自然之美，而是来比附人事。商周时代的人敬事上苍，由于生产力相当低下，人们的认知水平非常有限，在他们眼中，大自然是神秘而无法掌控的，自然界的一切消长变化，似乎都是天意的显现与暗示，抑或与尘世生活存在着某种神秘对应。《楚辞·九歌》是祭祀之歌，东皇太一、东君、云中君、河伯、山鬼、湘君、湘夫人等神灵，其实是太阳、星辰、云气、黄河、湘水、山岳等自然景物的人格化，因此，这些诗篇中充满了烟霞云霓、水光山色、修竹清泉、奇花异草等的描写，展现了大自然多姿多彩、变幻莫测的动人魅力："令沅湘兮无波，使江水兮安流。望夫君兮未来，吹参差兮谁思？"（《湘君》）"帝子降兮北渚，目眇眇兮愁予。袅袅兮秋风，洞庭波兮木叶下。"（《湘夫人》）"雷填填兮雨冥冥，猿啾啾兮狖夜鸣。风飒飒兮木萧萧，思公子兮徒离忧。"（《山鬼》）在诗人屈原的笔下，山水自然不是独立的审美对象，而常常是自然之神内在心情的映现，同时也是社会人事的象征与变形。长篇骚体诗《离骚》中大量的香草意象，乃屈原忠君爱国政治热情的寄托，同时亦是对纯洁美好人性的热烈追求与赞美。

"文变染乎世情，兴废系乎时序。"（刘勰《文心雕龙·时序》）魏晋之世，玄学兴起，玄学乃"玄远之学"。"玄"这一概念，最早见于《老子》："玄之又玄，众妙之门。"王弼《老子指略》注曰："玄，谓之深者也。"玄学是探究天道运行规律的学说。这种学说主张体悟自然、静观深思。随着玄学成为时代风尚，玄言诗也应运而生，山水从而成为诗人们着力吟咏和表现的对象："尚想天台峻，仿佛岩阶仰。冷风洒兰林，管濑奏清响。霄崖育灵蔼，神蔬含润长。丹沙映翠濑，芳芝曜五爽。苕苕重岫深，寥寥石室朗。"（支遁《咏怀诗》其三）"流风拂枉渚，停云荫九皋。莺语吟修竹，游鳞戏澜涛。"（孙绰《兰亭诗二首》其二）"碧林辉英翠，红葩擢新茎。翔禽抚翰游，腾鳞跃清泠。"（谢万《兰亭诗二首》其一）诗人在以山水证道时，襟怀潇洒，神清气爽，尘虑全消，悠然忘我。山水，虽然是抽象的"道"的化身，但清新悦目、精采纷呈，不知不觉间已开始成为诗人审美的对象了。玄言诗之写景，多是静态的观照，到了谢灵运这里，则成了动态的展示，步移景换，新奇迭现："昏旦变气候，山水含清晖。清晖能娱人，游子憺忘归。出谷日尚早，入舟阳已微。林壑敛暝色，云霞收夕霏。芰荷迭映蔚，蒲稗相因依。披拂趋南径，愉悦偃东扉。”（《石壁精舍还湖中作》）“猿鸣诚知曙，谷幽光未显。岩下云方合，花上露犹泫。逶迤傍隈隩，迢递陟陉岘。过涧既厉急，登栈亦陵缅。川渚屡径复，乘流玩回转。苹萍泛沉深，菰蒲冒清浅。企石挹飞泉，攀林摘叶卷。想见山阿人，薜萝若在眼。”（《从斤竹涧越岭溪行》）虽然这些诗还往往有个“虑澹物自轻，意惬理无违”“观此遗物虑，一悟得所遣”之类的结尾，但足见诗人已经深深沉醉于山川风景之中了，而并非透过景物玄思宇宙之道。东晋著名画家戴逵在《闲游赞》中云：“然如山林之客，非徒逃人患，避争门，谅所以翼顺资和，涤除机心，容养淳淑，而自适者尔，凡物莫不以适为得，以足为至，彼闲游者，奚往而不适，奚待而不足，故荫映岩流之际，偃息琴书之侧，寄心松竹，取乐鱼鸟，则澹泊之愿，于是毕矣。”可惜谢灵运没有真正做到“以适为得，以足为至”，而是身不由己地陷入了政治旋涡，最后以悲剧而告终。宗白华在《论〈世说新语〉和晋人的美》一文中说：“晋人向外发现了自然，向内发现了自己的深情。”山水在晋宋诗人的笔下格外有灵性，仿佛是朋友或亲人：“采菊东篱下，悠然见南山。山气日夕佳，飞鸟相与还。”（陶渊明《饮酒》其五），南山让人感到如此亲切和踏实，山岚氤氲，飞鸟回巢，而自己也愉快地回归了田园；“欢言酌春酒，摘我园中蔬。微雨从东来，好风与之俱”（陶渊明《读山海经》）。谢灵运久病初愈，“初景革绪风，新阳改故阴。池塘生春草，园柳变鸣禽”（谢灵运《登池上楼》），新春驱除了凛冽的冬风，艳阳取代了阴霾，新生的小草多么令人欣喜，柳树上新来的鸟儿在鸣叫……自然与内心，彼此印证着，它们是协调统一的。

南朝齐梁陈之世，山水逐渐渗透到诗歌创作题材的方方面面：行役、游赏、宴饮、赠别、感悟人生，等等。这也意味着，山水已不是客观的山水，而是与人世的宦游归隐、交往应酬、悲欢离合、得志失意等种种遭际你中有我、我中有你：“白沙澹无际，青山眇如一。伤此物运移，惆怅望还律。白水田外明，孤岭松上出。即趣佳可淹，淹留非下秩。”（谢朓《还涂临渚》）“切切阴风暮，桑柘起寒烟。怅望心已极，惝怳魂屡迁。”（谢朓《宣城郡内登望》）“游鱼乱水叶，轻燕逐风花。长墟上寒霭，晓树没归霞。”（何逊《赠王左丞》）“风声动密竹，水影漾长桥。旅人多忧思，寒江复寂寥。”（何逊《夕望江桥示萧谘议杨建康江主簿》）“客心已百念，孤游重千里。江暗雨欲来，浪白风初起。”（《相送》）“行舟逗远树，度鸟息危樯。滔滔不可测，一苇讵能航?”（阴铿《渡青草湖》）“大江静犹浪，扁舟独且征。棠枯绛叶尽，芦冻白花轻。戍人寒不望，沙禽迥未惊。”（阴铿《和傅郎岁暮还湘州诗》）“夜江雾里阔，新月迥中明。溜船唯识火，惊凫但听声。”（阴铿《五洲夜发》）在这些诗篇中，我们真切地感受到，山水与情感已达到了水乳交融的境界。

到了盛唐，山水诗空前繁荣，殷璠《河岳英灵集》选录24位盛唐诗人之佳作，其中山水诗占据三分之二以上。造成这种特殊人文景观的根本原因在于当时的科举制度，即“以诗（山水诗）取士”的时政运作，由此而引发了整个社会的诗美取向和诗化风尚，直接刺激了盛唐山水诗人群体的壮大和山水诗的成熟与繁荣。入选《河岳英灵集》的24位诗人中，除王季友生平不可考、李白未曾应试、孟浩然应试未及第外，其余21位都是进士出身。而山水与科举的这种特殊缘分，决定了盛唐诗人笔下的山水不会是消极避世之象征，而是人的主体精神的张扬与解放，是感性与理性、人与自然的融合。以盛唐三大诗人——诗仙李白、诗佛王维、诗圣杜甫的山水诗而论，他们的山水画卷都打上了各自独特的生命烙印，但同时又拥有这个时代共有的文化基因——热爱祖国大好河山，希望百姓安乐富足，珍惜亲情友情，期盼社稷兴盛稳固。因此，无论是诗圣笔下的江河，还是李白笔下的蜀道，抑或王维笔下的田园，从根本上说，都是诗人仁者之心的外化与彰显。

至于山水散文，其发展轨迹与山水诗有某种程度的重叠，但比山水诗保持了更持久的旺盛生命力。

先秦两汉，为山水散文之萌芽期。有关山水的描写，在先秦典籍中已零星出现，如《山海经》中“大泽方百里，群鸟所生及所介”“又西六十里，曰太华之山，削成而四方，其高五千仞，其广十里，鸟兽莫居”等描写，简洁而直观，令人印象鲜明。西汉帝国，一统天下，交通便利，人们对大自然之广袤多姿有了更真切的体悟和更深刻的感受。在汉大赋中，便有不少描写山川景物之处，枚乘《七发》这样描写潮水：“其始起也，洪淋淋焉，若白鹭之下翔。其少进也，浩浩皑皑，如素车白马帷盖之张。其波涌而云乱，扰扰焉如三军之腾装。”生动形象，给人以身临其境之感。司马相如《子虚赋》这样形容“云梦”：“云梦者，方九百里，其中有山焉。其山则盘纡岪郁，隆崇嵂崒；岑崟参差，日月蔽亏；交错纠纷，上干青云；罢池陂陀，下属江河……”但这些景物描写颇多夸饰，非写实或记游，而意在彰显帝国的兴旺与强大。东汉光武帝刘秀封禅泰山，先行官马第伯写下著名的《封禅仪记》，初具山水游记之雏形。里面有大段文字，形象生动地刻画出泰山之高峻、奇险、秀美的绝世风姿：

> 去平地二十里，南向极望无不睹。仰望天关，如从谷底仰观抗峰。其为高也，如视浮云。其峻也，石壁窅窱，如无道径。遥望其人，端如行朽兀，或为白石，或雪，久之，白者移过树，乃

知是人也。殊不可上，四布僵卧石上，有顷复苏，亦赖赍酒脯。处处有泉水，目辄为之明。复勉强相将行，到天关，自以已至也。问道中人，言尚十余里。其道旁山胁，大者广八九尺，狭者五六尽。仰视岩石松树，郁郁苍苍，若在云中。俯视溪谷，碌碌不可见丈尺。遂至天门之下。仰视天门，窔辽如从穴中视天。直上七里，赖其羊肠逶迤，名曰环道，往往有絙索，可得而登也。

南北朝时期，山水散文开始风行。此时的文人们将自己对山水的喜爱与审美纵情挥洒于字里行间，词句清丽、情景交融，且往往富有理趣，如东晋僧人惠远《庐山诸道人游石门诗序》、鲍照《登大雷岸与妹书》、陶弘景《答谢中书书》、吴均《与宋元思书》《与顾章书》、萧纲《与萧临川书》《行与山铭》、祖鸿勋《与阳休之书》等，无不把山水景物作为下笔描写的主要对象，记游明确，从而创作出一幅幅穷形极相、烂漫生姿的山水画卷。特别值得一提的是北魏郦道元《水经注》，虽是一部实录体地理学著作，但写景细致，文采斐然，向来被视为山水游记之佳作。

唐宋之世，是山水散文的繁盛期。唐朝的山水散文，在内涵方面多有开掘和拓展，文人在描绘风景时，纷纷注重有所“寄寓”，如元结《右溪记》，寄寓了作者的不遇之感：“此溪若在山野，则宜逸民退士之所游处；在人间，则可为都邑之胜境，静者之林亭。而置州已来，无人赏爱；徘徊溪上，为之怅然。”韩愈《燕喜亭记》，寄寓了作者的儒家人格理想：“其丘曰‘俟德之丘’，蔽于古而显于今，有俟之道也；其石谷曰‘谦受之谷’，瀑曰‘振鹭之瀑’，谷言德，瀑言容也；其土谷曰‘黄金之谷’，瀑曰‘秩秩之瀑’，谷言容，瀑言德也；洞曰‘寒居之洞’，志其入时也；池曰‘君子之池’，虚以钟其美，盈以出其恶也；泉之源曰‘天泽之泉’，出高而施下也；合而名之以屋曰‘燕喜之亭’，取《诗》所谓‘鲁侯燕喜’者颂也。”柳宗元《始得西山宴游记》，则借西山之“特立”，寄寓了作者孤标傲世、耻与流俗为伍的高洁情操……爰及宋代，山水游记作者及作品数量激增，苏舜钦、欧阳修、王安石、曾巩、苏轼、晁补之、陆游、范成大、王质、朱熹、周密等，皆有许多名篇佳作；体裁也更加丰富多彩，诸如题记体、随笔小品、散文赋体、书信体、纪事体、考辨体、日记体，等等。引人注目的一点，是山水描写的哲理性增强，作者善于借景言理，如王安石《游褒禅山记》，重点不在记游，而在于揭示这样一个真理：无论是研求高深的学问，还是创立宏伟的事业，都必须勇于探索、百折不挠。苏轼《石钟山记》，描写巨石森然，水声激鸣，在于揭示这样一个哲理：凡事要注重实践，而不能靠主观臆断……总之，从内容到形式，唐宋时期的山水散文都堪称洋洋大观。

明、清两代，则是山水散文的异彩纷呈期。经过金元时期短暂的沉寂，明代的山水小品独标性灵，“三袁”、钟惺、谭元春、王思任、张岱等人“不仅追求对审美客体本色化的‘传神写照’，而且在意境营造的过程中，表现出一种渗透人生的睿智和性命相守的意趣……以快捷生成的不同凡响的美感，完成对审美客体的瞬间‘定格’，且有一种超然物外、静观世事、淡泊逸远、悠然忘我的袅袅情韵自在外溢，艺术化地展示了晚明文人人生苦旅的人文内涵”①。有清一代，山水散文诸体皆备、风格多样，神韵派领袖王士禛篇短神遥，性灵派代表袁枚直抒性情，桐城派姚鼐等人熔“义理、辞章、考据”于一炉，体物达意，格调俊朗，别有天地……

王阳明说：“你未看此花时，此花与汝同归于寂；你来看此花时，

① 蒋松元主编：《历代山水小品·序》，湖北辞书出版社1994年版，第3页。

则此花颜色一时明白起来，便知此花不在你的心外。”花是如此，诗文中描写自然界的一切，月露风云、水光山色等，莫不如此，它们皆因人的观看与书写才有了意义。每一片风景，都是一页心境。因此，只有把山水诗文放进文化生态中去，才能体悟和阐释。

生态学本是一门研究人及一切生物与其生存环境相互关系的自然科学学科，有许多分支，如动物生态学、植物生态学、微生物生态学等，后来逐渐延伸到意识形态领域。1948 年，被称为“美国新环境理论的创始者”的美国学者奥尔多·利奥波德（Aldo Leopold）出版了“自然保护运动的圣经”《沙乡年鉴》一书，倡导一种开放的“土地伦理”（Land Ethic），呼吁人们以谦恭和善良的姿态对待土地。“生态哲学”（ecophilosophy），则由挪威哲学家阿伦·奈斯（Arne Naess）提出，作为深层生态运动（deep ecology movement）的思想基础，是一种倡导“生态和谐或平衡的哲学”。生态哲学把社会和文化置于自然这个更具本原性的大系统中，把人与自然的关联视为社会与文化问题的深层内涵和动因。生态哲学对建筑、文学等方方面面都产生了巨大影响，如美国宾夕法尼亚大学景观设计系的创始人、景观设计师伊恩·L. 麦克哈格（Ian L. McHarg）和哈佛大学的文学批评家劳伦斯·博尔（Lawrence Buell）等，都十分重视重视“环境体验”（environmental experience），即所谓“生态智慧”（ecological wisdom）。美国人类学家朱利安·斯图尔德（Julian Steafd）在 1955 年出版了《文化变迁的理论》一书，则标志着文化生态学（Cultural Ecology）的诞生。他提出，文化较之适应、调节以及生存的遗传潜能更能解释人类社会的性质。他认为文化生态与生物生态两个观念最大的区别在于：前者强调人的文化行为在适应社会发展过程中扮演的角色，后者则以生物的观点解释人的适应行为。文化生态学的核心思想是倡导尊重自然的文化，建立人与自然和谐发展的价值观，实现人与自然的共同繁荣。文化生态学的研究对象是文化生态系统，即由文化群落及其所在的地理环境（自然环境与社会环境）构成的有机统一体。由于文化源于人化，广义的社会环境又可称为文化环境。所以，特定的文化生态系统均由特定的人群及其文化群落、自然环境与文化环境组成。文化生态系统就是人、文化与物质环境构成的有机整体，其中各部分（要素）以受制于整体又牵制着整体的方式发生作用。

近年来，笔者运用联系的、辩证的思维方法，将山水诗文放进宏大而鲜活的文化生态中，对其深层意蕴进行探究。这里所说的“文化生态”，是对“文化生态学”一词的借用，而非使用“文化生态学”的本质内涵。“文化生态”的内涵和外延是不确定的，哲学思潮、政治制度、教育、美术、音乐、宗教、民俗等，都属于“文化生态”的范畴。“文化生态”与“文化”的含义大体一致，但“文化生态”更强调作品赖以产生的具体语境及影响作家创作的各种因素之间的相互关联性。把作家及其作品放进其所处的原生态环境（自然环境与社会环境）之中，将自然与人、社会、宗教信仰、风俗等进行关联性和一体性的考察，突破学科的阈限，增进学科与学科之间的机缘，以生态的系统观与生态的价值观，对我国古代山水诗文进行多方位的反思和探究。这里说的“山水”，并不仅限于山与水，举凡自然界的一切——日月星辰、江河湖海、山岳平原、花草树木、鸟兽虫鱼……都可纳入“山水”的范畴；而“山水诗文”，亦不仅限于纯粹而完整的山水诗和山水散文篇章，但凡诗文中有涉及自然景物描写的诗句和段落，亦一并归入此类。本书分上、中、下三编。上编对经典诗文中风景描写的文化内涵进行了阐释，揭示出其发生与演变的深层社会原因；中编对中国文学传统中有关山水的最具代表性的审美意境与意象等进行了解析，从中领略我们民族特有的生态智慧与艺术诉求；下编则以文史的站位，参照和融入其他多种人文学科如考古学、人类学、民俗学、文字学等，对一些诗歌名篇的作者、系年、主旨等进行了文献考证。

E. L. 埃普思坦恩曾说，文体即人类之行为方式（The how of human behavior），“从自然为我们的感官提供的东西中创造出意义，这一基本的人类行为就必然包含文体的方式（The how of style），如果文本是人，那文体也就是人最初建构并居住于其中的世界”。① 应该强调的是，比兴，既是一种文学创作手段，又是华夏民族独具代表性的诗情画意的生活方式。

---

① ［英］E. L. 埃普思坦恩：《语言与文体》（*Language and Style*），转引自陶东风《文体演变及其文化意味》，云南人民出版社 1994 年版，第 131 页。

目　　录

上编　社会人生篇

中编　审美品格篇

山水有清音

草木有本心

园林有高致

下编 文献考证篇

上编　社会人生篇

山水：生生不息的哲理

中国自古便是抒情诗的王国，诗人们善于在写景叙事中寄寓情思、抒发内心悲喜，如屈原《离骚》《九歌》，李白《将进酒》《梦游天姥吟留别》，杜甫《望岳》《兵车行》，白居易《长恨歌》《琵琶行》等，可谓应接不暇、不胜枚举。然而，在我国诗歌史上，有那样一类诗歌，不以抒情见长，而以言理取胜。诗人以山川景物的描绘为手段，去揭示人世深层而普遍的道理，表现诗人对社会人生的深刻洞察与精辟见解。虽然其中也不乏动人的情景描绘，但其真正的价值和魅力不在于此，而在于诗中闪耀的理性光芒，因此我们不妨称之为山水哲理诗。

有的诗人喜欢在诗中直接言理，有的诗人则喜欢通过山水景物的描写间接言理，以中唐两位著名诗人白居易和刘禹锡为例，白居易属于前者，刘禹锡则属于后者。宝历二年（826），刘禹锡从连州刺史任上被召返京，和白居易在扬州相逢，白居易对好友被贬边荒23年之久的不幸遭遇深表同情和义愤，写下《醉赠刘二十八使君》：

为我引杯添酒饮，与君把箸击盘歌。
诗称国手徒为尔，命压人头不奈何。
举眼风光长寂寞，满朝官职独蹉跎。

亦知合被才名折，二十三年折太多。

通篇用白话写成：满朝官员都春风得意，唯独你多次被贬外任，在边荒之地寂寞沉沦；你被才高名重所累，这二十三年，你失去的太多了！悲愤与同情溢于言表，白居易的坦率与真诚，由此可见一斑，亦可见他与刘禹锡友情之深之厚。刘禹锡回赠白居易的诗，是那首著名的《酬乐天扬州初逢席上见赠》：

巴山楚水凄凉地，二十三年弃置身。
怀旧空吟闻笛赋，到乡翻似烂柯人。
沉舟侧畔千帆过，病树前头万木春。
今日听君歌一曲，暂凭杯酒长精神。

刘禹锡的这首诗，虽然也在阐发人生哲理，但要含蓄蕴藉得多，因为他将感慨放进了山水物态的描写之中，巴山楚水、嵇康旧居、烂柯山（石室山）、沉舟侧畔、病树前头……因此也就更加耐人寻味。

一　山水诗中的哲理之本质

别林斯基在《智慧的痛苦》一书中曾说过："诗是直观形式中的哲理，它的创造物是肉身化的观念，是看得见的、可通过直观来体会的观念。因此，诗歌就是同样的哲学、同样的思维，因为它具有同样的内容——绝对真理。不过不是表现在观念从自身出发的辩证法的发展形式中，而是在观念直接体现为形象的形式中。诗人以形象来思考，他不证明真理，却显示真理。"从我国历代诗歌的创作实践来看，诗中的真理与哲学中的理念是不完全一样的。哲学中的理念是高度抽象的，是可以通过教科书传授的普遍之理，这种“理”是以陈述命题的方式加以诠解的，具有确定性。而诗中之“理”的内涵要丰富得多也模糊得多，它往往蕴含的是一种人生的况味、一种人生的体验、一种人生的境界，穿透纷繁现象揭示社会及人生百态的本相。诗中之“理”，不是一种知识性的判断，不是一种逻辑性的推理，而是诗人通过自己独特的审美体验生发出来的一种感悟。真正脍炙人口的哲理诗，都是诗人在当下的审美感兴中生发而出的，都是以具体的审美意象作为载体，而且都是饱含着诗人切身的审美体验，如刘克庄这样写海棠：“到得离披无意绪，精神全在半开中。”（《和用前韵》）初绽的海棠富有神韵，最是耐人寻味，待到盛开之后花片散落，就了无意趣可言。诗人言在此而意在彼，借以说明盛极而衰、物极必反的人生道理。苏轼如此感叹：“卧看落月横千丈，起唤清风得半帆。且并水村欹侧过，人间何处不巉岩。”（《慈湖夹阻风》）在乘船阻风的无奈情境中，诗人联想起自己仕途上的坎坷遭遇，而悟出了人生处处有艰难的道理，冷静之中有豁达。杜荀鹤有这样的感悟：“泾溪石险人竞慎，终岁不闻倾覆人。却是平流无石处，时时闻说有沉沦。”（《泾溪》）他告诫人们，在艰难危险中，反而不易遭受灭顶之灾；相反，在平流无石之地，却往往因疏忽大意而沉沦亡身。元稹如此形容铭心刻骨之爱：“曾经沧海难为水，除却巫山不是云。取次花丛懒回顾，半缘修道半缘君。”（《离思五首》之四）见识过大海的波澜壮阔与巫山的云蒸霞蔚，谁还会对寻常的景色动心？内心深深怀念着美貌而贤德的亡妻，诗人哪里还有闲情去恋慕其他女性呢！诗人描写山水风景，意在表达独到的人生体悟。浅显中见深刻，平实中见神奇，素朴中见智慧。诗人借具体的审美意象，把独特精微的情感体验升华到哲理层面，以十分警策的理性力量，穿越时空的层积，千古之下，使读者得到心智的启迪，用海德格尔的话语方式来说，便是对于“遮蔽”的“敞开”。

也正是由于山水诗中的“理”，不是教科书上可以找到的现成定义，不具有经典上的抽象规定性，它产生于诗人的具体审美感兴之中，所以它是千差万别的，有着特殊的丰富性、个体性。哲理诗中的“理”，不是封闭着的，不具有现成性，它带着鲜活的生机，给人以深入探索与开发的余地及潜势。相形之下，哲学家们给定的理念，只能按其原意加以准确解释。

二　山水诗中的哲理之类型

从诗中获得哲理启示，一方面来自哲理诗文本的内涵，另一方面来自读者的感悟，这就使哲理诗之“哲理”呈现出微妙的复杂性。概括而言，有以下几种类型。

（一）原生性哲理义

诗人在创作该诗时就明确了要阐发某种人生哲理，读者的理解与诗人的原意基本吻合。例如，柳宗元《江雪》：

千山鸟飞绝，万径人踪灭。
孤舟蓑笠翁，独钓寒江雪。

天地间，笼罩一切、包罗一切的是雪，“千山”“万径”全是雪，天上的飞鸟与地上的行人，因大雪而绝迹。在这样一个极端空旷、沉寂的世界里，一个身着蓑笠的老渔翁，在飘雪的江面上孤独垂钓。诗人借这样颇为虚幻、富有想象力的画面礼赞一种高洁人格：举世皆浊而我独清，远离世俗，超然物外，洁身自好。无论这里多寒冷、多孤寂，我也决不到那个肮脏污浊的红尘中去。这样的山水诗呈现的人生哲理与感悟，读者自能心领神会，从而自然而然获得毫无歧义的理解和内心深处的共鸣。再如李商隐《题小松》：

怜君孤秀植庭中，细叶轻阴满座风。
桃李盛时虽寂寞，雪霜多后始青葱。

阳春三月，浓桃艳李争奇斗艳，好不热闹。一棵青松孤立一旁，投下寂寞的阴影。然而，肃杀的严冬到来时，天地之间到处是雪压冰封，万木凋零，青松却依然苍翠挺拔，人们方能领悟到其卓越不凡。诗人表面上写桃李和青松，实际上是在写两种人，一为趋炎附势，一为高标自持。诗人对后者表达了由衷的欣赏与赞美。诗中蕴含的哲理是相当明了的，读者的理解与作者的本意相符。自古及今，没有发生过什么不同的阐释。

（二）转生性哲理义

由于古今观念的变化，古代诗人表现的哲理，当今的读者给出了新的诠释，诗中原来的哲理转生出新义，打上了时代的烙印。比如朱熹《泛舟》诗：

昨夜江边春水生，艨艟巨舰一毛轻。
向来枉费推移力，此日中流自在行。

此诗本来是隐喻读书悟道的，在未悟道时，千思万索，不得要领；一旦领悟，则顿感豁然开朗，畅通无阻。我们今天吟咏此诗，则理解为：要克服困难、解决问题、成就事业，都要借助一定的条件。如果只凭主观意愿，埋头苦干，而不依照客观规律行事，那将会徒劳无功。我们的理解与朱熹的原义已完全不同，新义于是称作原义的转生义。转生义与原义，或是纵向延伸，或是横向发展，都有一定联系，但差别也是显而易见的。不同的读者，由于各自的人生阅历不同，阅读同一首诗的观点和角度也会不同，得到的感悟自然也各有不同。许多写景、咏物之诗，由于抓住了事物的本质特征，个别中体现了一般，就能使读者由诗中所写推而广之，做出普遍意义的解说，或另有所悟。因此，它既有诗作对它的导向性、规定性，又更有鉴赏者的主观能动性，表现为很大的灵活性。再如朱熹《观书有感》诗：

半亩方塘一鉴开，天光云影共徘徊。
问渠那得清如许，为有源头活水来。

诗人描写池水、云影、源泉等，目的在于说明读书明道的深意，《朱文公集》卷十四《甲寅行宫便殿奏札中》载朱子之言："为学之道，莫先于穷理；穷理之要，必在于读书；读书之法，莫贵于循序而致精；而致精之本，则又在于居敬而持志。"朱熹认为，人只有不停地从理学著作中汲取营养，才可以抵达明道的境界。我们今天的读者则从"塘清"与"活水"的关系上，领悟出新的哲理：实践长新知、勤奋增才干，善于学习和借鉴可以提高自己的见识修养，等等。另如苏轼《题西林壁》：

横看成岭侧成峰，远近高低各不同。
不识庐山真面目，只缘身在此山中。

这是一首非常有名的山水哲理诗，哲理蕴含在对庐山景色的描绘之中。元丰七年（1084）春末夏初，苏轼由黄州（今湖北省黄冈市）贬赴汝州（今河南省汝州市）任团练副使，途经九江，畅游庐山十余日，被庐山雄奇秀丽的景色所吸引。因此，他挥毫写下十余首赞美庐山的诗，这是其中总结性的一首，表现的是诗人对庐山总体印象的模糊和困惑。前两句描述了从不同角度观看时，庐山呈现出的不同面貌。横看，庐山绵延逶迤，络绎不绝；侧看，庐山则峰峦起伏，奇峰入云。而从远处和近处不同的方位看庐山，看到的山色和气势亦各不相同。后两句写出了作者深入庐山之中、难以形成确切印象的真实感受。与李白《望庐山瀑布》相比，此诗本身已具有了某种哲思，但仍是就庐山这一个体而言。而我们今天的读者，会从诗中得到这样一种启迪：当局者迷，旁观者清。要想对某种复杂事物形成全面而正确的认识，必须抽身事外，冷静观照。

（三）蜕生性哲理义

所谓“蜕生性哲理义”，是说“古人的诗句到了今人的口里或手里，有时会像冬虫夏草那样发生变化。表面看是古人的诗，一字不动，然而其所表达的意思，已发生了本质的变化，实际已完全成为他人的诗句”。[①]“蜕生性哲理义”，往往出自读者的“断章取义，为我所用”，如杜甫《春夜喜雨》：

好雨知时节，当春乃发生。
随风潜入夜，润物细无声。
野径云俱黑，江船火独明。
晓看红湿处，花重锦官城。

---

① 林东海：《古诗哲理》，学林出版社2001年版，第29页。

这是一首描写春雨的诗，“随风潜入夜，润物细无声”一句，描写春夜蒙蒙细雨，温柔体贴，润物无声，非常真切动人。如今我们却往往用来形容对人们生活的关怀呵护、耐心细致的思想引导，等等。另如许浑《咸阳城东楼》中有“溪云初起日沉阁，山雨欲来风满楼”之句，今人往往用后半句形容重大事件或者社会变革发生前的预兆和紧张气氛。又如白居易那首著名的诗《赋得古原草送别》：

离离原上草，一岁一枯荣。
野火烧不尽，春风吹又生。
远芳侵古道，晴翠接荒城。
又送王孙去，萋萋满别情。

这是一首送别诗。诗人以春草萋萋比喻别情凄凄，以青草之盛比喻别情之浓，以青草之生比喻深情不绝。但后人往往截取前四句，比喻新生事物、革命力量，不畏强暴、具有旺盛的生命力。这其实与原诗的本义南辕北辙。再如辛弃疾《青玉案・元夕》：

东风夜放花千树，更吹落、星如雨。宝马雕车香满路。凤箫声动，玉壶光转，一夜鱼龙舞。

蛾儿雪柳黄金缕，笑语盈盈暗香去。众里寻他千百度。蓦然回首，那人却在，灯火阑珊处。

元宵之夜，华灯璀璨，火树银花满眼，女子们个个打扮得花枝招展，一路欢声笑语不断……词人借对一位远离热闹、自甘寂寞的女子的寻求，寄托了自己的高洁志向和情怀。辛弃疾力主抗战，屡受排挤，但他矢志不渝，宁可过寂寞的闲居生活，也不肯与投降派同流合污，这首词是他这种心境的艺术反映。梁启超《艺蘅馆胡词选》云："自怜幽独，伤心人别有怀抱。"作者本意如此，但读者可以有自己独特的感受与阐释，王国维在《人间词话》中说，"古今之成大事业、大学问者"，必然要经历三个境。在经历了"望尽天涯路"之第一境界与"衣带渐宽终不悔，为伊消得人憔悴"之第二境界之后，才能抵达"众里寻他千百度，蓦然回首，那人却在，灯火阑珊处"之第三境，水到渠成，自己苦苦追寻的东西会在不经意的时候、没料到的地方出现。王氏的这种阐释可以说是一种蜕生性哲理义。

三　哲理在山水诗中的存在形态

山水哲理诗，在内容上具有哲理性，在形式上具有艺术性。欣赏山水哲理诗，是在山水景物审美中获得启迪与教益。创作山水哲理诗时，或为诗人从客体的内在与外在的形式与关系中悟出，或为诗人以理观物的结果，也就是说，作者心中先有了理念，猝然与外物相遇而形之于诗。无论哪一种情形，都要使理与物浑然一体。细而言之，哲理在诗中一般有以下三种存在形态。

（一）隐含于山水描写之中

诗只是传神地描写客观景物，并无明显的说理，但具有一定的言理倾向。如王维《终南别业》：

中岁颇好道，晚家南山陲。

兴来每独往，胜事空自知。

行到水穷处，坐看云起时。

偶然值林叟，谈笑无还期。

诗人中年向佛，40岁以后常来终南山辋川别业小住。这里风景清新幽美，令他流连忘返，他在给友人的信中说："北涉玄灞，清月映郭。夜登华子冈，辋水沦涟，与月上下。寒山远火，明灭林外。深巷寒犬，吠声如豹。村墟夜舂，复与疏钟相间。此时独坐，童仆静默，多思曩昔，携手赋诗，步仄径，临清流也。当待春中，草木蔓发，春山可望，轻鲦出水，白鸥矫翼，露湿青皋，麦陇朝雊，斯之不远，倘能从我游乎？非子天机清妙者，岂能以此不急之务相邀。然是中有深趣矣！"（《山中与裴秀才迪》）《终南别业》一诗便是诗人乘兴独往的感悟。"行到水穷处，坐看云起时"，诗人沿水岸而行，不觉间走到了水流的尽头，无路可走，然而他并无半点扫兴和彷徨，而是坐下来悠然赏云……其随性如此，其无执可知，字里行间尽显禅宗的"无著"智慧，《古尊宿语录》载黄檗禅师有云："但终日吃饭，未尝咬着一粒米；终日行，未尝踏着一片地。"亦载云门文偃禅师云："终日说事，未尝挂着唇齿，未曾道著一字；终日着衣吃饭，未曾触着一粒米，挂着一缕丝。"该诗末尾两句说"偶然值林叟，谈笑无还期"，凸显了"偶然"两字。遇见林叟，相谈甚欢是偶然；此次出游本是乘兴而去，自是偶然；行到水穷之处而坐看云起，亦复偶然……"偶然"贯穿出游的始终，处处是偶然，时时是无意，足见其内心是何等超然物外、无牵无挂了。该诗的高妙之处在于，诗人只是用白描手法，展示一路的"遇见"，并没有说教，而诗人要表现的哲理自然而然地显现出来了：人只有超脱，方能无碍。

（二）山水描写兼以“点睛”之笔

在描写之余，有精妙议论，启发读者透过表面情景，深入体察事物的本质，由自然洞悉社会，由山水感悟人生。如晚唐李群玉《放鱼》：

早觅为龙去，江湖莫漫游。
须知香饵下，触口是铦钩。

内容写诗人在将鱼放生时对它的叮咛。诗人了解鱼的习性、情态和生活环境，因此，临别赠言简短有味。“早觅为龙去”，运用了一个和鱼有关的典故：《水经注·河水》：“鳣鲤出巩穴，三月则上度龙门，得度者为龙，否则点额而还。”龙是华夏民族的图腾，相传有鳞有翅有足，能够上天入地，呼风唤雨，因此，为龙或化龙，历来就象征着飞黄腾达。但诗人运用这一典故别有深意，他希望所放生之鱼能够寻觅到一个广阔自由而没有陷阱的世界。接着以“江湖莫漫游”句顺承而下。“漫游”本是鱼最天然的生活习性，但在这里，诗人郑重告诫它“莫漫游”，不免引发读者强烈的好奇：为什么希望鱼儿要早觅为龙，又劝其莫漫游于江湖之中呢？“须知香饵下，触口是铦钩！”“香饵”与“铦钩”，在鱼的世界里，经常出现的事物，饵有多香，钩就有多锐利。此诗写放鱼入水，但诗人的目光绝没有停留在题材的表面，而是在对具体特定事物的描绘中，加入自己对现实人生的深刻体验和认识，使读者从所写之物，联想到它内蕴的所寄之意。社会复杂，单纯善良的人们随时都有可能落入他人精心布置的圈套而受到伤害，甚至丧失生命。“生年不满百，常怀千岁忧”，这首小诗反映出诗人深深的忧患意识。

（三）以议论为主、山水描写为辅

诗人往往直接发表见解，将自己的人生经验清晰准确地表达出来，中间只有很少的文字涉及山水风景描写，如白居易《放言五首》（其一）：

朝真暮伪何人辨，古往今来底事无。
但爱臧生能诈圣，可知宁子解佯愚。
草萤有耀终非火，荷露虽团岂是珠。
不取燔柴兼照乘，可怜光彩亦何殊。

“朝真暮伪何人辨，古往今来底事无。”首联单刀直入地发问：“早晨看上去还俨然是那么回事，晚上却被揭穿了，全是弄虚作假，古往今来，什么样的怪事没出现过？”开头两句以反问的口气断言：作伪古今皆有，人莫能辨。“但爱臧生能诈圣，可知宁子解佯愚。”颔联两句都是用典。臧生，即春秋时的臧武仲，时人称之为圣人，孔子却一针见血地斥之为凭实力要挟君主的奸诈之徒。宁子，即宁武子，孔子十分赞赏他在乱世中大智若愚的韬晦本领。臧生奸而诈圣，宁子智而佯愚，表面看去都是作伪，但性质不同。然而可悲的是，世人只爱臧武仲式的假圣人，却不知道世间还有宁武子那样的高贤。“草萤有耀终非火，荷露虽团岂是珠。”颈联两句通过景物描写，揭示自然界亦处处有“作伪”现象：腐草化生的萤虫，虽有光亮，可它终究不是火；荷叶上的露水，虽然滚圆，毕竟不是珍珠。然而，它们偏能以闪光、晶莹的外观炫人，人们又往往易为假象所迷惑。“不取燔柴兼照乘，可怜光彩亦何殊。”尾联紧承颈联“萤火”“露珠”的比喻，明示辨伪的方法。燔柴，意为大火。照乘，明珠名。这两句是说：倘不取燔柴大火、照乘明珠来和萤火、露珠作比较，又怎能判定草萤非火、荷露非珠呢？诗人指出求真务实的对比才是辨伪的重要方法。

元和十年（815）六月，宰相武元衡被刺，白居易上书缉拿凶手，遭当权者记恨，被贬为江州司马。诗人写了组诗《放言五首》，就社会人生的真伪、祸福、贵贱、贫富、生死等纵抒己见，抒发内心愤懑与感慨，具有发人深省的警示意义。上面所引乃其中第一首，整首诗以议论为务，偶尔写到景物，也只是作为一种论据而存在。

四 山水诗中哲理之内容

天人合一理念在先秦时代已经基本形成，汉代董仲舒更将其发展为一个明确的哲学命题，成为极具华夏民族特色的社会宇宙观。董氏认为天人同构，他将人体结构与季节四时、山川河流、日月星辰相比附，天有四时，人有四肢；天有五行，人有五脏；天有日月，人有耳目。“人之身首坌员，像天容也；发，像星辰也；耳目戾戾，像日月也；鼻口呼吸，像风气也；胸口达知，像神明也；腹饱实虚，像百物也；百物者最近地，故腰以下，地也。天地之象，以腰为带。颈以上者精神尊严，明天类之状也；颈以下者，丰厚卑辱，土壤之比也。足布四方，地形之象也。”① 不仅如此，人的精神情志与道德意识亦来源于天：“春，爱志也；夏，乐志也；秋，严志也；冬，哀志也。故爱而有严，乐而有哀，四时之则也。喜怒之祸，哀乐之义，不独在人，亦在于天。而春夏之阳，秋冬之阴，不独在天，亦在于人。人无春

① （西汉）董仲舒著，闫丽译注：《董子春秋繁露译注》，黑龙江人民出版社 2003 年版，第 228 页。

气，何以博爱而容众？人无秋气，何以立严而成功？人无夏气，何以盛养而乐生？人无冬气，何以哀死而恤丧？"① 天人合一学说影响巨大且深远，这就不难理解何以后代诗人从山川景物中推绎和感悟社会人生哲理是如此顺理成章、习以为常的事情了。从内容上来看，山水诗之景物描写蕴含和呈现的哲理几乎遍及社会人生的所有领域，最常见者大致有以下四个方面。

（一）国家兴亡类

在儒家文化传统里，家是国的家，国是家的国，从来家国一体。读书人修身、齐家，是为了治国、平天下，国家兴亡，匹夫有责。诗人每每把强烈的忧患意识倾注于山水景物描写之中，以史为鉴，总结前代兴亡的经验教训，如杜牧《泊秦淮》：

烟笼寒水月笼沙，夜泊秦淮近酒家。
商女不知亡国恨，隔江犹唱后庭花。

秦淮河，长江下游右岸支流，大部分在金陵（今江苏省南京市）境内，是金陵最大的地区性河流。在历史上，其航运、灌溉作用，孕育了金陵的古老文明。杜牧《泊秦淮》写于金陵。金陵为六朝（吴、东晋、宋、齐、梁、陈）故都，天然形胜，花柳繁华地，温柔富贵乡。从吴大帝孙权黄武元年（220）到陈后主祯明三年（589），其间360年，六个王朝走马灯似的相继覆灭，究其原因，皆为君主荒淫、政治腐败。杜牧身处晚唐衰世，藩镇割据、宦官专权、朝政腐败，令敏感的诗人隐隐有种不祥的预感，因此写下这首千古绝唱。

---

① （西汉）董仲舒著，闫丽译注：《董子春秋繁露译注》，黑龙江人民出版社2003年版，第206页。

诗人从湿烟寒月笼罩下的秦淮河写起，这凄迷夜色，把读者带进令人感到无限空虚、怅惘的意境之中。而“酒家”二字，又渲染出歌舞喧嚣、纸醉金迷的热闹气氛。一冷一热，加重了诗人内心的悲哀。酒肆中的歌女只知娱宾佐欢，不知自己所唱的《玉树后庭花》乃亡国之音。这里明说歌女，其实是暗讽当今帝王显贵置社稷安危于不顾，依旧昏聩腐败、醉生梦死。委婉深刻，耐人寻味。

韦庄《台城》也是一首借山川风物抒亡国之恨的绝句：

江雨霏霏江草齐，六朝如梦鸟空啼。
无情最是台城柳，依旧烟笼十里堤。

台城，旧址在今南京市鸡鸣山南，本是三国时吴国的后苑城，东晋成帝时改建。从东晋到南朝结束，这里一直是朝廷台省和皇宫所在地，既是权力中枢，又是皇室奢靡之所。到了晚唐，这里早已是废墟一片，六朝繁华，恍如一梦。暮春烟雨里的台城，碧草萋萋，不时传来几声清脆的鸟鸣，仿佛在提醒人们六个短命王朝好似过眼云烟，不留痕迹。一个“空”字，折射出诗人内心的苍凉与悲慨。而那春风中的杨柳，全然不解故国黍离之悲，依然郁郁葱葱，覆盖着十里长堤。说柳无情，是反衬人的无限伤痛，暗示着历史的悲剧正在重演。小诗全是写景，却引人深思，充满理性思辨力量。

（二）世道人心类

世路坎坷，人生多艰；宦海风涛，瞬息万变；翻云覆雨，人心难测……古代的诗人们，多是抱有远大志向的，他们发愤苦读，目的是“治国、平天下”，希望凭自己渊博的学识、出众的才能、高尚的人格立身扬名、大展宏图，然而，一旦步入社会，才发现理想与现实的落差是如此巨大，尤其令他们悲哀的是，人心不古、世风日下，处处是心机、时时有陷阱。高标见嫉、长才遭黜，于是他们流连山水、吟咏风月，借以排解愤懑、寄托情怀。人在大自然的怀抱里，心才最容易安静下来，体味世情，反思人生，洞察社会。他们笔下的山水，便是世态人情的投射。刘禹锡《酬乐天扬州初逢席上见赠》，乃为答谢白居易《醉赠刘二十八使君》而作，白居易对好友23年贬居巴楚的遭遇深表同情："举眼风光长寂寞，满朝官职独蹉跎"，而刘禹锡在酬诗中写道："沉舟侧畔千帆过，病树前头万木春。"刘禹锡以沉舟、病树比喻自己，固然感到惆怅，却又相当达观。沉舟侧畔，有千帆竞发；病树前头，正万木逢春。尽管自己多年失意，但目前已迎来了好的光景，对世事变迁和仕宦沉浮，表现出豁达的襟怀。其思想境界要比白诗高出许多，含意也深刻得多。23年的贬谪生活，并没有使他消沉颓唐。正像他在另外一诗《酬乐天咏老见示》中所写："经事还谙事，阅人如阅川……莫道桑榆晚，为霞尚满天。"他这棵"病树"仍然要重添精神，努力迎接春光。因为诗句形象生动，至今仍常常被引用。另如王维《酌酒与裴迪》：

酌酒与君君自宽，人情翻覆似波澜。
白首相知犹按剑，朱门先达笑弹冠。
草色全经细雨湿，花枝欲动春风寒。
世事浮云何足问，不如高卧且加餐。

此为劝慰裴迪而作。所谓"宽"者，宽人亦为宽己，作者胸中郁积多年的愤懑，今天与挚友一起借酒浇化。故次句"人情翻覆似波澜"，一曰翻覆，见其多变；二曰波澜，见其艰危，足见心中愤激之情。三、四句紧承"人情翻覆"，多年相知忽然成仇，自己先达后便来笑侮后来弹冠（出仕）之友，轻薄排挤，乃至下井落石，实在令人心寒。颈联两句“草色全经细雨湿，花枝欲动春风寒”，草色经细雨滋润益发青翠，花枝迎着料峭春风正欲吐艳……即景即情，从户内至室外，为酌酒时举目所见，由世态炎凉、人情翻覆转入天地仁爱无私、草木生机盎然，豁然呈现一片美好新境界，相比人间之蝇营狗苟、尔虞我诈，大自然何其博大而纯净，于义愤之外，豁然开朗。

（三）品性风操类

在我们华夏文化传统中，以山水比德有着悠久的历史。所谓“山水比德”，是指大自然与人性息息相通，自然界的客观景象可以用来比拟、象征人的道德属性，借喻为人的道德品格和情操。孔子，既是儒家思想的集大成者，又是一个于山水情有独钟之人。“登东山而小鲁，登泰山而小天下”，巍巍高山开阔了他的视野，形成了他博大的胸怀；他喜欢观水，“逝者如斯夫，不舍昼夜！”江水滔滔启迪了他高深的智慧，他善于将水人格化，认为水具有多种美德：“遍予而无私，似德；所及者生，似仁；其流卑下，句倨皆循其理，似义；浅者流行，深者不测，似智；其赴百仞之谷不疑，似勇；绵弱而微达，似察；受恶不让，似包；蒙不清以入，鲜洁以出，似善化；主量必平，似正；盈不求概，似度；其万折必东，似意。是以君子见大水观焉尔也。”① 这对后世文人的居游山水以修德产生了深广的影响，成为中国传统文化一个动人的侧面。

---

①（西汉）刘向著，王锳译注：《说苑·杂言》，贵州人民出版社 1992 年版，第 748 页。引文中“受恶不让，似包；蒙不清以入，鲜洁以出，似善化”，该书作“受恶不让，似贞；包蒙不清以入，鲜洁以出，似善化”，注者云“贞”字原脱，据《大戴礼记》补。笔者认为本无“贞”字，“包”字当从上句点断。

北宋理学家周敦颐不除掉窗前之草，人问其故，答曰："与自家意思一致。"他从欣欣向荣的青青小草身上，看到了天地的生生之意，亦即"仁"，这和他内心的"仁"是相通的。他的《秋日偶成二首》（其二）写道：

闲来无事不从容，睡觉东窗日已红。
万物静观皆自得，四时佳兴与人同。
道通天地有形外，思入风云变态中。
富贵不淫贫贱乐，男儿到此是豪雄。

自然万物可以证心，四时风景与人同怀；天地间有形与无形无不体现为道，风云变幻不定引发思理无穷。人一旦抵达圣贤所期许的富贵不淫贫贱亦乐的境界，男儿便是顶天立地的英雄。外在道德规范化为了内在的生命欲求，人的自我生命已与天地精神融合为一，正因如此，诗人在平淡无奇的日常事物中感受到天地间的大美，宠辱皆忘，从容愉悦。程颢的这首诗形象地道出了山水即人心、人心即山水的哲理。

周敦颐《爱莲说》之所以成为千古名篇，乃在于他在其中寄寓了高洁的精神追求，散发着美德的清芬，是以莲喻德的代表作。在他之前，莲曾在许多文人笔下出现过，但他们大都着眼于其清丽姿容与飘逸风采，而此文独辟蹊径，赞颂了莲花的纯洁形象和高尚品质。首先，莲"出淤泥而不染，濯清涟而不妖"，处污泥之中，却纤尘不染，刻画出超脱世俗、洁身自爱和天真自然不显媚态的可贵精神；其次，"中通外直，不蔓不枝"，写出了它里外贯通、外表挺直、表里如一、不牵扯攀附的高尚品质；最后，"可远观而不可亵玩"，写出了莲如傲然不群的君子风范，决不被人们轻慢玩弄。文章通过对莲的气度及风骨的描写，寄寓了作者对理想人格的礼赞与追求，也折射出作者鄙弃贪图富贵、追名逐利的世俗心态和追求洁身自好的道德情操。

常青之松，虚心之竹，傲霜之菊，迎雪之梅……在众多诗人的笔下，都曾寄寓了关乎气骨品格的哲理，不再一一赘举。

（四）随缘达变类

儒家文化一直在封建社会中占据着主流意识形态地位，其积极进取、刚健有为、以天下为己任的思想观念，对历代知识分子影响巨大。而道家文化崇尚返璞归真、纵浪大化、旷达超然。二者相辅相成，互为补充。佛学自东汉后期从印度传入中国，渐次传播开来。佛教宣扬因果轮回，相信尘世一切皆归虚空。汉魏以后，佛学趋于繁荣。唐代，儒学昌明、道教风行、佛教兴盛，儒、道、佛三教合流，并行不悖，对士人精神视野的开阔具有重大影响。当政治清明、仕途畅达时，他们以兼济天下为理想，勇于作为；当社会黑暗、朝政腐败、仕途屡遭挫折时，他们往往回归自然、纵情山水，借佛道出世思想以求解脱，如白居易《和杨尚书罢相后夏日游永安水亭兼招本曹杨侍郎同行》：

道行无喜退无忧，舒卷如云得自由。
良冶动时为哲匠，巨川济了作虚舟。
竹亭阴合偏宜夏，水槛风凉不待秋。
遥爱翩翩双紫凤，入同官署出同游。

大贤待时而动，功成之后，毫不留恋高位，而是像飘游在天空的云彩一样舒卷自如，像无人驾驶的空舟一样来去无心。炎炎夏日竹阴清幽，水槛风来凉意似秋……人一旦超脱名缰利锁的束缚，于山水草木中安顿身心，将无往而不适。豁达乐观、超然物外，苏轼中年之后的诗文在此方面最具代表性，他的放达，不是放纵；他的超然，不是绝俗。以出世之心，做入世之事，这才是人格修炼的最高境界。元符三年（1101），苏轼遇赦，在渡海北上途中，诗人写下著名的《六月二十日夜渡海》：

参横斗转欲三更，苦雨终风也解晴。
云散月明谁点缀？天容海色本澄清。
空余鲁叟乘桴意，粗识轩辕奏乐声。
九死南荒吾不恨，兹游奇绝冠平生。

时值三更，预示着黑夜将逝天将转亮，凄风苦雨终于转晴，象征着政治气候开始清明；明月当空，乌云消散，海天湛蓝，澄清无埃。象征着自己人品高洁，任何诽谤诬陷都无法玷污自己的清白；本来想效法孔子“道不行，乘桴浮于海”，但现在要放弃这种想法了，因为时局好转，自己还可以有所作为。深夜听着阵阵涛声，感觉好似黄帝所奏和美温润的《咸池》之乐，昭示着一派物阜民丰的好年景。这些年遭贬南荒，虽九死一生，却绝不后悔，因为所见风光奇绝赛过以往的一切。由现实的人生升华到审美的人生、哲学的人生。如果说儒家关注人与社会的关系、道家关注人与自然的关系、佛家关注人与内心的关系，那么我们说，苏轼在此诗中展现出的是他与三者最深层次的契合。

《五灯会元》卷十七载唐代禅宗大师青原惟信说：“老僧三十年前未参禅时，见山是山，见水是水。及至后来，亲见知识，有个入处，见山不是山，见水不是水。而今得个体歇处，依前见山只是山，见水只是水。”此话道出参禅的三种境界。若以此比喻山水在诗歌中的呈现状态亦未尝不可。第一种，山水便是山水本身，与人世毫不相关，如王维《辛夷坞》：“木末芙蓉花，山中发红萼。涧户寂无人，纷纷开且落。”第二种，山水已非山水本身，诗人被偏执的情感所挟持，心既有障，物遂失真，李贺的许多写景诗便是如此，像“秋坟鬼唱鲍家诗，恨血千年土中碧”（《秋来》）、“壶中唤天云不开，白昼万里闲凄迷”（《开愁歌》）等。第三种，山水回归为山水，印证着宇宙、社会和人生的本相与哲理，于是，山水成为哲理的山水，诗歌成为山水哲理诗，本文上面列举的诸多作品皆是如此。

《诗经》：每一株植物都有灵性

“天人合一”理念，在我国意识形态领域里可谓源远流长，影响甚巨，它既浅显又深刻，既感性又理性，成中英先生这样解释道：“天与人本源为一体，同是生生不已的生命，这是起点的一致。天与人相互交流而无间隔，因天赖人以成，人赖天以久，天人为创造而实现同一目的，即生命的丰富与充实，这是终点的一致。天与人均必以动与创造来发挥其本源、实现其目的，故在过程中又是一致的。”① 对于天与人的这种息息相通，周代先民——《诗经》的作者们比我们有着更真切的体会，因而在他们的诗篇里，人与自然密不可分，看似单纯的景物描写，往往隐含着神秘的暗示与象征，这正是《诗经》的魅力所在。虽然他们的“天人合一”具有明显的原始性，但无疑给儒学的萌芽提供了肥沃的土壤，使儒学从一诞生起就具有一种宇宙精神，将现实关怀与终极关怀合而为一，“心灵与天意契接，人性与天道贯通，凡俗与神圣不二，本体善与伦理善合一”②，且总是洋溢着蓬勃的诗意。

---

① ［美］成中英：《中国文化的现代化与世界化》，中国和平出版社 1988 年版，第 46 页。

② 张新民：《生命成长与境界自由》，《孔子研究》1998 年第 4 期。

一　植物意象的灵异性与象征性色彩

关于自然与人之间存在的种种神秘感应，美国著名美学家鲁道夫·阿恩海姆（Rudolf Afnheim）认为，宇宙间一切存在物都有自身“力的结构”，像上升与下降、统治与服从、软弱与坚强、和谐与混乱、前进与后退等皆为其“力的结构”之存在形式，这就为主客体之间建立某种对应性奠定了基础：“那推动我们自己的情感活动起来的力，与那些作用于整个宇宙的普遍性的力，实际上是同一种力。只有这样去看问题，我们才能意识到自身在宇宙中所处的地位，以及这个整体的内在同一。”① 我们的古人虽然没能做出如此精当的表述，但难能可贵的是，他们同样也懂得将人与自然看作宇宙不可分割的有机组成部分，天地之间有形与无形的一切都因为人的灵性而显现出意义和一体性：“天地万物，一人之身也，此之谓大同。”（《吕氏春秋·有始览·有始》）宇宙有昼夜交替、季节循环，人有梦醒作息、生老病死，心灵有喜怒哀乐、七情六欲：“人有三百六十节，偶天之数也。形体骨肉，偶地之厚也；上有耳目聪明，日月之象也；体有空窍理脉，川谷之象也；心有哀乐喜怒，神气之类也……内有五脏，副五行数；外有四肢，副四时数也；乍视乍明，副昼夜也；乍刚乍柔，副冬夏也；乍哀乍乐，副阴阳也。”（《春秋繁露·人副天数》）“人者，天地之心也，五行之端也。”（《礼记·礼运》）自然与人的神秘关联与感应现象，在《诗经》中屡见不鲜，比兴手法的频繁运用，也成为

① ［美］鲁道夫·阿恩海姆：《艺术与视知觉》，滕守尧等译，中国社会科学出版社1984年版，第625页。

《诗经》最具标志性的艺术特色，其运用之巧妙与妥帖，常令后人惊异，这大概与周初先民发达的直觉思维有关。直觉思维具有超功利性、超逻辑性、超时空性的特点，在人类文明之初，人们经验的世俗的考虑较今人要少得多，也没有充分的技术工具及科学理性去认识客观世界，极易根据内心体验营造一个自己的时空，唯其如此，在诗歌中，他们更能轻而易举地将自己特定时刻的心境表现出来："君子于役，不知其期。曷至哉？鸡栖于埘，日之夕矣，羊牛下来。"（《王风·君子于役》）女主人公对远方亲人的思念，在万物趋于安静的幽谧黄昏里被引发出来，颇具感染力；"蓼彼萧斯，零露湑兮。既见君子，我心写兮。"（《小雅·蓼萧》）葱绿植物，为雨露所滋润；怀春少女，沐浴着情人之爱恋。"遵彼汝坟，伐其条枚。未见君子，惄如调饥。"（《周南·汝坟》）其中"伐其条枚"——砍伐树枝的内在意蕴是男女两性的结合，树枝乃女性的象征物。另外，植物中"瓜果""花朵"等同样也是女性的代名词。在《召南·摽有梅》《卫风·木瓜》等篇中，女主人公以梅、木瓜投向男方，即表明她们爱慕的心迹，有以身相许的深意隐含其间。而《周南·关雎》之"参差荇菜，左右采之"，《小雅·采薇》之"采薇采薇，薇亦作止"等，其中采荇菜、采薇，都是男主人公企图以此等采摘行动将心中的爱慕或思念传递给意中人，含有巫术的意味。《诗经》又被某些人称为《葩经》，因为里面是这般芳草萋萋、花柯婆娑，可以说，每一株植物都充满灵性："蒹葭苍苍，白露为霜。所谓伊人，在水一方。"（《秦风·蒹葭》）"桃之夭夭，灼灼其华。之子于归，宜其室家。"（《周南·桃夭》）"彼泽之陂，有蒲菡萏。有美一人，硕大且俨。寤寐无为，辗转伏枕。"（《陈风·泽陂》）我们很难断定，是诗人先看见水边青青的芦苇而想到了自己的梦中情人，还是在他心中，伊人恰似在水一方的芦苇般清美可人却又可望而不可即？是诗人由桃花的丰艳想到了新娘，还是在新娘出嫁之际预祝她像桃树般硕果累累？是诗人睹荷花而思人，还是他的意中人宛如荷花般光彩夺目？其实，在诗人的眼里，原是万物有灵、天人感应的。如果说女性象征皆与大地有关的话，男性象征则都与天空相连，闻一多先生发现，"《国风》中凡妇人之诗而言日月者，皆以喻其夫"①。如《邶风·柏舟》篇曰"日居月诸，胡迭而微"，以日月无光喻夫君之恩宠不加于己；《邶风·雄雉》曰："瞻彼日月，悠悠我思。道之云远，曷云能来。"正唯日月为夫君之象，故瞻日月而思念彼远道之人。《齐风·东方之日》中的"东方之日兮，彼姝者子，在我室兮"及"东方之月兮，彼姝者子，在我闼兮"，则以日月之照临喻夫君之来至。风、雨、雷等亦是男性的象征，不明乎此，就难以解释恶劣天气为何总令女主人公欣喜不已："风雨如晦，鸡鸣不已。既见君子，云胡不喜。"(《郑风·风雨》)"殷其雷，在南山之阳。何斯违斯？莫敢或遑。振振君子，归哉归哉。"(《召南·殷其雷》)

二　周人天人合一观念的非理性特征

谈到周人的天人合一观念，就无法回避他们的农耕崇拜、生殖崇拜和祖先崇拜问题，同世界上其他农耕文化圈里的远古先民一样，他们对人最初从何而来充满了疑问，农耕文化使其很自然地把答案附着于农作物上面。他们发现谷物的发芽、扬花、抽穗、结实，与人的出生、成

① 闻一多：《闻一多全集》（第三卷），生活·读书·新知三联书店 1982 年版，第 163—164 页。

长、产子、老死的过程十分相似，“大凡生于天地之间者皆曰命”（《礼记·祭法》）。一切生命都是平等的、可以交感互通的，何况谷物本来就用以养育人的身体，于是，作为百谷之长的“稷”就成了周人的祖先。同其他土地上生长的作物一样，稷也被看成天地交和的产物，故他们给了稷这样一个出身：大地之母姜螈通过祭天仪式与天帝沟通，然后践帝足迹而生之。《周颂》里的一些篇章，记载了周朝统治者农耕崇拜的活动。春耕时节，象征阳刚之天的周王，总要亲自手持耒耜到田野里耕种几下，以示阴阳交和，如此，谷物方会生长繁茂，秋收之际更要用粮食酿成美酒祭祀神灵，感谢他们冥冥之中的庇佑：“为酒为醴，烝畀祖妣。以洽百礼，降福孔皆。”（《周颂·丰年》）正如食色皆人之天性一样，农耕崇拜从一开始就和生殖崇拜连在一起。每年春天，于农作物生长的关键时候，政府机关都要“择元日，命民社”《礼记·月令》。在民社这一天，人们醉舞狂欢，大加庆祝。《周礼·媒氏》曰：“中春之月，令会男女，于是时也，奔者不禁。”希望通过人类的阴阳和合来促进庄稼的繁殖，以求有个好收成，《诗经·国风》中便留下了不少自由恋爱的诗篇：“爰采唐矣？沬之乡矣。云谁之思？美孟姜矣。期我乎桑中，要我乎上宫，送我乎淇之上矣。”（《鄘风·桑中》）“维士与女，伊其将谑，赠之以芍药。”（《郑风·溱洧》）“野有蔓草，零露瀼瀼。有美一人，婉如清扬。邂逅相遇，与子偕臧。”（《郑风·野有蔓草》）

在周人的观念里，天帝神同时又是自己的宗祖神，因为他们的祖先稷乃姜嫄与天交合而生，故而宗天与祭祖在他们这里是密不可分的，每一个祖先的灵魂都长留人间，他们和上天一样无时不在、无处不在，而且明察秋毫，不仅能注意生者的言行，而且能察觉生者的内心，人们的每一个念头和想法都逃不过他们的观照。从表面看来，殷、周两代都信神，却有着实质的不同，殷人之信神，其中并无敬的成分，他们佞神，只为使之无条件地满足自己的欲望。周人从殷商最后的惨败中得出教训，只有“敬德保民”，才有望受到神的保佑，否则，即使“天之骄子”（殷人认为其始祖契乃王母简狄吞食天的使者玄鸟之卵而生，故契为上天之子），也会遭受严厉的惩罚。与殷代统治者的放荡、凶残相比，周人崇尚敬慎、温良。在神的面前，他们诚惶诚恐，总是充满危机感和自省意识“敬慎威仪，维民之则”（《大雅·抑》）；“敬恭明神，宜无悔怒”（《大雅·云汉》）；“敬天之怒，无敢戏豫。敬天之渝，无敢驰驱”（《大雅·板》）；“敬之敬之，天维显思，命不易哉！无曰高高在上，陟降厥士，日监在兹”（《周颂·敬之》）。作为心灵法则的“敬慎”，还要和益民的实际行为相结合“宜民宜人，受禄于天”（《大雅·假乐》）；“式遏寇虐，无俾民忧”（《大雅·民劳》）；“岂弟君子，民之父母”（《大雅·泂酌》）。只有这样，才会得到上天的恩典，社稷才会稳固。与“敬慎”相关联，“温良”便成为周代社会普遍认同的富有审美意味的道德要求，周天子“予怀明德，不大声以色”（《大雅·皇矣》）；国家重臣“申伯之德，柔惠且直”（《大雅·崧高》）；“仲山甫之德，柔嘉维则”（《大雅·烝民》）。普通平民则“言念君子，温其如玉”（《秦风·小戎》）；“终温且惠，淑慎其身”（《邶风·燕燕》）……温和、文雅的风仪成为一个时代的特色，孔子曾深有感触地说：“周监乎二代，郁郁乎文哉，吾从周。”（《论语·八佾》）然而，敬慎温良并不意味着软弱和怯懦，相反，它与刚毅、正直紧密结合在一起，在这方面，周宣王的股肱之臣仲山甫就树立了楷模“令仪令色，小心翼翼”“维仲山甫，柔亦不茹，刚亦不吐；不侮矜寡，不畏强御”。（《大雅·烝民》）周代统治者把自己视作上天的子孙，他们都自认为是在执行天帝的意志，德高望重的大臣也是天帝特派到人间以助天子成就大业的。于是，很自然地，他们将仁慈、宽恕、克制这些美德视为上天赐予、无可脱卸的使命，此等见解一方面有助于他们勤政爱民，另一方面却又无形中否定了人在道德追求中的主动性，被动地服从必将导致独立人格的丧失，最终迷失在纷繁多变的社会实践中，拯救这种迷失的重任就义不容辞地落在了儒家圣贤的肩上。

三 孔子仁学思想的价值理性光芒

孔子对《诗经》的兴趣，远远超过对《尚书》的兴趣，《论语》中提到《诗经》的地方达 21 处之多，孔子既把它作为教科书，也视为自己精神营养的重要来源之一。平时，孔子最喜欢与弟子讨论的典籍便是“诗三百篇”。他认为，“诗三百篇”可以帮助我们达成人与人之间、人与自然之间的和谐。和，是一个国家或社会的最佳存在和运作状态，而这一状态的实现与否，取决于个体成员的心态稳定与否。兴、观、群、怨，在孔子看来，不失为个体调整自我、参与社会的良好方式。和，同样也是人与自然相处的最高境界，所谓“多识于鸟兽草木之名”《论语·阳货》，强调的并非认知功能，而是人类从鸢飞鱼跃、鸟语花香中可以体验到万物无限的生机与活力，心灵摆脱尘累后获得明净与自由，从而参悟天命或天道。

孔子是一个非常重视感兴的人，他说：“兴于诗，立于礼，成于乐。”（《论语·秦伯》）朱熹对此解释道：“《诗》本性情，有邪有正，其为言既易知，而吟咏之间，抑扬反复，其感人又易入。故学者之初，所以兴起其好善恶恶之心而不能自已者，必于此而得之。”[①] 关于

① （南宋）朱熹：《四书章句集注》，中华书局 1983 年版，第 104—105 页。

儒教的核心概念“仁”，孔子做过众多的解释，诸如“慈”“敬”“恭”“孝悌”“恕”“惠”“忠”等，这些词汇都能从《诗经》中找到出处。与《诗经》不同的是，关于美德的来源，他更重视长期不懈的培养：“吾十有五而志于学，三十而立，四十而不惑，五十而知天命，六十而耳顺，七十而从心所欲不逾矩。”（《论语·为政》）“吾日三省吾身：为人谋而不忠乎？与朋友交而不信乎？传不习乎？”（《论语·学而》）“克己复礼为仁。”（《论语·颜渊》）从这些论述中不难看出，他否定道德天赐，《诗经》中道德君子不是君王，就是大臣，而孔子坦言：“吾少也贱，故多能鄙事。”（《论语·子罕》）贫贱、卑微不仅不妨碍成就道德，反而有助于道德的修炼。他破天荒地采用了“有教无类”的教育方针，认定经过艰苦的砥砺，人人都有望得道。在《诗经》中，道德的一端始终挂在天上，孔子却决意把道德置于人的心中，从表面上看，天人之间失去了联系，实质上是联系得更充分、更自由、更无碍了，朱熹用“如鱼在水”形容之，这体现在孔子的仁学思想中。

孔子对自然之天有过许多充满诗意的赞美：“天何言哉？四时行焉，百物生焉，天何言哉？”（《论语·阳货》）“天无私覆，地无私载，日月无私照……此之谓三无私。”（《礼记·孔子闲居》）在《尚书大传》中则说：“夫山者，嵬嵬然，草木生焉，鸟兽蕃焉，财用殖焉；生财用而无私为，四方皆伐焉，每无私予焉；出云雨以通于天地之间，阴阳私合，雨露之泽，万物以成，百姓以飨：此仁者所以乐于山也。”在他看来，上天这种生生之德便是“仁”的最大显现，《朱子语类》卷十七载朱熹解释“仁”曰：“且看春间天地发生，蔼然和气，如草木萌芽，初间仅一针许，少间渐渐生长，以至枝叶花实，变化万状，便可见他生生之意。非仁爱，何以如此。缘他本原处有个仁爱温和之理如此，所以发之于用，自然慈祥恻隐。”而在人世，有一种东西可以与之相比拟，那便是血缘亲情，孔子说：“诗三百篇，一言以蔽之，曰思无邪。”（《论语·为政》）他对其中那深厚炽热的男女之情、母（父）子之爱、兄弟之意表现出由衷的赞许，天地之仁与血缘亲情的确有着本质的相似——爱得都是如此地无怨无悔、无休无止、无微不至，只是前者更广博、更难以言说，假如后者能自觉地加以无限扩充和延伸——“己欲立而立人，己欲达而达人”（《论语·雍也》）、“己所不欲，勿施于人”（《论语·卫灵公》），把生命中的阳光雨露分给他人，把现实里的风霜阴霾独自承担，二者便自然地合而为一了，所以孔子在《易传·文言》中将元、亨、利、贞视为天人同备的四种德行。《诗经》中的“天人合一”具有强烈的非理性色彩，到了孔子这里，却闪烁出理性价值的光芒。

《论语》中多次提到“天命”：“君子有三畏：畏天命，畏大人，畏圣人之言。”（《论语·季氏》）“五十而知天命。”（《论语·为政》）“不知命，无以为君子也。”（《论语·正义》）这里的“畏天命”之“畏”取“敬服”之意。钱穆《论语新解·为政篇》说：“天命者，乃指人生一切当然之义与职责。”天命，在天曰“天理”，在人曰“使命”，“天理”“使命”契合无垠。所谓天理，便是一种超越了人类私欲的强大的理性本体，它对个体表现为“当然而然”的道德规范和要求，如仁、义、礼、智，人生的使命就是在它的指导和牵引下不断提升自己的灵魂，人人自觉地克己为人，从而实现天下一家的理想。孔子的高明之处在于，他不是让理性脱离感性成为理念，而是让“天命”之花开在“血缘”这块沃土之上。人类学告诉我们，血亲之爱是人生中最本能、最强烈、最永恒的情感。这样，《诗经》中倡导的温良、慈惠、忠恕等美德都有了立足之地，具有了自愿、自觉的主动性，而不再是出于功利性的目的，它真真切切地发自我们的内心——而“一人之心，千万人之心也”，只要我们永记推己及人的箴言并付诸实践，我们就能超越一切成败和荣辱，不会再有堕落和异化的发生，“人人皆可为尧舜”，让有限的个体生命跃入无限的宇宙洪流之中，人在天的面前便不再卑微和自惭形秽，从而拥有了“欲与天公试比高”的勇气和自信。

如果说，《诗经》中植物意象的灵异性与象征性色彩，反映了天人之间感性的、形式的关联，那么，孔子的仁学思想则体现出二者之间理性的、精神的契合，其后子思的“诚明”之论、孟子的“尽心知性”、朱熹的“理一分殊”、王阳明的“致良知”等，都是孔子仁学思想的延续和发展，儒学也因此越来越浩瀚，影响也越来越深远了。

《诗经》之赋：描风景写人事

一般而言，在人们的心目中，比兴更能体现《诗经》这部中国最古老诗歌总集的艺术魅力。相比之下，赋显得平淡无奇，没有多少艺术情趣可言。因此，探讨《诗经》之比兴的文章数不胜数，而论《诗经》之赋者不多见。赋、比、兴作为《诗经》中常用的三种表现手法，可谓各司其职。如果说，兴用来兴起所咏之辞，比用来更形象地表达感觉或思想，那么，平铺直叙的赋才是建构情事框架的骨骼，当然，在《诗经》叙事诗的文本中，赋、比、兴之运用常常是奇妙和无垠的，有时赋中有比，有时比中有兴，有时赋中兼有比兴，这里只为叙述的方便而分言之罢了。于此，笔者拟谈《诗经》中之赋，在描风景写人事方面的价值与意义。

一

古时，天子祭祀时，有两样东西不可或缺，一是贡品，二是音乐。赋的本义为贡赋，乃诸侯向天子交纳的四方土产，铺列开来，等天子验收，并用于天子祭祀之时，为取得神的护佑，亦须将这些“天地之美”一一奉献在灵位面前，且加以称赞。在静穆庄严的乐曲声中，让神将这些祭品尽情享用——关于祭祀的用乐，可谓十分完备：《周礼·大司乐》这样记载：“乃分乐而序之，以祭，以享，以祀。乃奏黄钟，歌大吕，舞《云门》，以祀天神。乃奏大蔟，歌应钟，舞《咸池》，以祭地祇。乃奏姑洗，歌南吕，舞《大韶》，以祀四望。乃奏蕤宾，歌函钟，舞《大夏》，以祭山川。乃奏夷则，歌小吕，舞《大濩》，以享先妣。乃奏无射，歌夹钟，舞《大舞》，以享先祖。凡六乐者，文之以五声，播之以八音……若乐六变，则天神皆降，可得而礼矣……若乐八变，则地祇皆出，可得而礼矣……若乐九变，则人鬼皆出，可得而礼矣。”从而祈盼来年平平安安、有更好的收成。

这里有两点有助于我们理解诗中之赋的特点，一是面面俱到、尽述无遗，二是为了配合乐曲的反复，尽可能地丰富其内容。因此，赋不独适于做空间上的铺写，它更能表现时间的迁延之于生命主体的意义，这也是《诗经》多叙事诗的根本原因。古人于此，早有体会，孔颖达在疏解《诗大序》时曾说：“言事之道，直陈为正，故《诗经》多赋，在比兴之先。”如《周南·关雎》，上、下五段，即按照时间的先后，叙写君子与淑女邂逅，然后写追求、思念、交往、相爱的过程，通篇洋溢着一种优雅平和的生命情调；而堪称边塞诗之祖的《小雅·采薇》，通过山上之薇“作止”“柔止”“刚止”的不断变化，表现出战争的漫长无涯，以及征夫在这无尽的“载饥载渴”“靡室靡家”的身心煎熬中产生的空虚无着之感，平稳的四字句，变动不大的字词排列，看似不温不火，却将征夫的思乡之情酝酿得逐渐强烈：“心亦忧止”“忧心烈烈”“忧心孔疚”“我心伤悲”，然而，他们又并非一味自怨自怜，而是对这场旷日持久的战争的正义性有着清醒的认识：“不遑起居，玁狁之故”，所以，才表现得如此勇猛刚毅、众志成城："岂敢定居，一月三捷！"思归怀人之情与捍卫正义之理仿佛两道汹涌澎湃的急流，在诗中形成富有张力的冲击，具有极强的感染力，这对后代的边塞诗具有原型化的意义："铁衣远戍辛勤久，玉箸应啼别离后……相看白刃血纷纷，死节从来岂顾勋。"（高適《燕歌行》）"也知边塞苦，岂为妻子谋！"（岑参《初过陇山途中呈宇文判官》）只是后者多直抒胸臆，不似《采薇》那般娓娓铺叙，给人如此深切的感受而已。《诗经》中还有不少被后人称作"史诗"的作品，像《生民》《绵》《公刘》，等等。这些诗通篇皆用赋体，或述说周代始祖后稷的生平，或记载周族由邰迁豳和由豳迁岐及开田辟地建房筑屋的历程，犹如一部部恢宏的交响乐，通过一幅幅色彩鲜明的历史画面，将周族的起源、成长、壮大，向后人展现出来，诚如郑燮所言："至若敷陈帝王之事业，歌咏百姓之勤苦，剖析圣贤之精义，描慕英杰之风猷，岂一言两语所能了事？岂言外有言、味外有味者所能秉笔而快书乎?"孟子曾说："《诗》亡然后《春秋》作。"虽然《诗》是王者之迹，《春秋》是霸者之迹，但如果不是《诗经》负载的叙事记史的功能，所谓《春秋》代《诗经》又从何谈起呢？由《诗经》到汉乐府，再到建安曹操诸人的古题乐府、唐杜甫的新题乐府及白居易倡导的新乐府运动，缘事而发、直面现实的诗史精神一脉相承，其中尤以杜甫为著，孟棨《本事诗》云："杜逢禄山之乱，流离陇蜀，毕陈于诗，推见至隐，殆无遗事，故当时号为诗史。"南宋胡宗愈在《成都草堂诗碑序》中曰："先生以诗鸣于唐，凡出处去就，动息劳佚，悲欢忧乐，忠愤感激，好贤恶恶，一见于诗，读之可以知其世……"

顾颉刚先生《论〈诗经〉所录全为乐歌》一文认为，《国风》中有不少诗章的篇幅是乐师为了配乐的缘故，将收集来的民歌有意延长而致，如《鄘风·桑中》一诗：

爰采唐矣，沫之乡矣。云谁之思？美孟姜矣。期我乎桑中，要我乎上宫，送我乎淇之上矣。

爰采麦矣，沫之北矣。云谁之思？美孟弋矣。期我乎桑中，要我乎上宫，送我乎淇之上矣。

爰采葑矣，沫之东矣。云谁之思？美孟庸矣。期我乎桑中，要我乎上宫，送我乎淇之上矣。

姜、弋、庸皆当时贵族女子的姓，用以代表美人。按照常理，一个男子只可能与一个女子幽会，而不会与三个异性在同一地点周旋，很明显，此乃配合乐调的复叠而将所咏内容尽量铺展的结果，此与《王风·扬之水》中征夫慨叹爱人不能与自己同来“戍申”“戍甫”“戍许”一样——征夫分身无术，是不可能同时戍守三个地方的。然而，作者未必然，读者未必不然，当我们阅读该诗的时候，却大可不必胶柱鼓瑟，拘泥于本事。如果联系故事发生的文化背景，甚至可以说，如此“铺展”恰恰反映出一个时代或地域的民情，由于“天人合一”的观念深植于周人心中，他们认为，既然春季是作物扬花结实的季节，那么人类的阴阳和合必定能促进庄稼的生长繁殖，带来好的年景，故尔周王朝颁布政策：“中春之月，令会男女，于是时也，奔者不禁。”（《周礼·媒氏》）因而，《桑中》所述情事正好反映出在美好的春光之中，无数青年男女自由相爱的情景。同样地，《扬之水》也反映出当时战乱频仍、无数家庭支离破碎的悲凉局面。如果说上面所举两例，赋的运用如顾颉刚所云“乐不得已”（语）的结果，那么遍览《诗经》三百篇，我们会发现赋亦是“情不得已”的产物，如《秦风·黄鸟》一诗记载的是秦穆公嬴任好去世，以忠良之士三子奄息、仲行、铖虎殉葬的残暴行为。全诗共有三段，诗人通过凄惨鸣叫的黄鸟跳落于棘、于桑、于楚的描写，不但传神地表现出黄鸟目睹人遭活埋的景象时的那种惕竦不安情状，也寄托了诗人悲愤交加的痛惜之情，而三次“临其穴，惴惴其栗。彼苍者天，歼我良人！如可赎兮，人百其身！”的哀号，亦不是简单的重复，而是一次强似一次的无法压抑的声讨和质问，它分明赋出了人们对统治者残忍本质的醒悟与抗争。

二

艾略特在《传统与个人才能》中说：“诗歌，不是情感的释放，而是情感的逃避；不是个性的表达，而是个性的逃避。”过于直白的抒情，会使诗歌了无余味，失去动人的韵致，范温《潜溪诗眼》“韵者，美之极，有余意之谓韵，必以备众善而自韬晦，行于简单闲易之中，而有深远无穷之味，观于世俗，若出寻常，至于识者遇之，则暗然心服，油然入神，测知而益深，究之而益来，其是之谓矣”。赋可以用来抒情写志，像开列贡赋清单一样面面俱到、清楚明了，但在《诗经》中，更多的时候，诗人记述的还是那些表面性的现象——诸如季节的物候特征、人物的音容笑貌和语言动作等，而避开了繁复琐细的心理描写，唯其如此，方令诗篇的意蕴更显丰美，更能引发读者的想象与再创造。《诗经》三百篇之所以能令千载之下称善服膺、常读常新，很大程度上可说是得力于那种朴素至极的表面化铺写。在《诗经》最长的叙事诗《豳风·七月》里，光阴里流转的纷繁物象，铺排出农人一年四季的劳作画面。从这些朴素简净的意象叠加中，我们读出了生存的艰辛、生命的尊严、人与自然的相互印证以及创造的价值，还有更多难以言表的东西。再如《周南·芣苢》：

采采芣苢，薄言采之。采采芣苢，薄言有之。
采采芣苢，薄言掇之。采采芣苢，薄言捋之。
采采芣苢，薄言袺之。采采芣苢，薄言襭之。

诗人罗列出一群妇女采集车前子的动作：采、有、掇（拾取之也）、捋（以五指沿茎抹取之也）、袺（以手揽起衣襟盛之也）、襭（以衣襟兜之也），至于采集的目的、采集者的心情等，诗人略无点染，却使此诗臻于化境，方玉润《诗经原始》这样叹赏道：“读者试平心静气，涵咏此诗。恍听田家妇女，三三五五，于平原绣野、风和日丽中，群歌互答，余音袅袅，若远若近，互断互续，不知其情何以移，而神之何以旷，则此诗可不必细绎而自得其妙也。”身兼诗人与学者的闻一多先生“细绎”益发得其“妙”，他为我们展现出两种截然不同的景象，一是新婚的少妇，她看到眼前摇曳的车前子，“一个巧笑，急忙地把它揣在怀里了”，她的歌声里充满了羞涩和欢欣：“采采芣苢，薄言有之。”另一种则是韶华已逝的中年妇女，车前子对她来说，是一个“祯祥”，是挽救她命运的“救星”，她急于要取得母亲的资格以稳固其妻的地位。在那一掇一捋之间，她用尽了全副的腕力与精诚，然而疑虑马上又警告她那都是枉然的，她不是又记起以往连年失望的经验了吗？悲哀和恐怖又回来了，动作和声音，一齐都凝住了，泪珠在她眼里……①还有人则凭《毛传》对“袺”“襭”两字的解释——“袺，执衽也；极衽曰襭”，从中读出了女主人公“以巫术意识特有的方式表达着对坐胎的祈祷，感觉到诗篇所浸染的焦虑与沉重”，周代婚制七出之律之一就有不育一条，而贵族女子只有生育

① 闻一多：《闻一多全集》（第一卷），生活·读书·新知三联书店1982年版，第349页。

子息，才可能获得尊崇的地位，婚姻才会起到“厚别附远”的作用①。其实诗人什么都没写，他只是将女子采集车前子的不同动作姿势描绘出来，却令读者掩卷沉思、浮想联翩。

对话或独白的铺列是《诗经》众多叙事诗篇常见的手段，令读者油然生出一种原汁原味的亲切感，同时也令诗篇更加含蓄隽永，如《郑风·女曰鸡鸣》：

> 女曰：“鸡鸣。”士曰：“昧旦。”
> “子兴视夜，明星有烂。”
> “将翱将翔，弋凫与雁。”
>
> “弋言加之，与子宜之。
> 宜言饮酒，与子偕老。
> 琴瑟在御，莫不静好。”
>
> “知子之来之，杂佩以赠之！
> 知子之顺之，杂佩以问之！
> 知子之好之，杂佩以报之！”

诗篇歌颂的是夫妇好合、如鼓琴瑟的美满婚姻，周朝是十分重视婚姻的，礼节严而且繁，“敬慎重正，而后亲之，礼之大体，而所以成男女之别，而立夫妇之义也。男女有别，而后夫妇有义；夫妇有义，而后父子有亲；父子有亲，而后君臣有正”。将婚姻视作定国安邦的基础。在婚姻上、女治内男主外、乐而有节、克勤克

---

① 李山：《诗经的文化精神》，东方出版社1997年版，第132—133页。

勉、戒淫戒逸，“逸则淫，淫则忘善、忘善则恶心生”。妇女应柔顺，“妇顺备，而后内和理，内和理，而后家可长久也，故圣王重之。”上面所引《女曰鸡鸣》之诗可说是这些正统礼教观念的现身说法、由于整章全由朴素深情的对话铺排而成，故觉真切动人、兴味悠长，而无丝毫说教之嫌。

《郑风·将仲子》通篇皆为女子独白，女子再三告诫情人别再逾墙攀树与已幽会，因为父、兄弟及众人之言会令她难堪。然而那一声声“仲可怀也”的深切呼唤又表现出她多么矛盾的心情，这一遍遍地叨念，究竟隐含着女主人公怎样的用意？读者的理解是因人而异的，有人认为这是真爱在重重礼教阻挡下的退避，反映出女子的怯弱和无主，因为她竟然连父兄的几句责备与众人的闲言碎语都承受不起，从而拒绝情人再来见她。有人却认为这是爱情受到阻挠时的奋起抗争，女主人公不堪众人之言之扰，渴望情人带她远走高飞，去寻觅一片远阔自由的乐土！而不是像他以往那样偷偷摸摸，担惊受怕。朱熹《诗集传》引甫田郑氏之言曰：“此淫奔者之辞。”还有人认为这是女主人公希望将二人私情合礼合法化的一种婉辞，言下之意分明是你这般爱我、我如此想你，那你就该忙着找媒人说合，带着聘礼上门，光明正大地娶我过去，像你我这样幽期密约终究不是上策，“两情若是久长时，又岂在朝朝暮暮……”宋代诗人梅尧臣作诗力倡“平淡”之境：“因吟适情性，稍欲到平淡。”（《依韵和晏相公》）“作诗无古今，唯造平淡难。”（《读邵不疑学士诗卷》）所谓平淡，便是一种平实而客观的表述，一种自然而然的呈现，而无任何人为的雕琢与渲染，如此方能如欧阳修所云，做到“状难写之景如在目前，含不尽之意见于言外”。回顾《诗经》之赋，自可受到不少启迪。

三

李兆洛《骈体文钞序》云："天地之道，阴阳而已，奇偶也，方圆也，皆是也。阴阳相并俱生，故奇偶不能相离，方圆必相为用。道奇而物偶，气奇而形偶，神奇而识偶。孔子曰：道有变动故曰爻，爻有等故曰物，物相杂故曰文。又曰：分阴分阳，迭用柔刚，故《易》六位而成章，相杂而迭用，文章之用，其尽于此乎。"我们的远古先民在对昼与夜、雄与雌、生与死、日与月、晴和雨等这些具体的自然现象的观察中，渐渐抽象出阴与阳这一矛盾对立观念，至晚在周初，这种抽象的阴阳观念已经形成。《周礼·卜师》："凡卜，辨龟之上下、左右、阴阳，以授命龟者而诏相之。"在褚少孙所补《史记·龟策列传》中，用以解释卜兆的概念也大量存在着二元对立的范畴，如仰、俯；内、外；高、下；大、小等。这种二元对立的思维方式，迅速渗入了宗教、巫术及社会各个领域，并在一定时期和地域范围内成为占统治地位的世界观和方法论，在《诗经》中，这种相生观念逐渐演化为正反对举，抑或双线并行的叙述方式：

"就其深矣，方之舟之。就其浅矣，泳之游之。"（《邶风·谷风》）

"未见君子，忧心忡忡。亦既见止，亦既觏止，我心则降。"（《召南·草虫》）

"不见复关，泣涕涟涟。既见复关，载笑载言。"（《卫风·氓》）

“桑之未落，其叶沃若……桑之落矣，其黄而陨”（《卫风·氓》）

在这些相辅相成的诗句里，我们感受着参差顿挫的变换之美。而主人公那跌宕起伏的内心世界也极有层次地展现在读者面前。刘勰《文心雕龙·丽辞》云：“若夫事或孤立，莫与相偶，是夔之一足，趻踔而行也。或气无奇类，文乏异彩，碌碌丽辞，则昏睡耳目。必使理圆事密，联璧其章，迭用奇偶，节以杂佩，乃其贵耳。”《诗经》不少诗篇正是从整体布局上以双线交错的方式来安排故事结构的，如《豳风·东山》一诗，由迷蒙烟雨中征夫西归落笔，描绘出其一路辛劳及忧伤孤独的形象。“我徂东山，慆慆不归。我来自东，零雨其濛”四句，在以下各章复沓迭出，一唱三叹，起起落落，反复冲激着读者的心灵，也成为诗篇延展的主线，另一条副线则是主人公西归途中脑海里浮现的联翩想象，这想象是如此纷至沓来、生动真切：一会儿是故园萧条景象——瓜蒌的枯蔓攀援于屋檐，还长着些圆圆的果实，屋里的湿地上，潮虫来回地爬着，门窗上挂满了蜘蛛网、夜里点点磷火闪着森森的幽光；一会儿又是妻子在空室中哀叹，为迎接丈夫的到来洒扫院落、补塞墙洞，当年行合卺之礼用的瓠瓜，还放在屋角的柴垛上；一会儿又是东征前的新婚景象，新娘漂亮可爱，婚礼繁复隆重……就这样，由我及彼，由今及昔，由真及幻，同悲及喜，反复地对比参照，无数次的镜头切换，将多年征战之苦、万种难言之痛，淋漓尽致地倾泻出来，这就比那些单线运行的思归诗融进了更加复杂深沉的人生况味，也更加感人至深。《魏风·陟岵》与前诗颇有相似之处：

陟彼岵兮，瞻望父兮。父曰："嗟！予子行役，夙夜无已！上慎旃哉，犹来无止！"

陟彼屺兮，瞻望母兮。母曰："嗟！予季行役，夙夜无寐？上慎旃哉，犹来无弃！"

陟彼冈兮，瞻户兄兮。兄曰："嗟！予弟行役，夙夜必偕！上慎旃哉，犹来无死！"

征夫登高望远，对故乡亲人的切切思念竟化作父母兄长的声声叮咛……接受美学告诉我们，任何文学作品都是由作者与读者一同完成的，因为我们在阅读时会不由自主地将自我融入角色之中，去体验角色所经历的一切，而该诗之视角的多次转换自会使我们获得更多更复杂的情感体验。唐代诗人王维那首脍炙人口的七绝《九月九日忆山东兄弟》写道："独在异乡为异客，每逢佳节倍思亲。遥知兄弟登高处，遍插茱萸少一人。"与《陟岵》可谓有异曲同工之妙。

这种双向交流的抒情模式对宋词词境的拓展起过起重大作用，尤其是柳永、周邦彦等人大量制作慢词，他们或"变旧声作新声"，或自创新调，将感情抒发的层次与音乐旋律的复叠互相适应，眼前景与旧时情，别离苦与漂泊意融为一体，李之仪《跋吴思道小词》评柳永词："始铺叙展衍，备足无余。"陈振孙《直斋书录解题》说清真词："长调尤善铺叙，富艳精工。"皆为知言。

我国自古是一个诗的国度，而小说出现的时代大大晚于诗歌。小说最初为"笔记"的代名词，记录一些奇闻逸事、道听途说。后来逐渐发展，而成为一种独立的文体，与诗分庭抗礼，甚至逐渐比诗更受大众欢迎和追捧。而赋的这种铺展功能，在小说中更获得了淋漓尽致的发挥。从根本上说诗歌擅长抒情，小说适于叙事，正是赋这种写作手法引导小说家突破了诗人惯常从个人主观视角出发感受世界和表现世界的基本态度，而更多地采取叙述和展示客观场景的立场，他们的眼光和笔触也因此离开自身而投向他人、投向客观世界，复杂纷繁的现实生活才得以充分展现。这是小说的优势，也可以说是赋的优势。

诗圣桃花泪

桃树，是我国栽培历史最悠久的果木之一；桃花，自然亦为百花谱中最长寿的花品之一。古老的《诗经》中，描写桃花的地方很多，如“桃之夭夭，灼灼其华，之子于归，宜其室家”（《诗·周南·桃夭》）、“何彼襛矣，华如光李”（《诗·召南·何彼襛矣》）等。桃花，当春而发，绽放于艳阳丽日之下，如云似霞，让人感受着一派蓬蓬勃勃的生机，人面桃花，交相辉映，更是赏心悦目；而且，与诸多“华而不实”的花木相比，桃树繁花落后，便会结出累累硕果，带给人们丰收的喜悦。自古桃花就被赋予种种神话色彩，托名东方朔所撰的《海内十洲记》云：“东海有山名度索山，上有大桃树；蟠屈三千里，曰蟠木。”托名班固（一说葛洪）所撰的《汉武帝内传》则谓七月七日，西王母降，以仙桃四颗与帝，“帝食辄收其核，王母问帝，帝曰‘欲种之’，母曰‘此桃三千年一生实，中夏地薄，种之不生’，帝乃止”。寿星老儿的手上往往也都托着一个仙桃；东晋高士陶渊明便是在“榆柳荫后檐，桃李罗堂前。暧暧远人村，依依墟里烟”（《归园田居》）的田园风光的启迪下，幻想出一个超然物外的桃花源，那里“中无杂树，芳草鲜美，落英缤纷……黄发垂髫，并怡然自乐”（《桃花源记》）。可以说，桃花，简直就是青春、爱情、幸福与欢乐的象征。

杜甫喜爱梅花，喜爱菊花，然而，他诗歌中描写最多的是桃花。据统计，桃、梅、菊、莲、桂、兰，在其诗中出现的次数分别为：36、32、30、23、15、7。在杜甫的笔下，美艳的桃花却更多地浸染着难以名状的悲愤与凄凉。他之所以如此流连桃花，大概不只是在他住处周围经常见到的缘故。桃花的灿烂繁盛，在众多花卉中可谓首屈一指，而其花期又十分短暂，飘忽而逝，这无疑令敏感的诗人产生恍若隔世的感觉，正如唐王朝的盛极而衰，在人们的心理上产生极大的落差一样。诗人有一名句“感时花溅泪”，花本无情，何以溅泪，皆因诗人历经丧乱，饱尝忧患，以泪眼观花故也。因此，时局动荡的殷忧、时不我与的悲哀、时不我待的焦虑，还有时不再来的感伤，便都深深融入片片桃花之中。

一　理想破灭的悲哀

生于世代“奉儒守官”家庭的杜甫，自幼受着“以天下为己任”的正统儒家思想熏陶。他的青少年时代，正是唐王朝的鼎盛时期，政通人和，国富民强，这种时代氛围又赋予他一种豁达、自信的气度，加之天资超异、博览群书，使他对前途充满美妙的幻想。然而谁料命途多舛，时运不济，先后两次应试进士落第（第二次是由于奸相李林甫从中作梗）的失败，迫使他另寻途径，一面向权贵人物投诗，乞求荐举，一面连续三次向皇帝献赋，并上表陈情，恳求怜悯任用。皇帝虽然赏识其才，命待制集贤院，却并未委以官职，在经历了种种挫折、屈辱、困顿之后，直到天宝十四年（755），才获得了右卫率府胄曹参军（掌管兵甲及锁钥）的小官，这时他已四十三岁，大好年华白白付诸东流。就在这年冬天，安禄山在范阳叛乱，第二年，叛军就攻陷长安，玄宗仓皇逃往四川。诗人在陷贼后脱险，投奔即位不久的肃宗，被任命为左拾遗，他自认为从此便可一展“致君尧舜”的抱负了，所以夙兴夜寐、战战兢兢：“明朝有封事，数问夜如何”（《春宿左省》）。然而，不久他就清醒过来，所谓“拾遗”“补阙”之职只不过是个点缀罢了，他为罢相的房琯说了几句真话，就触怒了肃宗，几被问罪，从此备受疏远。一腔济世热情在无情的社会现实面前，无可奈何地冷却下来。于是在这种心境的驱使下，他常常到曲江之滨借酒浇愁，纷纷飘谢的桃花最易触动他那感伤的情怀：“桃花细逐杨花落，黄鸟时兼白鸟飞”（《曲江对酒》），描写暮春之景，萧疏中夹杂着幽怨、淡远中渗透着无奈；而写于同时的“一片飞花减却春，风飘万点正愁人”（《曲江二首》）的诗句，更为准确地透露出诗人对好景不长的敏感以及自己无力回春的悲哀。不唯此时，终其一生，桃花意象总是印证着那郁郁不得志的怅惘之情，如“桃花一簇开无主，可爱深红爱浅红”（《江畔独步寻花七绝句》），等等。

文艺理论家里普斯曾经说：“审美的欣赏并非对于一个对象的欣赏，而是对于一个自我的欣赏。它是一种位于人自己身上的直接的价值感觉。”① 的确，诗用以抒情，诗人在创作过程中，有意无意间，总会选择那些最能贴切表现自己心绪的意象，如写于大历四年（769）即诗人去世前一年春天的《南征》一诗：“春岸桃花水，云帆枫树林。偷生长避地，适远更沾襟。老病南征日，君恩北望心。百年歌自苦，未见有知音。”为避军阀混战，衰老多病的诗人不得不重新过起漂泊流浪的生活。他一边为自己多年以来的“避难”生涯深深地自责，同

① 伍蠡甫主编：《现代西方文论》，上海译文出版社 1983 年版，第 4 页。

时遏止不住地为朝廷（亦即国家）的安危担忧。一生落魄潦倒，流淌着血泪的歌哭无人理会，“知我者谓我心忧，不知我者谓我何求”，此篇五律可说是诗人悲苦的后半生的真实写照。而开首两句，逝者如斯的惆怅、有家难归的怨愤，便通过“桃花水”“枫树林”一静一动两个意象隐晦地传达给读者，真可谓一切景语皆情语也。

二　不甘退隐的彷徨

伴随着仕途上坎坷失利的，是诗人生活上难以想象的穷困悲惨。自从玄宗天宝五年（746）来到长安之后的十年里，他过着“饥卧动即向一旬，敝衣何啻联百结”（《投简成华两县诸子》）的生活，只能依赖别人的接济为生：“朝扣富儿门，暮随肥马尘，残杯与冷炙，到处潜悲辛。”（《奉赠韦左丈二十二韵》）安史之乱爆发后，社会经济凋敝，人民流离失所，那时，诗人从华州弃官职携家室流寓秦州、同谷一带，《旧唐书·杜甫传》载：“时关畿乱离，谷食踊贵，甫寓居成州同谷县，自负薪采梠，儿女饿殍者数人。”有时全家只能靠从山中寻觅橡实、土芋充饥。此时，安定、温饱的生活是他梦寐以求的，所以，听说东柯谷物产丰美，诗人喜出望外：“传道东柯谷，深藏数十家。对门藤盖瓦，映竹水穿沙。瘦地翻宜粟，阳坡可种瓜。船人近相报，但恐失桃花。”（《秦州杂诗二十首》）末句那急切的语气表明，“桃花”对他具有多么强烈的诱惑力。有人以为，此处“桃花”乃实写，理由是：自古“桃花源”可以简称“桃源”，而从未简称为“桃花”[①]。其实，桃花与桃

① 成善楷：《杜诗笺记》，巴蜀书社1989年版，第105—106页。

花源密切相关，桃花既属实景，但又怎能不令饱经忧患的诗人产生幸福欢乐的桃花源的联想呢？这个时期，仕途的挫折、生活的窘迫，从精神到肉体的双重折磨，使杜甫非常痛苦，急欲寻找避难之所。从他流传下来的篇章（如《秋日阮隐居致薤三十束》《寄张十二山人彪三十韵》《别赞上人》等）可以发现，此时他与之交往颇深的不是僧人就是隐士，他们的生活方式对他很有影响。然而，杜甫毕竟是杜甫，即使在他“无食向乐土，无衣思南州”（《发秦州》）的迁徙途中，途经凤凰台，虽然他明知同谷境内的此凤凰台绝非陕南周文王发迹之地，但借题发挥，以披露他愿剖心沥血去哺育作为王者之瑞的凤凰的深衷，期盼着中兴之世的到来。诗人一生的悲剧就在于他明知自己与当时的黑暗现实格格不入，却一直知其不可而为之，为了国家的安宁、人民的利益呐喊、奔走（这也正是他的伟大之处）。而一旦他真正走进自己的“桃花源”，伴随而来的便是那深深的怅惘、愧疚之情。在成都的浣花溪旁，他定居下来：“种竹交加翠，栽桃烂熳红。经心石镜月，到面雪山风。”（《春日江村五首》）照理，这儿美丽的风花雪月应该让诗人的沧桑之心得到最惬意的慰藉了，但接下来他慨叹道：“赤管随王命，银章付老翁。岂知牙齿落，名玷荐贤中。”头白齿豁的暮年，才获得在严武幕下一检校工部员外郎的微职，自嘲中渗透了多少辛酸！同样地，他一边欣赏着“农务村村急，春流岸岸深……茅屋还堪赋，桃源自可寻”（《春日江村五首》）的田园生活，一边却不由得为国家的灾难忧心忡忡：“乾坤万里眼，时序百年心！”可见，成都草堂这段稳定、充裕的生活并未曾解脱他心灵的痛苦，反而让他有时间静下心来深思国家的衰落与人民的不幸，感时伤世、低徊怅惘。在诗人曲折的一生中，他总是由自身的悲苦而想到天下千千万万人的灾难，也总是由一己的安乐而哀叹天下千千万万人正在流离失所。后来，崔宁、徐知道、杨子琳等军阀连年混战，蜀中大乱，而此时杜甫的好友严武、高適等也相继去世，他无所依归，又开始了漂泊生涯。像当年卜居东柯谷、择栖浣花溪时的心境一样，他又一次盼望找到一个幽美、安宁的去处："云嶂宽江左，春耕破瀼西。桃红客若至，定似昔人迷。"（《卜居》）然而，他立刻就发现，无论多么与世隔绝的环境，都无法锁住他的忧思："百舌欲无语，繁花能几时……战伐何由定，哀伤不在兹"（《暮春题瀼西新赁草屋》），惊喜于桃红如火，必然要感伤其凋零委尘，处身于"桃花源"的宁静温馨，必定会担心着普天下无数百姓的苦难，这其实早已成为历经丧乱的诗人的思维定式。

三　羁旅天涯的乡思

杜甫"漂泊西南天地间"之际，正是国家灾乱频仍的时期，安史之乱好不容易平定，接踵而来的便有吐蕃不断侵扰陇东地区，甚至一度攻占长安，四川也连续爆发地方军阀的叛乱，诗人只能靠严武、高適、柏茂琳等达官友人的接济，过着寄人篱下的生活。这正违拗了他那不屈己、不干人的高傲本性，所以，他曾再三抒写这种抑郁的愁绪"白头趋幕府，深觉负平生"（《正月三日归溪上有作简院内诸公》），"已忍伶俜十年事，强移栖息一枝安"（《宿府》）、"强将笑语供主人，悲见生涯百忧集……"（《百忧集行》）何况此时的诗人已届迟暮之年，百病缠身——肺病、风痹、消渴、耳聋、眼暗等，在这种心力交瘁的情形下，那灿烂绚丽的桃花总是在无意中触动他怀旧思乡、流年似水之感："短短桃花临水岸，轻轻柳絮点人衣"（《十二月一日三首》)，这清新意境带给诗人的是那剪不断的乡愁：“春来准拟开怀久，老去亲知见面稀。他日一杯难强进，重嗟筋力故山违。”瞥见“红入桃花嫩，青归柳叶新”(《奉酬李都督表丈早春作》)，乃知春去春又回，岁岁人不同，于是，那哀怨的故乡情结再一次绕上心头：“望乡应未已，四海尚风尘。”正如刘勰《文心雕龙·物色》所言“物色之动，情亦摇焉”，好景不长，生命苦短，千山万水之外的中原，那里有多少知交、多少亲人，也许有生之年再也见不到一面了，这多么让人悲慨!

按一般创作规律来说，诗人内在的心理状态总是期望与外部环境同形同构，以便直接抒发积郁的情感，然而杜甫善于借丽景以写哀情，从而在字里行间形成一种富于张力的冲击，给读者以鲜明的印象与独特的感受。其实，他并非有意为之，诗人曾自云：“老去诗篇浑漫与，春来花鸟莫深愁。”(《江上值水如海势聊短述》)怎奈在彼时彼地，以其泪眼观之，天地万物，何处不悲！正因如此，美丽可爱的桃花有时竟会令他恼怒憎恶：“不分桃花红似锦，生憎柳絮白于棉。剑南春色还无赖，触忤愁人到酒边。”(《送路六侍御入朝》)具有明显的“执情强物”迹象。说杜甫是一位伟大的现实主义诗人，是因为他终生“唯歌生民病”，一贯把社会生活鲜明生动地展现于诗篇中。然而就创作方法而言，其前、后期还是存在着明显的区别的，如果把他前期的诗作归结为“外师造化”的话，那么，后期则多半是“内得心源”。因此，阳春三月的美好时光，在他的诗中常常沉淀出苦涩与悲哀。如他徜徉于风景如画的浣花溪畔，写下了脍炙人口的《绝句漫兴九首》，开篇便叹道：“眼见客愁愁不醒，无赖春色到江亭。即遣花开深造次，便教莺语太丁宁。”正是主人公愁闷不堪的时候，“春色”却突然而至，匆匆打发繁花开放，催促黄莺叫个不停，一派热烈喧闹的景象，似乎故意要触怒诗人。《杜臆》说：“人当适意时，春光亦若有情；人当失意时，春色亦成无赖。”第四首所言“二月已破三月来，渐老逢春能几回”，算是道出了恼春的缘由；在第五首中，诗人越发牢骚满腹：“肠断江春欲尽头，杖藜徐步立芳洲。颠狂柳絮随风舞，轻薄桃花逐水流。”仿佛不是造化令杨柳飘絮、叫桃花零落，而是她们的凋谢赶跑了季节、催白了人头。的确，苍松翠柏经冬不凋，季节反差不大，因而也就不似桃花如此令人顿生流年暗换之感。以往论者多把诗的后二句说成诗人对谄媚无行之徒的嘲讽，其实，细品全诗，便知此种议论失之穿凿。而诗人之所以如此嗟老叹衰，皆由思乡怀旧所致，如大历二年（767）满怀深情写下的《江雨有怀郑典设》：“春雨暗暗塞峡中，早晚来自楚王宫。乱波纷披已打岸，弱云狼藉不禁风。宠光蕙叶与多碧，点注桃花舒小红。谷口子真正忆汝，岸高瀼滑限西东。”郑典设，即郑虔，乃当年杜甫困居长安十载时的知己，一位诗书画皆绝且通晓地理与用兵之道的奇才，也与杜甫一样，终生与坎坷贫寒相伴。从该诗的字里行间，我们都会感染到诗人那缠绵悱恻的思念之情，而把星星点点娇艳的桃花置于凄风苦雨的背景中，更给人一种韶光易逝、前途难测的无常之感。

其实，诗人思乡，并非只出自叶落归根的天性，也不止为牵挂亲友故知，他日夜悬心的乃千百万中原百姓的安危与忧乐：“二月饶睡昏昏然，不独夜短昼分眠。桃花气暖眼自醉，春渚日落梦相牵。故乡门巷荆棘底，中原君臣豺虎边。安得务农息战斗，普天无吏横索钱。”（《昼梦》）此诗写于大历二年（767）春天，杜甫已移居夔州。据考证，他此时的生活是相当富足的：有公田百顷，柑林四十亩，还有数名奴仆，如獠奴阿段，隶人伯夷、辛秀、信行，女奴阿稽等。对于贫穷潦倒了一辈子的诗人来说，实在应该好好享受一下桑榆晚景了，然而，他既没有追随陶渊明“聊乘化以归尽，乐乎天命复奚疑”（《归去来兮辞》）；也不似晚年的王维用“晚年唯好静，万事不关心”（《酬张少府》）的处世哲学打发烦忧，他依然执着于儒家那“老吾老以及人之老，幼吾幼以及人之幼”的民胞物与的主张；而且，中原地区乃中华文明的发祥地，历代政治文化的中心，如今夷狄横行、豺狼当道，怎不令他义愤填膺！回首历史长河里，流芳百世的英雄大概有两类：一类是应运而兴，挟风雷之势，创下了辉煌业绩；另一类则是终生怀才不遇，却仍然丹心碧血，为自己的理想呐喊奔走，“颠沛必于是，造次必于是”，为后世子孙谱写了一曲壮美的精神浩歌，相比之下，后者更为难能可贵，杜甫正是如此。

总之，仕途的挫折、生活的困苦、飘零异乡的凄凉，都为他的桃花意象涂上一抹浓郁的感伤情调。然而，个中并无悲观厌世之意，洋溢其间的是一腔拳拳报国之情。这正是诗人崇高人格的体现，是留给我们的一笔宝贵精神遗产。

诗圣江河心

在我国诗歌史上，似乎从不曾有一位诗人像杜甫这样酷爱描写江河，动的江河、静的江河；昼的江河、夜的江河；晴的江河、雨的江河；咆哮的江河，无声的江河……总之，江河比其他自然存在，更易拨动老杜那颗善感的心。

山水比德，有着悠久的传统。自然，山水往往有着丰富的文化意蕴。《论语》云“仁者乐山，智者乐水”；《道德经》曰“上善如水。水善，利万物而有静，居众人之所恶，故几于道矣。居善地，心善渊，予善天，言善信，正善治，事善能，动善时。夫唯不争，故无尤”。董仲舒《春秋繁露》卷十六《山川颂》云：“水则源泉混混沄沄，昼夜不竭，既似力者；盈科后行，既似持平者；循微赴下，不遗小间，既似察者；循溪谷不迷，或奏万里而必至，既似知者；彰防山而能清净，既似知命者；不清而入，洁清而出，既似善化者；赴千仞之壑，入而不遗，既似勇者；物皆困于火，而水独胜之，既似武者；咸得之而生，失之而死，既似有德者。”① 同样地，它在诗人的笔下，更是耐人寻味。唐代大诗人杜甫虽未曾被划归山

① （清）苏舆：《春秋繁露义证》，中华书局1996年版，第424—425页。

水诗派，但其描写山水之乐章是那般动人心弦，以至于清人朱庭珍说：“山水诗以大谢、老杜为宗。”① 当然，谢、杜二人自是风格迥异。此处拟专就杜诗中的水意象做一阐发。杜甫爱写水景、善体水性，水意象在杜诗中出现的频率最高、凝聚诗人的心血最多、对读者的感染力最强，于此，我们或许可以管窥诗人的文化心态之模式。

一 儒家之忧时伤世

儒家以天下为己任，为众生谋福祉。自然，在儒家眼里，绝不是单纯的自然，而往往是社会的映象。当年身处社会大变革时代的孔子，面对滔滔江水慨叹：“逝者如斯夫，不舍昼夜!”儒家深沉博大的历史意识蕴含其间；杜甫于天宝十一年（752）写下的《同诸公登慈恩寺塔》也是如此感慨系之：“七星在北户，河汉声西流。羲和鞭白日，少昊行清秋。”日月星河尚一如既往，但人间已不复往日清廓：“秦山忽破碎，泾渭不可求。俯视但一气，焉能辨皇州?”这一清一浊，足以表现出“乱源已肇，忧患填膺，触景即动，只一凭眺间，觉山河无恙，尘昏满眼”② 的黑暗社会现实，诗人内心的忧患是波澜壮阔的，接下去，他将批判的矛头直指统治阶层：“惜哉瑶池饮，日宴昆仑丘。”正是他们的醉生梦死，导致了祸乱的一触即发。同样是面对江河流转，王维轻吟“逶迤南川水，明灭青林端”（《北垞》）、“行到水穷处，坐看云起时”（《终南别业》）、“坐看红树不知远，行尽清溪不见人”（《桃源行》），李白高唱“登高壮观天地间，大江茫茫去

① （清）朱庭珍：《筱园诗话》卷一，清光绪刻本。

② （清）浦起龙：《读杜心解》，中华书局1981年版，第9页。

不还”（《庐山谣寄卢侍御虚舟》）、“君不见黄河之水天上来，奔流到海不复回”（《将进酒》），“桃花流水窅然去，别有天地非人间”（《山中问答》）、“月随碧山转，水合青天流。杳如星河上，但觉云林幽”（《月夜江行寄崔员外宗之》）。如果说，王维的江川别具一份远离人间的无情之超然，李白的江河独有一种物我一如的忘情之飘逸的话，杜甫的江河最多表现出来的却是一派感时伤世的激情之沉郁“少陵野老吞声哭，春日潜行曲江曲。江头宫殿锁千门，细柳新蒲为谁绿”（《哀江头》），“白水暮东流，青山犹哭声”（《新安吏》），“岁暮阴阳催短景，天涯霜雪霁寒宵。五更鼓角声悲壮，三峡星河影动摇”（《阁夜》），“摇落巫山暮，寒江东北流。烟尘多战鼓，风浪少行舟”（《摇落》），“高江急峡雷霆斗，古木苍藤日月昏。戎马不如归马逸，千家今有百家存”（《白帝》）等不胜枚举。杜甫钟情于江河，多半为其动荡奔腾所吸引。自然与人，异质同构，二者息息相通，因而，人才会登山则情满于山，观海则意溢于海。诗人生逢乱世，惯见厮杀征伐，他自己也历尽颠沛流离，因而，一旦看到汹涌咆哮的高江急峡，他会油然心潮澎湃。在江河的鼓荡声中，诗人仿佛听到了孤苦无助的女人撕心裂肺的呼喊：“哀哀寡妇诛求尽，恸哭秋原何处村。”（《白帝》）仿佛看到了那一百多人结伴从关中逃难入蜀，最终只一人存活的悲惨景象：“二十一家同入蜀，唯我一人出骆谷。自说二女啮臂时，回头却向秦云哭。”（《三绝句》之一）而浊浪滔天，时常让诗人产生烽烟四起的联想，“烟尘犯雪岭，鼓角动江城”（《岁暮》），“戎马关山北，凭轩涕泗流”（《登岳阳楼》）。诗人笔下的江河景象常常浸染着一派浓郁的悲剧气氛，这是他心中深切的民族忧患意识使然。他爱写风雨如晦、雷声轰鸣中的江河，“江浦雷声喧昨夜，春城雨色动微寒”（《遣闷戏呈路十九曹长》），“江雨铭旌湿，湖风井径秋”（《重题》)，“巫峡阴岑朔漠气，峰峦窈窕溪谷黑”(《虎牙行》)，“峡口风常急，江流气不平”(《入宅三首》之二)，“雨急青枫暮，云深黑水遥”(《归梦》)，“寒天催日短，风浪与云平”(《公安县怀古》)，“朔风吹桂水，大雪夜纷纷”(《舟中夜雪》)……大风卷水，林木为催，在带给读者强烈的视觉震撼的同时，也让他们产生深深的忧国忧民的共鸣。他还爱写夜间的江河，羁旅天涯、孤寂无眠的长夜，江河奔流让他不安，也带给他慰藉；让他忧伤，也带给他清奇的诗思：“江喧长少睡，楼迥独移时”(《垂白》)、“飞星过水白，落月动沙虚”(《中宵》)、“孤月当楼满，寒江动夜扉”(《月圆》)、“露下天高秋水清，空山独夜旅魂惊”(《夜》)、“鱼龙迥夜水，星月动秋山”(《草阁》)、“岭猿霜外宿，江鸟夜深飞”(《夜》)、“行云星隐见，叠浪月光芒”(《遣闷》)、“水花寒落岸，山鸟暮过庭”(《独坐》)，也许，诗人从江上(或江边)的孤月、飞星、岭猿、水花、行云等那飘忽、寂寞的影子中看到了自己的命运，从而在内心产生了一种深沉博大的悲悯情怀。

描写河流湖泊，杜甫爱用“坼”“裂”“断”“破”这样的字眼，胡应麟在《诗薮》中归之为诗人爱用奇字，而且很不欣赏：“盛唐句法浑涵，如两汉之时，不可以一字求，至老杜而后句中有奇字为眼，才有此句法，便不浑涵。昔人谓石之有眼，为研之一病，余亦谓句中有眼，为诗之一病，如‘地坼江帆稳，天清木叶闻’，故不如‘地卑荒野大，天远暮江迟也’。”如果胡氏客观一点，他应该想到杜甫生逢盛唐急剧裂变的转折岁月，贼党叛乱，金瓯忽缺，自然在他的灵魂深处划下一道永难平复的伤痕，以此心态来览物，便难以元气无伤，浑茫壮观如洞庭湖，尚且给他“吴楚东南坼，乾坤日夜浮”(《登岳阳楼》)的幻觉，因而，也就不难理解诗人以下的诗句了，“东南两岸坼，积水注沧溟”（《奉酬薛十二丈判官见赠》），“山豁何时断，江平不肯流”（《陪王使君晦日泛江》），“峡坼云霾龙虎卧，江清日抱鼋鼍游”（《白帝城最高楼》），“乘陵破山门，回斡裂地轴”（《三川观水涨二十韵》），“地与山根裂，江从月窟来”（《瞿唐怀古》），这些异乎寻常的诗句，使我们真切体会到诗人那惨痛苍凉的心境。

动荡的江河、飘摇的时局、艰难的人生，有机地交融在一起，谱写成一曲曲催人泪下的悲歌。

二　道家之返璞归真

杜甫是“诗圣”，杜诗是“诗史”，诗人以高度的责任感和强烈的热情关注和记录着那段战乱频仍的岁月，但如果说他笔下大大小小的江河全都奔涌着苍生的血泪、回荡着时代的歌哭的话，也未免言过其实了。唐朝是一个大一统的信仰自由时代，儒、释、道互补交融，但由于唐宗室以老子李聃为始祖，故道教常享有各种特权，尤其是开元、天宝年间，唐玄宗亲注《道德经》，令天下士人诵读，并例同明经科考试，仿儒家四书五经，列《老子》《庄子》《文子》《列子》为“四子”，以《道德经》《南华经》《通元经》《冲虚经》《洞灵真经》为“五经”，其考试要求与及第标准较通常的明经为优。[①] 上层的大力提倡，寻仙访道，一时蔚然成风。青年时代的杜甫，也曾热衷于此，当然，他不曾参加道举，但从“青囊仍隐逸，章甫尚西东”（《奉寄河南韦尹丈人》）、“亦有梁宋游，方期拾瑶草”（《赠李白》），

① 陈飞：《唐代试策考述》，中华书局2002年版，第89页。

以及“药囊亲道士，灰劫问胡僧”（《寄刘峡州伯华使君四十韵》）等诗句中，我们可以看出，杜甫从青年到迟暮，都与服食寻仙藕断丝连，道家那不凝于物不滞于心的潇洒气度以及返璞归真、物我如一的生命本体意识，在杜甫身上也时有体现。在杜集中，确有不少作品——以客居成都两年半的时光里所写诗篇为代表，尽情描绘了优美怡人的江河画面，诗人的悠然自得之情溢于字里行间，读来让人十分神往，“三月桃花浪，江流复旧痕。朝来没沙尾，碧色动柴门。接缕垂芳饵，连筒灌小园。已添无数鸟，争浴故相喧”（《春水》），“啭枝黄鸟近，泛渚白鸥轻。一径野花落，孤村春水生”（《遣意二首》之一）、“寒食江村路，风花高下飞。汀烟轻冉冉，竹日净辉辉”（《寒食》）……春日的江村，清新秀丽、生机勃勃，给饱经风霜的心灵以慰藉，如果细读诗人闲居浣花溪那段时期的诗作，我们会惊喜地发现，他对光线、色彩、线条、气味等表现出特有的兴趣和敏感：“野船明细火，宿鹭聚圆沙”（《遣意二首》之二）、“圆荷浮小叶，细麦落轻花”（《为农》）、“夕阳熏细草，江色映疏帘”（《晚晴》）、“竹风连野色，江沫拥春沙”（《远游》）、“雨洗娟娟净，风吹细细香”（《严郑公宅同咏柳》）……回顾杜甫一生的创作，他从未像这一阶段如此注重诗歌的美感，一方面，安定的生活、明丽的山水，为之提供了必要的物质基础；另一方面，他也有意通过写诗来排解理想难以实现的烦恼，创作可以说是人的渴望自由之心灵对不自由之现实世界的挣脱与超越，从中获得片刻的宁静和慰藉。因此，这一时期，诗人偏爱优美的景物，并以诙谐细腻的笔触把大千世界中种种情趣盎然的瞬间定格在自己的作品里，如“笋根雉子无人见，沙上凫雏傍母眠”（《绝句漫兴九首》之七）、“背飞鹤子遗琼蕊，相趁凫雏入蒋牙”（《夔州歌十绝句》），“巴童荡桨欹侧过，水鸡衔鱼来去飞”（《阆州歌》)，“远鸥浮水静，轻燕受风斜”(《春归》)，“芹泥随燕嘴，蕊粉上蜂须”(《徐步》)等，新巧、别致，呼之欲出。四百年后的诗人杨万里，创立了明快自然、天机流溢的“诚斋体”，他自云这应归功于其做人作诗的“顿悟”，我们说，“学杜”，应是他“顿悟”的前提之一吧？

总的来看，“和谐”是老杜这一时期作品的主旋律，花光烂漫里，江河欢快地奔跑，禽鸟愉悦地嬉戏，家人则闲适地生活着：“自来自去梁上燕，相亲相近水中鸥。老妻画纸为棋局，稚子敲针作钓钩”(《江村》)、“昼引老妻乘小艇，晴看稚子浴清江。俱飞蛱蝶元相逐，并蒂芙蓉本自双”(《进艇》)，道家的放达与任真，在这天伦之乐的描写中，展现无遗。

三　审美之超越时空

作为对中国士人影响最大的两大哲学流派——儒与道，归根结底，追求的都是一种“忘我”的境界，前者以天下为己任，在为实现这种宏伟理想而进行坚韧不拔的奋争中忘却小我的利害得失。孔子说：“知者不惑，仁者不忧，勇者不惧”，这是一种“无欲则刚”的境界；道家倡导返璞归真，忘机陆沉，令自己进入一种“泯物我”“同死生”“超利害”的混沌状态。“忘我”的境界归根结底就是一种审美的境界、诗意的境界，儒道二家最终同归于此：“岁寒，然后知松柏之后凋”“不知周之梦为蝴蝶与？蝴蝶之梦为周与？”正是这样的东方哲学哺育了杜甫的审美人生，尽管他将自己比喻成稷契那样的上古贤臣，希望辅佐君王做出轰轰烈烈的伟大事业，可是，在内心深处，他给自己的定位是不折不扣的诗人："倘使执先祖之故事，拔泥途之久辱，则臣之述作，虽不能鼓吹六经、先鸣数子，至于沉郁顿挫、随时敏捷，扬雄枚皋之徒，庶可企及也！"① 骚情庄气在杜甫身上合二为一。杜诗的境界之大，实为千古一人。朱熹说："人之心量本自大，缘私故小。"② 而"无私"之人，自然有吞吐宇宙之量。而视野的"宽"与路途的"窄"之强烈反差，又使他常感到一种旷世的孤独——只有一一发而为诗，"百年歌自苦，未见有知音"（《南征》）。他写诗爱用"一"字，"天地一沙鸥"（《旅夜抒怀》），"乾坤一腐儒"（《江汉》），"万古一骸骨"（《写怀二首》之一），"乾坤一草亭"（《暮春题襄西新赁草屋五首》之三）……正是基于这种沉重的历史使命感和孤独感，他只有超越时空去古人中寻朋友、去回忆中找安慰、去想象中求寄托，思绪如天马行空，自由驰骋，而若想从天地万物中搜索一种意象来承载诗人这种奔腾不息的思想情感的话，恐怕非"江河"莫属了。江河，从远古流到如今，从雪岭流到大海，汹涌澎湃，不舍昼夜。江河，简直就是联系天地古今的纽带。伫立江边，诗人想到了理想破灭投汨罗自尽的屈原，想到了命运偃蹇的落魄文士宋玉，想到了出师未捷身先死的贤相诸葛亮，想到了难归故土的前代诗人庾信，还有风华绝代、飘零异域的女子王昭君，他更是无数次牵挂着一代"诗仙"李白，同情他"老吟秋月下，病起暮江滨"（《寄李十二白二十韵》）的凄凉处境，想到了散落中原、杳无音信的亲人故旧……"残年傍水国，落日对春华"（《八乔口》）。奔流的江水激活了诗人的情思，却又阻隔了他的身体自由，我们看他大历二年（767）写下的《江雨有怀郑典设》："春雨暗暗塞峡中，早晚来自楚

① （清）仇兆鳌：《杜诗详注·进雕赋表》，中华书局1979年版，第2172页。
② （南宋）朱熹：《朱子语类》卷四十三，中华书局1986年版，第1099页。

王宫。乱波纷披已打岸，弱云狼藉不禁风。宠光蕙叶与多碧，点注桃花舒小红。谷口子真正忆汝，岸高瀼滑限西东。”心情是多么无奈！孤寂时，他常沉浸于回忆之中，往事是那般美好，他想起年轻时的江浙之行：“剑池石壁仄，长洲荷芰香……越女天下白，镜湖五月凉。”（《壮游》）想起那一去不复返的开元盛世：“稻米流脂粟米白，公私仓廪俱丰实……宫中圣人奏云门，天下朋友皆胶漆。”（《忆昔》）今昔对比，不胜感慨！有时他也会幻想自己尚有望为世所用：“落日心犹壮，秋风病欲苏。古来存老马，不必取长途！”（《江汉》）当中原传来收复失地的喜讯时，他这样表达速归故里的愿望：“白日放歌须纵酒，青春作伴好还乡。即从巴峡穿巫峡，便下襄阳向洛阳。”（《闻官军收河南河北》）欢快的心情，一如那冰消雪融的春之水。

夔州时期是诗人平生创作的高潮，而写于此时的《秋兴八首》可谓杜集“诗中的诗，顶峰中的顶峰”，同《诸将五首》《咏怀古迹五首》等大型组诗一样，《秋兴八首》也是由一篇篇完整的七律组合而成，它们在内容上互相关联，节奏韵律上相互协调，从而形成一个不可分割的有机整体。然而，《秋兴八首》给人的感觉似乎更为浑然一体、一气呵成，这其中有个不易觉察的秘密——那割不断的江水意象连贯了它们：巫峡—瞿塘峡—曲江—昆明池—美陂，在前后八章各自的首尾，老杜总不忘以“江水”将它们上下接通，第一章开头写“玉露凋伤枫树林，巫山巫峡气萧森”，第二章末尾写“请看石上藤萝月，已映洲前芦荻花”，第三章开头写“千家山郭静朝晖，日日江楼坐翠微”，第四章末尾写“鱼龙寂寞秋江冷，故国平居有所思”，第五章末尾写“一卧沧江惊岁晚，几回青琐点朝班”，第六章开头写“瞿塘峡口曲江头，万里风烟接素秋”，第七章末尾写“关塞极天唯鸟道，江湖满地一渔翁”，第八章开头写“昆吾御宿自逶迤，紫阁峰阴入渼陂”，这样，相距万里之遥的夔州、长安两地，便通过潺潺不断的流水连接起来。这里的水既是真实的，又是虚幻的；无所不在的水，在地理概念上是隔绝的，在心理感受上却是融会交流的——正如哲人所言：“天下的水都是相通的。”这些纷至沓来的水意象，使诗人无形中将现实与历史、兴盛与衰败、回忆与想象巧妙地拼合在一起。呈现在读者面前的，一会儿是秋天的袅袅风烟，一会儿是春日的仙侣翩翩，一会儿是绣闼歌舞，一会儿是渔舟荡漾；回响在读者耳畔的，一会儿是高天暮砧，一会儿是鹦鹉婉转，一会儿是笳鼓悲鸣，一会儿是百官朝奏……完全打破了时空限制，表现出一种既沉郁顿挫又灵动飘逸的美学风格。而这种杰出艺术成就的获得，从某种程度上来说，亦可谓得“水之助”吧？

西方心理学家荣格曾说，每一种原始意象都恰似一枚能折射出人类命运和精神的碎片。是的，杜诗中的江河意象，不仅将我国8世纪中叶那段混乱悲惨的历史和诗人流落他乡的生活画面鲜活地展现在读者面前，而且也将诗人的人格理想与精神追求原汁原味地提供给我们。通过品尝个中的悲哀、愤怒以及欣慰、忧伤，我们真切感受到杜甫那颗将现实关怀与终极关怀融为一体的大心的搏动。现实关怀，使他勇于经受尘世的磨难，直面惨淡的人生；终极关怀，则使他超越个人的不幸，自觉成为世间正义与人类尊严的担负者。这种崇高的思想，亦如长江大河，奔腾在宇宙之中，独与天地精神相往来。

王维山水写意的淑世情怀

在灿若繁星的盛唐诗人中，王维是十分引人注目的一颗。他的诗，意境空灵，格调清新，宛若空谷足音，超凡脱俗。他平生皈依释门，其诗作常常流露出镜花水月的禅意，故其本人被推崇为“诗佛”。然而，诗人都是文化的产物，在儒、释、道合流的盛唐之世，诗人皆不可避免地要同时受到三教的浸染，只是程度有深浅之分罢了。“诗圣”杜甫，崇尚儒家以天下为己任的人生信条，为之殚精竭虑、拼搏奋争了一生。但我们仍会发现，道、释两教在其人生之旅中留下了明明灭灭的印痕；“诗仙”李白，信奉道教，高蹈风尘，洒脱不羁，但那贯穿一生的“抽刀断水水更流，举杯消愁愁更愁”的忧患意识，分明是儒家思想渗透的结果。王维亦然，其忘年之交耿沛曾这样评价他道：“儒墨兼宗道，云泉隐旧庐。”（《题清源寺》）可谓知言。王维的亦官亦隐，亦决定了其山水田园之诗不可能完全超脱世外。事实上，儒家思想与伦理意识，在王维的诗文作品中始终占有一席之地。

一 恢宏壮阔之气

王维的诗，并非都是和风细雨，轻云薄雾，有不少属于刚健壮阔风格的，诚如程千帆先生所说，王维“在描摹自然、歌颂隐逸之外，还曾将其诗笔扩展到更广阔的生活领域……反映了当时人们的进取精神和悲壮情怀。王维在高蹈者孟浩然等和进取者高適、岑参、李颀、王昌龄等之间，恰好是一座桥梁”。[①] 王维很多诗篇，其气势之恢宏、笔力之俊健，甚至超过了高適等人。

盛唐崇尚阳刚之气，王维自不例外。《少年行》四首，无论写长安游侠高楼纵饮的豪情、报国从军的壮怀，还是写勇猛杀敌的气概、功成无赏的遭遇，都透出英俊豪迈之风。《夷门歌》通过对战国时代侯嬴酬信陵君知遇之恩而献奇计并自刎而死之事的咏叹，抒发了诗人自己“士为知己者死”的慷慨激昂的情怀，动人心弦；《老将行》热情讴歌“老将”之不计个人得失、誓将残生报效祖国的忠肝义胆，写得回肠荡气、波澜壮阔……这些壮美的诗篇从不同的侧面折射出王维的人格追求与思想境界。

王维既是诗人，又是画家（尤工山水），用他自己的话说：“宿世谬词客，前身应画师。不能舍余习，偶被世人知。”（《偶然作六首》）因此，写景之诗在其创作中占有不容忽略的分量。研读这类作品，我们不难发现两大特点：其一，王维善于表现那些雄奇阔大的景物；其二，诗人喜爱描摹松、竹等刚劲清雅的意象。关于前者，我们暂以

① 萧涤非等：《唐诗鉴赏辞典》，上海辞书出版社 1983 年版，第 3 页。

《终南山》为例：

太乙近天都，连山到海隅。
白云回望合，青霭入看无。
分野中峰变，阴晴众壑殊。
欲投人处宿，隔水问樵夫。

诗人以虚实相间的笔墨渲染出终南山之高、之奇、之大、之壮，他在《画学秘诀》中说："肇自然之性，成造化之功。或咫尺之图，写千里之景。东西南北，宛尔目前。"只有当诗人胸中装满群山万壑之时，下笔方能如此满纸云烟。在他的眼中，终南山不是孤立的，而是连绵的；不是静止的，而是动荡的；不是世外的，而是人间的。因而，她给诗人的印象是既神秘又亲切，既雄壮又灵动，这正是儒家文化精神的展现。儒家先贤，从来都不推崇那种"鸡犬之声相闻，老死不相往来"与世隔绝的生存方式，而崇尚大一统的大同世界。孔子说："四海之内，皆兄弟也。"（《论语·颜渊》）还说："远人不服，则修文德以来之。既来之，则安之。"（《论语·季氏》）这种天下一家的仁爱情怀，对历代诗人都有着莫大的感召和启迪，《终南山》一诗的结尾，"欲投人处宿，隔水问樵夫"，诗人特意描写了这里安居乐业的"人"，并表达了与他们亲近的心愿，无形中为这座美丽的大山渲染出几多人间烟火气。再以其《汉江临泛》为例：

楚塞三湘接，荆门九派通。
江流天地外，山色有无中。
郡邑浮前浦，波澜动远空。
襄阳好风日，留醉与山翁。

前诗写的是名山，此诗写的是大河。汉江烟波浩渺，奔腾无限，却并不令人畏惧震恐，而适足于荡涤人的心胸，开拓人的视野，一如孟子所云“养吾浩然之气”。末了，诗人有意加上了一个与山翁对酌的温馨画面，使得苍茫雄浑的汉江一下具有了浓浓的人情味。

在一般人的心目中，王维是一个在政治上缺乏追求、软弱而消极的诗人，殊不知他自有一派刚直方正的人格操守。34 岁（开元二十二年）那年，王维勇敢地写诗向贤相张九龄剖白心迹：“宁栖野树林，宁饮涧水流。不用坐粱肉，崎岖见王侯。鄙哉匹夫节，布褐将白头。任智诚则短，守仁固其优。侧闻大君子，安问党与雠。所不卖公器，动为苍生谋。贱子跪自陈，可为帐下不？感激有公议，曲私非所求。”（《献始兴公》）“大君子”乃“大丈夫”之谓，孟子曾倡言：“居天下之广居，立天下之正位，行天下之大道。得志，与民由之；不得志，独行其道。富贵不能淫，贫贱不能移，威武不能屈，此之谓大丈夫。”（《孟子·滕文公下》）王维生平追慕的正是这样一种至大至刚的人格境界，由是得张九龄赏识，被擢为右拾遗。后来，张九龄罢相，李林甫当政，权倾一时：“自是朝廷之士皆容身保位，无复直言。李林甫欲蔽塞人主视听，自专大权，明召诸谏官，谓曰‘今明主在上，群臣将顺之不暇，乌用多言。诸君不见立仗马乎？食三品料，一鸣辄斥去，悔之何及’！”（《资治通鉴》卷二一四）群臣噤言，人人自危，这样的政治气氛令王维倍感压抑和幽愤，他痛心地说：“今人昨人多自私，我心不说君应知。”（《不遇咏》）而对远谪荆州的张九龄情深意切地写诗相赠：“所思竟何在？怅望深荆门。举世无相识，终身思旧恩。”（《寄荆州张丞相》）正是从此时起，他退隐山林的愿望愈来愈强烈，儒家圣贤曾说：“达则兼济天下，穷则独善其身。”这无形中规定着中国士人的思维方式和行为准则，“独善其身”虽少了那种“知其不可而为之”的执着，但依然坚持了正直不阿的人格操守，其弟王缙在《进王右丞集表》中这样评价自己的兄长：“臣兄文辞立身，行之余力，当官坚正，秉操孤直……”正是这种持坚守白、不磷不缁的清高个性，才使得诗人如此倾心于松、竹这类的意象。据统计，在王维流传下来的370余首诗歌中，咏赞松竹的诗就多达50余首。松、竹早已成为中国知识分子理想人格的象征。在王维的诗中，松的冷峻与竹的清雅，都得到了进一步的强调和演绎，这与诗人那亦官亦隐的特殊生活方式密切相关。王维的多才多艺（诗、书、画皆绝）备受同代人钦慕，加之他性情平和、不露锋芒，李林甫等人并未因他本为张九龄所荐而加以排挤。事实上，他的职位在张九龄遭贬之后反而有升无降（从八品的拾遗次第迁升到五品的郎中）。殊不知，这更加重了他内心的矛盾和痛苦。为了家中弟妹的衣食问题，他不得不在越来越腐败的朝廷任职，违心地与一帮奸佞权要周旋，这派势力气焰嚣张，炙手可热，顺之者昌，逆之者亡。置身于这样的境况中，松、竹那孤傲峻洁的形象极易引起诗人无限的景仰和共鸣，其远离尘嚣之心日益强烈。在他的诗中，松、竹的意象常常带有一股凛然的冷意：“绿树重阴盖四邻，青苔日厚自无尘。科头箕踞长松下，白眼看他世上人。”（《与卢员外象过崔处士兴宗林亭》）在这里，挺拔的巨松与傲岸的主人公相得益彰，互相诠释和印证，营造出一种高标跨俗的境界。再如，“萋萋芳草春绿，落落长松夏寒”（《田园乐七首》），亦无不寄托着诗人的理想和志趣。黑格尔说：“在艺术里，感性的东西是经过心灵化的，而心灵的东西也借感性化而显现出来了。”①

① ［德］黑格尔：《美学》（第一卷），商务印书馆1982年版，第49页。

从某种程度上来说，王维称得上一个很纯粹的诗人，虽混迹官场多年，但始终鄙弃结党营私之丑行。孟子说，诗人乃“不失其赤子之心者也”，既然是“赤子之心”，就必然决定了其敏感、稚嫩与脆弱。如果说，早年的因黄狮子舞而遭贬济州大大挫伤了其进取功名的锐气的话，那么，安史之乱为叛军所俘，则是他一生永难逾越的魔障。因为前贤早有明训：“儒有可亲而不可劫也，可近而不可迫也，可杀而不可辱也。”（《礼记·儒行)）“志士仁人，无求生以害仁，有杀身以成仁。”（《论语·卫灵公》）因而，他为自己在安史之乱中的“失节”痛悔不已，尽管当时他为拒绝接受伪职而做过了反抗——不惜损伤自己的身体，“服药取痢，伪称瘖疾”①。但他事后一直为自己不能死节而羞耻，那种耻辱感也许只能在司马迁的《报任安书》中方可找到。作为当时与儒教并行的佛、道两教，相比之下，对此则要通融得多，佛家宣扬“忍辱含垢”“毁誉不动”；道家十分鄙视士人“死名”：“今世俗之君子，多危身弃生以殉物，岂不悲哉！”（《庄子·让王》）可见，儒家正统思想对王维人生观的影响之深，这种心理折磨一直伴随其终生。忧来无方之时，他只能这样宽慰自己：“莫惊宠辱空忧喜，莫计恩雠浪苦辛。黄帝孔丘何处问，安知不是梦中身。”（《疑梦》）从“空忧喜”“浪苦辛”的语调来看，诗人对自己平生遭遇之“宠辱”“恩仇”是如何耿耿于怀！因此，我们读王维的诗，总隐约感到他不似陶渊明那般真正做到了忘形与忘我，倒常有一股郁勃之气充乎其间。

---

① （五代）刘昫：《旧唐书·王维传》，中华书局1975年点校本，第5052页。

二 仁爱真挚之情

“独坐幽篁里，弹琴复长啸。深林人不知，明月来相照。”（《竹里馆》）“牧童望村去，猎犬随人还。静者亦何事？荆扉乘昼关。”（《淇上田园即事》）落落寡合的身影，悠然自得的神情，这样的情景和画面，在王维的诗歌里一再出现，难怪他要给读者留下一个“寡情”的错觉。

其实，王维是一位最深于用情的诗人，无论友情还是亲情，都是这般令他魂牵梦系，难以割舍，这恐怕仍要归结到儒教传统的熏陶，因为释、道两家于此很是洒脱，释家提倡忘情，道家一向主张虚无乃世界之本体，现实中的一切皆如幻之所作、梦之所见。唯有儒家才重视伦理道德，孔子把“孝悌”视为“仁”的本质内核，甚至看作“为政”的一个重要组成部分。从史料记载来看，王维的“孝悌”之行是深为时人推崇的：“事母崔氏以孝闻。与弟缙，俱有俊才，博学多艺，亦齐名，闺门友悌，多士推之……居母丧，柴毁骨立，殆不胜丧。”① 诗人留下了诸多饱蘸亲情的诗篇，少小离家，求取功名，与兄弟们相见无期，他惆怅不已：“独在异乡为异客，每逢佳节倍思亲。遥知兄弟登高处，遍插茱萸少一人”（《九月九日忆山东兄弟》）。令他难过的不是自身的孤寂，而是家中的兄弟们少了他这位大哥的陪伴，节日会无聊乏趣的，一片仁爱之情渗透字里行间。后来，诗人历经丧乱，心灰意冷，几欲屏迹林泉，弃绝尘世，他说：“一生几许伤

① （五代）刘昫：《旧唐书·王维传》，中华书局1975年点校本，第5051页。

心事，不向空门何处销。”（《叹白发》）可终究没能遂愿，为什么呢？“小妹日成长，兄弟未有娶。家贫禄既薄，储蓄非有素。几回欲奋飞，踟蹰复相顾。”（《偶然作六首》）为了手足的幸福，他不惜违拗自己的志愿。

同样地，王维非常珍重友情。中国的人伦观念自古就非常重视这种情感，在君臣、父子、夫妇、兄弟、朋友这五伦当中，朋友一伦虽位居最后，但不容忽视。依儒家传统而言，一个人不能没有亲情，更不能缺少友情。没有友道人生，就失去了生命存在的土壤和意义。王维与同代许多著名诗人如孟浩然、祖咏、钱起、司空曙、裴迪等都结下了不寻常的友谊，他们彼此写诗赠答，情深意切。赠友诗是王维集中非常精彩的一个组成部分。这些诗大都情因景生、景由情发、情景交融，感人至深：“渭城朝雨浥轻尘，客舍青青柳色新。劝君更尽一杯酒，西出阳关无故人。”（《送元二使安西》）这静谧清润的景致与元二将去的塞外的风沙弥漫形成鲜明的对比，怎不令这对挚友倍添惆怅，“劝君更尽一杯酒”，一个“更”字，倾注了诗人多少关切与留恋呵！“杨柳渡头行客稀，罟师荡桨向临圻。唯有相思似春色，江南江北送君归。”（《送沈子福之江东》）渡头杨柳依依，行客稀少，反衬出友人的形单影只，一种怜惜眷爱之情在诗人的胸中油然而生，但是，他不忍把这种低落伤感的情绪传递给远行的朋友，于是，突发奇想，说道：你看大江南北，桃红柳绿、芳草萋萋，这都是我的浓浓相思之意呵！它们陪伴着你，你不会感到孤单的，放心地去吧！语丽而情真，叫人吟味不已。另外，像《红豆》诗中“愿君多采撷，此物最相思”之句，一个“多”字，蕴蓄了多么饱满热烈的情意；《杂诗二首》其二“君自故乡来，应知故乡事。来日绮窗前，寒梅著花未？”一句“梅花开了没有”的询问，暗含着他对往昔日常生活多少美好的回忆！这类诗篇大凡有一个共同特点，那便是明白如话、脱口而出，这不只是由于诗人才华出众，更取决于其情感的深厚与赤诚。

谈到“诚”字，我们不会忘记儒家先贤对它的推崇与论述。事实上，“诚”与“仁”在儒家道统中始终是相辅相成的，无诚之仁，其仁必伪；无仁之诚，其诚必恶，二者密不可分，构成一种高尚的道德境界。历代文学评论家大都以“诚”作为衡量作品优劣的一个重要尺度。刘勰提倡“为情而造文”（《文心雕龙·情采》），王国维认为：“能写真景物、真感情者，谓之有境界。”（《人间词话》）王维的不少诗歌在当时就被度曲，天下人广为传唱，足见其真情感人之深。

三　宁静祥和之韵

世界上没有一个民族像华夏民族这样向往和谐，孔子说：“礼之用，和为贵。”（《论语·学而》）既然儒家以“仁”为其理想境界，就决定了其审美理想是静穆与中和，排斥动荡与冲突。历代田园诗中表现的那种恬静温馨，正可以说是这一审美理想最美好动人的体现，而王维此类诗歌的艺术成就是有口皆碑的。

应当指出的是，就王维本人个性而言，他也不属于那种孤僻冷漠的类型，相反，他是那么开朗风趣。在他的山水田园，亦常常是一派热热闹闹、温情脉脉的场景：“秋晚田畴盛，朝光市井喧。渔商波上客，鸡犬岸旁村。”（《早入荥阳界》）“明月松间照，清泉石上流。竹喧归浣女，莲动下渔舟。”（《山居秋暝》）诗人正是通过描绘这种生活气息浓厚的现实场景，表现这些村民心地的纯朴与无邪，从而抒发对安宁温馨的田园生活的深情向往。“斜光照墟落，穷巷牛羊归。野老念牧童，倚杖候荆扉。雉雊麦苗秀，蚕眠桑叶稀。田夫荷锄至，相见语依依。即此羡闲逸，怅然吟式微。”（《渭川田家》）野老惦念着放牧的孩子，正拄着拐杖倚门望归；村夫荷锄攀谈，相互间饱含着关切与体谅……人与人的关系是多么淳厚和美呵！“晨鸡鸣邻里，群动从所务。农夫行饷田，闺妇起缝素……”（《丁寓田家有赠》）。他未必不懂得农人生计的艰辛与困窘，却总是赋予乡村生活浓郁的诗情画意，因为在他的眼中，物质的匮乏、肉体的劳累皆是次要的，关键在于心灵的安宁与踏实，人与人之间的友爱和融洽。

即使在其纯粹的写景诗中，我们也总能感受到万物彼此间的善意与爱心，绝无官场上惯见的猜忌与摧残、隔膜与对抗。例如：“青苔石上净，细草松下软。窗外鸟声闲，阶前虎心善。”（《戏赠张五弟諲三首》）一切都是这么和谐、自得其乐。可以推知，诗人之所以如此热爱大自然，正是他对名利场中的纷争与冲突充满了憎恶惊惧。他曾语重心长地告诫好友裴迪：“酌酒与君君自宽，人情翻覆似波澜。白首相知犹按剑，朱门先达笑弹冠。草色全经细雨湿，花枝欲动春风寒。世事浮云何足问，不如高卧且加餐。”（《酌酒与裴迪》）当诗人拨开滚滚红尘，静心观照秀美可餐的大自然时，心情便变得如此宽松闲适。在他看来，大自然不是无知无觉的存在，而是充满了神奇的灵性及充沛的情感：“可怜盘石临泉水，复有垂杨拂酒杯。若道春风不解意，何因吹送落花来?”（《戏题盘石》）在作者的眼中，大自然的确是有情感灵性的，对人类是满含友好关切之情的。

作为杜甫的同时代人，在王维的诗集中，我们听不到老杜那种为生灵涂炭而发出的声嘶力竭的歌哭；也看不见老杜“麻鞋见天子，衣袖露两肘”般为了国家前途而置个人生死于不顾的执着身影，深刻的悲剧意识被浓挚的和谐愿望淹没，王维不曾描写过深悲剧痛、饿殍遍野。如果说，杜甫的一生无论穷达，还是祸福都志在“兼济天下”的话，那么，王维更多的时间则致力于“独善其身”，两人在相反的人生道路上实践着儒家先贤的教诲，而其终极理想是一致的。在王维的内心深处，也有着和杜甫一样的“再使风俗淳”的理想和愿望。有一次，他的一位朋友要出任梓州（今四川省三台县）刺史，他写诗相赠：“万壑树参天，千山响杜鹃。山中一夜雨，树杪百重泉。汉女输橦布，巴人讼芋田。文翁翻教授，敢不倚先贤。”（《送梓州李使君》）诗的上半首，他以奇幻而清俊的笔触描绘出极富蜀地特色的美妙景色，然而诗人并未在这片水光山色中流连忘返，而是语重心长地提醒友人：那里的赋税未免太重了，以至于让妇女拿出辛辛苦苦织就的橦布来抵租；另外，当地的百姓甚至为了争夺田产而打起了官司，未免太不温良谦让，他亦庄亦谐地援引汉景帝时，文翁曾在蜀地大力推行教化从而使之成为诗礼之邦的故事劝勉道：你这位李使君，可要效法先贤行事呵！

历来王维的研究者们，大都着重于佛教思想对其诗歌的影响，但笔者认为，儒教乃中国之国教，它对炎黄子孙尤其是读书士子潜移默化的深度和广度，是不容忽视的。何况，儒家文化的凝聚力、包容力是如此之强，外来文化总要受其渗透和改造，从而为其所用。因此，具体到“诗佛”王维而言，要深刻领会其山水田园诗的深层意蕴，也就不能不探讨儒家文化精神对他人生的影响。

清水出芙蓉，我真故我在

——李白诗歌创作新论

“清水出芙蓉，天然去雕饰”（《经离乱后，天恩流夜郎，忆旧游抒怀，赠江夏韦太守良宰》），李白对友人诗歌的这句评价，用于概括其本人的作品特色，可谓准确传神。南朝宋诗人谢灵运的诗歌也得到过相似的称许——“谢五言如初发芙蓉，自然可爱”①。诚然，谢氏笔下的江南（永嘉、上虞一带）山水，清奇幽秀，加之谢氏本人又身为画家，他擅长通过对光线、线条、色彩等的巧妙处理来呈现自然美景，确实留下了不少清词丽句，诸如“林壑敛暝色，云霞收夕霏”“原隰荑绿柳，墟囿散红桃”等，用“清水出芙蓉”以形容之，从审美的角度来解释，殆不为过；若从构成性的角度来分析，则殊可商榷——因为他在创作过程中不唯不曾废弃雕琢，而且还时常有雕琢过甚之嫌，算不上省净天然。钟嵘《诗品》云谢诗：“源出于陈思，杂有景阳之体。故尚巧似，而逸荡过之，颇以繁芜为累。”他对排偶、声律、用典、辞藻的运用十分讲究，确立了一种精密、典丽的艺术范型，沈德潜《古诗源》说其创作乃“惨淡经营，钩深索隐”，可谓知

① （唐）李延寿：《南史·颜延之传》，中华书局1975年点校本，第881页。

言。然而在李白这里，无论就构成性概念（与本质论、创作论相连）而言，还是就审美概念（与风格论、鉴赏论相关）来说，皆可当之，胡应麟说："诗最可贵者清，然有格清，有调清，有思清，有才清。才清者，王孟储韦之类是也。若格不清则凡，调不清则冗，思不清则俗。王杨之流利，沈宋之丰蔚，高岑之悲壮，李杜之雄大，其才不可概以清言，其格与调与思，则无不清者。"① 这是从创作论而作的阐发；张云敖更从风格论方面加以说明："古今来言诗者，曰清奇，曰清雄，曰清警，曰清丽，曰清腴，等而上之曰清厚，等而下之曰清浅，厚故清之极致，而浅亦清之见端也，要不离清以为功。"② 至于清水芙蓉之境，我们既可云其清奇，亦可云其清浅，既可云其清丽，亦可云其清腴，这要视包含其中的情感而定。因此，我们说，谢李之诗，虽同为"出水芙蓉"，却有着明显的差别，李白的"清水芙蓉"，并非像谢灵运那样，仅得之于清新秀美的自然景物之描绘，更源于其创作的自然本真状态，因此，"清水芙蓉"在李白笔下，可以涵盖更广阔的社会生活内容。下面我们专就李白的诗歌来分析其"清水出芙蓉"之美学意蕴。

一

李白一向反对雕琢，厌烦文饰，他说："自从建安来，绮丽不足珍。圣代复元古，垂衣贵清真。"（《古风》之一）"一曲斐然子，雕虫丧天真。棘刺造沐猴，三年费精神。"（《古风》之三十五）其创作

① （明）胡应麟：《诗薮》外编卷四，上海古籍出版社1979年版，第185页。
② （清）张云敖：《芰梅生诗序》，《简松堂文集》卷五，1941年张氏藏书版重印本。

理论和实践是统一的。众所周知，浑然天成之作，总离不开一个“兴”字，诸如兴象、兴趣、兴会等，张戒《岁寒堂诗话》这样解释说：“目前之景，适与意会，偶然发于诗声，六义中所谓兴也。兴则触景而得，比乃取物。”兴即感触，是创作的催化剂，没有感触是无法写诗的，所以皎然《诗式》说：“语与兴趋，势逐情起，不由作意，气格自高。”谢榛《四溟诗话》卷三则云：“凡作诗悲欢皆由于兴，非兴则造语弗工……熟读李杜全集，方知无处无时而非兴也。”作为美感的兴的要义，就是物对心的自然感发和心与物的自然契合，那么美感中的物象就不再是一般的物象，而是兴中之象。人在美感高潮到来之时的精神状态，就成为“兴会”。翻开李白的诗集，我们的确可以发现其创作皆从“兴”开始，由“兴会”来完成，他本人亦反复谈到“兴”：

“兴酣落笔摇五岳”（《江上吟》）

“心摇目断兴难尽”（《当涂赵炎少府粉图山水歌》）

“兴在趣方逸”（《寄王方城十七丈奉国莹上人从弟幼成令问》）

“兴因庐山发”（《庐山谣寄卢侍御虚州》）

“兴远与谁豁”（《江上寄元六林宗》）

“兴入天云高”（《赠别王山人归布山》）

“兴来洒笔会稽山”（《酬张司马赠墨》）

“云海方助兴”（《过彭蠡湖》）

“乘流兴无极”（《姑熟十咏》）

“兴酣乐事多”（《金陵江上遇蓬池隐者》）

正是这种“兴”，将诗人由生活状态引入创作状态，诗人于是“思接千载，视通万里”。兴，带给人们创作冲动，缤纷意象纷至沓来，由诗人的情思串联成锦绣诗篇。李白写诗，常是挥笔而就，其从弟李令问云其“心肝五脏，皆锦绣耶！不然，何开口成文，挥翰雾散”[①]，如此，“天机云锦用在我，剪裁妙处非刀尺”，诗歌呈现出一派天然风韵。

在李白这里，兴又时常与醉联系在一起。尼采认为，沉醉的本质是力的提高和充溢之感。沉醉，不仅是一种特殊的生理状态，而且是一种特殊的情绪、心理状态——快乐。在尼采看来，各种极致的东西都叫快乐，如惨痛、兴奋、毁灭、狂怒、死亡等。而沉醉本身能达到的极致是什么？尼采使用的是一个颇为奇特的意象——“裸舞”：“我飞到了梦想不到的未来，到雕刻家梦想不到的更炎热的南方，那里诸神正裸舞，耻于任何衣饰。”“那里在我看来，一切的生成好像是诸神之舞与嬉戏，世界自由而无限制，一切都归真返璞，好像是无数神灵的永恒的自我解放和自我复归。”[②] “裸”，乃一种象征，它象征着本色和天成，象征着与天地精神相往来的人格境界。在中国古代诗人中，李白堪称最充溢着尼采所谓酒神精神的一位，他的绝大多数作品都是在尼采所谓“沉醉”的状态下完成的，他的诗歌创作就是那样一种“裸舞”。如果说，兴是创作的催化剂，那么在李白这里，醉，恰是其将生活素材转化为诗的化学反应过程，李白自云：“至于酒情中酣，天机俊发，则谈笑满席，风云动天。”[③] 杜甫有诗形容：“李白一斗诗百篇，长安市上酒家眠。天子呼来不上船，自称臣是酒中仙。”（《酒中八仙歌》）在他的诗篇中，常常如此醉意冲天：

“激楚结风醉忘归”（《白苎辞》）

---

① （唐）李白：《李太白全集》，（清）王琦注，中华书局 1985 年版，第 1279 页。

② ［德］尼采：《查拉图士特如是说》，转引自王一川《意义的瞬间生成》，山东文艺出版社 1997 年版，第 231 页。

③ （唐）李白：《李太白全集》，（清）王琦注，中华书局 1985 年版，第 1291 页。

“醉上山公马”（《秋浦歌》）

“醉倒月下归”（《赠历阳褚司马……》）

“醉发吴越调”（《经乱后将避地剡中留赠崔宣城》）

“月色醉远客”（《寄韦南陵冰……》）

“客醉几重春”（《江夏送张丞……》）

“乐极忽成醉”（《酬岑勋见寻……》）

“醉来卧空山”（《友人会宿》）

“长歌醉芳菲”（《春日独酌》）

“醉后发清狂”（《陪侍郎叔游洞庭醉后》）

“离忧每醉心”（《禅房怀友人岑伦……》）

“醉起步溪月”（《自遣》）

“醉罢弄归月”（《游谢氏山亭》）

醉的状态其实就是一种忘情的状态，不知今夕何夕，不知得失利害，不知四声八病，不知笔墨纸砚，创作乃在下意识中进行，完全摈弃了雕琢与做作，作品遂以最本色的面目去感染读者，恰如张说《醉中作》所言：“醉后乐无极，弥胜未醉时。动容皆是舞，出语总成诗。”

二

本色自然与自然主义截然不同，一些论者认为李白的思想情趣依然是齐梁余绪，这种见解是很偏颇的。李白无意中已将宫体诗欲望的人变成了感觉的人，将感官的消遣升华为心灵的陶醉。与宫体诗富于暗示性的浓艳色彩不同，他擅于使用清冷色调表现人物内心的凄凉：

玉阶生白露，夜久侵罗袜。
却下水精帘，玲珑望秋月。
——《玉阶怨》

写一位望月女子，望月望到夜阑更深，寒露浸湿了罗袜，回到屋中，放下水晶珠帘，依然痴痴望月……从字面上看，只写了一个持续的望月动作，然而，读者自然会被深深地触动，其执着如此，其深情可知。学者裴斐曾说过："清水是淡，芙蓉却是浓。"对照此诗，可解个中滋味。

李白有一些小诗直如一组画面抓拍镜头叠加在一起，令人倍感明快天然之韵，隽永之味。那首被王夫之叹为"只存一片神光，更无行迹矣"的《采莲曲》：

若耶溪边采莲女，笑隔荷花共人语。
日照新妆水底明，风飘香袂空中举。
岸上谁家游冶郎，三三五五映垂杨。
紫骝嘶入落花去，见此踟躇空断肠。

采莲的少女、骑马的少年，一水中、一岸上，二者并无情节之关联，但并列在一块儿，则引发人们浮想联翩，充满对青春之美好与欢乐的无限留恋以及为似水流年而生莫名惆怅……陆时雍《诗镜总论》说得好："盛唐人寄趣，在有无之间，可言处常留不尽。"

王国维在《人间词话》中言及诗歌境界时曾有如下精辟论断："境非独谓景物也，喜怒哀乐亦人心中之一境界。故能写真景物、真感情者，谓之有境界；否则，谓之无境界……大家之作，其言情也必沁人心脾，其写景也必豁人耳目。其词脱口而出，无矫柔妆束之态，以其所见者真、所知者深也。"以此语参之李白，殊觉妥帖，因他不仅能写真景物，更能写真感情故也，都是同样不做人为的雕饰（南唐李后主有时似之）。李白的抒情，较以往任何诗人都更直接、更痛快，像“有时忽惆怅，匡坐至夜分”（《赠何七判官昌浩》）、“大道如青天，我独不得出”（《行路难》）、“人生在世不称意，明朝散发弄扁舟”（《宣州谢朓楼饯别校书叔云》）等，强烈的入世之心令诗人无法忍受时光的蹉跎，所以这类愤激之辞便常常喷薄而出；李白又是一个极重友情和亲情的人，因而此类感情的抒发亦成为其集中引人注目的段落：“我寄愁心与明月，随风直到夜郎西”（《闻王昌龄左迁龙标遥有此寄》）“桃花潭水深千尺，不及汪伦送我情”（《赠汪伦》）“我醉欲眠卿且去，明朝有意抱琴来”（《山中与幽人对酌》）……诗人于天宝九年（750）寓居金陵时，十分思念留在东鲁的一双小儿女，在《寄东鲁二稚子》一诗中，诗人这样写道：“双行桃树下，抚背复谁恋？念此失次第，肝肠日忧煎……”宋严羽《沧浪诗话》云：“盖他人作诗用笔想，太白但用胸口一喷即是，此其所长。”谢榛《四溟诗话》云：“盛唐人突然而起，以韵为主，意到辞工，不假雕饰。”他写了《乌夜啼》《子夜吴歌四首》《乌栖曲》《来日大难》《襄阳曲》《妾薄命》，等等。其《荆州歌》这样抒发农妇思夫情怀：

白帝城边足风波，
瞿塘五月谁敢过。
荆州麦熟茧成蛾，
缲丝忆君头绪多。
拨谷飞鸣奈妾何！

开首二句境界壮阔，乃诗人特有的风格，然“足风波”“谁敢过”之口语，又十分切合农妇身份，而接下来的三句，亦皆就女主人公身旁事物下笔，麦熟、蛾、缫丝、布谷鸟等的描绘令思妇的辛劳、无奈及渴念呼之欲出，明代杨慎云："此歌有汉谣风味。" 再如诗人之《杨叛儿》：

君歌杨叛儿，妾劝新丰酒。
何许最关人？乌啼白门柳。
乌啼隐杨花，君醉留妾家。
博山炉中沉香火，双烟一气凌紫霞。

很显然，这比《乐府诗集·清商曲辞·西洲歌》中的《杨叛曲》之"暂出白门前，杨柳可藏乌。欢作沉水香，侬作博山炉"更率真洒脱，妙思益显、隐语益彰，强烈的情感在想象中得到痛快的抒发。

在李白现存的1000多首诗篇中，据统计，单是乐府与歌行就有230首之多，占总数的1/4左右，他酷爱南朝乐府，曾说："郢中《白雪》且莫吟，《子夜吴歌》动君心。"[①] 而五律（70余首）、七律（12首）加起来尚不足1/10，李白的五律属于唐律正格者，比例很小，有不少越出常度之作，句法活脱跳掷，笔致扶疏洒落，想象丰富，夸张奇特，摈弃雕饰，秀色出尘。李白更是极少写七律（仅占全诗的1%），七律在开元天宝之际尚处于摸索阶段，他似乎很不情愿将心力花费在形式的探究上。最能代表李白风格的莫过于七古、杂言、五绝、七绝，如王世贞《艺苑卮言》所言，率"以自然为宗，以俊逸高畅为贵"，像《蜀道难》，三言、四言，忽而七言、九言，随意转韵，如此变幻莫测不恰与蜀道之奇险以及诗人心中对国脉不祥之预感非常合拍吗？像《长干行》，通篇则用整齐的五言写成，一似清浅的

① （唐）李白：《李太白全集》，（清）王琦注，中华书局1985年版，第265页。

小溪缓缓流淌，没有大风大浪，也没有旋涡暗礁，这正适合表现女主人公的清纯、执着和无尽头的悲哀。李白是唐代诗人中创作乐府诗最多的一位，他既吸取了汉魏乐府的朴素浑成，又借鉴了南朝民歌的清新委婉，谈到李白“清水出芙蓉”之诗风，就不能不对唐代乐府风尚的再度勃兴做一回顾与考察。

三

E. L. 埃普斯坦恩云，文体即人类之行为方式（The how of human behavior），“从自然为我们的感官提供的东西中创造出意义，这一基本的人类行为就必然包含文体的方式（The how of style），如果文本是人，那么文体也就是人最初建构并居住于其中的世界”①。乐府在初、盛唐再度兴盛，乐府诗的创作主体不似汉魏或南朝那样是平民百姓（从事乐府创作的并非没有文人，除少数几位如鲍照、谢朓，多为文造情，刻意追求字句之美，致使作品了无生气、浮艳浅薄）而一律为文人，在这个朝气蓬勃的时代，诗坛重新选择乐府作为其主要话语方式之一，从大的文化背景上说，有其必然性。唐王室本属西北以军功起家的六镇集团，他们对威武雄壮、风格豪放的北部军旅乐舞有着天生的喜好，同时又对风情曼妙、婉转动人的南方清音生出不由自主的爱悦，唐太宗尝云：“夫音声能感人，自然之道也，故欢者闻之则悦，忧者听之则悲；悲欢之情，在于人心，非由乐也。将亡之政，其民必苦，然苦心所感，故闻之则悲耳，何有乐声哀怨能使乐者悲乎？今

① ［英］E. L. 埃普斯坦恩：《语言与文体》（Language and style）转引自陶东风《文体演变及其文化意味》，云南人民出版社 1994 年版，第 131 页。

《玉树》《伴侣》之曲，其声俱存，朕当为公奏之，知公必不然矣。”①于是，“陈梁旧乐，杂用吴楚之音；周齐旧乐，多涉胡戎之伎。于是斟酌南北，考以古音，作为《大唐雅乐》”②。初、盛唐历代君主都有乐癖，并皆表现出突出的音乐才能，高宗曾令教习散佚的琴曲，编于乐府，亲制《上元乐》；武后曾敕撰音乐论著《乐书要录》十卷，据《新唐书·礼乐志（十二）》载《坐部伎》六：“一《燕乐》，二《长寿乐》，三《天授乐》，四《鸟歌万岁乐》，五《龙池乐》，六《破阵乐》。”其中，“《天授》《鸟歌》，皆武后作也”。中宗亦颇喜乐舞。至于玄宗，其音乐才华及对音乐沉迷之深，在历代帝王之中，更是绝无仅有，据《新唐书·礼乐志（十二）》云：“玄宗既知音律，又酷爱《法曲》，选坐部伎子弟三百，教于梨园，声有误者，帝必觉而正之……帝又好羯鼓，而宁王善吹横笛。达官大臣慕之，皆喜言音律。”“唐之盛时，凡乐人、音声人、太常、杂户子弟隶太常及鼓吹署，皆番工，总号音声人，至数万人。”如此庞大的音乐机构，并且直接由皇帝亲自指导，这在历史上是空前的，它是与南北各民族之大融合、儒释道酌南北纵横阴阳百家之大汇流并存共生的。诗人王维便是以妙解音乐为机缘得到公主赏识，加之诗才出众而得中解元，释褐而受太乐丞，负责音乐、舞蹈的教习，据《旧唐书》载：“人有得奏乐图，不知其名，维视之曰，‘《霓裳》第三叠第一折也’。好乐者集乐工按之，一无差，咸服其精思。”故王维早年极爱写乐府歌词，像《陇头吟》《老将行》《渭城曲》《从军行》《洛阳女儿行》等，脍炙人口，流传甚广。另外，如高適、岑参二人，令他们闻名天下的皆是乐府，像高適《燕歌行》《古大梁行》《渔父歌》《营州歌》，岑参《白雪歌

① （五代）刘昫：《旧唐书·音乐志（一）》，中华书局1975年点校本，第1041页。
② 同上。

送武判官归京》《胡笳歌送颜真卿使赴河陇》《走马川行奉送出师西征》等，不论针砭现实，还是挥洒浪漫，无不脱口而出，“斫琱为朴”。就某种程度上说，盛唐风骨那种激动人心的力量正得力于其诗歌语言的明白显豁，刘勰说：“若丰藻克赡，风骨不飞，则振采失鲜，负声无力……练于骨者，析辞必精；深乎风者，述情必显。”① 王昌龄的乐府短歌“绪微而思清”，《从军行》《出塞》《闺怨》《浣纱女》《殿前曲》《长信宫词》等，风靡一时。崔颢亦善乐府，其《长干曲》《游侠篇》《雁门胡人歌》等，名噪一时，其被严羽誉为“唐人七律第一”的《黄鹤楼》之“黄鹤一去不复返，白云千载空悠悠”句，古意盎然，“不为律所缚者，盖出于乐府”。在这样的时代氛围中，李白更将其天纵之才发挥到极致，“白既嗜酒，日与酒徒醉于酒肆，玄宗度曲，欲造乐府新词，亟召白，白已卧于酒肆矣。召入，以酒洒面，即令秉笔。顷之，成十余章。帝颇嘉之”②。李白于乐府，尤为得心应手，抒怀、咏史、游仙、言情、山水、边塞……无所不能，无所不包，乐府在李白作品中所占比例既大，更将其自然本色、不事雕琢的风格表现得淋漓尽致，同时，亦将此特色蔓延到其他诗体之中，《宿巫山下》《陪宋中丞武昌夜饮怀古》《王右军》《江行寄远》《奔亡道中五首》（其五）等许多五律，往往合律却无对仗，以《夜泊牛渚怀古》为例：

牛渚西江夜，青天无片云。
登舟望秋月，空忆谢将军。
余亦能高咏，斯人不可闻。

---

① （南朝）刘勰：《文心雕龙译注》，赵仲邑译注，漓江出版社 1982 年版，第 259 页。
② （五代）刘昫：《旧唐书 · 文苑传下》，中华书局 1975 年点校本，第 5053 页。

明朝挂帆席，枫叶落纷纷。

笔似流水，思如行云，矫首天外，逸兴遄飞，与传统的五律判然分明，严羽所说“律诗有彻首尾不对者，盛唐诸公有此体”，当指此类。罗根泽先生分析道：“初唐、盛唐诗人，率先为乐府，然后以乐府为诗。乐府在汉魏虽有曲谱，而至唐代则久已亡佚，故唐人为乐府，不过效法歌词，并不能依照乐府曲调。”舍形得神，得鱼忘筌，“以故初盛唐人，其乐府新词固极自然、极解放。其诗亦多自然解放之作。中唐以后，乐府沦亡，诗人无乐府之根基，遂逐渐走入工整雕琢之路矣。”①

因此，要论述李白“清水出芙蓉”之诗风、要考辨盛唐诗坛自然标举之风神，就不能绕开乐府复兴这一总被人忽略的关键问题。

① 罗根泽：《乐府文学史》，东方出版社1996年版，第190页。

中唐诗人的雪月风花

唐代宗大历年间（766—779），是一个社会动荡、国运衰微的时期，此时安史之乱虽平，但各地藩镇纷纷割据，时常反叛朝廷，十几年的时间里，先后有田承嗣、李纳、李唯岳、梁崇义、田悦、朱滔、李希烈、刘展、朱泚、李怀光等人作乱，无论山东河南，还是浙东吴中，都呈现出一派荒颓、凄凉景象："廨宇经兵火，公田没海潮。"（戴叔伦《送谢夷甫宰余姚县》），"鸟雀空城在，榛芜旧路迁"（刘长卿《送河南元判官赴河南勾当苗税充百官俸钱》）。国家经济濒临崩溃，政治上则是元载、王缙、卢杞等人当道，他们没有整顿朝纲、扭转乾坤的才干和魄力，只把聪明与精力放在结党营私上面。与此同时，宦官势力也在向财、政、军各方面渗透，诗人深感世路的艰辛和前途的渺茫，忧生之嗟和山水隐逸遂成为这一时期诗歌的共同主题。伴随着"英雄气短"而来的是"儿女情长"，中晚唐爱情诗的繁荣亦肇始于此时，其标志便是出现了晁采与李冶这两位女诗人，她们流传下来的作品几乎全是对爱情的追寻与咏叹，字里行间倾诉着乱世佳人对幸福安定生活的深深向往，非常感人。而就这些诗篇的艺术成就来说，她们也完全有理由成为该时期独具代表性的作家，可惜，也许只因为性别的原因，她们总是被忽略，对大历诗歌颇有研究的唐寅先生

《大历诗风》，不仅书中内容未尝涉及，即使书后“据《全唐诗》及外编统计”，制成的《大历诗人名录及作品数量》表，记录了189位诗人及其作品数量，但凡有一篇诗歌传世（试贴诗除外）者，尽录于此，其中却不见晁采（22首）和李冶（18首）的影子（据《全唐诗》，大历十才子之一吉中孚的妻子张夫人亦才华出众，善写农事民俗，有五首诗传世，此并不言）。中国社会科学院文言所编《唐代文学史》中对大历时期文学论述甚详，同样不曾对上述两位女才子有所涉及，这实在是非常遗憾的。

一

爱情是晁采与李冶诗歌创作的共同主题，身为女性而如此大量地、大胆地抒写爱情，这在封建社会，的确是前所未有的现象。历史上著名的女诗人像蔡文姬、谢道韫、花蕊夫人等，或写国恨家仇，或抒林下逸趣，或述宫苑风光，她们往往是某个时代、社会，或者群体的缩影，而皆未像晁采、李冶这般敢于披露自我与爱情。首先，唐朝皇室先世本属西北胡化很深的六镇集团，是以军功、武装力量而获取政权的新贵，受鲜卑、突厥等少数民族风俗浸染颇深，对于男女之交接，往往等闲视之，所以朱熹《朱子语类》云其“闺门失礼之事，不以为异”。其次，与南北文化大融合有关，唐太宗曾说：“自古皆贵中华贱夷狄，朕独爱之如一，故其种落依朕如父母。”①（《资治通鉴》卷一九八）鼓励夷夏通婚，当时北方部族自由开放的婚恋观念对内地

① （北宋）司马光：《资治通鉴》卷一九八，中华书局2011年版，第6360页。

形成不小的冲击，妇女地位较以前任何一个时代为高，这从武则天成为有史以来第一个女皇帝可见一斑。最后，长达八年的安史之乱更极大地冲击了旧有的社会道德秩序，洪州道一的马祖禅盛行一时，释流饮酒交游，作诗颇涉闺情，公开与女性唱和；道教戒行本自松弛，此时越发散漫无章，因此，男女恋情遂为人们津津乐道，传奇小说于大历年间臻于极盛也就可以理解了。

晁采与李冶同写爱情，区别在于，前者纯真热烈、始终如一。据《全唐诗》卷八〇〇记载，晁采与邻生文茂青梅竹马，志趣相投，相约为伉俪。成年后，文茂赋诗传情，作《春日寄采》四首："美人心共石头坚，翘首佳期空黯然。安得千金遗侍者，一烧鹊脑绣房前。""晓来扶病镜台前，无力梳头任髻偏。消瘦浑如江上柳，东风日日起还眠。""旭日曈曈破晓霾，遥知妆罢下芳阶。那能化作桐花凤，一集佳人白玉钗。""孤灯才灭已三更，窗雨无声鸡又鸣。此夜相思不成梦，空怀一梦到天明。"晁采感动，以莲子回赠文茂，有一莲子坠入盆中，逾旬日，花开并蒂，文茂告知晁采，晁采之母遂应允了他们的婚事。婚后，文茂去长安谋进取，晁采作《春日送夫之长安》："思君远别妾心愁，踏翠江边送画舟。欲待相看迟此别，只忧红日向西流。"语言朴素稚拙，将离愁别绪自然地倾泻出来。尤其是后两句，执手相看泪眼，不忍遽别，怎奈夕阳西下，催人分手，使全诗充满张力。

晁采的诗歌，最为突出的特色是借景抒情、情景交融。浑然天成，似不经意而为之。《雨中忆夫》这样写道：

春风送雨过窗东，忽忆良人在客中。
安得妾身今似雨，也随风去与郎同。

在文人的笔下，凄风苦雨总是令分别的情人情绪低落、愁肠百结，但晁采此诗别开生面，充满奇思妙想：风来去自由，天地间可以畅通无阻，我多想身化为雨，随风而去，与夫君相会！李白有“我寄愁心与明月，随风直到夜郎西”的诗句，心随明月，伴君千里；晁采则云“安得妾身今似雨，也随风去与郎同”，身化飞雨，随风而会情郎。两者可谓各有千秋，难分高下，似乎后者更为生动感人些。

晁采流传下来的诗篇中，写得相当精彩、颇具民歌情调与趣致的当数《子夜歌》十八首，试举其中几首：

何时得成匹，离恨不复牵。金针刺菡萏，夜夜得见莲。

相逢逐凉候，黄花忽复香。颦眉腊月露，愁杀未成霜。

寄语闺中娘，颜色不常好。含笑对棘实，欢娱须是枣。

良会终有时，劝郎莫得怒。姜蘗畏春蚕，要绵须辛苦。

信使无虚日，玉酝寄盈觥。一年一日雨，底事太多晴。

相思百余日，相见苦无期。褰裳摘藕花，要莲敢恨池。

得郎日嗣音，令人不可睹。熊胆磨作墨，书来字字苦。

侬赠绿丝衣，郎遗玉钩子。郎欲系侬心，侬思著郎体。

利用身边常见的自然景物，巧用双关语，抒发相思之情，本是南朝乐府民歌《子夜歌》的突出特点，晁采继承了这一手法，使用起来得心应手，妙趣横生，像“夜夜得见莲（怜）”“愁杀未成霜（双）”“欢娱须是枣（早）”“要莲敢恨池（迟）”“底事太多晴（情）”等双关语，令女诗人的抒情既含蓄又大胆，既深沉又活泼，使诗句犹如刚折来的还带着晶莹晨露的原野花枝，新鲜动人。晁采在诗中还善于将想象与比喻融合在一起，借以表现她难以抑制的热情和痛苦，如用春蚕遍尝姜蘖之苦方得丝绵来描绘两人为情爱缱绻而备受熬煎；以“熊胆磨作墨，书来字字苦”来诉说两地相思之痛……立意新颖，极具感染力。

晁采诗歌之特色，在于其独特的感性表达方式。诗不同于文，虽然诗歌也不完全排斥铺叙和议论，但其更倾心于表现诗人独特的身心体验，即杜威所谓“生命最剧烈的瞬间”，亦即狄尔泰《体验与诗》一文所言：“诗的活动的起点，始终是一种生命体验。”维柯则云：“最初的诗人们都凭自然本性才成为诗人……诗意语句是凭情欲和恩爱的感触来造成的，至于哲学的语句却不同，是凭思索和推理来造成的。”① 晁采创造性地大量使用移情语言，如剪发做心结、剪指甲赠郎、杯水藏袖里、制巾系郎腰等，从中我们可以深切感到其纯洁爱情在现实生活中所遭受的抑制以及诗人在想象里获得的超越，狄尔泰说：“诗把心灵从现实的重负下解放出来，激发起心灵对自身价值的领会。通过诗的媒介，从意志的关联中拈出机遇，从而在这一现象世界中，诗意的表现被变形为生命本质的表现。诗扩大了对人的解放效果，以及人的生命体验水准，因为它满足了人的隐秘渴望（secret longing）：当命运以及他自己的选择仍然把他束缚在既定的生活秩序上，他的想象则使他去过他永远无法过的可能性的生活。”② 晁采的诗正是如此，它细致入微且淋漓尽致地写出了女主人公的情绪体验，可谓活色生香、生动感人。一般说来，随着社会文明的提高及文化积淀的增厚，诗人的心灵承受的束缚亦随之增多，个体感性功能逐渐萎缩，其思维与创作便容易形成套路或定式，汉乐府及南北朝乐府民歌

---

① ［意］维柯：《新科学》，朱光潜译，人民文学出版社 1986 年版，第 104—105 页。

② 转引自王一川《意义的瞬间生成》，山东文艺出版社 1997 年版，第 238 页。

就某种程度而言皆优于当时文人之诗作，便是明证。晁采独具慧眼，采用为常人所不屑的民歌手法进行创作，令人耳目一新。在唐代诗人中，向民歌学习而取得突出艺术成就的，晁采可谓首屈一指，刘禹锡的《竹枝词》与之相比，恐怕也要甘拜下风吧。

二

与晁采的单纯率真不同，李冶的爱情诗中充满了复杂的况味，既有欢欣、甜蜜与向往之情，又有忧伤、疑虑和幻灭之感，她擅长“众作之有滋味者”的五言诗，《四库全书总目提要》认为其“《寄校书七兄》诗、《送韩揆之江西》诗、《送阎二十六之剡县》诗，置之大历十子之中，不可复辨。其风格又远在涛上，未可以偏什之少弃之也。”刘长卿称其为“女中诗豪”，高仲武《中兴间气集》则云：“自鲍昭以下，罕有其伦，如‘远水浮仙棹，寒星伴史车’，盖五言之佳境也”。陆昶《历朝名媛诗词》赞之：“笔力矫亢，词气清洒，落落名士之风，不似出女人手，此其所以为女冠欤！”

唐代推崇道教，单是公主入道，如龚自珍所言见于著录者竟多达四十余人，据《新唐书·公主传》记载，大历七年（772），代宗之女华阳公主就以病丐为道士，号“琼华真人”。即使入道做了道姑，公主们的生活起居仍十分奢华，她们的人际交往也是无拘无束。著名的入道公主，如武则天之女太平公主、睿宗之女金仙公主及玄宗之妹玉真公主等，她们所居的道观，建筑、园林豪华富丽，同时也是官僚士子们聚会的文化“沙龙”。这无疑对当时的社会心理及风俗产生了不小的冲击和影响。事实上，道教自其诞生起，即与女性崇拜（女神崇拜与女仙崇拜的融合）密切相关，而在发展过程中又与女性修行密不可分，随着道教世俗化程度的加深，女冠——尤其是才貌出众的女冠，便往往成为社交场合中的活跃分子，至于她们的嫁人还俗，亦并不遭到社会的鄙弃，反而还会受到赞赏，如《大燕圣武观女道士马凌虚墓志铭》① 记载幽州女道士马凌虚“鲜肤秀质，有独立之姿；瑰意蕙心，体至柔之性。光彩可鉴，芬芳若兰。至若七盘长袖之能，三日遗音之妙，挥弦而鹤舞，吹竹而龙吟，度曲虽本于师资，余妍特秉于天与……与物推移，冥心逝止，厌世斯举，乃策名于仙宫；悦己可容，亦托身于君子。天宝十三载，隶于开元观；圣武月正初，归我独孤氏……铭曰：唯此淑人兮浓华如春，岂与兹殊色兮而夺兹芳晨。为巫山之云兮，为洛川之神兮，余不知其所之，欲将问其苍旻。”天生丽质、才情横溢的李冶出家为道，似乎注定要与才子词人发生情感纠葛，而其诗中流露的那种强烈的渴望归宿之情也就不难理解了。

虽然李冶以五言诗闻名于世，但她的七绝亦堪称高妙，如《明月夜留别》：

离人无语月无声，明月有光人有情。
别后相思人似月，云间水上到层城。

多情自古伤离别，这里却没有那种司空见惯的悲悲切切，皎洁宁静的月光将一切愁怨升华为美和诗意。在他人的诗中，常常出现的情境是：人分两地，共享一轮皓魄，人通过月以寄情，人是人，月是月；而李冶将人、月融为一体，那云间水上无所不在的，是月光，亦是人的情思和化身，无时无刻不在守护着意中人……这种浑涵的笔调

① 周绍良：《唐代墓志汇编》，上海古籍出版社1992年版，第1724页。

若放在盛唐诗作中，亦毫不逊色。此诗的韵律也有说不出的曼妙，适足以展现女主人公那冰资雪韵、仙风道骨。

李冶的传世名作《寄校书七兄》（一作《送韩校书》）：

无事乌程县，蹉跎岁月余。
不知芸阁吏，寂寞竟何如。
远水浮仙棹，寒星伴使车。
因过大雷岸，莫忘几行书。

由自己的“蹉跎”，想到对方的“寂寞”，深深关切偏以淡语出之，“远水浮仙棹，寒星伴使车”，表面看去，全是写景，然“远水”，可见旅途之遥；“寒星”，可知奔波之劳，风餐露宿之状，一如当年“栈石星饭，结荷水宿，旅客贫辛，波澜壮阔”的鲍照，所以，自然以鲍照过大雷岸寄书于妹的典故作结，深衷浅貌，短语长情，难怪胡应麟于《诗薮》内编卷四赞曰：“李季兰‘远水浮仙棹’二语，幽闲和适，孟浩然莫能过，宁可以妇人童子忽之！”邢昉《唐风定》曰：“工炼造极，绝无追琢之迹。”

移情和烘托本是大历诗人惯用的创作手法，李冶既与他们关系密切（可考有诗作往还者有刘长卿、崔涣、朱放、韩揆、皎然、陆羽、阎伯钧等），故其诗篇亦时露这一特色，如于“郁郁山木荣，绵绵野花发”（《寄朱放》）寓思念之情；借“繁霜月”“苦雾时”（《湖上卧病喜陆鸿渐至》）衬孤病之状等，令作品显得含蓄幽婉；但李冶也不乏直抒胸臆之句，像“人道海水深，不抵相思半。海水尚有涯，相思渺无畔”（《相思怨》）“相思无晓夕，相望经年岁”（《寄朱放》）……不独不显浅俗，反而在本色之外，别具一派大雅之韵。钟惺《名媛诗归》卷十一评之云：“直语能转，便生出情来，此全从灵气排宕耳。”苏者聪

《闺帏的探视——唐代女诗人》说："她留下的诗作不多，但首首如明珠翠玉闪烁发光，在唐代数以百计的女诗人中，李冶是佼佼者之一，不愧为'女中诗豪'。"

三

已有学者发现，大历诗人的偶像不是王维，更不是李白、杜甫，而是南朝的谢朓。这一发现很有价值，但还应看到，大历诗人与齐梁时代的其他诗人如沈约、阴铿、何逊、江淹等人，亦颇息息相通，他们在审美情趣（如长于写情且不加雕琢）、表现对象（如自然景物与饮宴羁旅）及表现手法（如白描、极少用典等）上存在着诸多类似之处。这一诗坛返祖现象的发生，从根本上说，源于时代大背景之相似——社会动荡，王权衰落，政治昏暗。齐梁之世，篡弑之事时常发生，萧齐时先后有三个皇帝被废杀；萧梁时，梁武帝萧衍在侯景之乱中饿死台城，此后七年中王朝三易其主，梁敬帝萧方智惨死时年仅16岁。大历之世，是大唐帝国由盛转衰的开始，一场旷日持久的社会大动乱，令脆弱敏感的诗人觉出了"日薄西山，气息奄奄"的末世意味。生活在乱世中的诗人忧恐交集，深感前途莫测，便只好在风花雪月中安顿身心、化解焦灼、倾诉悲欢，梁太子萧纲《答张缵谢示集书》所谓"春庭落景，转蕙承风，秋雨且晴，檐梧初下，浮云生野，明月入楼，时命亲宾，乍动严驾。车渠屡酌，鹦鹉骤倾。伊昔三边，久留四战，胡雾连天，征旗拂日，时闻坞笛，遥听塞笳"，是诗人笔下频繁出现的场景；当然萧纲《答新渝侯和诗书》所云"高楼怀怨，结眉表色，长门下泣，破粉成痕"之类的情诗，在他们作品中占有很大的比重。应当说明的是，我们不能因为向来认为“宫体诗”浮艳而否定齐梁之世亦有真正意义上的情诗，事实上，这类诗作数量甚丰，有些情真意切，十分感人，如庾肩吾《送别于建兴苑相逢》：

相逢小苑北，停车问苑中。
梅新杂柳故，粉白映纶红。
去影背斜日，香衣临上风。
云流阶渐黑，冰开池半通。
去马船难驻，啼乌曲未终。
眷然从此别，车西马复东。

春寒料峭，乍暖还寒，这次匆匆的相逢及分别，带给人凄凉无奈与伤感，“去影背斜日”两句，写尽女子伫立风中怅望情人离去的不忍与不舍，“云流阶渐黑”两句，则表现出男子与意中人挥别后暗无天日、迟迟不肯登舟的凄凉萧索之情，可谓字字扎心。另外还有庾肩吾《有所思行》，谢朓《赠故人》《玉阶怨》《同王主簿有所思》，沈约《为邻人有怀不至》，江洪《采菱二首》，江淹《古别离》《思归》，王筠《闺情》（其二），阴铿《难征闺怨》，裴子野《咏雪》等情诗，或深婉，或质直，并真挚动人。这一时期流传下来的乐府民歌几乎全为情歌，从某个侧面亦鲜明地反映出这个时代的情感诉求和心理趋向。另外，我们不难发现，齐梁诗人往往将对自然之美的醉心与对羁愁别情的深刻体验融于离别主题之中，像何逊“客心已百念，孤游重千里。江暗雨欲来，浪白风初起”。（《相送》）阴铿“夜江雾里阔，新月迥中明。溜船唯识火，惊凫但听声”（《五洲夜发》）……江淹曾留下著名的《别赋》：“春草碧色，春水绿波。送君南浦，伤如之何！至乃秋露如珠，秋月如珪。明月白露，光音往来。与子之别，思心徘徊。”大历诗人极为关注离别主题，甚至在相逢的惊喜中，他们都流露出浓浓的伤别愁绪，这与盛唐诗人那种“莫愁前路无知己，天下谁人不识君”的昂扬乐观形成鲜明对比。

齐梁与大历诗歌之相似，主要集中在“情”之蕴藉上，当然，这种“情”，不是豪情、热情，而是悲情、柔情，从正统儒教出发，刘勰《文心雕龙·乐府》这般评价齐梁诗歌：“或述酣宴，或伤羁戍，志不出于滔荡，辞不离于哀思。”魏征《隋书·文学传序》则说其“词尚轻险，情多哀思”。生逢乱世、前程被阻断的诗人理应有相通的感觉与心理体验，后来的文学评论家对大历诗歌也做出了相似的表述，明胡应麟《诗薮》以“气骨顿衰”来形容之，胡震亨《唐音癸签》则云其“移风骨之赏于情致”。闻一多说大历诗人“由于乱离的遭遇，大抵儿女情多，故长于描绘家人和亲友离合的主题”。虽然总体而论，大历不似齐梁之世如此关注两性关系，情诗的数量也相对较少，其质量却非常之高。如果说，初唐情诗尚带宫体流风遗韵，盛唐诗人不屑于儿女情长（李白那些“我倾子容貌，子慕我文章”的赠妓之作多有逢场作戏之嫌，杜甫、岑参等人亦偶有怀妻之作，但与此所言男女之恋情尚有区别，在彼处更多为亲情的性质）的话，大历诗人则已经开始对那种纯洁真挚、心心相印的两性之爱表现出关注和向往。男性诗人中以十才子之一的李端较为突出，如其“意合辞先露，心诚貌却闲”（《春游乐》）的诗句，便传神地刻画出男女双方情真意切又含蓄自制的样子；而其《襄阳曲》在描写“谁家女儿”的青春妆容之后，忽然将笔锋转向自身：“中庭寒月白如霜。贾生十八称才子，空得门前一断肠。”将那种朦胧的爱意与情思真真切切地表达了出来。相比盛唐诗人王维青春年少之作《洛阳女儿行》（题下原注：时年十六，一作十八），内容全与恋情无关，而是在少年老成地感慨世道人生，难免给人一种“为赋新词强说愁”之嫌。李端另外两首小诗：“开帘见新月，便即下阶拜。细语人不闻，北风吹裙带。”（《拜新月》）“鸣筝金粟柱，素手玉房前。欲得周郎顾，时时误拂弦。”（《听筝》）写恋爱中的少女情状，亦复微妙动人。另外，著名隐士诗人张潮、席方平等诗人也创作了不少以女性及爱情为题材的作品，如张潮《江南行》：“茨菰叶烂别西湾，莲子花开犹未还。妾梦不离江上水，人传郎在凤凰山。”何其婉转优美；而席方平《乌栖曲》（之二）：“画舸双槽锦为缆，芙蓉花发莲叶暗。门前月色映横塘，感郎中夜度潇湘。”又是多么情真意切。很显然，情诗在大历年间走向了繁荣。

清香深处住，看伊颜色

——也论东坡笔下的女性与山水

在苏东坡流传下来的三百多篇词作中，有二百多首是直接或间接描写女性的，数量甚为可观。从总体上说，这些女子最为显著的特点便是“一洗绮罗香泽之态”，格调高雅、有风有骨，迥异于花间、柳七词中那种庸脂俗粉。归纳起来，她们大抵呈现出以下三方面之特征：忠挚缠绵之情、天然率真之气、超然通透之性。忠挚缠绵之情属儒家之善，天然率真之气具道家之真，超然通透之性则有佛家之韵。东坡总是将这些不同凡俗的女性置于自然景物中加以烘托和表现，人与自然互相诠释和映衬，营造出独特的意境之美。

王国维在论及词的创作时曾云：“有造境，有写境，此理想与写实二派之所由分。然二者颇难区别。因大诗人所造之境，必合乎自然，所写之境，必临于理想故也。”① “自然中之物，互相关系，互相限制，故不能有完全之美。然其写于文学中也，必遗其关系限制之处，故虽写实家亦理想家也。又虽如何虚构之境，其材料必求之于自然，而其构造亦必从自然之法则，故虽理想家亦写实家也。”② 这些话

① 王国维著，滕咸惠注：《人间词话新注》，齐鲁书社 1986 年版，第 123 页。

② 同上。

给我们这样的启发：作家创造出美的艺术形象，即写实，也必然浸染着作家的主观意志和情感。可以说，东坡笔下的女性与山水，有实有虚，有真有幻，印证着词人的人格理想与志趣。

二

晁无咎尝云："眉山公之词短于情，盖不更此境耳。"认为他于男女之情从未注意，或者不屑留心。陈后山则为之辩护："呜呼！风韵如东坡，而谓不及于情，可乎？彼高人逸才，正当如是，其溢为小词而间及于脂粉之间，所谓滑稽玩戏，聊复尔尔者也。若乃纤艳淫媟，入人骨髓，如田中行、柳耆卿辈，岂公之雅趣也哉？"[①] 前者所言固乃偏颇，后者自以为是知东坡者，然忠挚深情如苏轼，焉能以"滑稽玩戏"来形容？而将"情"与"色情"混为一谈，乃当时士大夫阶层之共识，东坡异于常人者，恰在于他在作品中展露的那样一种近乎圣洁的爱情境界——对于寻常风月的超越或升华，如果说男女之爱有形貌之吸引、情感之交融、灵魂之共鸣三种层次之区别的话，那么，苏轼倾心的无疑是最后一种，因此，他对柳永的偎红倚翠、纵恣狂荡颇为不屑；对秦观的"销魂，当此际，香囊暗解，罗带轻分"之句倍加嘲讽，因为在他的心目中，爱情应该有更深厚的内涵、更高远的韵致、更浪漫的情怀，欧阳修曾云"人生自是有情痴，此恨不关风与月"（《玉楼春》）差可近之，以他于密州所写、人们耳熟能详的《江城子·己卯正月二十日夜记梦》为例：

---

① 丁福保编：《历代诗话续编》，中华书局 1983 年版，第 517 页。

十年生死两茫茫，不思量，自难忘。千里孤坟，无处话凄凉。纵使相逢应不识，尘满面，鬓如霜。

夜来幽梦忽还乡，小轩窗，正梳妆。相顾无言，惟有泪千行。料得年年肠断处，明月夜，短松冈。

该词写于宋神宗熙宁八年（1075），距妻子王弗去世已整整十年。宋仁宗至和元年（1054），16 岁美丽贤惠的王弗与 19 岁才华横溢的苏轼结婚，正如苏轼在《亡妻王氏墓志铭》中所言，王氏是一位“敏而静”的女子，对苏轼在外面的作为，她“未尝不问知其详”，轼每与客会谈，她总是“立屏间听之，退必反复其言曰：‘某人也，言辄持两端，唯子意之所向，子何用与是人言?’”间或“有来求与轼亲厚甚者”，王弗告诫丈夫曰：“恐不能久，其与人锐，其去人必速。”事实证明，妻子总是对的，虽然较苏轼年少，但她堪称其精神上的坚强后盾，尤其是“将死之岁，其言多可听，类有识者”，王弗的早逝(年仅 26 岁)，对苏轼的打击是沉重的，他长叹道：“呜呼哀哉！余永无所依怙!”纵然“十年生死两茫茫”，他却依旧“不思量，自难忘”，思念已深植于他的生命里，随生命的成长而蔓延；纵然阴阳两隔，但他们的灵魂始终厮守在一起，其中蕴含的正是“死生契阔，与子成说”那样感人的精神力量。无论“尘满面，鬓如霜”所流露的自怜，还是“相顾无言，唯有泪千行”倾泻的伤怀，皆印证着两人的知己之爱、灵魂之爱。在男尊女卑的封建时代，苏轼对爱情高尚本质的深刻体验诚非一般人能够领略，而“明月夜，短松冈”之景的辽阔与高远、悲凉与深邃，无疑升华了这种情感，增强了作品的感染力。

笔记小说对苏轼之奇遇亦多有涉及，袁文《瓮牖闲评》卷五载：“东坡倅钱塘日，忽刘贡父相访，因拉与同游西湖。时二刘方在服制中。至湖心，有小舟翩然至前，一妇人甚佳，见东坡，自叙：‘少年景慕高名，以在室无由得见，今已嫁为民妻，闻公游湖，不避罪而来，善弹筝，愿献一曲，辄求一小词以为终身之荣，可乎？’东坡不能却，援笔而成，与之。”（张邦基《墨庄漫录》中也有类似的记载）这就是那首有名的《江城子》：

凤凰山下雨初晴，水风清，晚霞明。一朵芙蕖，开过尚盈盈。何处飞来双白鹭，如有意，慕娉婷。

忽闻江上弄哀筝，苦含情，遣谁听？烟敛云收，依约是湘灵。欲待曲终寻问取，人不见，数峰青。

一开头，词人便创造了一片明净超逸之景：“凤凰山下雨初晴，水风清，晚霞明”，同时分别给荷花、白鹭一个特写：“一朵芙蕖，开过尚盈盈。何处飞来双白鹭，如有意，慕娉婷。”荷花与双白鹭，意象的撷取富有隐喻、象征意味。景好、情纯。女子多年的痴情，想要获取的也只是一篇小词，给不甘平庸的心灵一丝慰藉与寄托；词人对女子的美，也只是欣赏，并不想据为己有。这种纯净高雅的“灵之爱”一向是东坡最为青睐的，他曾说：“君子可以寓意于物，而不可以留意于物。寓意于物，虽微物足以为乐，虽尤物不足以为病。留意于物，虽微物足以为病，虽尤物不足以为乐。老子曰：‘五色令人目盲，五音令人耳聋，五味令人口爽，驰骋田猎令人心发狂。’然圣人未废此四者，亦聊以寓意焉耳。”① 末尾以景作结：“欲待曲终寻问取，人不见，数峰青。”化用唐人钱起的诗句“曲终人不见，江上数峰青”，恰到好处地表现出女子飘然而去、词人恍然若失的心情。空灵、婉妙，不着一字，尽得风流。

---

①（北宋）苏轼：《苏轼文集》，中华书局1999年版，第356页。

再如袁文《瓮牖闲评》卷五："苏东坡谪黄州，临家一女子，甚贤，每夕在窗下听东坡读书。后其家欲议亲，女子云：'须得读书如东坡者乃可。'竟无谐而死。故东坡作《卜算子》以记之。黄太史（庭坚）谓语意高妙，盖以东坡是词为冠绝也。"吴曾《能改斋漫录》亦言及此事，并说"苏门四学士"之一的张耒后贬黄州时，还为此专访东坡旧日好友潘分老……《卜算子》尽人皆知，此不赘录，不论此记载是否属实，但"拣尽寒枝不肯栖，寂寞沙洲冷"之句，借景抒情，诚既可诠释东坡政治上的失意，亦可寄托女子情感上的失落，要在远离人间烟火气，却又别有一份内在的执着与热情凝聚其中。

东坡生命中一重要女子王朝云——本为钱塘歌女，归东坡时年仅十一二岁（苏轼时年 39 岁，为杭州通判），六年后，即苏轼贬黄州的第二年正式纳她为妾，宋哲宗绍圣元年（1094），年已 59 岁的苏轼复被新党贬至南荒惠州，当时"家有数妾"，皆"相继辞去"，唯有朝云不怕蛮风瘴雨，追随东坡于万里之外，其情深义重，于此可见。朝云至惠州不满两年即病逝，年仅 34 岁，东坡在《朝云墓志铭》里沉痛写道：朝云"敏而好义，事先生二十有三年，忠敬若一"，他写了大量诗词怀念朝云，寄托哀思，如《西江月》咏梅词：

> 玉骨那愁瘴雾，冰姿自有仙风。海仙时遣探芳丛，倒挂绿毛幺凤。
>
> 素面常嫌粉涴，洗妆不褪唇红。高情已逐晓云空，不与梨花同梦。

岭南梅花，高标跨俗，以此来赞颂朝云不惧"瘴雾"而深情追随自己来此蛮荒之地。岭南梅花艳丽多姿、秀色出众，一如朝云天生丽质，不敷粉脸自白，不施脂唇自红。末尾两句源于唐代诗人王建《梦看梨花云歌》（误传为王昌龄诗。见张邦基《墨庄漫录》），此处借以歌颂朝云飘然俗世之外、为爱情而献身的忠贞品格，寓浓情于洒脱，呈现出东坡惯有的风格。全词明咏梅，实怀人。立意超拔脱俗，意象朦胧虚幻，寓意深刻哀婉，情韵悠长，不愧是苏轼悼亡词之佳作。

目前学术界似已达成一种共识，即认为东坡惯于直抒胸臆、不假外物，从而形成一种独具特色的“东坡范式”——“东坡词的抒情主人公就是作者自我，而自我之情，也以我之口吻声气出之，并且‘我’字直接出现在词中……这些‘我’字几乎无一例外是指创作主体自我。”① 然而事实并非如此，借景抒情是苏轼惯用的创作手法，以那首著名的《贺新郎·夏景》为例：

> 乳燕飞华屋。悄无人，桐荫转午，晚凉新浴。手弄生绡白团扇，扇手一时似玉。渐困倚、孤眠清熟。帘外谁来推绣户，枉教人、梦断瑶台曲。又却是，风敲竹。
>
> 石榴半吐红巾蹙。待浮花、浪蕊都尽，伴君幽独。秾艳一枝细看取，芳心千重似束。又恐被秋风惊绿。若待得君来向此，花前对酒不忍触。共粉泪，两簌簌。

冰清玉洁、超尘拔俗的佳人，凄凉索寞，孤苦无依，倦梦中恍觉有人揭帘推门，谁料又是竹风萧萧。陪伴佳人的只有那幽独蹙束的石榴花，却又担心它随时会在西风中凋零，即使盼到意中人到来，恐怕亦是忧多于喜，耿耿不能释怀……真可谓缠绵悱恻、婉约至极。“白团扇”，典出汉代班婕妤本事，婕妤“美而能文”，为赵飞燕所妒，失宠退居东宫，“作赋及纨扇诗以自伤悼”，其《怨歌行》写道：“新裂

① 王兆鹏：《唐宋词史论》，人民文学出版社2000年版，第140页。

齐纨素，皎洁如霜雪。裁为合欢扇，团团似明月。出入君怀袖，动摇微风发。常恐秋节至，凉飙夺炎热。弃捐箧笥中，恩情中道绝。”①词、诗参读，不难发现两者之思理何其相似。谗言如浪深，迁客似沙沉，苏轼于此深有感触。他素来谠言忠议，不会像他人那样为自身利害考虑——他在给友人的信中感叹：“昔之君子，唯荆（指王安石）是师。今之君子，唯温（指司马光）是随。所随不同，其为随一也。”② 所以，在新、旧两派当权时，他皆不合时宜，曾被新派罗织罪名逮捕入狱，又被旧党排斥，不能立足于朝，这岂不让他抚躬自伤，文士之不遇与美人之失宠固如一也。项安世云：“苏公‘乳燕飞华屋’之词，兴寄最深，有《离骚》经之遗法，盖以兴君臣遇合之难。一篇之中，殆不止三致意焉。瑶台之梦，主恩之难常也。幽独之情，臣心之不变也。恐西风之惊绿，忧谗之深也。冀君来而共泣，忠爱之至也。”③ 这有助于我们认识在潇洒旷达的外表下那个进退不忘忧国的苏东坡。

二

林语堂在为《苏东坡传·序》中说过这样一段耐人寻味的话：“一提到苏东坡，中国人总是亲切而温暖地会心一笑，这个结论也许最能表现他的特质，苏东坡比中国其他的诗人更具有多方面天才的丰富感、变化感和幽默感，智能优异，心灵却像天真的小孩……终其一

---

① （北宋）郭茂倩编：《乐府诗集》，上海古籍出版社 1998 年版，第 482 页。

② （北宋）苏轼：《苏轼文集》，中华书局 1999 年版，第 1649 页。

③ 施蛰存等编：《宋元词话》，上海书店出版社 1999 年版，第 366 页。

生，他对自己完全自然、完全忠实。他天生不善于政治的狡辩和算计，他即兴的诗文或者批评某一件不合时宜事的作品都是心灵的自然流露，全凭本能……他始终卷在政治旋涡中，却始终超脱于政治之上，没有心计，没有目标，他一路唱歌、作文、评论，只是想表达心中的感受，不计本身的一切后果。就因为这样，今天的读者才欣赏他的作品，佩服他把心智用在事件过程中，最先也最后保留替自己说话的权利……”

的确，苏轼是一位率真之人，终生以保有真性情为乐。故而他欣赏的人物也多是充满真趣真味之人，他在诗中曾多次抒发自己与此类人相交所领略到的快意：

“邂逅成一欢，醉语出天真”（《广陵会三同舍，各以其字为韵……》）

“已向闲中作地仙，更于酒里得天全。”（《李行中秀才醉眠亭三首》）

“平生长物扰天真，老去归田只此身。”（《送竹几与谢秀才》）

“七尺顽躯走世尘，十围便腹贮天真。”（《宝山昼睡》）

“熟视空堂竟不言，故应知我未天全。”（《张先生》）

以上描写的都是男人，在封建社会里，尽管到处是条条框框的束缚，但与女子相比，男人毕竟拥有太多的身心自由，更何况，“亦狂亦侠亦温文”一向被认为是男性最健全的人格表征；女子则相反，无论“养在深闺人未识”的贵族千金，还是“蓬门未识绮罗香”的荆钗布裙，以及“血色罗裙翻酒污”的歌儿舞女，她们都被剥夺了个性自由，而成为男性世界的附属品或牺牲品，尤其是后者，其人格更遭到了极大的扭曲，她们乃封建社会地位最低下的族类，但苏轼给予相当的尊重，他特别善于发现并发掘她们那尚未失落的天然纯净之美：

“冰雪透香肌，姑射仙人不似伊。濯锦江头新样锦，非宜，故著寻常淡薄衣。”（《南乡子·有感》）

“雪肌冷，玉容真，香腮粉未匀。”（《阮郎归》）

“傅粉郎君又粉奴，莫教施粉与施朱。自然冰玉照香酥。”（《浣溪沙·有感》）

“柔和性气，雅称佳名呼懿懿。解舞能讴，绝妙年中有品流。 眉长眼细，淡淡梳妆新绾髻。懊恼风情，春著花枝百态生。”（《减字木兰花·赠君猷家姬》）

东坡许多咏物词也充分展现出他所嘉赏的这种清新脱俗之美，因为花柳草木本自带有鲜明的女性色彩：

咏柳：“细腰肢，自有入格风流，仍更是，骨体清英雅秀。”（《洞仙歌》）

咏梅：“好睡慵开莫厌迟，自怜冰脸不时宜。偶作小红桃杏色，闲雅，尚余孤瘦雪霜姿。”（《定风波》）

咏荷：“霞苞电荷碧，天然地，别是风流标格。重重青盖下，千娇照水，好红红白白。每怅望，明月清风夜，甚低迷不语，妖邪无力。终须放，船儿去，清香深处住，看伊颜色。”（《荷花媚》）

东坡十分欣赏女性清水素颜、仙姿逸态的风韵，对于她们天真娇憨的性情更表现出由衷的赞美。在他眼中，这些单纯可爱的女孩子远离俗尘，没有丝毫伪饰与矫情，她们或不解风情，或情窦初开，但都是如此健康自然，带给人们纯洁美好的情愫。其《浣溪沙·春情》这样写道：

> 道字娇讹苦未成，未应春阁梦多情，朝来何事绿鬟倾。
>
> 彩索身轻长趁燕，红窗睡重不闻莺，困人天气近清明。

清人贺裳在《皱水轩词筌》中评价该词道："如此风调，令十七八女郎歌之，岂在'晓风残月'之下。"该词之妙，妙在含糊，你看，这丫头梦中呢喃，仿佛是在向情郎撒娇，但又怎么可能呢？她一向是那么无忧无虑，终日里只知贪玩贪睡……作者的含糊其辞适足以传写少女的天真未凿，元代诗论家范德机曾说："言语不可明白说尽，含糊则有余味。"① 该词正是如此。再如《蝶恋花·佳人》：

> 一颗樱桃樊素口，不爱黄金，只爱人长久。学画鸦儿犹未就，眉尖已作伤春皱。 扑蝶西园随伴走，花落花开，渐解相思瘦。破镜重圆人在否？章台折尽青青柳。

无论"不爱黄金，只爱人长久"的纯情，还是不爱书画只贪玩耍的稚拙，都洋溢着一派天真无邪之气，一组蒙太奇镜头的剪辑，使一个生动活泼的少女形象跃然纸上。

与柳永一样，苏轼绝大部分描写女性的辞章，都是写给歌女吟唱的，由于他才名卓著，众歌女无不以得其词为荣，他也乐于满足她们的愿望。周昭礼《清波杂志》卷五载："东坡在黄冈，每用官妓侑觞，群姬持纸乞歌诗，不违其意而与之。"李之仪《姑溪居士文集》卷三八《跋戚氏》云："元祐末，东坡老人自礼部尚书，以端明殿学士加翰林院侍读学士，为定州安抚使……方从容醉笑间，

---

① （元）范德机：《木天禁语》，《历代诗话》，中华书局1981年版，第746页。

多令官妓随意歌于座侧，各因其谱，即席赋咏。”因此，这类词的内容例以传统的春恨秋悲、男女相思为主，尽管如此，与晚唐五代的花间词或柳永之浅斟低唱相比，东坡词却显示出其独特风貌，它既不像花间那般脂粉气重，更不似柳词溺于声色，而是一派行云流水般的韵调，这大概与北宋时期的官伎制度有一定关系，宋代官伎与士大夫官员的交往，一个重要特点便是明令献艺不献身，这就使两者的情感得以净化和升华，《西湖游览志》卷二十一及《齐东野语》卷二十记官伎薛希涛与祖无择和严蕊与唐与正被诬私通而遭刑罚案即说明了这一点。柳永所结交的多为市妓——那些挂牌营业的平康里妓女。当然更主要的原因还在于苏轼的人格修养和情操陶冶，虽然他也偶有“羞颜易变，傍人先觉，到处被着猜防。谁信道，些儿恩爱，无限凄凉。好事若无间阻，幽欢却是寻常。一般滋味，就中香美，除是偷尝”（《雨中花慢》）这样的作品，但数目极少。纵观苏轼之词，我们可以发现，庄子对其影响是巨大的，这表现在两方面：一是对感官欲望的超越，从而打开了个体生命的障蔽；二是对素朴之美的追求，从而在有限之中以体会永恒，而此二者又是唇齿相依的，庄子云：“同乎无欲，是谓素朴。”① “机心存乎胸中，则纯白不备。”② “朴素而天下莫能与之争美。”③ “能体纯素，谓之真人。”④ 从某种程度而言，苏轼正是庄子这种思想的实践者。试想东坡传世名篇《洞仙歌》中描绘的那位“冰肌玉骨，自清凉无汗”的花蕊夫人，不是很明显地带有庄子《逍遥游》里“肌肤若冰雪，绰约如处子”的藐姑射仙人的超旷色彩吗？

---

① 庄周著，欧阳景贤释译：《庄子释译》，湖北人民出版社 1986 年版，第 201 页。

② 同上书，第 275 页。

③ 同上书，第 294 页。

④ 同上书，第 358 页。

三

中年之后，苏轼对佛学的兴趣转浓，至于原因，他自云并非为了“出生死、超三乘”，而只是“期于静与达”——寻找心理平衡而已：“仆既以任意直前，不用长者所教，以触罪罟。然祸福要不可推避，初不论巧拙也。黄州滨江带山，既适耳目之好，而生事百须亦不难致，早寝晚起，又不知所谓祸福果安在哉……菜羹菽黍，差饥而食，其味与八珍等；而既饱之余，刍豢满前，惟恐其不持去也。美恶在我，何与于物……佛书旧亦常看，但暗塞不能通其妙，独时取其粗浅假说以自洗濯，若农夫之去草，旋去旋生，虽若无益，然终愈于不去也。若世之君子，所谓超然玄悟者，仆不识也。”① 苏轼对云门、华严二宗典籍皆有一定研究，尤其是对华严宗的重要著作《法界观》颇为用心，其所宣扬的理事无碍、平等无二等观念对他影响甚大，他的《地狱变相偈》这样写道：“乃知法界性，一切唯心造。若人了此言，地狱自破碎。”佛理禅韵不只流溢于其诗文中，亦颇显现于其词作里。

佛教乃出世哲学，主张“四大皆空”，《金刚经般若波罗蜜经·应化非真分》云：“一切有为法，如梦、幻、泡、影，如露，亦如电，应作如是观。”这给挫折失意时的苏东坡一些安慰和启迪，他也喜欢在作品里屡屡说“梦”：“叹隙中驹，石中火，梦中身”（《行香子·述怀》）“君臣一梦，今古空名”（《行香子·过七里滩》）“身外傥来

① （北宋）苏轼：《苏轼文集》，中华书局1999年版，第1671页。

都是梦，醉里无何即是乡”（《破阵子·暮秋》）“笑劳生一梦，羁旅三年，又还重九”（《醉蓬莱·重九上君猷》）“人生如梦，一尊还酹江月”（《念奴娇·赤壁怀古》）“万事到头都是梦，休休，明日黄花蝶也愁”（《南乡子》）“世事一场大梦，人生几度新凉”（《西江月·黄州中秋》）……此处以《永遇乐·夜宿燕子楼，梦盼盼》为例：

> 明月如霜，好风如水，清景无限。曲港跳鱼，圆荷泻露，寂寞无人见。紞如三鼓，铿然一叶，黯黯梦云惊断。夜茫茫，重寻无处，觉来小园行遍。
>
> 天涯倦客，山中归路，望断故园心眼。燕子楼空，佳人何在，空锁楼中燕。古今如梦，何曾梦觉，但有旧欢新怨。异时对，黄楼清景，为余浩叹。

“明月如霜，好风如水，清景无限”，如此良辰美景，词人夜宿燕子楼，悠然入梦，他梦到了燕子楼的女主人——唐代歌女盼盼。盼盼在其夫张（建封）尚书死后，独居燕子楼，十年不嫁，抑郁而终。词人没有详写梦中情形，仅用“梦云”朦胧概括，然而我们从“夜茫茫，重寻无处，觉来小园行遍”的句子中感受到梦境或者是盼盼情事，带给他心灵何等的震动。不过，词人要寻的与其说是盼盼的孤魂或遗迹，毋宁说是一个关于亘古生命之谜的答案：难道一切有形终将归于虚无吗？难道所有悲欢离合皆为幻梦吗？自己的迁客骚情，盼盼的思夫痴情，在词人深夜的寻寻觅觅中仿佛有了下落，这下落即在于这“梦觉”后的“梦觉”中。末尾三句，颇有佛家“反观自身”的意味，诚然，苏轼是一位关心民瘼的父母官，徐州任上，他经常“平明坐衙不暖席”（《和子由与颜长道同游百步洪相地筑亭种柳》），尤其是黄河突然决堤，他亲见男女老幼被卷进洪流，忧心如焚，誓与城民共存亡，他率民筑堤，“庐于城上，过家不入”[①]，经过七十余天的奋战，终于战胜水灾，保全了人民的生命财产，于是，筑黄楼以纪念。后之视今，犹今之视昔，他年人们想起自己的坎坷际遇，一如自己梦见盼盼一样，唏嘘感叹，徒唤奈何。与其在死后活在别人的叹惋里，毋宁于生前好好地珍摄自己，不为“旧欢新怨”所折磨，以对得起这只有一次、不可重复的生命。人首先要自度，然后才能度人。苏轼无论在何等艰难困苦的境遇下，都能急百姓所急、想百姓所想，如即使在素有“鬼门关”之称的儋州，他仍以老病之身积极率领黎族人民开凿井泉、普及先进的农耕方法、散发药剂、破除迷信，甚至甘愿“化为黎母民”，离开该地时满怀深情地写下“九死南荒吾不恨，兹游奇绝冠平生”（《六月二十日夜渡海》）的豪言壮语，归根结底在于他能够超越自身的痛苦，不以为苦，反以为乐，洞悉了生命的真谛。

禅宗崇尚“无著”（即随机随缘、不凝不止）智慧，《古尊宿语录》卷三载黄檗禅师云：“但终日吃饭，未尝咬着一粒米；终日行，未尝踏着一片地。”卷六载云门文偃禅师云：“终日说事，未尝挂着唇齿，未曾道着一字；终日着衣吃饭，未曾触着一粒米，挂着一缕丝。”人生苦短，又何必对是是非非耿耿于怀、对恩怨情仇念念不忘呢？苏轼在词中常常表现出罕有的豁达：“回首向来萧瑟处，归去，也无风雨也无晴。”（《定风波》）“人有悲欢离合，月有阴晴圆缺，此事古难全。”（《水调歌头》）“人间有味是清欢”（《浣溪沙》）“持杯月下花前醉，休问荣枯事。”（《虞美人》）“我是世间闲客，此闲行。”（《南歌子》）“长恨此身非我有，何时忘却营营。夜阑风静縠纹平。小舟从此逝，江海寄余生。”（《临江仙》）“我劝髯张归去好，从来自己忘情。

① （元）脱脱：《宋史·苏轼传》，中华书局 1977 点校本，第 10809 页。

尘心消尽道心平。江南与塞北，何处不堪行。”（《临江仙·辛未离杭至润，别张弼秉道》）……即使“七夕”这样一个缠绵悱恻的主题，在东坡的笔下，也一反常态，他是这样写的：

> 缑山仙子，高情云渺，不学痴牛騃女。凤箫声断月明中，举首谢，时人欲去。
>
> 客槎曾泛，银河微浪，尚带天风海雨。相逢一醉是前缘，风雨散，飘然何处。
>
> ——《鹊桥仙·七夕》

陆游跋东坡七夕词后评之曰：“昔人作七夕诗，率不免有珠栊绮疏惜别之意。惟东坡此篇，居然是星汉上语，歌之曲终，觉天风海雨逼人。”的确，“客槎曾泛，银河微浪，尚带天风海雨。相逢一醉是前缘，风雨散，飘然何处”，这样的景色、这样的笔致，何其高远、何其飘逸，果然是“禅心已断人间爱，只有平交往”（《虞美人·述怀》）了，也正印证了他在《叶涛致远见和二诗，复次其韵》中所言：“欲除苦海浪，先干爱河水。”

禅宗对苏轼影响最大处莫过于其“自性本自具足”及“平常心”说，前者宣扬“自力”，“就是人通过他自己的努力来达到他精神上的目标，而不依赖任何外界力量”。后者则提醒人们时刻保持一份随遇而安的心情，从平淡中发现乐趣、从刹那中获得永恒，同时，放弃一切世俗的功利心和价值判断：“谓平常心无造作、无是非、无取舍、无断常、无凡无圣。”[①] 东坡尝说“万事从来风过耳，何用不着心里”“光景百年，看遍一世，生来不识愁味”（《无愁可解》）。在遭贬谪儋

---

① （北宋）僧道原编：《景德传灯录》卷二十八，四部丛刊本。

州时，他却欣然有“三适”：旦起理发，午窗坐睡，夜卧濯足。由此，我们也就不难理解他为何如此欣赏王定国侍人寓娘（一曰柔奴）“心安处是吾乡”之语了：“万里归来颜愈少，微笑，笑时犹带岭梅香。试问岭南应不好，却道，此心安处是吾乡。”（《定风波》）多年蛮荒的生活磨难，不仅没令她苍老憔悴，反而越发娇俏动人，这宛如王维的“雪里芭蕉”一般，流露出超然逆境之上、生机圆活葱茏的禅意。

儒家倾向于寻找、解释、落实人在社会中的位置，道家倾向于寻找、解释、落实人在宇宙、自然中的位置，而佛教倾向于寻找、解释、落实人在心灵世界中的位置，苏轼正是在这种多方位的寻找、解释、落实之过程中，完成了其人格建构。苏轼词中的女性形象，正是他多面人格形象的投射，但他写女性，或深情，或飘逸，或灵透，却又都是如此自然动人，而不流于说教或脸谱化，这与其别具匠心地选取自然意象加以表现不无关系。

民间祈福：每一个节日都如此郑重

如果说民俗是一部厚厚的书，那么祈福风俗就是书中颇为引人注目的一章；如果说民俗是一幅画，那么祈福风俗普是其中画面色彩颇为浓艳的几笔；如果说民俗是一桌菜，那么祈福风俗就是桌上风味颇为浓郁的几道，这是因为，趋吉避凶、祈福纳祥一向是华夏民俗心理的本质内核。对自然的崇拜、对宗教的皈依、对人伦的维护，也莫不是这一本质内核在发挥作用。从表面看来，祈福风俗带有明显的自发性、功利性、非理性色彩，实际上，它又源远流长，具有较强的稳定性、延续性和扩散性特征。在此拟从文化的角度，来阐述其生成与存在的缘由。

一　人类学依据

天地茫茫，混沌初开，人类在有生之初，对自身及周围的一切，都感到困惑和懵懂。他们在意识里还保留着一根不曾剪断的脐带，那便是对自然母体的依恋与崇拜之情。当时他们只能靠猎取野生动物及采集野生植物及其果实为生，这就使我们的祖先产生一种幻想：这些动植物是在拿自身及后代的生命支持着人类的存活和繁衍，它们都是有灵魂的。人们在满足自身需要的同时，对它们产生出深深的愧疚与敬畏之情，于是绘制出其图像并加以祈祷及拜谢，这便是人类学家所谓“图腾”（TOTEM）的由来（“TOTEM”是源于北美阿尔贡金人奥季布瓦族的一个方言词，意为“我的血亲”或“标记”）。从我国考古发掘出土的文物来看，陕西半坡遗址的陶器上刻有人面鱼纹；河姆渡遗址的象牙雕刻中有飞鸟与太阳的图形，这鱼、鸟和太阳分别就是该氏族的图腾；江苏省苏州市吴中区良渚文化墓葬出土的器皿上不仅刻有鱼、鸟、兽之象，而且有一种龙蛇莫辨的勾连花纹，专家认为，这大概与古代越人的龙蛇崇拜有关。① 后来，各个原始部落相互融合，其中以蛇为主体，容纳其他部落之鳞甲类、角兽类以及飞鸟类等图腾特征，从而构成了华夏民族共有的图腾——龙。如果对龙的形象仔细观察，我们就会发现它的结构是如此之复杂：虎目、马脸、燕颔、驼嘴、蟒颈、虾须、牛耳、鹿角、蛇身、鱼鳞、龟腹、鹰爪、熊掌……与图腾崇拜并存的是“泛灵论”。费尔巴哈曾说过，人的生命和存在所依靠的东西，对于人类来说就是神灵。在我们祖先的眼里，自然界的风雨雷电、山岳江河等都是神灵的化身，月亮的阴晴圆缺、谷物的扬花结实同样都是神灵意志的显现，甚至他们身边的一草一木、发生的一事一物，亦无一不是神灵的着意安排。如果说，这是人类在其进化发展早期特有的心理现象，那么，事实证明，在人类文明相对来说已高度发展的今天，这一现象并未销声匿迹，依然不绝如缕。人们仍惯于通过谐音、会意等手段将世间的飞禽走兽、花草树木与自己浓挚的祈福愿望挂起钩来，并赋予较远古时代更加丰富多彩的含义。华夏

① 冯天瑜等：《中华文化史》，上海人民出版社 1990 年版，第 287—288 页。

民族是一个“乐生”——珍惜生命、礼赞生命、享受生命的民族，无论活跃的动物还是宁静的植物，人们总能从它们那里增补到超然的能量，感应生机与灵气，从而给自己身心注入新的活力与能力，并且增强战胜困难、争取幸福的自信心。同时，华夏民族自古以来就是一个“慎终追远”的民族，祖先就是神灵。自然，祖先的所思所想、所作所为也就非常高明和神圣，值得模仿和效法，而中国又是这样一个“礼仪之邦”：“礼”的表达总要通过具体的形式。于是人们往往便拿一些物品来应景或凑趣，比如祝寿是日常生活中很常见的礼仪，人们在寿宴之外常常要送上一幅字画，画卷上绘以日出海面，取“福如东海”之意；绘以虬松巉崖，则取“寿比南山”之意；绘以龟鹤相依，则取“齐龄龟鹤”之意。另如婚嫁是人一生中的重要仪式，自然也少不了要绘制一些祈福纳祥的喜庆画卷，绘龙凤翻飞，取“龙凤呈祥”之意；绘小儿身骑麒麟，取“麒麟送子”之意……当然，并不限于绘画一种形式。民俗节日祈福，花样更是层出不穷，不胜枚举，如立春时节，在小儿襟前钉上用彩布缝成的公鸡，取“春吉”之意；也有人将布鸡悬挂于门侧，意为“开门大吉”；一些地方爱用面团捏成蝙蝠形状，用赤豆点睛，蒸熟后盛入盘内，于正月初一摆上几案，或两只，或五只，或多只相重叠，取“双福”“五福”“多福”之意；或用彩绳将面蝠与古钱相串后挂于帐钩，“钱”谐“前”音，“钱孔”喻“眼”意，取“福在眼前”之意……在今天的山东胶东一带，则流传着这样一个习俗：农历三月初三，婆婆为媳妇蒸面燕，令她吃下，意在祈子，这印证了上古时代一个神奇的传说：商朝始祖契之母简狄，“行浴，见玄鸟堕其卵，简狄取吞之，因孕生契”。[①] 民俗就是

---

① （西汉）司马迁：《史记·殷本纪》，中华书局1959点校本，第91页。

这样一面镜子，尽管上面覆满岁月风尘、历史沧桑，却仍然依稀映出远古先民的模样。

应当指出的是，今天民间流传的这些五彩缤纷的祈福风俗，其中的迷信成分早已淡薄，甚至消失。迷信大多已成俗信，人们只是借此世代相传的古老方式来丰富自己的精神生活，表达对自己及亲朋好友的美好祝愿。

二 语言文字学背景

语言先于文字。大约在二百万年以前的旧石器时代，人类已具有了语言能力，但已知记录语言的最古老的文字系统，只有一万一千余年的历史。文字是在人类语言发展到非常精微的阶段、于少数文明水准较高的地区首先诞生，然后才逐渐蔓延发展起来的。文字的出现，标志着人类结束了精神上漫长的封闭与黑暗，打开了一扇扇灵魂交流与沟通之窗。我们的祖先对“文字”充满了天帝般的敬畏之情，这从影响极为深远的“仓颉造字”之传说可窥一斑。据说黄帝的史官仓颉“龙颜侈侈，四目灵光，实有睿德，生而能书。于是穷天地之变，仰观奎星圆曲之势，俯察龟文鸟羽山川，指掌而创文字，天为雨粟，鬼为夜哭，龙乃潜藏”①。仓颉奇特的相貌、过人的禀赋，无形中给文字的诞生笼罩上一轮神秘莫测的光环。或许可以说，仓颉不是人而是神，而其造字引起的异常天象——天雨粟、鬼夜哭、龙潜藏，更充分显示出文字本身的巨大威力。正是文字的发明与使用，使人类超拔于

① （西汉）董仲舒：《春秋元命苞》，侯官赵氏小积石山房清嘉庆十四年刻本。

众生，一跃而为万物之灵长，以至上天嘉奖、鬼魂惊扰、神龙恐慌。虽然这只是一个传说，但充分反映出民俗对文字的崇拜心理。古代巫医尝以“字符化灰”以代药为人治病，今天民间广为流传的则是在节庆场合，选吉祥文字写于红纸之上，贴在门窗、照壁、立柱、墙壁、家具等处，常见的有“福”“禄”“寿”“喜”“发”“祥”“贵”“有”等，习俗常将若干单字斗方倒贴，如“福”字倒贴意为“福到了”；“有”字倒贴意为“财不外流”；“财”字横贴意为“发横财”，等等。目前农村（有些也不限于农村）一些地区仍流行“团结字”，字幅有方形、菱形、横条形等多种，内容因场合不同而各异，结婚嫁娶、逢年过节，人们爱将“招财进宝”“日进斗金”等写成团结字字符贴于门首或粮囤等处。事实上，春节期间人们喜闻乐见、流传最广的春联，同样也源于原始的字符祈福愿望，只是由于文人的推波助澜，而使其韵律优美、对仗工整、洋溢着诗情画意，逐渐登上了文学艺术之殿堂，在很大程度上，它已超出了民俗的范畴，于此不再赘述。

文字发明之前，在相当长的社会历程中，语音承担着形式与内容的双重责任。而形式与内容又不是一一对应关系，比如一个“Fan”音，可以令人想到“饭”“范”“犯”“泛”等许多意思，由于没有文字来记录发音，人们要达到交流思想的目的，便会自然而然地想到拿“实物”来充当文字。古代最初的象形字、指事字，大约就是如此这般而产生的。文字产生之后，一音多意仍是普遍现象，于是人们（尤其在文字使用率较低的乡村）便利用实物通过谐音而表达自己内心的意愿。南朝乐府民歌在中国文学史上闪烁着璀璨的光华，这与其谐音字的巧妙使用分不开的，如南朝乐府民歌《西洲曲》：“采莲南塘秋，莲花过人头。低头弄莲子，莲子清如水”，“莲”谐“怜”音，不仅使爱情的表达含蓄蕴藉，而且莲花照水，美丽动人，正可用来形容女子容貌姣好。人面芙蓉，交相辉映，画面的美感倍增。如今在许多地方，每逢节庆之日，实物依然当仁不让地担负着表情达意的重任，如将一柄如意放于两个柿子之间，喻“事事如意”之意；将柏枝插于柿饼上，用大橘之皮盛之，摆放在桌上，取“百事大吉”之意；还有将红枣、花生、桂圆、栗子合置一盘，置于新婚夫妇的床上，则含“早生贵子”之意，这种做法与“六书”之一的假借（通假）造字之法颇有相似之处。

与谐音相关联，押韵也屡屡被村民摆上用场，如民间有屋前栽槐的习俗，有顺口溜云“门前一棵槐，不是招宝就是进财”。有些地方，婚礼过后，小姑婆婆轮番登场，各有作为，小姑将新买的小盆放在兄嫂的婚床下面，大声念诵：“撂小盆，撂小盆，等到来年抱小侄儿。”婆婆则将一木墩置于床下，也说道：“撂木墩，撂木墩，等到来年抱孙孙。”真是俗趣可掬。

三　传统哲学思维定式

《礼记·中庸》云：“唯天下之至诚，为能尽其性；能尽其性，则能尽人之性；能尽人之性，则能尽物之性；能尽物之性，则可以赞天地之化育；可以赞天地之化育，则可以与天地参矣。”① 也就是说，果真能诚心诚意，就能与天地交感，促成世间万物之化育，也就意味着可以与天地并立为三、无往而不可了。如果说西方的实证主义哲学向

① 《周礼·仪礼·礼记》，岳麓书社1989年版，第498页。

人们灌输眼见为实的道理，那么，东方的诚信思想体系则向人们强调心诚则灵之重要，即所谓“精诚所至，金石为开”。尽管从生活的经验层面无法保证其万无一失，但人们习惯于在超验的信念里确认其颠扑不破。如果在客观实施过程中出了差错，那也只能从主体自身找原因，即诚信度没有达标。到了宋、明两代，从心学大师陆九渊和王阳明那里，更是彻底消融了主观自我与客观世界的界限，主、客体合为不可分割的一体：“宇宙即吾心，吾心即宇宙。”① “凡意之所用，无有是物者。有是意即有是物，无是意即无是物矣。物非意之用乎?”② 特别是后者，更把意念的作用发挥到了极致。如此我们也就不难理解国人为什么在属于自己的节日面前越发恭谨畏葸、煞费苦心了（与西方人过节时的醉饮狂欢恰成鲜明对比），比如，除夕之夜，一些地区的人们把红烛、糖块儿、韭菜、鲤鱼郑重地摆放在桌子上，暗暗祈祷日子过得红红火火、甜甜蜜蜜、长长久久、富富余余；另有一些地方的人们在诸祭结束后，还要上好门闩，取红皮甘蔗两根，各以红绿纸条捆束，插上柏枝，倚于门上，直至翌日开门之前忌移动，称作“盈门甘蔗”，认为是百事顺遂、渐入佳境的预示。

形象思维原是东方思维最显著的特色。古代的中国人不善于做抽象的理性思辨，同样也不欣赏干巴巴的空头说教，而乐于全方位地调动视、听、嗅、触、味诸感觉器官，让对方去体会个中深意：“子在川上曰：逝者如斯夫，不舍昼夜。”儒家圣贤深沉博大的民族历史意识，借“逝水”意象形容，便更具真切动人的感染力。“子非我，安知我不知鱼之乐?”道家智者返璞归真、物我如一的生命本体意识，借“鱼水”意象演绎，充满无限生机与灵趣，可谓“会心于忘言之

---

① （南宋）陆九渊：《象山先生全集》卷三十六，四部丛刊本。

② （明）王阳明：《王阳明全集》，上海古籍出版社1992年版，第47页。

境”。西方人喜欢直截了当，东方人偏爱皮里阳秋、意会而不言传。形象思维最大的优势在于以一种鲜明生动的形象，同时又伴以独特悠长的美感享受，让人回味不已、难以忘怀。于是节庆场合的祝福语言便让位给五彩缤纷、形形色色的花果鸟兽。这样，既避免了言辞的生硬与干涩，同时那斑斓的色彩、生动的姿态、芬芳的气味，更把节庆气氛渲染得热热烈烈。在厅堂的桌几上，放一只造型优美的瓶子，内插富丽娇艳的牡丹花，人们在品赏之余，自然而然地便领略到“富贵平安”的美好祝愿；许多地方除夕之夜要吃年糕（用红枣、糯米做成），在甘甜香糯的感官享受中，人们咀嚼着“年年登高”的喜悦期盼之情。

与注重形象思维密切相关，古人明显地疏于逻辑思考，喜欢跟着感觉走，故而常常表现出理不胜意的倾向，国画、古诗、气功、中医等皆是如此。比如王维的“雪里芭蕉图”，白雪铺天盖地，芭蕉郁郁葱葱，这种情景在现实生活中是不存在的，然而，画家正是以此来表现一种超然逆境之上、生机圆活不枯的禅意；杜甫《古柏行》，写柏树“霜皮溜雨四十围，黛色参天二千尺”，依宋代科学家沈括考证，此树的直径与高度非常不合比例，太高太细。然而，遭人嗤笑的不是不懂常识的杜甫，却是言之凿凿的沈括。在这一点上，民俗似乎走得更远，谁能说出蝙蝠和莲花、鲤鱼之间有多少内在联系呢？然而，民俗画家却喜欢将它们合绘于一幅年画上，以表达人们内心对连年有福有余的憧憬。山东沂蒙山区的乡村如今还保留着这样一种风俗，婚礼举行三天后新郎陪新娘回娘家，这天新郎必须吃油饼和面条，以取团圆和扯不断之吉意。从道理上讲，日后婚姻的幸福与稳固实在不是一两顿面食所能“保险”的，但是人们都宁肯相信它的灵验。

民间祈福风俗，可谓“所从来者既深远，淹滞永久而不废”，洋溢着旺盛而蓬勃的生命力，它浑厚而又活泼，朴实又不乏幽默，从文化原型角度来说，它是一种回归；从审美体验角度来说，它又是一种超越。当今，在城市对乡村蚕食鲸吞的时代洪流中，民间祈福文化还在顽强地生存和传承着。

中编　审美品格篇

山水有清音

华夏民族是务实的，也是浪漫的；是平和的，也是傲岸的；是循礼守法的，也是狂放不羁的。务实、平和、循礼守法的一面应用于人伦，浪漫、傲岸、狂放不羁的一面宣泄于山水。孔子自白：“道不行，乘桴浮于海。”庄子幻想：“藐姑射之山，有神人居焉：肌肤若冰雪，绰约如处子，不食五谷，吸风饮露，乘云气，御飞龙，而游于四海之外……”屈原在政治上遭受打击后向山林寻求安慰，将山鬼塑造为美丽多情的少女：“若有人兮山之阿，披薜荔兮带女萝。既含睇兮又宜笑，子慕予兮善窈窕。乘赤豹兮从文狸，辛夷车兮结桂旗。被石兰兮带杜衡，折芳馨兮慰所思。”陶渊明在山水间寄托他的真情逸趣“采菊东篱下，悠然见南山”“山涧清且浅，可以濯吾足”，谢灵运于林泉间消解怀才不遇的愤懑与忧伤“林壑敛暝色，云霞收夕霏”“云日相辉映，空水共澄鲜”，流连山水甚至成为一个时代的风尚，简文帝萧纲感叹：“会心处不必在远，翳然林水，便自有濠濮间想也，觉鸟兽自来亲人。”而“神情不关山水之人”是会遭众人嗤笑的。到了盛唐，强大的国力与秀美的山川越发令诗人豪情满怀、逸兴遄飞，李白高吟“登高壮观天地间，大江茫茫去不还”，杜甫惊叹“造化钟神秀，阴阳割昏晓”，王维清赏“白云回望合，青霭入看无”——而宋人由于学养的深厚、对世态人情更多的了悟，其眼中的山水又自有与以往不同的气度，“横看成岭侧成峰，远近高低各不同”“接天莲叶无穷碧，映日荷花别样红”。元明清之世，是山水小品文兴盛的时代，刘基、袁氏三兄弟、钟惺、谭元春、王思任、张岱、王士祯、龚自珍、袁枚……人们在山水中寻幽揽胜、游目骋怀，也在山水中陶情冶性、挹趣绎理，自然与人文合为一体，华夏的山水就是文化的山水，华夏的文化亦是山水的文化。

宁静之美

有学者指出，东方文化心理从总体而言，是崇尚宁静之美的。儒学创始人孔子说过："知者动，仁者静。"（《论语·雍也》）既然"仁"乃其思想核心，故知儒家是推崇宁静之美的。作为六经之首的《诗经》，总的说来，无论是其意境，还是其音乐，都给人明显的宁静之感，《乐记·师乙篇》记载乐工师乙的论述："宽而静，柔而正者宜歌颂；广大而静，疏达而信者宜歌大雅；恭俭而好礼者宜歌小雅；正直而静，廉而谦者宜歌风……"宁静，从本质上而言，乃"中和"的同义语，而中和即所谓"执其两端取其中"，正是儒家向往的境界，被孔子赞为"乐而不淫，哀而不伤"的《诗经》首篇《关雎》就充满了这种中和之美：

关关雎鸠，在河之洲。
窈窕淑女，君子好逑。

参差荇菜，左右流之。
窈窕淑女，寤寐求之。
求之不得，寤寐思服。

悠哉悠哉，辗转反侧。

参差荇菜，左右采之。
窈窕淑女，琴瑟友之。
参差荇菜，左右芼之。
窈窕淑女，钟鼓乐之。

热恋中的男子苦苦追求美丽的意中人，终于如愿以偿，两人琴瑟和鸣，幸福吉祥……稳重的四字句，复沓的结构，营造出一种理性重于感性的心理氛围。君子的行止，一切都合情合理，有节有度。从容中道，岁月静好。

至于道家，则更重视宁静，老子主张“致虚极，守静笃”（《道德经·第十六章》），他认为虽然道处于不断的运动变化之中，但若要把握它，就必须以“清净为天下正”。庄子亦云：“人莫鉴于流水而鉴于止水，唯止，能止众止。”（《庄子·德充符》）“圣人之静也，非曰静也善，故静也。万物无足以铙心者，故静也。水静则明烛须眉，平中准，大匠取法焉。水静犹明，而况精神。圣人之心静乎，天地之鉴也，万物之镜也。夫虚静恬淡寂寞无为者，天地之平而道德之至……”（《庄子·天道》）心静则明，明则不为人事所扰，故能与自然妙和无垠，陶渊明的一些山水田园诗正是如此，如《饮酒》之二：

结庐在人境，而无车马喧。
问君何能尔？心远地自偏。
采菊东篱下，悠然见南山。
山气日夕佳，飞鸟相与还。
此中有真意，欲辩已忘言。

篱菊、南山、烟岚、飞鸟，这些常人熟视无睹的东西，之所以能带给诗人如此惬意的感觉，是由于它们的自在天然、与世无争，正契合了他不慕虚荣、返璞归真的宁静心境，黄子云在《野鸿诗的》中说“靖节如老子”，可谓知言。名利场中的奔竞之徒，患得患失，肉体和心灵都丧失了自由，时时处处都感到压抑和违心，灵魂又如何获得安宁？宋人罗大经《鹤林玉露》（卷十六）有这样一段表述：

> 唐子西云：“山静似太古，日长如小年。”余家深山之中，每春夏之交，苍藓盈阶，落花满径，门无剥啄，松影参差，禽声上下。午睡初足，旋汲山泉，拾松枝，煮苦茗啜之……从容步山径，抚松竹，与麋犊共宴偃于长林风草间，坐弄清泉，漱齿濯足……归而倚杖柴门之下则夕阳在山，紫绿万状，变幻顷刻，恍可入目。牛背笛声，两两来归，而月印前溪矣。味子西之句，可谓妙绝。然此句妙矣，视其妙者盖少。彼牵黄臂苍，驰猎于声利之场者，但见衮衮马头尘，忽忽驹溪影耳，乌知此句之妙哉！

可见罗氏所指的“静”，并非物境的静止，而是指心境的安宁。就山水诗文而论，我们说某篇某句意境静美，亦是指透过变幻不息的表象，我们能够体会到作者那份宁静的心境。杜甫晚年，客居成都，是一段相对悠闲的时光，促使他创作了不少山水田园诗，像“芹泥随燕嘴，花粉上蜂须”“犬迎曾宿客，鸦护落巢儿”“花妥莺捎蝶，溪喧獭趁鱼”“远鸥浮水静，轻燕受风斜”“翡翠鸣衣桁，蜻蜓立钓丝”“仰蜂粘落絮，行蚁上枯梨”“步壑风吹面，看松露滴身”……与以往山水诗人的作品不同的是，杜甫特别重视细节描写，那留在燕嘴上的一抹泥巴，那沾在蜂须上的点点花粉，那在衣架上啁啾的小鸟，那在钓丝上静立的蜻蜓，那仰面落入絮网中的蜜蜂，那在枯梨上爬行的蚂蚁……诚然，这些景致都是活的、动的，但正是从这些细致传神的描写中，我们可以看出诗人是多么沉醉其中。内心焦灼不安的人，无论如何是没有这份闲情逸致的。

与儒道相比，禅宗对静境的追求尤为明显，无论是其早年初创时期的“定慧”之论，还是六祖慧能之后的“净心”之说，其审美趣味都是指向宁静之美的。如果说，儒家之宁静折射出人世的和谐，道家之宁静张扬着个性的天真，那么，禅宗之宁静则意味着情欲的消解，颇受苏东坡欣赏的僧人守诠写过这样的诗句：

落日寒蝉鸣，独归林下寺。
松扉竟未掩，片云随行履。
时闻犬吠声，更入青萝去。

诗人在黄昏的林木中穿行，返归深藏在山中的古寺，既而一任“松扉”半开，自己却随“片云”飘然前往，融进幽深静谧的青霭中去了。此诗妙在那份去留无迹的随意与行云流水似的无心，主人公形体的“动”，反衬出其心灵的“静”。这动静之间，唯见天机流泻，再没有一丝浊世的思虑。一向豁达随缘的苏东坡惊叹之余和诗一首，欲与之一争高下：

但闻烟外钟，不见烟中寺。
幽人行未已，草露湿芒履。
唯有山头月，夜夜照来去。

如果没有上诗参照，我们会觉得苏轼此诗清妙高逸，远离俗世烟火，可是，一旦两相对比，苏诗立刻显出其刻意与生硬，首句之“但闻”与“不见”，已显直白，中句明言“幽人”，更属浅露，末句“唯有山头月，夜夜照来去”，则毫无余韵可言，与上诗“时闻犬吠声，更入青萝去”之意味隽永实有霄壤之别，故周紫芝《竹坡诗话》说：“东坡老人虽欲回三峡倒流之澜，与溪壑争流，终不近也。”

清浅之趣

北山白云里，隐者自怡悦。
相望试登高，心随飞雁灭。
愁因薄暮起，兴是清秋发。
时见归村人，沙行渡头歇。
天边树若荠，江畔洲如月。
何当载酒来，共醉重阳节。

——孟浩然《秋登万山寄张五》

清秋季节，薄暮时分，登高望远，思念着对面山间隐居的友人。此时，大雁在天际隐现，外出劳作的村人三三两两地归来，悠闲地坐在渡头沙地上歇息，那天边的绿树看去细如荠菜，而那银色的沙洲，迷蒙中宛如一瓣月牙儿……清凉、浅淡、遥远、安恬，大自然呈现出其最朴素、本真的模样，关于西湖，东坡有“淡妆浓抹”之妙论，而孟浩然笔下的万山山水，似乎任何一丝人为的修饰都是多余，诗人怕自己的笔触惊扰了其难以言喻的和谐与安详，从而采用了如此漫不经心的笔调，皮日休在《郢州孟亭记》中赞美孟浩然山水诗曰：“遇景入咏，不拘奇抉异，令龌龊束人口者，涵涵然有干霄之兴，若公输氏当巧而不巧者。”当巧而不巧，唯其如此，诗人方能呈现出山水之间蕴含的无尽真趣。

现实中人，多为耳目的奴隶，惊红骇绿，奇形怪状，总是容易引起普遍的注目，而忽略了那些貌似平凡的事物，殊不知。如果用心去感觉，始知奇异常蕴藏在平凡之中，奇异为平凡之变态，而平凡是奇异之常态，故《庄子·刻意》曰：“淡然无极而众美从之，此天地之道、圣人之德也。”因此，清浅之景往往更回味悠长。

上面所引孟浩然《秋登万山寄张五》一诗就很好地说明了这一道理，此诗取景有远、淡、空的特点。远，是指距离之远，朱光潜在《悲剧心理学》中说：“美的事物往往有些遥远，这是它的特点之一。”远处的风景有一种朦胧之感，由于看不真切而让人浮想联翩；淡，是指其色彩之淡，浅蓝、淡绿、珠灰、月白……轻柔恬静，安闲亲切，它们仿佛一张过滤网，将红尘里的种种喧嚣、刺激都一一滤尽，只剩下悠然与静谧，从而让人们的心灵得到温柔的抚慰；空，是指画面阔朗，有大片的留白，让视觉与心灵得到放空和调息。

除远、淡、空之外，清浅之趣还常常表现在一定的节奏律动上，自然与人，异质同构，泉流汩汩，草叶披拂，落英缤纷，锦鳞游弋……这些自在的、闲适的声音画面，似乎与人平稳的脉搏、舒适的心境、愉悦的情绪等之间有着神秘的感应，柳宗元在《至小丘西小石潭记》这样描绘道：

> 从小丘西行百二十步，隔篁竹，闻水声，如鸣珮环，心乐之。伐竹取道，下见小潭，水尤清冽。全石以为底，近岸，卷石底以出，为坻，为屿，为嵁，为岩。青树翠蔓，蒙络摇缀，参差披拂。

潭中鱼可百许头，皆若空游无所依。日光下澈，影布石上，佁然不动；俶尔远逝，往来翕忽，似与游者相乐。

水声是“如鸣珮环”般清脆的，水波是清冽透明的，鱼儿是自由自在的……这样的景致与其说是小石潭的实际情形，毋宁说是此时此刻小石潭给作者的印象，或者说是柳宗元当下的心境，一句“似与游者相乐”，道出了人与自然的和鸣共振。

终年与林泉为伴的僧人，往往更能全身心地体味清新灵动的山野之趣，且看宋僧顺怡的这首诗：

久作林下游，颇识林下趣。
纵渠绿荫繁，不碍清风度。
闲来石上眠，落叶不知数。
山鸟忽飞来，啼破幽绝处。

身沐清风，眼观落叶，耳闻鸟啼，一切都是熟稔的，一切又是变幻不居的。唯其熟稔，才会这般无拘无束；唯起变幻不居，才会如此常遇常新，这种只可意会不可言传的妙意，确非俗世中人所能写出。

有时候，人的活动不仅不会破坏大自然的和谐，反而与之相映成趣，浑然一体，像王维在《山居秋暝》中所描绘的那样：

空山新雨后，天气晚来秋。
明月松间照，清泉石上流。
竹喧归浣女，莲动下渔舟。
随意春芳歇，王孙自可留。

静谧的竹林里忽然响起了洗衣归来的姑娘们银铃般的欢笑，她们无忧无虑、活泼自在；亭亭玉立的荷叶荷花纷纷歪向两旁，那是顺流而下的渔舟在轻快地穿行……浣女与渔人的出现，为山林增添了浓郁的生活气息，他们是纯洁、美好、健康的自然之子，因而他们与自然是一体的。自然因他们而鲜活，他们因自然而真切。

苍凉之风

苍凉与孤独，互为表里。从表面看来，孤独属于主观感觉范畴，苍凉则常用以形容客观的风景。然而，纵观古人所有苍茫、凄凉之景的描写，莫不基于寂寞、萧索的灵魂。否则，即使最残破凋零的景象，一个积极乐观、充满理想和希望的人，总能从中找出最具蓬勃生命力的所在并加以刻画和点染，从而使整个画面充满生机和活力。而在一个孤独、失望者的眼里，再欣欣向荣的美景也会显得无精打采、空空落落。

华夏民族从形成社会开始，就以农业为生，择水而居，春耕秋收，自给自足。虽然后来随着生产力的提高，出现了越来越复杂的社会分工，形成了士、商等不同的阶层群体，出门在外的机会有所增多，但总的来说，中国始终是一个农业大国，历代封建统治者大都实行重农抑商的政策，这就意味着90%以上的人们一生株守一隅，安土重迁遂成为华夏民族最显著的心理特征。因此，一旦远游在外，新奇的景色固然让他们叹赏，但寥落的情怀令眼前的山川现出苍凉的韵调，加之仕宦不顺、水土不服等诸多因素，一些本来很温馨祥和的风景，在诗人的笔下现出苍凉况味，唐代诗人张继《枫桥夜泊》这样写道：

月落乌啼霜满天，江枫渔火对愁眠。

姑苏城外寒山寺，夜半钟声到客船。

水乡秋夜，何其美妙，钟声、渔火、红枫、碧水、山寺……可在游子眼中，是如此孤寂凄冷，科举落第的诗人此刻感受最深的是那砭人肌骨的阵阵寒意。因此，在他的笔下，种种意象都透出萧索悲凉：残月、乌啼、飞霜、江枫（初唐诗人崔信明有名句“枫落吴江冷”）、寒山寺……而在此时传来远方古刹的夜半钟声，让人油然参悟到生命的虚幻和寂寥。

不止夜的黑暗带给诗人惊悸与不安，晴日的江南水乡风光同样也会令天涯落魄的游子倍感凄凉，马致远《天净沙·秋思》这样写道：

枯藤、老树、昏鸦，
小桥、流水、人家，
古道、西风、瘦马，
夕阳西下，
断肠人在天涯。

为了契合内心的孤苦落寞，诗人摒弃了那些温暖、质朴、喜庆的意象，而着意保留了枯寂、衰败的意象。照理，马致远眼光所及，或许河岸还有一盏盏红红的灯笼、屋边还有一树树金黄的橘子、骑在牛背上的牧童在唱歌，村口的老人在话家常，等等。诗人把这些统统删除，而单单提取枯藤、老树、昏鸦、小桥、古道、瘦马、落日之类衰飒、凄楚意象，将它们叠加在一起，和“断肠人在天涯”一起，构成一幅哀伤凄凉的秋天行旅图。早在南朝宋时，鲍照的一封家书，已把漂泊天涯的酸楚渲染得悲情满纸：

吾自发寒雨，全行日少。加秋潦浩汗，山溪猥至。渡泝无

> 边，险径游历。栈石星饭，结荷水宿。旅客贫辛，波路壮阔。始以今日食时，仅及大雷。涂登千里，日逾十晨，严霜惨节，悲风断肌，去亲为客，如何如何……南则积山万状，负气争高，含霞饮景，参差代雄，凌跨长陇，前后相属。带天有匝，横地无穷。东则砥原远隰，亡端靡际，寒蓬夕卷，古树云平。旋风四起，思鸟群归。静听无闻，极视不见。北则陂池潜演，湖脉通连。苎蒿攸积，菰芦所繁。栖波之鸟，水化之虫，以智吞愚，以强捕小，号噪惊聒，纷牣其中。西则迴江永指，长波天合。滔滔何穷，漫漫安竭！创古迄今，舳舻相接，思尽波涛，悲满潭壑，烟归八表，终为野尘，而是注集，长写不测。修灵浩荡，知其何故哉！
>
> ——《登大雷岸与妹书》

为什么飘零异乡常令古人心生苍凉之感？除了生存背景的原因外，文化传统的影响尤为巨大，孔子早就说过："父母在，不远游，游必有方。"不赞成漫无目的地漂泊。古代交通不便，各地风俗迥异，因此一旦置身于陌生的环境中，最容易感到孤苦无依。儒家文化认为人必须在稳定的人际关系中才能实现其个体价值，君臣、父子、夫妇、兄弟、朋友，最好五伦全备，人生才感到稳固平衡。在封建社会里，突如其来的命运的转折，使一个人忽然丧失了原有的这一切，不难想见那是一种怎样的精神折磨，以南北朝时期的著名作家庾信为例，早年，他与父亲庾肩吾并仕于梁朝，他"幼而俊迈，聪敏绝伦"，在仕途上一帆风顺，且以诗才闻名于世。侯景之乱中，他奉梁简文帝之命率宫中文武进行抵抗，溃败后逃至江陵，辅佐梁元帝。承圣三年(555)，庾信四十二岁，奉命出使西魏。正值魏军南侵，江陵失陷，他羁留长安。魏人倾慕其才华，加以高官厚禄，庾信从此再没能返回故国。战乱使他五伦俱丧，犹如树木被连根拔起，移栽到一个水土完全不同的地方。他为自己被迫屈仕敌国而愧疚，为故国的冰碎瓦裂、恢复无望而痛心，为魏周统治集团的昏聩凶残而忧恐，凄凉落寞的心境，边地萧索疏淡的景色，总是交融其笔端："霜风乱飘叶，寒水细澄沙"（《卫王赠桑落酒奉答》）"阵云平不动，秋蓬卷欲飞"（《拟咏怀》十七）"关门临白狄，城影入黄河"（同上，二十六）……他有一个近市面城的小园，虽不豪华，但有池有竹，有树有花，而且作者有闲暇在此流连，有妻有儿朝夕相伴，且亦可与农夫医卜之徒相往来……按说，这样的一个小园，虽比不上陶渊明构想的桃花源那般诗意美好，令人惬意醉心，但至少也应是个温馨清幽的去处吧？恰恰相反，作者这样写道：

一寸二寸之鱼，三竿两竿之竹。云气荫于丛蓍，金精养于秋菊。枣酸梨酢，桃榹李薁。落叶半床，狂花满屋。名为野人之家，是谓愚公之谷。试偃息于茂林，乃久羡于抽簪。虽有门而长闭，实无水而恒沉。三春负锄相识，五月披裘见寻。问葛洪之药性，访京房之卜林。草无忘忧之意，花无长乐之心。鸟何事而逐酒？鱼何情而听琴？

加以寒暑异令，乖违德性。崔骃以不乐损年，吴质以长愁养病。镇宅神以薶石，厌山精而照镜。屡动庄舄之吟，几行魏颗之命。薄晚闲闺，老幼相携；蓬头王霸之子，椎髻梁鸿之妻。燋麦两瓮，寒菜一畦。风骚骚而树急，天惨惨而云低。聚空仓而崔嗓，惊懒妇而蝉嘶。

——《小园赋》

作者选取的意象全是枯寂萧条的：落叶寒菊，酸梨涩枣，无精打采的小草，闷闷不乐的鱼鸟，战栗的树枝，低垂的阴云……之所以如此，皆因作者内心寂寥忧伤、凄凉苦闷所致。

征戍诗中描绘的边关景色通常是荒凉萧瑟的，一来边地本就黄沙弥漫，少见青山绿水，二来征夫内心荒芜，渴望温情，更觉边地空旷寥落，试看王昌龄《从军行》：

烽火城西百尺楼，黄昏独坐海风秋。
更吹羌笛关山月，无那金闺万里愁。

——其一

琵琶起舞换新声，总是关山旧别情。
撩乱边愁听不尽，高高秋月照长城。

——其二

青海长云暗雪山，孤城遥望玉门关。
黄沙百战穿金甲，不破楼兰终不还。

——其四

玉门山嶂几千重，山北山南总是烽。
人依远戍须看火，马踏深山不见踪。

——其六

辽阔的空间，漫长的时间，孤冷的雪山，单调的黄沙……无疑是诉说苍凉最好的凭借。但如果一个人内心苍凉，即使华美皇宫，在他眼中，依然会是苍凉的风景。西晋著名女文学家左棻因才华被晋武帝选入宫中，后封为贵嫔。据沈约《宋书·后妃传序》云，“晋武帝采汉魏之制”，于皇后之下，“置贵嫔、夫人、贵人，是为三夫人，位视三公。淑妃、淑媛、淑仪、修华、修容、修仪、婕妤、容华、充华，是为九嫔，位视九卿。其余有美人、才人、中才人，爵视千石以下”。左棻身为贵嫔，在后宫地位甚高。左棻在宫中生活了三十年。公主薨逝、皇后驾崩、四方来献奇珍异宝等，晋武帝都要诏令左棻作诗献赋，其文采清华，每获众人称许。然在美女如云、钩心斗角的后宫，她感到异常寂寞和忧恐，对这种表面风光的生活充满悲哀和厌倦。因此，在《离思赋》中，看不到丝毫关于宫室布置的富丽、庭院花木的繁荣等的描写，笔之所至，处处都是寒冷黯淡的景象：

> 生蓬户之侧陋兮，不闲习于文符。不见图画之妙像兮，不闻先哲之典谟。既愚陋而寡识兮，谬忝厕于紫庐。非草苗之所处兮，恒怵惕以忧惧。怀思慕之忉怛兮，兼始终之万虑。嗟隐忧之沈积兮，独郁结而靡诉。意惨愦而无聊兮，思缠绵以增慕。夜耿耿而不寐兮，魂憧憧而至曙。风骚骚而四起兮，霜皑皑而依庭。日晻暧而无光兮，气懰栗以冽清。怀愁戚之多感兮，患涕泪之自零。昔伯瑜之婉娈兮，每彩衣以娱亲。悼今日之乖隔兮，奄与家为参辰。岂相去之云远兮，曾不盈乎数寻。何宫禁之清切兮，欲瞻睹而莫因。仰行云以歔欷兮，涕流射而沾巾。唯屈原之哀感兮，嗟悲伤于离别。彼城阙之作诗兮，亦以日而喻月。况骨肉之相于兮，永缅邈而两绝。长含哀而抱戚兮，仰苍天而泣血。

钱锺书对此篇骚体赋颇为欣赏：“按宫怨诗赋多写待临望幸之怀，如司马相如《长门赋》、唐玄宗江妃《楼东赋》等，其尤著者。左棻不以侍至尊为荣，而以隔至亲为恨，可谓有志。即就文论，亦能‘生迹’而不‘循迹’矣。《红楼梦》第一八回贾妃省亲，到家见骨肉而‘垂泪呜咽’……即斯赋所谓‘忝厕紫庐’‘相去不远’‘宫禁清切’‘骨肉长辞’。词章中宜达此段情境，莫早于

《左赋》者。”[①] 正是由于左棻不像陈皇后、江妃那样对君王之宠充满希冀与幻想，所以《离思赋》全然不见《长门赋》《楼东赋》中对宫中华丽景物的铺陈与描绘，而是用夜长、风起、霜凝、日昏、气寒等种种物候来烘托自己的孤苦与悲凄，令读者感同身受。苍凉之景，源于苍凉之心。

① 钱锺书:《管锥编》第三册，中华书局 1979 年版，第 1103 页。

幽洁之意

儒家入世，道家出世；儒家通过建构人际关系以确立自身之价值，道家通过超越人际关系实现自身之价值，二者存在着明显的对立，又有着极强的互补性。从古至今，儒、道一直是影响华夏民族心理最大的两大思想体系，一生为理想艰难苦斗、知其不可为而为之的孔子对老子佩服得五体投地，到了晚年，“兼济天下”之心既息，“独善其身”之意遂萌，孔子过起了安稳平静的教书生活，故“达则兼济天下，穷则独善其身”虽是儒家的至理名言，其中实则包含了儒、道两家的处世态度和智慧。只是对儒家而言，“独善其身”有些被迫和无奈的意味，道家则是出于主动的选择。

描绘幽洁之景最为动人的莫过于柳宗元的《永州八记》。在当时属于穷乡僻壤的永州，是一代政治家柳宗元改革失败后的贬黜之地。此时，理想破灭的痛苦、缺少知音伴侣的孤独、瘴疠瘟疫对肉体的威胁，时时都在折磨着他。凭借超拔的意志与高尚的情操，柳宗元为自己开辟出一方精神的伊甸园——在山水趣游中体悟人生、体悟真善美，寻求寄托、寻求超越。《永州八记》的字里行间，一个孤高冷峻的人格生命时而清晰可见、时而隐约可辨，而顾影自怜之情亦往往溢乎其中。《钴鉧潭西小丘记》中写道：“嘉木立，美竹露，奇石显。由其中以望，则山之高，云之浮，溪之流，鸟兽鱼之遨游，举熙熙然回巧献技，以效兹丘之下。枕席而卧，则清冷之状与目谋，瀯瀯之声与耳谋，悠然而虚者与神谋，渊然而静者与心谋。”如此一个清美之所在，却偏偏被造化冷冷丢弃在蛮荒地带，至令“农夫渔父，过而陋之”，这不正是才识过人却横遭贬斥的诗人自身的传神写照吗?《小石城山记》等篇也抒发了作者同样深沉的身世之感。

不止山水游记，柳宗元的诗也总是将读者带进一个清幽绝伦的境界，小诗《江雪》:“千山鸟飞绝，万径人踪灭。孤舟蓑笠翁，独钓寒江雪。”《渔翁》:“渔翁夜傍西岩宿，晓汲清湘燃楚竹。烟销日出不见人，欸乃一生山水绿。回看天际下中流，岩上无心云相逐。”这两首表现渔翁生活的诗，因季节画面不同，抒发的思想感情也有区别，一沉郁，一飘逸；一执着，一洒脱，却又同具一种遗世独立、不为俗物所困扰的超然风神。另外，像“回风一萧瑟，林影久参差”（《南涧中题》）“寒花疏寂历，幽泉微断续”（《秋晓行南谷经荒村》）“高树临清池，风惊夜来雨”（《雨后晓行独至愚溪北池》）等，无不流露出一种不胜凄清的寂寥情怀。

与郁郁不得志、不得尽其天年的柳宗元相比，白居易的一生总的来说要通达一些，他也爱幽洁之景，但更多的是出于养生养心之需要。白居易《冷泉亭记》这样写道：“春之日，我爱其草薰薰，木欣欣，可以导和纳粹，畅人血气。夏之夜，我爱其泉渟渟，风泠泠，可以蠲烦析酲，起人心情。山树为盖，岩石为屏，云从栋生，水与阶平。坐而玩之者，可濯足于床下（此处指亭子之围栏）；卧而狎之者，可垂钓于枕上。矧又潺湲洁物，粹冷柔滑……眼耳之尘，心舌之垢，不待盥涤，见辄除去，潜利阴益，可胜言哉！”人在官场，身不由己，拜迎官长，批阅公文，面热心寒，形劳神瘁，故嵇康曾有“必不堪者七，甚不可者二”之谓，执意隐居竹林，而誓与混迹官场的昔日挚友山涛割袍断交。然而，在历史的长河里，如此决绝的行为毕竟少见，更多的是采取了亦官亦隐的生活方式，比如王维，他晚年官至中书舍人、给事中、尚书右丞，官职虽高，却不妨碍他在辋川别业的清心养性，在这里，他罕与人交，唯一过从较多的是山水诗人裴迪。面对清新幽美的山景，两人相携赋诗，不知今夕何夕，他们的诗风颇为相近，以《白石滩》和《华子冈》为例：

清浅白石滩，绿蒲向堪把。
家住水东西，浣纱明月下。

——王维《白石滩》

跂石复临水，弄波情未已。
日下川上寒，浮云淡无色。

——裴迪《白石滩》

飞鸟去不穷，连山复秋色。
上下华子冈，惆怅情何极。

——王维《华子冈》

落日松风起，还家草露晞。
云光侵履迹，山翠拂人衣。

——裴迪《华子冈》

清风明月、淡烟碧水，相似的意象、相似的情节，乍看如出一人之手，细品则判然有别，王维的情感是游离于景色之外的，裴迪的情感则是沉浸于景色之中的，王维的《白石滩》，让人隐约有西施浣纱的联想。西施，这位富有传奇色彩的女子，一生跌宕起伏，天生丽质、娴静聪慧的她本可以像一般女子一样在青山绿水中平静安然地度过一生，然而命运偏偏安排她经历常人所不堪忍受的磨难——背井离乡、斩情割爱、辱事敌国……沧桑之后，心灵如何重拾宁静？这与王维本人有些相似，安史之乱，诗人为叛军所俘，授以伪职，成为一生洗刷不掉的污点，他曾慨叹“一生几许伤心事，不向空门何处销”(《叹白发》)。因此，王维的诗，在淡得看不见的意象里，常有着浓得化不开的伤感，在清幽之景中，总沉淀出“悔不当初”的苦涩。他的《华子冈》也是这样：飞鸟结伴向深山更深处飞去，最后消失在层层叠叠的秋色之中。而自己孑然一身，何处才是心灵的归宿？裴迪就不同了，他没有王维那般沉重的心灵负累，因而诗的意境也就澄明得多，有种潇洒出尘、不隶人间的妙意。因此，每逢良辰美景，王维总是渴望与之共度，似乎也只有这位“天机清妙”的友人，才能使自己暂时摆脱凄凉的身世之感，他这样写信给裴迪：

> 近腊月下，景气和畅，故山殊可过。足下方温经，猥不敢相烦，辄便往山中，憩感配寺，与山僧饭讫而去。北涉玄灞，清月映郭。夜登华子冈，辋水沦漪，与月上下。寒山林火，明灭林外。深巷寒犬，吠声如豹。村墟夜舂，复与疏钟相间。此时独坐，童仆静默，多思曩昔，携手赋诗，步仄径，临清流也。当待春中，草木蔓发，春山可望，轻鲦出水，白鸥矫翼，露湿青皋，麦陇朝雊，斯之不远，倘能从我游乎？非子天机清妙者，岂能以此不急之务相邀？然是中有深趣矣！无忽。因驮黄檗人往，不一。山中人王维白。
>
> ——《山中与裴秀才迪书》

可见，幽洁之景难得，但更难得的是幽洁之意——一种餐云咽月、不染尘俗的超然心境。

明秀之境

山明水秀之境，历来为人们神往，或重其和谐之意，或重其朗润之美，或从中参悟天机，或从中寄寓理趣。

《论语·先进》这样记载孔子与曾点的对话：

> “点，尔何如?”
>
> 鼓瑟稀，铿尔，舍瑟而作，对曰：“异乎三子者之撰。”
>
> 子曰：“何伤乎？亦各言其志也。”
>
> 曰：“暮春者，春服既成，冠者五六人，童子六七人，浴乎沂，风乎舞雩，咏而归。”
>
> 夫子喟然叹曰：“吾与点也。”

与他人治国安邦的宏图伟志不同，曾点的理想竟是欣然春游，而且得到了孔子由衷的赞许。前面几人的回答之所以令他摇头，并非他们的志趣不高尚，实是由于他们的修养欠佳、进退失度，曾点的回答表面看来似乎答非所问，实质却透出参悟大化、乐生知命的圣贤气度，春光明媚，水流花开，人们来河边衅浴（以香薰身，祓灾祈福），去高台歌咏，感悟天地间那无边的仁爱。朱熹《朱子语类》卷十七说“天地是无心的忠恕，圣人是无为的忠恕”“仁属春，属木。且看春间天地发生，蔼然和气，如草木萌芽，初间仅一针许，少间渐渐生长，以至枝叶花实，变化万状，便可见他生生之意。非仁爱，何以至此？缘他本原处有个仁爱温和之理如此，所以发之于用，自然慈祥恻隐”。曾点的描述正契合了孔子心中对“仁”的诠释，孔子生在一个礼崩乐坏的时代，他一生致力于礼乐文明大厦的修建，奔走天下，席不暇暖，颠沛必于是，造次必于是，然而理想终未实现。晚年，整理六经，授徒讲学，杏坛之上，弦歌不辍。曾点描述的画面正契合了孔子的理想愿景，所以他才会“喟然叹曰‘吾与点也’”。

“诗圣”杜甫晚年的不少诗篇都充分体现出天地仁爱之意，以其名篇《后游》为例，此诗写于唐上元二年（761），在上元元年（760）秋天，杜甫应诗人裴迪之邀，曾小住新津修觉寺，此次故地重游，又适逢鸟语花香的阳春，他满怀深情地写道：

寺忆曾游处，桥怜再渡时。
江山如有待，花柳更无私。
野润烟光薄，沙暄日色迟。
客愁全为减，舍此复何之？

江山如此多情，花柳这般无私，风烟如此轻浅，春光这般和暖，诗人依偎在大自然的拥抱里，全身心地感受着它的宽仁与博爱，一己的忧烦亦随之消散得无影无踪了。又如其五言绝句：“迟日江山丽，春风花草香。泥融飞燕子，沙暖睡鸳鸯。”无意中亦将天地大和谐的境界展露在读者面前。

与杜甫不同，“诗仙”李白往往将山川美景与人间不平对比起来写，这样，青山绿水、鸟语花香不唯不能化解他的痛苦，反而令他更加愤世嫉俗了，如《梦游天姥吟留别》描绘天姥山“半壁见海日，空中闻天鸡。千岩万转路不定，迷花倚石忽已暝……云青青兮欲雨，水澹澹兮生烟……”多么引人入胜，最后以“安能摧眉折腰事权贵，使我不得开心颜！”发泄他对腐朽政治的厌恶和痛恨。有时则是借丽景抒发他那汹涌澎湃的生命激情、享乐人生的炽热欲望：

春风东来忽相过，金樽绿酒生微波。
落花纷纷稍觉多，美人欲醉朱颜酡……

——《前有樽酒行二首》

镜湖水如月，耶溪女如雪。
新妆荡新波，光景两奇绝。

——《越女祠》之四

若耶溪旁采莲女，笑隔荷花共人语。
日照新妆水底明，风飘香袂空中举。
岸上谁家游冶郎，三三五五映垂杨。
紫骝嘶入落花去，见此踟躅空断肠。

——《采莲曲》

对时光的珍惜、对生活的热爱、对爱情的向往，洋溢在字里行间。因此，尽管失之放纵，但那份执着、热烈、明朗，着实非常动人，特别是美景与美人交相辉映的画面的确具有强力的感染力。宋人陈善在《扪虱新话》中谈道：

唐人诗有“嫩绿枝头红一点，动人春色不须多”之句，闻旧时尝依此试画工，众工竟于花卉上妆点春色，皆不中选。唯一人于危亭缥缈隐映之处，画一美妇人凭栏而立，众工遂服。此可谓善体诗人之意矣。

绘画的关键在于“气韵生动”，无限春色之中，着一美人，恰似嫩绿枝头蓓蕾初绽，令人惊喜，整个画面一下活了起来。于是便不再是一幅画，而是一个有灵性、有生命、有感情的所在，广袤无边的时空因人的在场而化为瞬间之永恒。

古人曾云：“春山淡冶而如笑，夏山苍翠而如滴。秋山明净而如妆，冬山惨淡而如睡。”可见，春、秋二季的山水最为明丽动人，然而又有所不同，前者乃生长的时节，后者为成熟的季候，因而高远、盛大的秋色，引得诗人竞相赞叹。刘禹锡的《秋词二首》写道：

自古逢秋悲寂寥，我言秋日胜春朝。
晴空一鹤排云上，便引诗情到碧霄。

山明水净夜来霜，数树深红出浅黄。
试上高楼清入骨，岂如春色嗾人狂。

杜牧的“停车坐爱枫林晚，霜叶红于二月花”及“南山与秋色，气势两相高”的诗句，亦表现出相似的气韵格调。言为心声，从中我们可以体会其“天行健，君子以自强不息”的人生信念。

明媚的山光水色总能令人们心旷神怡，因为其光与影、曲与直、高与下、刚与柔的措置是如此和谐，从而让人感到舒适和妥帖，按心理学家阿恩海姆的解释：“宇宙间一切存在物都有自身力的结构，这种结构之所以引起我们的兴趣，不仅在于它对于那个拥有这种结构的客观事物本身具有意义，而且在于它对于一般的物理世界与精神世界均有意义……那推动我们自己的情感活动起来的力，与那些作用于整个宇宙的普遍性的力，实际上是同一种力。”① 也就是说，风景的优美与我们心境的明净，存在着某些必然的联系。

① ［美］鲁道夫·阿恩海姆:《艺术与视知觉》，滕守尧等译，中国社会科学出版社1984年版，第625页。

空灵之韵

空灵，是山水诗、山水画着意追求的境界。何谓空灵？严羽这样解释道：“唯在兴趣，羚羊挂角，无迹可求。故其妙处透彻玲珑，不可凑泊，如空中之音，相中之色，水中之月，镜中之像，言有尽而意无穷。”（《沧浪诗话·诗辨》）归纳起来，所谓空灵，有以下几方面的特点。

首先，空灵源于奇妙的感兴——一种偶然的感悟和意兴。艺术家将眼中的山水心灵化，而心灵亦借山水的形式表现出来，从而给读者以遐远的联想与想象。在此种境界里，具体与一般、有限与无限、直觉与哲理完全消失了界限，融为一体，成为艺术殿堂里的神品，给读者心灵以妙悟和启迪，以王维的《辛夷坞》为例：

木末芙蓉花，山中发红萼。
涧户寂无人，纷纷开且落。

当春天来到人间，红艳艳的木芙蓉（即辛夷）花，在蓬勃生命力的催动下，欣欣然绽开蓓蕾，开得那样灿烂夺目，宛若云霞一片，荡漾着无限春光。然而诗人笔锋一转，将辛夷花置于一个深山幽谷、与世隔绝的环境之中，写它开时即热烈地开放，使山野一片火红，落时则毫无留恋地飘落，缤纷花瓣红雨般洒向深涧。开与谢，完全顺应其自然的本性，根本不在乎是否有人欣赏。这绝无人迹、亘古寂静的“涧户”，正是诗人以“空寂”禅心观照世界的意象；然而，诗人又反对趋入绝对的空无和死灭，因此在这个空寂得令人窒息的涧户中，置入辛夷花猩红的色彩和开落的动态声息……人的生命，其实也像这辛夷花一般，是一个开且落的过程。辛夷花那无执无着、无忧无虑的清净本性，值得作茧自缚、庸人自扰的人们深味和效法。小诗于自然白描中阐释了“色即是空，空即是色”的禅意。另如周邦彦《曝日》：

冬曦如村酿，微温只须臾。
行行正须此，恋恋忽已无。

冬日的阳光，暖煦煦的，让寒冷中的人们感到无限依恋，岂料这缕微温竟如此飘忽，转瞬即逝……字面的意思也就这些，但读者不会停留于此，总能从中品出某些微妙的意蕴，是难以抗拒又难以把握的一份情缘，还是一丝刚刚碰触就已消散于无形的希望？恍若隔世中只好慨叹：“此情可待成追忆，只是当时已惘然。”

其次，得力于留白。诗人或画家的笔墨总是异常省净，简洁的意象、单纯的情节、素淡的色调，使得该诗（或画）首先带给读者一份“虚室生白”的清澈心境。这样的心境有助于他们沟通过去与未来，连接回忆与幻想，亦即刘勰所言“寂然凝虑思接千载，悄焉动容视同通万里”（《文心雕龙·神思》），顿悟人生的秘密与奥义，如李白《把酒问月》：

青天有月来几时，我今停杯一问之。
人攀明月不可得，月行却与人相随。
皎如飞镜临丹阙，绿烟灭尽清辉发。

但见宵从海上来，宁知晓向云间没？
白兔捣药秋复春，嫦娥孤栖与谁邻？
今人不见古时月，今月曾经照古人。
古人今人若流水，共看明月皆如此。
唯愿当歌对酒时，月光常照金樽里。

展现在我们面前的，是皓月当空的画面，辽阔、宁静，不见一丝人间的纷扰，我们的思绪亦随诗人翩翩遨游在宇宙里，自然的永恒，生命的短暂，形成了何其强烈的对比。既然如此，人们又有什么理由不珍爱生命、潇洒处世呢？

再次，空灵妙境又与作者超功利的心态密切相关。儒、道、释三家于此各有妙论，邵雍说：“不以我观物者，以物观物之谓也。既能以物观物，又安有我于其间也？”[①] 应用于艺术创作，便是强调审美主体之融入审美对象中去。《庄子·达生》云：“忘足，履之适也；忘腰，带之适也；知忘是非，心之适也。不知变，不外从，事会之适也。始乎适而未尝不适者，忘适之适也。”是说只有戡破人的主位，物我合一，才能获得最高的审美享受。释达观在《法语》中说：“性能应物，则谓之心，应物而无累，则谓之理。应物而有累，始谓之情也。故曰无我而通者，理也；有我而塞者，情也。”又在《皮孟鹿门子问答》中说：“理无我，而情有我。无我则内心寂然，有我则内心汩然。寂然则感而遂通天下之故，汩然则内心先浑，亦如水浑不见天影也，况能通天下之故哉？”也就是说，只有摒弃主观杂念，才能彻悟万物之理。浸润在这种东方哲学氛围里，中国古代的山水诗画有一个突出的共同特质，那便是对主观感情的淡化处理，王维《鹿柴》诗

① （北宋）邵雍：《观物内篇》第十二篇，《邵雍集》，中华书局2010年版，第49页。

这样写道：

空山不见人，但闻人语响。

返景入深林，复照青苔上。

山林清幽，四顾无人，却隐隐传来人们说话的声音；夕阳西下，一抹余晖悄然洒落在青苔上面。我们看不出诗人有丝毫的感情涟漪，他只是极平静地记下那片刻的所见所闻，唯其如此，读者方能更深切地领悟到生命本质的虚幻、孤独与短暂。

据传宋代大政治家兼诗人王安石特别赏爱郭功甫的《金陵》七绝，请人绘成画图，亲题其款，并托人送一对黄金酒杯给郭功甫。郭诗是这样写的：

洗尽青春初变晴，晓光微散淡烟横。

谢家庄上无多景，只有黄鹂一两声。

清新、淡雅，洗尽怀旧伤逝之感，不拖泥带水，不长吁短叹。沧桑过后，回归平淡，一派磊落洒脱情怀。是的，“人事有代谢，往来成古今”，又何必对荣辱得失耿耿于怀呢？荆公晚年罢官，新法被废除，一切努力付诸东流。闲居此地，唯以诗酒自娱，宜乎酷爱此诗。

雄奇之格

有些诗人喜爱并擅长描写壮美的山水，比如李白，他笔下的山河常是气势磅礴、一发不可收的，他写黄河“巨灵咆哮劈两山，洪波喷箭射东海”（《西岳云台歌送丹丘子》）；写蜀道“上有六龙回日之高标，下有冲波逆折之回川。黄鹤之飞尚不得过，猿猱欲度愁攀援”（《蜀道难》）；写天姥山“天姥连天向天横，势拔五岳掩赤城。天台四万八千丈，对此欲倒东南倾”（《梦游天姥吟留别》）……天性豪放、自信的人总是容易被崇高、盛大的事物所吸引，而不易纠结于平淡、琐细的东西，他们常常沉醉于一种阔大、雄奇的境界之中，这种境界有时是真实的，有时是虚幻的。更多的时候，则是真实与虚幻的融合，如李白描写华山：“三峰却立如欲摧，翠崖丹谷高掌开。白帝金精运元气，石作莲花云作台……”（《西岳云台歌送丹丘子》），基本上是实写，也适当加入了一部分自己的想象，这从《太平寰宇记》《华山记》《贾氏谈录》等书对华山的记载可得而知。《梦游天姥吟留别》，通篇则是幻想的结果，明代小品文作家王思任亲历其境，发现天姥山仅是天台山的一个小小儿孙而已，既不高耸，也不壮观，实不可与天台山同日而语，方知是李白对世人撒了个弥天大谎。文人墨客笔下的山水往往是其性情品格的展现，狂歌痛饮的李白有一颗矛盾的心，既向往遗世独立、飘然远引，又渴望建功立业、济世度人；既厌倦世俗，又心系百姓，两种截然相反的人生追求形成了其山水诗章的独特风格。一方面，远大的抱负使他习惯于描写刚健、壮观的景象；另一方面，高蹈的情怀又使他总是向往遥远的虚无缥缈的事物，因此，读他的诗，我们一边震撼于其强大的声势，一边又惊叹其无与伦比的想象力，以及那飞跃奔腾的动感，如《庐山谣寄卢侍御虚舟》：

我本楚狂人，凤歌笑孔丘。

手持绿玉杖，朝别黄鹤楼。

五岳寻仙不辞远，一生好入名山游。

庐山秀出南斗旁，屏风九叠云锦张，影落明湖青黛光。

金阙前开二峰长，银河倒挂三石梁。香炉瀑布遥相望，回崖沓峰凌苍苍。翠影红霞映朝日，鸟飞不到吴天长。

登高壮观天地间，大江茫茫去不还。黄云万里动风色，白波九道流雪山。

好为庐山谣，兴因庐山发。

闲窥石镜清我心，谢公行处苍苔没。

早服还丹无世情，琴心三叠道初成。遥见仙人采云里，手把芙蓉朝玉京。

先期汗漫九垓上，愿接卢敖游太清。

与宋代的苏轼截然不同，李白不曾“不识庐山真面目，只缘身在此山中”，他仿佛在天上飘行，俯瞰千峰万壑，不唯不会迷失其中，相反却对其脉络及走向了然于胸。人说太白有仙气，于此可见一斑。除了天性使然，道教信仰也是一个不容忽略的因素。唐代另一大诗人杜甫同样也谱写出壮美的山水乐章，“锦江春色来天地，玉垒浮云变古今”(《登楼》)、“无边落木萧萧下，不尽长江滚滚来”(《登高》)、“吴楚东南坼，乾坤日夜浮 ”(《登岳阳楼》) ……境界之阔大、魄力之强健，足与李白比肩，但无李白飘逸之气，以其青年时代的杰作为例：

岱宗夫如何，齐鲁青未了。
造化钟神秀，阴阳割昏晓。
荡胸生层云，决眦入归鸟。
会当凌绝顶，一览众山小。

诗人以仰望视角描绘出泰山那五岳独尊的不凡气势，视点始终不变，这种描写方式本身就给人稳定的感觉，由于颈联“造化钟神秀，阴阳割昏晓”所再现的泰山那无与伦比的高大挺拔，动态的云和鸟只是细节的点缀，绝不会令泰山有丝毫的缥缈虚幻之感。泰山是千秋矗立、不可动摇的，一如诗人心中那执着的大济苍生的信念。杜甫生于一个“奉儒守官”的家庭，自幼接受的是最正统的儒家教育，以匡复社稷、泽被天下为己任，泰山作为儒家文化的象征，历代帝王的封禅之举，更增添了它在士人心目中的神圣之感，因而成为立志要“致君尧舜上，再使风俗淳”的杜甫所神往和景仰的圣地是必然的。

范仲淹的《岳阳楼记》，浓墨重彩地描绘了洞庭湖的波澜壮阔，阴晴变化，为的是抒发自己忧国忧民的怀抱：“予观夫巴陵胜状，在洞庭一湖，衔远山，吞长江，浩浩汤汤，横无际涯；朝晖夕阴，气象万千……不以物喜，不以己悲，居庙堂之高，则忧其民；处江湖之远，则忧其君；是进亦忧，退亦忧。然则何时而乐耶？其必曰：先天下之忧而忧，后天下之乐而乐乎！噫！微斯人，吾谁与归?”气度更加沉雄，表现出一代政治家置个人安危于度外的旷代风标。

同样是描写雄奇景观，明代张明弼《避风岩记》则迥异其趣，作者写自己官场应酬之后，解舟而返，入夜狂飙不息，于江中觅得巨岩避风："及旦而视之，则断崖千尺，上侈下弇，状如檐牙。仰而睨之，若层衡之列烟上，崩峦倾返，颓石矗突，时有欲落之势，栗乎不可以留焉。"然后，作者笔锋一转，以愤世嫉俗的口吻写道："吾视夫复嶂重峦，缭青纬碧，犹胜于院署之严丽也；吾视夫崩崖倾石，怒涛沸波，犹胜于贵人之颐颊心腑也；吾视夫青芜紫茎，怀烟孕露，犹胜于大吏之绛骑彤驺也；吾视夫谷响山啸，激壑鸣川，犹胜于高衙之呵殿赞唱也；吾视夫藉草坐石，仰瞩云气，俯观重泉，犹胜于拳跽伏谒于尊宦之阶下也。"接着，他又借此奇岩倾诉自己"有才无时，甘于人下"的不遇之悲："天或见吾出则伛偻，入则簿书，已积两载矣，无以抒吾胸中之浩浩者，故令风涛阻滞，使此孤岩以恣吾数刻之探讨乎？或兹岩壁立路绝，猿徒鼯党，犹难托寄，若非习金丹火龙之术，腾空蹑虚，不能一到；虽处大江之中，飞帆如织，而终无一人肯一泊其下，以发其奇气而著其姓字；天亦哀山灵之寂寞，伤水伯之孤清，故特牵梶余舟，与彼结一日之缘耶？"才识卓异之士，往往孤傲不驯，在唯唯诺诺的官场，容易被打入另类，遭人排挤和压制，遂致沉沦下僚，终生坎坷，张明弼见巨岩嵯峨，却无人见赏，故有同病相怜之悲。

雄奇的山川带给人的威慑力是显而易见的，因而，有识之士常用以寄托超拔的道德操守，如方苞在《游雁荡记》中写道："而兹山独完其太古之容色，以至于今。盖壁立千仞，不可攀缘；又所处僻远，富贵有力者无因而至；即至，亦不能久留，构架鸠工，以自标揭，所以终不辱于愚僧俗士之剥凿也。又凡山川之明媚者，能使游者欣然而乐。而兹山岩深壁削，仰而观，俯而视者，严恭静正之心不觉其自动。盖至此，则万感绝，百虑冥，而吾之本心乃与天地之精神一相接焉。”

文艺心理学告诉我们，意象是作者心灵的外化，古人常说“为山水写心”，便是要借山容水态传写审美主体之精神，雄奇的山水，高尚的人格，彼此互相依托、互相印证 、互相引发，说到底，还是借山水为人类写心。

诡幻之魅

若夫淫雨霏霏，连月不开；阴风怒号，浊浪排空；日星隐耀，山岳潜行；商旅不行，樯倾楫摧；薄暮冥冥，虎啸猿啼。登斯楼也，则有去国怀乡，忧谗畏讥，满目萧然，感极而悲者矣。

至若春和景明，波澜不惊，上下天光，一碧万顷；沙鸥翔集，锦鳞游泳，岸芷汀兰，郁郁青青。而或长烟一空，皓月千里，浮光跃金，静影沉璧；渔歌互答，此乐何极！登斯楼也，则有心旷神怡，宠辱偕忘，把酒临风，其喜洋洋者矣。

——《岳阳楼记》

在这里，范仲淹就凄风苦雨和春和景明两种自然现象对人的心境产生的不同影响做了形象生动的描绘，其实，更多的时候，是人的心境在决定着他对自然景观的印象，黑格尔说："在艺术里，感性的东西是经过心灵化的，而心灵的东西也借感性化而显现出来了。"① 当人失意的时候，常常对眼前的大好风光视而不见；而当其得意之时，即

① ［德］黑格尔《美学》（第一卷），商务印书馆1982年版，第49页。

使处身惨淡严冬，也会有种“吹面不寒杨柳风”的快意。

在我国山水文学艺术的长廊里，终究以描绘明媚宜人之景居多，这倒并不意味着诗人画家的人生命运多半通达顺遂，而是儒、道、释三家都崇尚和谐、宁静、安然之美。但还是有不少作品尽情描绘了诡异迷离之景，如屈原、李贺等人的诗篇，正是这些个性峥嵘的“另类”作品，常常给人异乎寻常的震撼。

屈原身为战国时期楚国杰出的政治家，在楚怀王执政期间，屈原横遭贬斥，眼看楚国由七国之雄一步步走向败落，他内心忧煎，度日如年。因此，屈原诗篇中的景物总是凄凉哀艳，“袅袅兮秋风，洞庭波兮木叶下。”（《湘夫人》）“深林杳以冥冥兮，猿狖之所居。山峻高以蔽日兮，下幽晦以多雨。霰雪纷其无垠兮，云霏霏而承宇。”（《涉江》）“杳冥冥兮羌昼晦，东风飘兮神灵雨。”（《山鬼》）阴冷潮湿，森然可怖，这样的物境不正是其焦虑无望的心境的显现吗？在如此险恶的环境中，我们看见湘夫人含情凝睇伫候自己的夫君，看见山鬼精心装扮以幽会自己的情人，她们都是那么高洁、痴情。“借男女之情，说君臣之事”，这些美丽动人的形象，不正是追求理想、“虽九死其犹未悔”的诗人自身的写照吗？

李贺所处的时代，是唐王朝内忧外患加剧之际。本为皇室之后，心高气傲的诗人，欲凭自己的才华成就一番事业，岂料当时名教日炽，当权者竟以“避父讳”为由（贺父名晋，与进士之“进”同音），剥夺了李贺科举应试的资格，这意味着阻断了他入仕的门径。身体的病弱，生活的困顿，前途的无望，使诗人沉溺于愁苦中不能自拔，李贺诗中的自然景物总是充满人的悲哀、痛苦、无奈和迷惘，在他的笔下，月亮里的玉兔是“老”的，蟾蜍是“寒 ”的；红色的花朵却是“冷”的，而且在哭泣着，露珠是她流下的泪；青青翠竹也同样愁云紧锁，无情有恨；那秋草是“瘦”的，栀子花是凄凉的，雁是“病”的……三月桃花的巧笑让他生厌，她们“乱落如红雨”的时候反而带给他一丝奇异的快感，以我们常人的眼光来看，这些描写都很反常，前人云：“心既有障，物遂失真。”所谓“失真”，其实便是以心理真实取代了客观真实，社会的黑暗与不平，使他难有平静和悦的心境，挫折与自卑感令他有意逃避周围人的世界。有人说李贺的诗是一个鬼的天地，在他的眼中，世上不存在永恒，世人皆难逃一死，即使神仙也不例外，“彭祖巫咸几回死”（《浩歌》）、“几回天上葬神仙”（《官街鼓》），既然如此，那么，早夭与高寿便没有什么值得悲凄和庆贺的；同样地，成功和失败也没有什么值得骄傲和沮丧的，死亡令尘世的一切失去了意义，因此，李贺沉醉于描写鬼的活动，他们比人更让他感到亲切真实。在他的笔下，鬼的世界常是生动而诗意的：

幽兰露，如啼眼。
无物结同心，烟花不堪剪。
草如茵，松如盖。
风为裳，水为佩。
油壁车，夕相待。
冷翠烛，劳光彩。
西陵下，风吹雨。

——《苏小小墓》

南朝名妓苏小小，怀着对爱情的美丽憧憬而过早地离开了人世，传说其墓地“风雨之夕，或闻其上有歌吹之音”，诗人据此写成此诗。诗中对女主人公的绮年玉貌不作描绘，而着重传写其气韵风神，娇姿弱质的她，不顾雨打风吹，痴痴地守望着意中人的到来……这是一种怎样的凄凉和深情。之所以对苏小小寄予深切的同情，是因为诗人在她身上看到了自己的影子。

对人间的厌倦，激发诗人对天上的情景产生层出不穷的幻想，在他的梦幻中，那里的一切都是和谐美妙的：

天河夜转漂回星，银浦流云学水声。
玉宫桂树花未落，仙妾采香垂佩缨。
秦妃卷帘北窗晓，窗前植桐青凤小。
王子吹笙鹅管长，呼龙耕烟种瑶草。
粉霞红绶藕丝裙，青州步拾兰苕春。
东指羲和能走马，海尘新生石山下。

——《天上谣》

与地上的穷愁病老、争斗倾轧不同，天上的生活是安恬、温馨和舒适的，这里的水、星、云、花、香草、仙女……都是一样的自由自在、无拘无束。而那流云汩汩作声、天龙耕烟种草、遥望人寰沧海变桑田的种种出人意表的想象，实在令读者思飘云外，忘却今夕何夕。"审美是人的渴望自由的心灵对于不自由的现实世界的虚幻的超越。审美虽是虚幻的超越，但不等于它无关乎实际的人生。虚幻的超越，瞬间的自由，也是对心灵的抚慰。"① 有了这样的抚慰，可以从沉重的现实中放飞自己的灵魂，从高处俯瞰苦难的人生而获得超越，即使虚幻的超越，这种审美境界也可以成为心灵的家园，至少是寄居的传舍。

① 刘卫华：《论审美的实践超越性》，《齐齐哈尔大学学报》2005 年第 2 期。

草木有本心

李白曾说："草不谢荣于春风，木不怨落于秋天。谁挥鞭策驱四运，万类兴衰皆自然。"诚然，花草树木无知无识，不似人间这般总有剪不断理还乱的所谓爱恨情愁，然而，以人类充满爱恨情愁之眼观之，又何花无感、何草无觉？"昔我往矣，杨柳依依。今我来思，雨雪霏霏。"那摇曳的柳丝多么情深意浓；"雨中黄叶树，灯下白头人"，这夜雨中的树木怎能不感到生命的凄凉萧索？华夏民族是一个崇尚天人合一观念的民族，因此，一花一草，一树一木，皆与人的思想情感息息相通，而其中有一些物象由于反复地为人类所引用，无形中它们所负载的象征意义便相对地稳固下来，正如西方心理学家荣格在《论分析心理学与诗歌的关系》中所言："每一种原始意象都是关于人类精神和人类命运的一块碎片，都包含着我们祖先的历史中重复了无数次的欢乐和悲哀的残余，并且总的说来始终遵循着同样的路线生成。它就像心理深层中一道道深深开凿过的河床，生命之流在这条河床中突然奔涌成一条大江，而不是像从前那样，在漫无边际而浮浅的溪流中向前流淌。"本节所列举的这些花草树木，每一种都凝聚了我们华夏民族丰富和深厚的思想感情，被写进山水诗中，阅读品味这些意象，对理解我们民族的人格心理和审美情趣益处多多。

如此清标——梅

除了荷花以外，再没有一种花卉，能像梅花这般受到知识阶层的普遍青睐，积极进取者慕其坚忍，消极避世者赏其隐逸，勘破世相轮回者爱其生机圆活不枯。梅花，同荷花一样，都是蕴含着鲜明东方民族心理的奇葩。

唐人崇尚牡丹，宋人偏爱梅花，这大概与国运有关。北宋大政治家王安石，心怀富国强民的伟大抱负，排除万难，致力于改革，虽一再遭受挫折打击，却不屈不挠，他特别敬慕梅花的高洁与坚忍：

墙角数枝梅，凌寒独自开。
遥知不是雪，为有暗香来。

——《梅花》

到了南宋，朝廷偏安一隅，贪图享乐，不思雪耻，身为主战派的文学家陈亮这样借梅抒怀：

疏枝横玉瘦，小萼点珠光。
一朵忽先变，百花皆后香。
欲传春消息，不怕雪埋藏。

玉笛休三弄，东君正主张。

——《梅花》

像多数赞颂梅花的诗篇一样，诗人没有形容梅花的俏丽姿容，而是着重描写她不畏酷寒在百花之前率先吐艳，将春的消息带给人间的勇敢姿态，个中的象征意义也是很明显的。事实上，梅花并非没有动人的风韵，苏东坡就曾为之深深地迷醉：“故作小红桃杏色，尚余孤瘦雪霜姿。寒心未肯随春态，酒晕无端上玉肌。”冰肌玉骨与旖旎风情可谓相得益彰。但由于她绽放在“万花纷谢一时稀”的严冬，带给人们的首先是精神的振奋，而不是感官的愉悦，也就难怪文人墨客对她形貌的惯常忽略了。

历史上爱梅成癖的人很多，当年唐玄宗的妃子江采萍美慧多才，酷爱梅花，故被册封为梅妃；北宋名士林和靖长年隐居西湖孤山，二十载不入城市，独与梅、鹤做伴，人称“梅妻鹤子”；元明之际著名画家王冕不仅咏梅、画梅，还植梅千枝，结庐三间，题为“梅花屋”，他的《墨梅》这样写道：

我家洗砚池头树，个个花开淡墨痕。
不要人夸颜色好，只留清气满乾坤。

诗人的处境、心情不同，对梅花的感受也就不尽相似，当人们意气风发时，梅花的怒放总能引发他们的豪情壮志；当人们情绪消沉时，饱受雪压冰欺的梅花则会令他们顾影自怜、黯然神伤。陆游悲叹：“无意苦争春，一任群芳妒。零落成泥碾作尘，只有香如故。”（《卜算子·咏梅》）陈人杰惋惜“如此清标，依然香性，常在凄凉索寞中”，只能眼看“纷纷桃李，占断春风”（《沁园春·天问》），然而，即使孤苦凄凉，即使运蹇命乖，最终还是一如既往，而不放弃自己的原则，这是梅花最令人心折处：

千霜万雪，
受尽寒磨折。
赖是生来瘦硬，
浑不怕、角吹彻。

清绝，
影也别。
知心唯有月。
原没春风情性，
如何共、海棠说？

——萧泰来《霜天晓角·梅》

梅花的坚忍还不止在于她的傲霜斗雪，更在于她那死而复生的顽强生命力，常常是上面的老干已经枯萎，下面的根部却又发出了新芽，从而开始了又一轮的成长与繁荣。梅是公认的花中寿星，如今，我国不少地区尚有千年古梅，湖北省黄梅县有株一千六百多岁的晋梅，岁岁严冬都在迎春开花。作为中国的国花，梅花的品格亦象征了我们的国格，尽管历尽屈辱和磨难，但华夏民族总能从失败中站起，从废墟中复活，并且一步步走向富强昌盛。

与仁人志士欣赏梅花逆境的抗争不同，高蹈风尘之人称许的则是她的淡泊自守、随遇而安，她们自在安逸地生长于偏僻的村野，自甘寂寞、不与人知：

道是花来春未，
道是雪来香异。

竹外一枝斜，
野人家。

——郑域《昭君怨》

但梦想，
一枝潇洒，
黄昏斜照水。

——周邦彦《花犯·梅花》

疏影横斜水清浅，
暗香浮动月黄昏。

——林和靖《山园小梅》

世人不约而同地注意到了梅花身影的“斜”，与直立所表现出的端方肃穆不同，欹斜的肢体语言则是自在随意，她们不与群花争艳，不用取悦于人，所以也就用不着规范自己的姿态，宛若一群啸傲林泉的隐士，与清风明月为伴，过着无拘无束的生活。梅花以疏、瘦为美，象征了一种蔑视世间富贵荣华、追求人格独立自由的精神。

佛家对梅花也非常赏爱，在万木凋零的季节，梅花的绽蕊预示着春光的来临，见性忘情的释子于此顿悟禅心的金刚不坏与禅机的圆活不枯，诗僧齐己的《早梅》这样写道：

万木冻欲折，孤根暖独回。
前村深雪里，昨夜一枝开。
风递幽香去，禽窥素艳来。
明年如应律，先发映春台。

孤根独暖，凌雪吐艳，此喻禅心；大地回春，万物复苏，此喻禅机。字里行间透出的那份敏感与觉醒自为常人所不及。

僧人的生活本来就单调枯燥，更何况在肃杀的严冬，因此，可以想象，梅花的一枝独秀会带给他们怎样的惊喜，所以，诗僧多爱咏梅，我们从钱咏《履园丛话·释道诗》记载的这则逸事中可见一斑：

> 有青螺庵客僧名量周者，貌甚恶俗，唯念佛而已。一日有诸名士集庵中作诗社，赋梅花诗。轻视此僧之不顾。量周忽技痒，求分韵得“音”字云：“几被霜侵与雪侵，孤根留得到如今。谁与冷处垂青眼，只合青山抱素心。茅屋风高门正掩，板桥冻折路难寻。棱棱莫谓无相识，曾有何郎为赏音。”诸名士皆垂头丧气，为之搁笔。

而罗大经《鹤林玉露》载某女尼的吟梅诗旨在揭示“迷悟在我，发心即道”：

> 尽日寻春不见春，芒鞋踏破岭头云。
> 归来笑拈梅花嗅，春在枝头已十分。

她用自己这番寻春不见、春来自现的经历告诉世人凡事无须强求的道理，佛家讲隐忍、退让、顺其自然，常流于说教，该诗借梅花说事，活泼有趣的字句，反给人更多的启迪。

宜室宜家——桃

在百花园中，最洋溢着浓郁生活气息的当数桃花，与辛夷、紫荆、丁香、月季、紫薇等众多华而不实的花木不同，桃树繁花飘零之后，便是硕果满枝，集审美与实用于一体，因此，深得人们的喜爱，“桃李不言，下自成蹊”的成语正好说明了这一点。在我国源远流长的花木栽种史上，桃的栽种历史可以说是最为悠久的，我国最古老的诗集《诗经》中就有不少与桃有关的篇章，像《召南·何彼襛矣》和《卫风·木瓜》等，最著名的莫过于《周南·桃夭》了：

桃之夭夭，灼灼其华。
之子于归，宜其室家。

桃之夭夭，有蕡其实。
之子于归，宜其家室。

桃之夭夭，其叶蓁蓁。
之子于归，宜其家人。

据文字学家考证，这里的“夭”，是“笑”的假借字，灿烂夺目的桃花，宛若一张张容光焕发的笑脸。这是一首描写少女出嫁的诗，充满喜庆的色彩，朴素的诗句，抒发欢乐的情绪，盛开的桃花与娇俏的新娘交相辉映，想象中的果实累累与多子多福指日可待。桃花，不孤傲、不清高、不计较，而是和和顺顺、喜气盈盈。总之，在人们的心目中，桃是吉祥美好的象征。

唐朝，诗人崔护应试不第，郊游时口渴，去邻近院落敲门索水，一美丽少女递水后，倚桃花而笑。此情此景令崔护萦绕脑际、无法忘怀。第二年春天，他故地重游，风景依旧，却不见了少女，伤感之际，在门上题诗一首：

去年今日此门中，人面桃花相映红。
人面不知何处去，桃花依旧笑春风。

除了容易引起人们“青春”“爱情”的联想外，桃花还总是将人的思绪带进一个安宁、和平的氛围中去，晋代大诗人陶渊明凭一支生花妙笔描绘出一个幻想中的桃花源：

晋太元中，武陵人捕鱼为业，缘溪行，忘路之远近。忽逢桃花林，夹岸数百步，中无杂树，芳草鲜美，落英缤纷；渔人甚异之。复前行，欲穷其林。林尽水源，便得一山。山有小口，仿佛若有光；便舍船，从口入。初极狭，才通人；复行数十步，豁然开朗……

陶渊明之爱菊，人所共知；爱松，在诗篇中也多有流露，菊、松，象征了他高洁脱俗的人格。然而，他心中的幸福乐土不是菊花源或松树源，而是桃花源。固然，桃树比不上松树挺拔，桃花比不上菊花孤高，但她欢乐、合群、生气勃勃，充满人间烟火气息。如果说，意象是打开诗人心灵之门的钥匙，那么，这里的桃花，亦可揭示出陶渊明个性中的一个重要侧面——平易近人、乐群乐生：“农务各自归，闲暇辄相思。相思则披衣，言笑无厌时。”（《移居》其二）“落地为兄弟，何必骨肉亲。得欢当作乐，斗酒聚比邻。”（《杂诗》）甚而可以说，正是这一天性，决定了陶渊明山水田园诗歌似淡而实腴、外枯而中膏的鲜明风格特色。

陶渊明之后，桃花或桃源便成了某种宁静温馨生活的象征，在这里，不仅有形体的安适，更有灵魂的自由。“诗圣”杜甫仕途受挫、生计无着时，听说秦州有一佳处可以安身，俨然一个世外桃源，顿时兴奋不已，他写道：

传道东柯谷，深藏数十家。
对门藤盖瓦，映竹水穿沙。
瘦地翻宜粟，阳坡可种瓜。
船人近相报，但恐失桃花。

——《秦州杂诗二十首》其十三

事实上，如此一片让诗人心向往之的乐土，在秦州并不存在。失望焦虑之余，他只好举家向西蜀进发，投奔故旧严武、高適等人，历尽艰辛，终于在成都浣花溪边安顿下来。心中根深蒂固的桃源情结使他在营建草堂时所做的第一件事便是向友人借一百棵桃树栽在园中：

奉乞桃栽一百根，春前为送浣花村。
河阳县里虽无数，濯锦江边未满园。

——《萧八明府处觅桃栽》

不久，桃树成林，花红烂漫，诗人满怀欣慰地说：“农务村村急，春流暗暗深……茅屋还堪赋，桃源自可寻。”（《春日江村五首》）直把自己视为“不知有汉，无论魏晋”的桃源中人了。

陶渊明的桃花源，是一个没有赋税、没有衣食之忧的人间乐园，这是“夏日抱长饥，寒夜无被眠”的诗人在愁苦中所做的美梦，却成了后世文人精神上的伊甸园，他们更看重的是其没有礼法羁绊的自由和浓浓的人情味。因此，他们心目中的桃花源便不再局限于那样一个与世隔绝的山洞——于心安处即桃源，清人马朴臣写道：

自把长竿后，生涯逐水涯。
尺鳞堪易酒，一叶便为家。
晒网炊烟起，停舟月影斜。
不争鱼得失，只爱傍桃花。

——《渔》

很显然，这里虽非“土地平旷，屋舍俨然，有良田美池桑竹之属；阡陌交通，鸡犬相闻”，有的只是随波逐流的扁舟一叶，但这份自在随意，无法不让作者作世外桃源的联想，所以，特意以缤纷桃花结尾，意味深长，引人遐思。而清代施闰章的这首诗写的是普通的山村生活：

路回临石岸，树老出墙根。
野水合诸涧，桃花成一村。
呼鸡过篱栅，行酒尽儿孙。
老矣吾将隐，前峰恰对门。

——《过湖北山家》

这个桃花环抱的小村庄，未必富庶、未必没有赋税，但那柴门鸡飞、儿孙祝酒的热烘烘的情景，怎不令历经官场风波的诗人深深眷恋，遂生退隐此地之心呢？

由于桃花当春而发，花期短暂，与经冬不凋的翠竹青松相比，便显得缺少独立的人格和骨气，故也常给人谄媚取宠、趋炎附势的联想。一生傲岸的李白往往借桃花讥讽那些轻薄无行之徒：

桃花开东园，含笑夸白日。
偶蒙东风荣，生此艳阳质。
岂无佳人色，但恐花不实。
宛转龙火飞，零落早相失。
讵知南山松，独立自萧瑟。

——《古风》四十七

刘禹锡更是以两首桃花诗表明自己对权贵的蔑视、对自己理想的执着。第一首写于元和十年（815），十年前，刘禹锡参加王叔文政治革新失败，被贬为朗州司马，此时，朝廷想起用他及柳宗元等人，他回到长安，写了此诗：

紫陌红尘拂面来，无人不道看花回。
玄都观里桃千树，尽是刘郎去后栽。

——《元和十年自朗州至京，戏赠看花诸君子》

诗中的千树桃花，比喻投机取巧、春风得意的新贵；看花的人，则是指惯于攀龙附凤的势利小人。他们为了富贵利禄，奔走权贵之门，如同紫陌红尘之中，赶着热闹去看桃花一样，字里行间充满了嘲讽意味。他的政敌们读后感觉如芒刺在背，诗人以此诗得罪，受到打击报复，再度遭贬，又过了十四年之久，才得以重回京师。他旧事重提，挥笔写下《再游玄都观》：

百亩庭中半是苔，桃花净尽菜花开。

种桃道士归何处？前度刘郎今又来。

诗人该诗附有小序，其文云：“余贞元二十一年为屯田员外郎时，此观未有花。是岁出牧连州，寻贬朗州司马。居十年，召至京师。人人皆言，有道士手植仙桃满观，如红霞，遂有前篇，以志一时之事。旋又出牧。今十有四年，复为主客郎中，重游玄都观，荡然无复一树，唯兔葵、燕麦动摇于春风耳。因再题二十八字，以俟后游。时大和二年三月。”

这里的“种桃道士”“桃花”等含意不言自明，二十几年过去了，当年残酷打击革新派的当权者，有的死了，有的失势了，他们培植的新贵也随之树倒猢狲散了，诗人不禁发出鄙夷的冷笑。

春色岂知心——牡丹

四月新来三月还，一春光景镜中看。

东风也逐情浓处，吹落桃花放牡丹。

——（元）刘秉忠《新开牡丹》

三春光景，转眼到了尾声。仿佛一场热热闹闹的晚会，东风如同一位聪明的导演，先让梅花傲雪绽放，再让迎春凌寒吐艳，然后是柳丝袅娜，草色青青，玉兰高挂，杏白桃红，将雍容华贵、仪态万方的牡丹特意安排在节目的最后隆重出场，以使演出在高潮中定格，给人们留下不尽的回味。

因为占尽天时地利，拥有国色天香。在我们华夏民族心中，牡丹一直是富贵荣华的象征，没有哪种花卉像牡丹这样让国人如此痴迷和心醉。尤其在唐代，“京城贵游尚牡丹三十余年矣，每暮春，车马若狂，以不耽玩为耻”。（李肇《国史补》）著名诗人刘禹锡这样写道：

庭前芍药妖无格，池上芙蕖净少情。

唯有牡丹真国色，花开时节动京城。

——《赏牡丹》

她不似芍药那般妖冶无状、格调低下；也不似荷花那样超然物外、不近人情。她丰满、美艳，生机勃勃，热情而不轻浮，高贵而不傲慢，有一种从容中道的大气，正与唐代那富丽堂皇的审美趣味相吻合。当年李白任翰林供奉时，唐玄宗与杨贵妃品酒赏花，命李白即席赋诗，写成《清平调词》三首：

云想衣裳花想容，春风拂槛露华浓。
若非群玉山头见，会向瑶台月下逢。

一枝红艳露凝香，云雨巫山枉断肠。
借问汉宫谁得似，可怜飞燕倚新妆。

名花倾国两相欢，常得君王带笑看。
解释春风无限恨，沉香亭北倚阑干。

在这里，花与人，人与花，你中有我，我中有你，真是出神入化，妙不可言。李白以降，拿牡丹做美人来形容的诗篇非常众多，不胜枚举，其中以宋代诗人范成大的组诗最为有名，像《崇宁红》《紫中贵》《园丁折花七品各赋一绝》《叠罗红》等就写出了各品牡丹不同风韵：

匀染十分艳绝，当年欲占春风。
晓起妆光沁粉，晚来醉面潮红。

——《崇宁红》

这是艳冶的美。

沉沉色与露滴，泥泥香随日烘。

满眼艳妆红袖，紫绡终是仙风。

——《紫中贵》

这是浓丽的美。

丰肌弱骨自喜，醉晕妆光总宜。

独立风前雨里，嫣然不要人持。

——《园丁折花七品各赋一绝》

这是娇柔的美。

襞积剪裁千叠，深藏爱惜孤芳。

若要韶华展尽，东风细细商量。

——《叠罗红，开迟旬日，始放尽》

这是蕴藉的美。

在古人的审美习惯中，牡丹的色泽越深越为尊贵，魏紫、姚黄、二乔等普遍受到人们的激赏，即所谓“牡丹一朵值千金，将谓从来色最深”（张又新《牡丹》）。白牡丹则常常受到冷落，诗人白居易不无幽默地写道：

白花冷淡无人爱，亦占芳名道牡丹。

应似东宫白赞善，被人还唤作朝官。

——《白牡丹》

其实，白牡丹虽然算不上光彩夺目，但她自有一份冰清玉洁、潇洒脱俗的美。她安于寂寞，不慕荣华，象征了一种洁身自爱的风骨操守。卢纶这样咏叹：

长安豪贵惜春残，争赏街西紫牡丹。

别有玉盘承露冷，无人起就月中看。

——《裴给事宅白牡丹》

段成式《酉阳杂俎》载：“唐开元末，裴士淹为郎官，奉使幽冀回，至汾州众香寺，得白牡丹一棵。值于长兴私地。天宝中，为都下奇赏。当时名士，有《裴给事宅看牡丹》诗。”无人赏识、无人喝彩，固然是寂寞的，然而，终日为达官贵人、王孙公子追逐、包围，难道就一定快乐？这繁华下面的无奈和热闹背后的凄凉，又有谁知？人们爱的是她表面的色香，对她那清高坚贞、不畏权势的灵魂又能了解几分？当年武则天命百花一齐绽放，唯有牡丹抗旨不遵，该是一种怎样的胆识？所以少年得志、看惯繁华竞逐的王维这样写道：

绿艳闲且静，红衣浅复深。

花心愁欲断，春色岂知心。

——《红牡丹》

有暗香盈袖——菊

在古代的文人雅士中，屈原是第一个对清瘦的菊花投以青睐的，“朝饮木兰之坠露兮，夕餐秋菊之落英”（《离骚》），借以表现他遗世独立的高洁人品。菊，采秋气之精，凌霜绽放，自有与群芳迥然不同的气质神韵，晋代陶渊明更是将菊视作自己决不与世同流合污的知音：“芳菊开林耀，青松冠岩列。怀此贞秀姿，卓为霜下杰。”（《和郭簿二首》其二）“三径就荒，松菊犹存。”（《归去来兮辞》）“采菊东篱下，悠然见南山。”（《饮酒》之五）所以宋代的周敦颐将菊列为“花中之隐逸者也”。

同梅花一样，菊亦有其独特的美丽姿容，且品种繁多，花色绚丽，但古往今来的诗人亦很少细加描摹，他们更沉醉于体会一种精神的能量和价值，唐代诗人元稹这样写道：“秋丛绕舍似陶家，遍绕篱边日渐斜。不是花中偏爱菊，此花开尽更无花。”（《菊花》）诗人赏菊入迷，流连忘返。固然，菊有着夺目的光华与沁人心脾的清香，可是，诗人沉浸的不是感官的享受，而是心灵的共鸣。百花盛开，总是集中在春夏，到了秋天，山寒水瘦，万木凋零，天地之间，一片肃杀之气，而菊花恰在此时傲然绽放，让人感到一派生机和活力，感官的吸引总是短暂的，唯有心灵的共鸣才会带给人永恒的震撼。

除了其特有的精神品位外，菊花之所以如此深受人们的喜爱，还由于它的一些药用价值，《神农本草经》将菊列为上品，认为“久服利血气，轻身耐老延年”。“至于芳菊纷然独荣，辅体延年，莫斯之贵”（《艺文类聚》引魏文帝《九日与钟繇书》）。长期的医疗实践中也证明，菊对衰老性疾病确有疗效，可凉血降压，清肝明目，调中开胃，解暑消毒等。在古代的志异笔记中，多有服菊禳灾的记述，南朝梁吴均《续齐谐记》记载：“汝南桓景随费长房游学累年，长房谓曰：九月九日汝家当有灾，宜急去，令家人各作绛囊，盛茱萸以系臂，登高饮菊花酒，此祸可除。景如言，齐家登山。夕还，见鸡犬牛羊一时暴死。”自此便有了重阳节举家登高饮菊花酒的民俗，因此，咏菊的诗文中又多了望乡的主题：

九月九日眺山川，归心归望积风烟。
他乡共酌金花酒，万里同悲鸿雁天。

——卢照邻《九月九日登玄武山》

江边枫落菊花黄，少长登高一望乡。
九日陶家虽载酒，三年楚客已沾裳。

——崔国辅《九日》

细雨成阴近夕阳，湖边飞阁照寒塘。
黄花应笑关山客，每岁登高在异乡。

——（明）王灿《客中九日》

游子客居异乡，水土不服，尝尽人情冷暖，总会不由自主地思念起故乡亲人，从点点滴滴的温馨回忆里获取一些慰藉。而在重阳这一家族团聚意味浓郁的节日里，游子登高望远，故乡渺不可见，更觉凄凉落寞。其实，“于心安处是吾家”，诗人之所以如此沉湎于乡愁，正是其心灵无以安顿的表现。

然而，战乱年代，尤其是故土为外族蹂躏下的思乡，别有一种更震撼人心的力量，因为它超越了个人的失意，而承载着民族的苦难。南宋著名词人吕本中的咏重阳之作异常凄厉悲凉：

驿路侵斜月，
溪桥度晓霜。
短篱残菊一枝黄，
正是乱山深处、过重阳。

旅枕元无梦，
寒更每自长。
只言江左好风光，
不道中原归思、转凄凉。

——《南歌子·旅思》

九日登高、饮菊花酒祈福消灾是悠久的民俗，然正在逃难途中，哪里有酒可饮？哪里有心情登高？面对眼前一朵残菊，想着失陷的广袤中原，忧心如惔，再也无心欣赏山清水秀的江南风光了！而参加过明末“复社”运动，又积极组织过昆山、嘉定一带抗清斗争的顾炎武的重九抒怀之作，流露出更为深重的家国之思、身世之悲，风格也益发沉郁苍凉：

是日惊秋老，相望各一涯。
离怀消浊酒，愁眼见黄花。
天地存肝胆，江山阅鬓华。

多蒙千里迅，逐客已无家。

——《酬王处士九日见怀之作》

上面诗词中的菊花意象，带给诗人心灵刹那间的感悟和触动，浮想联翩，不能自已。但诗人与菊花，毕竟只是我与物、物与我的感知与被感知的关系，真正让菊花人格化的乃宋代女词人李清照，在她的笔下，菊是人，人亦是菊：

薄雾浓云愁永昼，
瑞脑消金兽。
佳节又重阳，
玉枕纱橱，
半夜凉初透。

东篱把酒黄昏后，
有暗香盈袖，
莫道不消魂，
帘卷西风，
人比黄花瘦。

——《醉花阴》

李清照的婚姻生活，并非如人们所想象的那样，一直都是夫妻好合，如鼓琴瑟。事实上，随着丈夫赵明诚官职的频繁调动，他们长时期处于离多聚少的状态。有学者推测，此乃身为丞相的赵挺之（赵明诚之父）针对儿媳的不能生育，怕明诚断了子嗣而有意为之。从李清照的作品里，我们不难发现她那绵绵的伤感与哀愁："生怕离怀别苦，多少事，欲说还休"（《凤凰台上忆吹箫》）"征鸿过尽，万千心事难寄”（《念奴娇》），上面那首《醉花阴》将这种幽怨抒写得更加淋漓尽致，那环绕着她的薄雾浓云一如自己无法排解的烦恼思绪，而那玉枕纱橱的空洞冷清亦正映衬着自己心境的凄凉无奈，九月九日，“九”“久”谐音，含有合家团圆、吉祥长久的美意，而自己形单影只，孤独凄凉。末尾，词人以菊花自比，清瘦的菊花，绽放于严霜之中，香气浓郁，即使枯萎，花瓣也不会随风飘散，象征了一种坚贞的品格，整首词的境界，于此得到了升华。

晚年的李清照，漂泊江南，零落无依。其表妹王氏，便是当时炙手可热的一代权相秦桧之妻。李清照坚守严正的民族气节，与秦桧夫妇断绝一切往来，始终站在主战派一方。哪怕自己遭遇人生的绝境之时，也绝不向他们二人求助。李清照一向爱菊、懂菊，她把自己活成了傲霜之菊，人与花互相成全，花与人成为绝配。

菊花在我国传统文化话语系统里，具有非常深刻的内涵和象征意味。

不改清阴待我归——竹

中国，是世界上竹子种植历史最为悠久的国度，在 7000 年前的浙江省余姚县河姆渡镇原始社会遗址内，即已发现了竹子的实物。中国，素有“竹子王国”之称，境内有竹类 40 多属、400 多种，竹林面积约为 400 万公顷，是世界上竹类植物资源最为丰富的国家。青青翠竹，亭亭玉立，梧桐有其高直而无其坚实，杨柳有其葱茏而无其忠贞。自古及今，从人文精神层面来说，竹子对中华民族具有极其深刻、广泛而又持久的影响力。

在我国源远流长的传统文化里，松、竹、梅被誉为“岁寒三友”，梅、兰、竹、菊被称为花中“四君子”，竹子均列于其中，可见其在华夏民族心目中占据的重要地位。就其外形而言，其枝干挺拔秀美、其叶片潇洒多姿，十分惹人喜爱。更与一般树木不同的是，它四季常青，不惧风霜；它中心虚空，中通外直。因此，象征了一种崇高的品质：既正直不阿、忠贞不渝，又虚怀若谷、淡泊名利。漫步于青青翠竹之旁，闲适惬意之余，人们会体验到一种高尚道德情操的感召和熏陶。古老的《诗经·卫风·淇奥》一诗，便是将青青翠竹作为比兴，赞美高尚君子的美好品德：

瞻彼淇奥，绿竹猗猗。

有匪君子，如切如磋，如琢如磨。

瑟兮僩兮，赫兮咺兮。

有匪君子，终不可谖兮……

据传，此诗是歌颂西周、东周之交时期卫武公姬和的，他温文尔雅、英姿勃勃、谦虚善良、光明磊落，是卫国百姓眼中完美人格的化身。大千世界的草木众多，诗人独具慧眼，唯独选取翠竹作为比喻与象征，用“绿竹猗猗”的清新画面，形象地表现出刚柔并济、“德不孤、必有邻”的道德君子的独特风采。

到了魏晋南北朝时期，竹子成为高标跨俗、卓尔不群的象征，受到清雅脱俗之士的推崇和赏爱，并留下许多佳话。据刘义庆《世说新语·任诞》载，魏晋之际，社会十分黑暗，“陈留阮籍、谯国嵇康、河内山涛，三人年皆相比，康年少亚之。预此契者，沛国刘伶、陈留阮咸、河内向秀、琅琊王戎。七人常集于竹林之下，肆意酣畅，故世谓之竹林七贤”。大书法家王羲之曾于农历三月上巳之节，同当时天下名士会集于会稽（今浙江绍兴）兰亭，“此地有崇山峻岭，茂林修竹，又有清流急湍，映带左右”，加之“天朗气清，惠风和畅”，良辰美景如此，令其“快然自足，不知老之将至”；王羲之之子王徽之，更是爱竹成癖，据《晋书·王徽之传》记载：“徽之字子猷，性卓荦不羁……时吴中一大夫家有好竹，欲观之，便出坐舆造竹下，讽啸良久。主人洒扫请坐，徽之不顾。将出，主人乃闭门，徽之便以此赏之，尽欢而去。尝寄居空宅中，便令种竹。或问其故，徽之但啸咏，指竹曰：何可一日无此君邪!”从此，竹子便有了“此君”的雅号。

真正以竹比德始于中唐，安史之乱以后，礼崩乐坏，中央集权遭到严重破坏，大臣结党营私，将帅拥兵自重。唐德宗时，宰相陆贽深有感触地说："理乱之本，系于人心。"（《资治通鉴》卷二二九）当时的科举考试也开始注重学行的品评，而不是像从前那样只在意文字功夫："今试学者，以贴字为精通，不穷旨意，岂能知迁怒、二过之道乎？考文者以声病为是非，唯择浮艳，岂能知移风易俗化天下之事乎？是以上失其源，下袭其流，先王之道，莫能行也。"（《旧唐书·列传第六十九》）白居易贞元十九年（799）春中进士后，写下有名的《养竹记》：

竹似贤，何哉？竹本固，固以树德，君子见其本，则思善建不拔者。竹性直，直以立身；君子见其性，则思中立不倚者。竹心空，空以体道；君子见其心，则思应用虚受者。竹节贞，贞以立志；君子见其节，则思砥砺名行、夷险一致者。夫如是，故君子，人多树之，为庭实焉。

白居易认为，竹子具有四种宝贵的品质值得人们效法：牢固、正直、谦虚、坚贞。这也是时人达成的共识。中唐士人的庭院，纷纷以遍植翠竹为时尚。另一儒士刘严夫《植竹记》，成为人们竞相传诵的名篇，他把"植竹"视为修身进德的外在对应：

君子比德于竹，原夫劲本坚节，不受霜雪，刚也；绿叶萋萋，翠筠浮浮，柔也；虚心而直，无所隐蔽，忠也；不孤根以挺耸，必相依以森秀，义也；虽春阳气旺，终不与丛木斗荣，谦也；四时一贯，荣衰不殊，恒也；垂蕡实以迟凤，乐贤也；岁擢笋以成竿，进德也。

竹子，挺拔坚实，柔曼婆娑，虚心正直，丛生相依，低调不争，四季常青……徘徊于翠竹之旁，人们会潜移默化地去涵养自己刚正不阿的品质、谦虚柔和的风范、忠贞不渝的气节、重义好贤的胸怀。幼笋逐渐长成修竹，人们的德业也是在不断地、循序渐进地加以提升。另外，官至宰相的李程，也曾酣畅淋漓地写下《竹箭有筠赋》，借以阐发礼仪之于人伦的重要性：

如我有徒，筠之于竹，如我有肤，理无特立，义必相须，坚刚自持，虽贯四时而莫改，赏玩不足，奚可一日而或无。嗟乎，皮之不存，何以具其体，心之不固，何以谨其礼，所以大戴之记足征，相鼠之诗爰启。君子之道，斯其象诸：示外以固，执中而虚，阅寒暑之不变，齐荣辱之所如，天损不侵，地利空积，包绿箨而未改，交翠叶而不易。君子察于此者，可学礼而受益。

竹的品类繁多，有箭竹、紫竹、慈竹、方竹、苦竹、棕竹及斑竹、防露竹等，其中最具道德文化意味的当数慈竹。慈竹，丛生，根窠盘结，竹高至两丈许。新竹旧竹密结，高低相倚，若老少相依，故名。慈竹亦名“丛竹”。此竹内实而节疏，其形紧凑而细密，一丛几十根，即使一丛多至几百根，所有竹枝依然不向外迸，只向中心密密匝匝地生长。因此，古人常借慈竹宣扬孝悌和仁爱思想。如唐代王勃的《慈竹赋》云：

广汉山谷，有竹名慈。生必向内，示不离本。修茎巨叶，攒根沓柢。丛之大者，或至百千株焉，而萦结逾乎咫步……若乃宗生族茂，天长地久，万柢争盘，千株竞纠，如母子之钩带，似闺门之悌友。恐孤秀而成危，每群居而自守。何美名之天属，而和气之冥受？

再如乔琳的《慈竹赋》则云：

> 维竹称慈，几乎有知。九族敦叙，孝友威仪，是竹必滋。五服相残，骨肉携离，是竹必衰。

据不完全统计，中国史上咏竹之诗达两千多首。翠竹的虚心与坚贞美德，是诗人作品中反复咏叹的对象，名篇佳作，不胜枚举。唐代大诗人李白，于开元二十八年（740）移家东鲁，与山东名士孔巢父、裴政、韩准、张叔明、陶沔等五人隐居于竹溪，世称“竹溪六逸”。六逸同隐的竹溪，位于徂徕山西南麓之乳山脚下，这里峰峦突起，水流清澈，翠竹亭亭，景色清幽宜人。他们在此纵酒酣歌，啸傲竹泉，举杯邀月，诗思骀荡。“昨宵梦里还，云弄竹溪月”（《送韩准裴政孔巢父还山》），在后来的日子里，李白曾多次深情怀念起这段隐居生活。大历时期著名才子诗人钱起曾饱蘸深情写下《暮春归故山草堂》：

> 谷口春残黄鸟稀，辛夷花尽杏花飞。
> 始怜幽竹山窗下，不改清阴待我归。

暮春时节，一片狼藉。黄莺婉转如珠的鸣叫声渐渐听不到了，辛夷花远去了，杏花正纷纷飘谢……一如人情冷暖，世态炎凉，怎不叫人感伤。人生得意时，总少不了前呼后拥、车水马龙；一旦潦倒落魄，便会骤然间门前冷落、清寂萧条，所幸还有那样一位知己，无论是穷达，还是祸福，始终陪伴在自己身边，不肯离去。竹子的一抹翠色，这么青，这么绿，是诗人心底最深的欢喜和感激。

中唐时期，美慧多才的著名女诗人薛涛，贞元初年因事被罚，远赴边荒，回归后即退隐于成都西郊浣花溪。她性爱翠竹，遂于居处植竹万竿，青翠繁盛，四季不凋。诗人在《酬人雨后玩竹》一诗中这样写道：

南天春雨时，那鉴雪霜姿。
众类亦云茂，虚心宁自持。
多留晋贤醉，早伴舜妃悲。
晚岁君能赏，苍苍劲节奇。

晚唐清高不俗的诗人唐求之《庭竹》诗也表达了相似的意境："月笼翠叶秋承露，风亚繁梢暝扫烟。知道雪霜终不变，永留寒色在庭前。"竹子那瘦硬有节的躯干、婆娑纷披的枝叶，自有一派潇洒超逸的美感，因此，很受画家的青睐，相传"墨竹"的创始人为《图绘宝鉴》中提到的"李夫人"，据载："李夫人，西蜀名家，未详世胄，善属文，尤工书画。郭崇韬伐蜀得之。夫人以崇韬武弁，常郁悒不乐。月夕，独坐南轩，竹影婆娑可喜，即起挥毫濡墨，横写窗纸上。明日视之，生意具足。自是人间往往效之，遂有墨竹。"宋代画家文与可是画竹的高手，苏轼对之赏赞有加，他《戒坛院文与可画墨竹赞》中说："风梢雨箨，上傲冰雹；霜根雪节，下惯金铁。谁为此君，与可姓文；唯其有之，是以好之。"并说与可画的竹子之所以富有生气，是由于他先"成竹于胸中"，而非一枝一叶对实物的临摹。而清代"扬州八怪"之一的郑板桥于竹更是情有独钟，累年的画竹生涯使他形成了独特的见解，他说："江馆清秋，晨起看竹，烟光、日影、露气，皆浮动于疏枝密枝之间。胸中勃勃，遂有画意。其实胸中之竹，并不是眼中之竹也。因而磨墨展纸，落笔倏作变相，手中之竹，又不是胸中之竹也。总之，意在笔先者定则也，趣在法外者化机也。"(《板桥全集》)郑板桥爱竹成痴、画竹成癖，他笔下的竹，枝枝叶叶，如枪似剑，铁骨铮铮，充满了在逆境中不屈不挠的坚韧与抗争精神，他的《竹石》诗历来脍炙人口：

咬定青山不放松，立根原在破岩中。
千磨万击还坚劲，任尔东西南北风。

郑板桥出身书香门第，康熙末年中秀才，雍正十年（1732）中举人，乾隆元年（1736）中进士，50岁起先后任山东范县、潍县知县计12年，“得志加泽于民”的思想，使得他在县宰任上，对连年灾荒的平民百姓采取了“开仓赈贷”“捐廉代输”等举措，这引起了一大批贪官污吏、恶豪劣绅的不满，终被贬官。“千磨万击还坚劲，任尔东西南北风”，正是他掷地有声的自白。任山东潍县知县时，他曾作过一幅画《潍县署中画竹呈年伯包大中丞括》，画中题诗云：“衙斋卧听萧萧竹，疑是民间疾苦声。些小吾曹州县吏，一枝一叶总关情。”这画中的竹子绝不是自然竹子的“再现”，而是“民生疾苦”的具象，有着震撼人心的意义。他还写过一首五言小诗《竹》：“一节复一节，千枝攒万叶。我自不开花，免撩蜂与蝶。”字里行间，流露出一派洁身自好、孤高清傲的风神。郑板桥不愧是具有杰出创造力的诗人与画家，他不落前人窠臼，而是别开生面，赋予竹子以独特的个性与象征意义，正如他在《题兰花图》所说的那样：“要有掀天揭地之文，震电惊雷之字，呵神骂鬼之谈，无古无今之画，固不在寻常蹊径中也。”

竹子枝干纤细、微微倾斜，叶片清雅、疏密有致，别有一种远离人间烟火的幽雅脱俗之气，因此，古代诗人往往借青青翠竹抒发自己高蹈风尘的野逸情怀。王维《竹里馆》：

独坐幽篁里，弹琴复长啸。
深林人不知，明月来相照。

诗人独坐静谧、幽深的竹丛之中。弹琴，加之以长啸，这两个举动，令读者不禁联想起当年“竹林七贤”中的嵇康和阮籍。嵇康曾“目送归鸿，手挥五弦”，阮籍曾于苏门山对真人长啸，颇获对方赞许。可见王维在内心深处对“竹林七贤”的风调是十分企慕的。他暗自庆幸自己这份逸兴没有被俗人俗事打扰，更令他惬意的是“明月”善解人意的“来相照”，静与动，明与暗，相映成趣，营造出一个空明澄净的意境。宋代大文学家苏轼爱竹成癖，曾感叹道：“宁可食无肉，不可居无竹。无肉令人瘦，无竹令人俗。人瘦尚可肥，士俗不可医。”（《于潜僧绿筠轩》）

凤凰是中华民族的古老图腾，亦是象征太平盛世的祥瑞之鸟。形象一般为鸡首、燕颔、蛇颈、鹰爪、鱼尾、龟背和孔雀毛羽。它是吉祥幸福的象征，《尔雅·释鸟》郭璞注：“凤，瑞应鸟。”《说文》：“凤，神鸟也……见则天下大安宁。”由于凤凰是吉祥之鸟，古代有些帝王如少昊、周成王即位时，据说都曾有凤凰飞来庆贺。这样神奇的神鸟，相传却只以“竹实”（竹子所结的子实，形如小麦，也称“竹米”）为食，更增添了人们对竹子的景仰之情，《庄子·秋水》云：凤凰“发于南海，而飞于北海，非梧桐不止，非练实（即竹实，练为白绢。竹实色白，故名）不食，非醴泉不饮”。《韩诗外传》卷八云：“凤乃止帝东园，集帝梧桐，食帝竹实，没身不去。”竹茂盛则凤凰至，凤凰至则吉祥来。唐玄宗时期的著名宰相张九龄写道：

清切紫庭垂，葳蕤防露枝。
色无玄月变，声有惠风吹。
高节人相重，虚心世所知。

凤凰佳可食，一去一来仪。

——《和黄门卢侍御咏竹》

诗人以灵妙的笔触描绘出庭前那清新而茂密的丛竹，万木凋零之际，竹子依然青翠欲滴，和风吹来时，它发出的声音又是如此悦耳动听，其高尚的节操与虚怀若谷的度量令世人敬慕，引得美丽的凤凰也围着它，时时翩翩起舞——末句这一浪漫主义的想象将读者带进了一个美轮美奂的意境中去。而且“凤凰来仪”又象征着太平盛世，它含蓄地表达出以道德文章闻名天下的张九龄“致君尧舜上，再使风俗淳”的宏伟志向。

中国节庆日有燃放爆竹的传统，宋代以前是在元旦，宋代以后既有在元旦也有在除夕的，而以在除夕为普遍。《太平御览》卷二九引汉代文献《易通卦验》，已有元旦之日在庭院中燃放爆竹的记载，这是最早的事例。旧题汉东方朔撰、晋张华注的志怪小说集《神异经》，记载西方山中有一种怪人，身高一尺许，一只脚，不惧怕人。人若触犯了它，它便令你发冷发热，生起病来，这种怪人叫作“山臊”。如果用竹筒放在火中燃烧，发出噼啪的声响，山臊就会吃惊害怕，远远躲开。这里的烧竹作响，就是所谓爆竹。南朝梁宗懔《荆楚岁时记》这样记载：“正月一日，是三元之日也，《春秋》谓之端月。鸡鸣而起，先于庭前爆竹，以避山臊恶鬼。”烧竹子的风俗一直流传到后世。南宋《淳熙三山志·火爆》记载福州风俗云：“今州人除夕以竹著火，烧爆于庭中，儿童当街烧爆，相望戏呼达旦。”明嘉靖《惠安县志》曰：除夕，“取牡蛎壳杂樟木、竹节焚之，声震尤激烈”。

从南宋起，“爆仗”成了除夕燃放物。南宋宁宗修《嘉泰会稽志》卷一三记载：“除夕，爆竹相闻，抑或以硫黄作爆药，声尤震厉，谓之爆仗。”装了炸药的爆仗声音更响。《梦粱录》《武林旧事》均有贩卖爆仗的记载，南宋末年，爆仗已相当普及。地方志中说到爆竹、爆仗的功能，有避邪、避疫、避山臊、惊鬼、却厄、辞岁等。万历《贵州通志》记载较详，说：“爆竹俗谓逐鬼，用火药为爆，到处燃放，俾诸邪不犯，一年不沾恶疾。”明清时代爆仗种类很多，总称“烟火”。发展到现在，就是所谓“鞭炮”。

我国古代便有这样的俗信：“家有一园竹，平安日日居。”唐代段成式《酉阳杂俎续集·支植丁》：“北都维童子寺，有竹一窠，才长数尺，相传其寺纲维（即寺中主持）每日报竹平安。”后人把“竹报平安”作为平安家书的代称。

我国南方民间的传统风水观认为，村旁有一片竹林，是村庄风水好的标志。“苍苍翠竹绕身旁，堪羡其家好书堂。大出官僚小出富，儿孙个个姓名香。”因此人们普遍喜爱种竹。“竹”“书”密切相连，在造纸广泛应用之前的漫长历史时期内，人们都是把文字刻写于竹简木牍之上的，一根竹简上只能刻写8—40个汉字。秦始皇每天批阅的公文简册重达120斤；东方朔的一封奏折，需要两个大汉吃力地抬到汉武帝面前。造纸术发明并一步步改进之后，竹子又成为造纸的重要材料来源，我们今天所见到的线装书，那些书页呈暗黄色的，多半用的是竹纸。“黄卷青灯”，是无数读书人深夜苦读的形象写照。

竹，是象形文字，《说文解字》有“竹，冬生，草，象形，下垂箁箬也”。箁箬就是竹叶。竹字是由两个像竹叶的“个”字组成。两“个”不分离，象征团结，象征爱情坚贞，夫妻和美。特别在南方婚俗中，遂把竹作为吉祥之物使用，预兆婚姻美满。如用竹棍挑开新娘盖头，抬竹轿，送竹扇，等等。竹、祝谐音，故竹有祝福、庆祝之意。

现在的园林设计，非常重视竹的造景效果：竹径通幽，幽篁夹道，绿竹成荫，万竿参天，绿雾缭绕……缓步其间，会感到盛夏酷暑不再，明月清风徐来。置身竹林，会深深陶醉于那种深邃、清雅、幽静的意境之中；竹荫、竹声、竹韵、竹影、竹趣，令人吟味不置、流连忘返。青青翠竹丰富而深厚的文化内涵，对提升人们的精神境界有着十分重要的作用和影响。

幽独空林色——兰

远古时代，由于其独特的香气及药用价值，兰花就被视为驱邪除秽的吉祥之物，每年的上巳节，人们纷纷来到河边，祈福纳祥，《诗经·郑风·溱洧》曾这样写道：

溱与洧，方涣涣兮。
士与女，方秉蕳兮。
女曰："观乎？"
士曰："既且。"
"且往观乎？"
洧之外，洵订且乐，
维士与女，伊其将谑，赠之以芍药。

这是一首描写郑国农历三月初三上巳节风俗的诗，诗中特别提到了青年男女手秉从山谷采来的兰花。颜延年曾作《三月三日曲水诗序》，唐代李善为其作注，在该文题目下面引《韩诗》云："三月桃花水之时，郑国之俗，三月上巳于溱、洧两水之上，执兰招魂，祓除不祥也。"① 可见，在当时，兰不是用来赏玩或者抒情的，而是以其香洁之

① （南朝）萧统编，（唐）李善注：《文选》卷46，中华书局1977年影印本，第645页。

性被用于除秽消灾。《论语》所记曾点“浴乎沂”之言，说的就是在沂河边熏香沐浴之事。关于兰的药用价值，《本草纲目》曰：“辛平无毒，其气清香，利水道，杀蛊毒。除胸中痰癖。生津止渴，润肌肉，消痈肿，治消渴。且治产后百病。”在生存条件极其艰苦的远古，人们爱兰、礼兰，是可以理解的。

兰是丛生的草本植物，春天开花，隐映在茂密的叶片中，香气馥郁。最早对兰花赞赏有加的是孔子，他说：“与善人居，如入芝兰之室，久而不闻其香，即与之化矣。”① 又说，“芝兰生于幽谷，不以无人而不芳，君子修道立德，不为穷困而改节。”② 孔子称兰花为王者之香，是贤者的象征，为兰花淹没杂草之中而伤怀，并曾作《猗兰操》之歌，借以感时伤世。

孔子不是诗人，胜似诗人，许多诗歌原意象都出自孔子，如逝水（逝者如斯夫，不舍昼夜），松柏（岁寒，然后知松柏之后调也）等，无不成为后代诗人笔下出现频率极高的经典抒情意象，这里只说兰花意象。

屈原是战国时期一位爱兰成癖的诗人，有《离骚》为证：“扈江蓠与辟芷兮，纫秋兰以为佩，”“余既滋兰之九畹兮，又树蕙之百亩。”把佩兰、植兰作为坚守自己道德情操、培养德才兼备之新人的象征，同样，他以“户服艾以盈要兮，谓幽兰其不可佩”，来指斥朝中小人混淆是非、颠倒黑白，以“兰芷变而不芳兮，荃蕙化而为茅。何昔日之芳草兮，今直为此萧艾也?”来表达对那些蜕化变质者的痛心。屈原可谓历史上第一个以兰草寄托自己高洁志趣的诗人，对后世产生了深远的影响。有的借兰草抒写自己怀才不遇的愤懑，有的则借兰草表达自己淡泊宁静的心境，有的

---

① 王肃注：《孔子家语》（第四卷），上海古籍出版社 1990 年版，第 43 页。
② 同上书，第五卷，第 56 页。

借兰草显示自己对富贵荣华的蔑视，陈子昂是这样写的：

兰若生春夏，芊蔚何青青。
幽独空林色，朱蕤冒紫茎。
迟迟白日晚，袅袅秋风生。
岁华尽摇落，芳意竟何成。

——《感遇三十八首》之二

身为才能卓越的政治家，陈子昂屡遭压抑排挤，始终沉沦下僚，报国无门，他在《登幽州台歌》中曾悲叹："前不见古人，后不见来者。念天地之悠悠，独怆然而涕下。"把自己孤独迷茫的悲慨宣泄无遗。上面这首五言诗，以隽永的语言描写了香兰、杜若两种香草在春天来临时那花叶繁茂、美好动人的姿态，惋惜它们寂寞密林之中，无人知赏。到了秋天，西风吹起，花叶凋零，一切归于虚空……很显然，诗人是在借以抒发自己怀才不遇、郁郁不得志的悲哀。陈子昂主张诗歌要有"兴寄"和"风骨"，此诗便是一个典型的例子。他本人也正像一株芬芳孤独却无人赏识的兰草，在风刀霜剑的摧残下过早地萎谢了（被迫害致死时，陈子昂年仅41岁）。

在政治上颇有建树的诗人张九龄，遭贬后写了《感遇十二首》，其中第一篇便以兰桂发端，用比兴的手法来表现自己的节操襟怀：

兰叶春葳蕤，桂华秋皎洁。
欣欣生此意，自尔为佳节。
谁知林栖者，闻风坐相悦。
草木有本心，何求美人折！

兰当春而绽蕊，桂遇秋而吐芳，各自在其适当的季节呈现生命的美好，这是其本性使然，并没有欲取悦于人的动机，那些栖隐林间的雅士却闻风而动，引为同调，而兰桂自然并不会感到得意，它们也不期望被人折取欣赏。很显然，诗人以此来说明贤人君子的洁身自好、进德修业，只是尽其本分而已，并非借此博取名利、得到外界的称誉。全诗写得平和自然、不温不火，不经意间却将自己的见识、人品全幅展露，给读者以教诲和启迪。

中唐时期著名诗人韩愈崇拜孔子，曾作《猗兰操》，对兰花的高风亮节给予深刻理解和热情赞美：

兰之猗猗，扬扬其香。不采而佩，于兰何伤。
今天之旋，其曷为然。我行四方，以日以年。
雪霜贸贸，荠麦之茂。子如不伤，我不尔觏。
荠麦之茂，荠麦之有。君子之伤，君子之守。

兰花葱茏繁茂，香气芬芳扑鼻。这样美好的香草，何必在乎有没有人欣赏与佩戴呢？接下去写自己岁岁年年，行走四方，劳生草草，怀才不遇。此刻，作者望见原野上的荠麦，经受过雪压冰封的洗礼，更加生机勃勃、欣欣向荣。这种坚韧不拔的精神给了诗人以极大鼓舞，他发誓要像幽兰一样，不以无人赏识而不芳；要像荠麦一样，冒雪霜而充满活力。挫折与坎坷，正是君子砥砺品行、坚定信仰的宝贵时机。

清代画家郑板桥性喜兰草，一生画兰不辍，各具情态，各有寓意，如他有名的《兰石图轴》，以淡墨扫出怪岩巨石，特意将滋荣的丛兰置于石罅中，岩畔更有两茎瘦竹斜立，画家在一旁题诗："石多于兰，兰多于竹，无紫无红，惟青惟绿，是为君子之谷。"石的兀傲耿介，兰的清高自持，竹的刚劲多节，三者放在一起，非常和谐自然，强烈地表现出作者对龌龊官场的蔑视。

香远益清——莲

与诸多只供观赏的花木不同，莲本是江南水乡与百姓生计密切相关的植物，故而诗歌里的荷花，往往洋溢着浓郁的生活气息和真情俗趣。在南朝民歌中，莲大约是出现频率最高的意象了，首先，“莲”“怜”谐音，其次，采莲又是少女最寻常的户外劳动，优美的环境，愉快的心情，颇宜青年男女滋长健康的爱情。于是，莲，便成为他们传情达意的道具：

采莲南塘秋，莲花过人头。
低头弄莲子，莲子清如水。

——《西洲曲》

通过对少女低头弄莲这一动作的刻画，含蓄且传神地展现出她隐秘的内心世界，而“莲子清如水”这句，看似直白如话，实则蕴蓄着无限美妙的意味——或是说意中人风神清秀，或是说他的爱情纯洁透明，或者说自己对他的爱依然如初、没有一丝玷污……总之，简单的意象，却蕴含着无限的情意。唐代诗人皇甫松《采莲子》的诗更显明快率真，以其第二首为例：

船动湖光滟滟秋，贪看年少信船流。

无端隔水抛莲子，遥被人知半日羞。

采莲女子荡舟湖中，蓦见岸上站着的英俊少年，不禁被他深深地吸引住了，一时忘了划桨，一任船儿随波逐流，她又情不自禁地抓起一把莲子向岸上的意中人撒去，不料这一戏谑的举动被人远远地瞧见了，采莲女羞得满脸通红……初恋少女的娇憨情态跃然纸上。

莲生水中，亭亭玉立，自有陆地植物罕见的飘逸风采，所以深得文人雅客的喜爱。宋代词人周邦彦《苏幕遮》这样形容她的神韵："叶上初阳干宿雨，水面清圆，一一风荷举。"王国维《人间词话》盛赞之曰："真能得荷之神理者。"荷塘中，如果有一群活泼可爱的少女往来其中，人面荷花相互映照，那景象就越发动人：

荷叶罗裙一色裁，芙蓉向脸两边开。
乱入池中看不见，闻歌始觉有人来。

——王昌龄《采莲曲二首》其二

因为莲是成片成片地生长着的，故而其盛衰之景象，反差十分强烈。在夏天，是"接天莲叶无穷碧，映日荷花别样红"；到了秋天，则成了"菡萏香消翠叶残，西风愁起绿波间，还与韶光共憔悴，不堪看"。因此，秋荷常用来表现萧索、孤寂的心境，杜牧写道：

两竿落日溪桥上，半缕轻烟柳影中。
多少绿荷相倚恨，一时回首背西风。

——《齐安郡中偶题二首》其一

黯淡黄昏里，西风乍起，满溪荷叶随风翻转，似有无限忧愁……诗人表面上写的是绿荷之恨，实际上抒发的是自己盛年不再、壮志难酬的愤懑。李商隐《宿骆氏亭寄怀崔雍崔衮》则又是另外一番滋味：

竹坞无尘水槛清，相思迢递隔重城。
秋阴不散霜飞晚，留得枯荷听雨声。

粼粼秋水，青青翠竹，这样一个幽洁绝尘的地方，更容易令人凝神结思，情系远方。诗人眼下所居的骆氏亭与友人崔氏兄弟所在的长安，相距迢迢，中间隔着重重叠叠的城池，阴沉的天气，飞霜的寒意，尤让人感到孤寂，他不知自己枯坐了多久，雨已经落了下来，淅淅沥沥地打在残荷上面。寂静中，这单调的声音听起来宛若无休无止的更漏，更增添了诗人长夜难明的忧伤。从视觉上说，暮秋之荷，何等衰飒，再经冷雨侵袭，益发破败不堪，仕途上坎坷不遇且人格上屡遭污蔑攻讦的诗人，身心憔悴，不正如这眼前的衰荷吗？

秋荷常给人以怀才不遇之感，但又自有一种高洁脱俗的神韵，晚唐诗人高蟾在落第后写过一首很有名的诗：

天上碧桃和露种，日边红杏倚云栽。
芙蓉生在秋江上，不向东风怨未开。

——《下第后上永崇高侍郎》

碧桃、红杏，天上、日边，互文见意，是说向阳花木，又得雨露滋润，自然开得姹紫嫣红；而那僻居于秋江之上的芙蓉无依无靠、生不逢时，所以无须怨恨自己不能与繁花争奇斗艳。唐代科举惯例，举子考试之前，先得自投门路，向达官显贵“投卷”（呈献诗文）以求举荐，否则便没有录取的希望。这种推荐、选拔相结合的方法后来弊端日渐严重，于晚唐尤甚，高蟾落选，与他社会地位低下又不肯趋炎附势大有关系，《唐才子传》说他虽是寒士，然性情倜傥，有气节，秋江芙蓉清高孤傲的格调与诗人的格调是息息相通的。

然而，也有些咏荷的诗看不出有什么寄托，只是洋溢着一片童稚情趣，如宋代诗人杨万里《泉石轩初秋乘凉小荷池上》：

芙蕖落片自成船，吹泊高荷伞柄边。
泊了又离离又泊，看他走遍水中天。

零落的芙蓉花瓣在高高的荷叶旁停停走走，又走走停停，似乎无谓，又似乎无奈，读者可能会从中悟到类似人生无凭而又执着难舍的况味，但诗人只作白描，并未刻意要表现感慨，唯其如此，才更含蓄，更耐人寻味。

与百花相比，荷花最突出的特色是清新自然，因为她亭亭于碧波之上，通身上下总给人一种刚刚沐浴后的鲜洁之感。诗人中，最赏爱荷花的莫过于李白，“清水出芙蓉，天然去雕饰”，是李白最高的审美理想。在他的诗集中，描写荷花的足有五十篇之多，他喜欢山人“竹影扫秋月，荷衣落古池”（《赠吕丘处士》）的萧闲生活，渴望学道成仙——“素手把芙蓉，虚步蹑太清”（《古风》十九），这样，他就可以远离污浊的尘世和复杂的纷争。然而他并不厌倦生活，对那些美好的事物——比如美景和美人，他总是充满了赞赏和爱怜：

渌水明秋月，南湖采白苹。
荷花娇欲语，愁杀荡舟人。

——《水曲》

耶溪采莲女，见客棹歌回。
笑入荷花去，佯羞不出来。

——《越女祠》之三

涉江玩秋水，爱此红蕖鲜。
攀荷弄其珠，荡漾不成圆。
佳人采云里，欲赠隔远天。
相思无由见，怅望凉风前。

——《拟古》十一《折荷有赠》

荷的清秀灵透，人的风韵天然，花便是人，人亦是花。王安石曾说，李白十篇有九篇不离女人，尽管如此，却并不给人以南朝宫体诗那般浮艳轻靡的感觉，反而有一种洒洒落落、明快流畅的风致，因为他笔下的女子总透出荷的清爽与纯净。

佛家于莲可谓情有独钟。莲花在佛教中代表净土，佛座是莲花之身，佛宛若莲花之蕊，佛域之中，男女各化育于莲花之中，《佛所行赞》言佛祖之母摩诃摩耶“美丽如莲花”，释迦牟尼有“如莲花的双手”、有清明如“出于淤泥的莲花的大眼”，《六度集经》卷七《禅度无极第五》云：“心犹莲花，根茎在水，花合未发，为水所覆，三禅之行，其静犹花，去离众恶，身意俱安。”总之，在佛教中莲花是圣洁的象征。

禅宗强调自性清净，认为一切众生皆先天具有独立自在的、圆满自足的“自性”，“佛是自性作，莫向身外求”“心外别无佛，佛外无别心”，莲花的这种出淤泥而不染恰是无言的昭示，七情六欲仿佛淤泥，只要人们时时自觉，不使其自性泯灭，任何人都可以像莲花一般超脱业障。禅宗在日本被称为一种“自力”的思想体系，所谓“自力”，即指人通过自己的努力来达到其精神上的目标，而不依赖任何外在力量，莲花便是榜样。

与禅宗“自性自足”相仿佛，宋儒推崇“存心养性”“求放心”，即人格的自我建构、自我树立，认为士人安身立命的价值依据在于他们自身，而非周围外在的一切。如此，他们完全可以依据自身的标准和理想去创造文化观念体系和话语系统，这种昂扬的自信心和责任感，这种在精神上不肯依傍外在力量的主体独立意识，在莲的身上得到了完整的体现，周敦颐的《爱莲说》是这样写的：

> 水陆草木之花，可爱者甚蕃。晋陶渊明独爱菊；自李唐以来，世人盛爱牡丹；予独爱莲之出淤泥而不染，濯清涟而不妖，中通外直，不蔓不枝，香远益清，亭亭净植，可远观而不可亵玩焉。予谓菊，花之隐逸者也；牡丹，花之富贵者也；莲，花之君子者也。噫！菊之爱，陶后鲜有闻；莲之爱，同予者何人？牡丹之爱，宜乎众矣！

在宋儒眼中，莲是典型的君子形象：正直、通达、高洁、独立，不屈从于金钱权势，不取悦于红尘俗世，始终坚守自己的理想和信仰，始终追求完美的人格和境界。莲不像菊那样孤标傲世，因此它不是隐逸者的象征，它是入世的；它不像牡丹那样随世俯仰，因为它淡泊世俗的荣华富贵，追求的是心灵的自得与精神的高蹈，而这种自得与高蹈，源于心性的修为与道德的提升，正如程颢在《秋日》一诗所言：“闲来无事不从容，睡觉东窗日已红。万物静观皆自得，四时佳兴与人同。道通天地有形外，思入风云变态中。富贵不淫贫贱乐，男儿到此是豪雄。”

含烟惹雾每依依——柳

在遥远的古代，柳被视为驱鬼逐邪的灵物，最著名的方式有几种，一种是插柳枝，北魏贾思勰《齐民要术》一书中云：“正月旦取柳枝著户上，百鬼不入家。”一种是戴柳圈，据唐代段成式《酉阳杂俎》载：唐朝每逢三月三日上巳节，皇帝要发给侍臣每人一个柳圈，戴在头上辟邪，当时有“上巳不戴柳，红颜成皓首”的民谚；一种是折柳枝送别，古人希望借柳的法力护佑行人一路平安，“柳”“留”谐音，故折柳亦有挽留、留念之意。华夏民族是一个情深义重的民族，因而离愁别绪也特别多，折柳送别遂成为一个非常普遍的诗歌题材：

含烟惹雾每依依，万绪千条拂落晖。

为报行人休折尽，半留相送半迎归。

——李商隐《离亭赋得折杨柳》

尚未离别，就已幻想着聚首了，柳枝本是用来送行的，诗人却宁愿留一半以作迎归之用，非情痴何以至此。

雍陶有一首名为《题情尽桥》的诗也写得非常动人：

从来只有情难尽，何事名为情尽桥。

自此改名为折柳，任他离恨一条条。

诗人出任简州刺史，简州的治所在阳安（今四川省简阳县西北），一次送客至城外情尽桥，遂问此名由来，左右解释意为“送别至此而止”，诗人闻说颇觉逆耳，当即在桥上题了这首诗。离愁别恨诚然是折磨人的，甚至能把人折磨得遍体鳞伤、支离破碎，但那又何妨！痛快淋漓地抒发出自己宁愿为情所苦而无怨无悔的执着精神。末句之“离恨一条条”，化无形为有形，增强了诗的生动性和感染力。

柳极易成活，所以有“无心插柳柳成荫”之语。而柳又是春风最早染绿的树木，春寒料峭中，它柔美的枝条迎风摇曳，带给人们振奋的精神和美好的憧憬，唐代诗人杨巨源怀着由衷的欣喜写道：

诗家清景在新春，绿柳才黄半未匀。
若待上林花似锦，出门俱是看花人。

——《城东早春》

随着天气转暖，柳树也变得枝叶扶疏，宛若亭亭玉立的少女：

碧玉妆成一树高，万条垂下绿丝绦。
不知细叶谁裁出，二月春风似剪刀。

——贺知章《咏柳》

柳是随风起舞的绿衣仙子，独得天地的娇宠。你看，造化为她量体定做了飘逸的碧绿衣裙，春风似一把巧手为她剪裁出无数精妙的叶片做点缀……诗人无一句说到他对柳的喜爱，但字里行间处处流溢着喜爱之情。拟人和比喻的巧妙运用，增强了该诗的艺术感染力。

咏物诗贵有兴寄，有寄托在其中，便更加耐人寻味，白居易的那首《杨柳枝词》就寄寓着很深的身世之感：

一树春风千万枝，嫩于金色软于丝。

永丰西角荒园里，尽日无人属阿谁？

春光里，满树的细叶嫩芽，望去一片金黄，它纤纤的枝条，比丝线还要柔美……在春风的吹拂下，千丝万缕的枝条轻盈起舞，惹人爱怜。这样美好的一株垂柳，却生在永丰坊荒园的一个阴寒角落里，哪里会有人顾惜它呢？永丰坊，东都洛阳一坊里名，西角，背阳阴暗之地，荒园乃无人光顾之地，诗人强调垂柳生长之地的荒凉冷落，表达了对垂柳遭遇不公平待遇的深深同情和惋惜。白居易生活的时代，朋党之争非常激烈，许多贤能之士频频遭到打击，诗人自己为避朋党倾轧，自请外放，武宗会昌二年（842）白居易罢刑部侍郎，以太子宾客分司东都洛阳，该诗便作于此时。据载，此诗一出，众口皆传，河南尹卢贞为此写诗《和白尚书赋永丰柳》，其序曰："永丰坊西南角园中有垂柳一株，柔条极茂。白尚书曾赋诗，传入乐府，遍流京都。近有诏旨取两枝植于禁苑，乃知一顾增十倍之价，非虚言也。"① 皇帝亦颇赏爱，下旨取此柳之两枝，植于禁苑之中，但诗中那份很明显的寓意倒按下不提了。

民歌有《折杨柳》的曲子很是流行，文人才子皆乐意填词，可惜大多都是枝似纤腰、叶如翠眉之类的陈词滥调，然也有陈言务去、别开生面者，如晚唐诗人薛能《折杨柳》（其七）：

和风烟树九重城，夹路春阴十万营。

唯向边头不堪望，一株憔悴少人行。

温柔繁华之都，林木郁郁苍苍，实乃春光无限，有谁注意到那棵

① （清）彭定求等编：《全唐诗》卷四六三，中华书局1999年版，第5300页。

边城孤柳，萧索凄凉，茫然无助呢？这也正是自视甚高却郁郁不得志的诗人的自我写照。

柳，又叫“杨柳”“隋柳”，这些称谓皆与隋炀帝有关，他非常喜爱柳树的风姿，故把自家的“杨”姓赐予柳树，而且在沿通济渠、邗沟河岸修筑的御道旁植满杨柳，后人谓此堤为隋堤，柳为隋柳。隋炀帝的穷奢极欲导致了隋王朝的迅速瓦解，隋柳因此也成为人们伤时叹世的素材：“隋家柳畔偏堪恨，东入长淮日又曛。”（罗邺《流水》）“梁苑隋堤事已空，万条犹舞旧春风。”（韩琮《杨柳枝》）风景犹在，人世已改，总是令人心痛不已。

其实，柔情绰态、飞絮蒙蒙的柳给人最多的，还是春情的联想。冯延巳《南乡子二首》（其一）写道：“魂梦任悠扬，睡起杨花满绣床。”飘飞的柳絮和迷醉的春梦一样，让醒后的女主人公恍惚犹疑；其《点绛唇》又云：“柳径春深，行到关情处。颦不语，意凭风絮，吹向郎边去。”怀春少女天真地期望，意中人看到缠绵的杨花，会想起他们两人在一起时的旖旎风情。豪放派词人苏轼也以杨花为题写过一首享誉词坛的言情之作：

水龙吟·次韵章质夫杨花词

似花还似非花，也无人惜从教坠。抛家傍路，思量却是，无情有思。萦损柔肠，困酣娇眼，欲开还闭。梦随风万里，寻郎去处，又还被、莺呼起。

不恨此花飞尽，恨西园，落红难缀。晓来雨过，遗踪何在？一池萍碎。春色三分，二分尘土，一分流水。细看来，不是扬花，点点是离人泪。

杨柳宛若柔弱痴情的少女，无法寻觅情郎的下落，凄凉感伤之余，只有寄希望于梦中的相会，却又时时被树梢黄莺的鸣啼惊醒。已是暮春，落红满地，一树的飞絮也都委身于尘土与流水，它们不是杨花，而是少女悲伤的泪花儿啊！苏轼常被人视为“寡情”，此词足以证明他是多么地深于用情。

卓然见高枝——松

松高大端直，松终年常青，松寿逾千载，因此，它当之无愧地被尊为“众木之王”。王安石《字说》有云：“松为百木之长，犹公也，故字从公。”早在两千年前，儒教创始人孔子就曾以松来寄托自己坚忍不拔的人格理想：“岁寒，然后知松柏之后凋也。”从此，松柏遂成为历代仁人志士的楷模。道教重视松柏，则是将它作为烧炼仙食的主要原料，比如《史记·龟策列传》及《博物志》，甚至《本草纲目》这样的医学著作，都认为松脂入地千年，便化为茯苓，人食之可以长生不死。晋代炼丹家葛洪在《抱朴子》一书中还说，一秦朝宫女，经仙家指点服食柏叶后无饥寒之感，到汉成帝时被人发现，已活了三百多年。民俗以为拿柏叶浸酒服用，可辟邪祛病。另据《风俗通》《列异传》等书记载，有种形状类似猪羊的鬼怪，专爱吸食死者肝脑，令松柏置其头上便死，所以，自古以来，人们都在墓地上栽种松柏以镇鬼魅。可以说，松柏凝聚着十分浓郁的传统文化色彩。

流传下来的歌咏松柏的历代诗文，可谓车载斗量，不可胜数。当然，其中所占比重最大的还是借松喻志，抒发自己不凡的志向怀抱，如南朝梁吴均的这首诗：

松生数寸时，遂为众草没。

未见笼云心，谁知负霜骨。
弱干可摧残，纤茎易陵忽。
何当数千尺，为君覆明月。

——《赠王桂阳》

很明显，诗人在此以松柏自比，写出了自己远大的理想，同时也流露出对自己不被理解和重用的深深悲哀，正是“时人不识凌云木，直待凌云始道高”，尤其在门阀观念颇盛的六朝，像吴均这样出身低微的寒士遭受冷落和忽视是很自然的，西晋文学家左思早就悲愤地写道：

郁郁涧底松，离离山上苗。
以彼径寸茎，荫此百尺条。
世胄蹑高位，英俊沉下僚。
地势使之然，由来非一朝。
金张藉旧业，七叶珥汉貂。
冯公岂不伟，白首不见招。

——《咏史》

谷底的长松，山顶的小草，其大小巨细本是相差悬殊、一目了然的，然而，由于它们所处地势的高下不同，反而使得小草风光无限，长松寂寂无闻，这是多么令人无奈的事实！到了唐代，门阀制度受到了严重打击，普通士人仕途上的出路相对来说宽广了许多，因此，这方面的不平也随之减少了，才华出众的诗人对自己的前途便生出无限自信：

怜君孤秀植庭中，细叶轻阴满座风。

桃李盛时虽寂寞，雪霜多后始青葱。
一年几变荣枯事，百尺方资柱石功。
为谢西园车马客，定悲摇落尽成空。

——李商隐《题小松》

与那些易荣易枯的桃李相比，松柏无论是品性，还是资质，皆具有无比的优势，这正是它自信，甚至自负的资本。人亦如此，有独立人格的人，希望凭自己的才能立足，而不屑钻营拍马、与世俯仰。然而，社会是复杂的，就李商隐本人而论，尽管他才华过人，怎奈却陷入牛李党争的旋涡，进退维谷，困顿落魄，一无建树。柳宗元《商山临路有孤松，往来斫以为明。好事者怜之，编成竹椤遂其生植，感而赋诗》一诗，抒发了深沉的感慨：“孤松停翠盖，托根临广路。不以险自防，遂为明所误……”据该诗之序所云，商山路上有孤松，行人皆斫其枝以照明，诗人联想到自身光明磊落，不知防备奸邪小人而终被暗算的遭际，颇得风人之旨。

其实，松并非总是伟岸挺拔的，悬崖峭壁间生长的松树常是弯曲倾斜的，正是从这种种弯曲倾斜中，我们能看出它们遭受的挫折与磨难，以及它们具有的非凡的坚韧和倔强，清初文学家钱谦益在《游黄山记》中以酣畅淋漓之笔描写了黄山“无树非松，无松不奇”的特点：“有干大如胫而根蟠曲以亩计者；有根只寻丈而枝扶疏蔽道旁者；有循崖度壑因依于悬度者；有穿罅冗缝崩迸如侧生者；有幢幢如羽葆者；有矫矫如蛟龙者；有卧而起、起而复卧者；有横而断、断而复横者……松无土，以石为土，其身与皮干皆石也。滋云雨，杀霜雪，勾乔元气，甲拆太古，殆亦金膏水、碧上药、灵草之属，非凡草木也。顾欲斫而取之，作盆盎近玩，不亦陋乎！”处境的艰险，遭遇的严酷，使得这些松树的生存充满了种种危机和考验，它们的奇姿异态正展示了与命运抗争的决心与毅力。

松柏郁郁青青，散发着苦涩的清香，即使在炎夏酷暑，亦自有一种森森寒意；而在万木凋零的严冬，依然生机勃勃，这种超凡脱俗的气度，怎不给人以出世之想。因此，佛寺道观之内，常栽有松柏，松花轻落，流泉清清，自然令人尘虑顿消，物我两忘。晚唐诗人李贺曾借小松不幸生在俗儒的院中来抒发自己在现实生活中的无聊与沮丧：

蛇子蛇孙鳞蜿蜿，新香几粒洪崖饭。
绿波浸叶满浓光，细束龙髯铰刀剪。
主人壁上铺州图，主人堂前多俗儒。
月明白露秋泪滴，石笋溪云可寄书？

——《五粒小松歌》

诗的前四句写小松的色香与姿采，后四句写小松的见闻与感慨，流露出诗人对自己所处庸俗环境的厌倦、对世外清景的真切向往。当然，受儒家正统思想的影响，更多的诗文还是借松柏寄托自己济世之心之豪迈，如刘基的这篇《松风阁记》：

松风阁在金鸡峰下，活水源上。予今春始至，留再宿，皆值雨，但闻波涛声响昼夜，未尽阅其妙也。至是，往来止阁凡十余日，因得备悉其变态。

盖阁后之峰独高于群峰，而松又在峰顶，仰视如幢葆临头上，当日正中时，有风拂其枝，如龙凤翔舞，离褷蜿蜒，轇轕徘徊，影落岩瓦间，金碧相组绣。观之者，目为之明。有声如吹埙篪，如过雨，又如水激崖石，或如铁马驰骤，剑槊相磨戛，忽又作草虫鸣切切，乍大乍小，若远若近，莫可名状。听之者，耳为之聪。

予以问上人，上人曰："不知也。我佛以清净六尘为明心之本，凡耳目之入，皆虚妄耳。"予曰："然则上人以是而名其阁，何也?"上人笑曰："偶然耳。"

留阁上又三日，乃归。至正十五年七月二十三日记。

写这篇文章时，刘基45岁。至正，是元惠宗的年号，自从作者于至顺二年（1331）中进士至现在，二十四年过去了，他一直沉沦下僚，郁郁不得志，对元代社会的黑暗腐败有着深刻的洞察，他不甘碌碌平生，而常以拯救天下为己任。在与上文大约写于同时的词作《沁园春·万里封侯》中，他曾这样慷慨陈词：

万里封侯，八珍鼎食，何如故乡。奈狐狸夜啸，腥风满地，蛟螭昼舞，平陆沉江。中泽哀鸿，苞荆集鸨，软尽平生铁石肠。凭栏看，但云霞明灭，烟草苍茫。

不须踽踽凉凉，盖世功名百战场。笑杨雄寂寞，刘伶沉湎，嵇生纵诞，贺老清狂。江左夷吾，隆中诸葛，济弱扶危计甚长。桑榆外，有轻阴乍起，未是斜阳。

此词可以作为《松风阁》一文的注脚。松涛阵阵，或长啸，或低诉，或雄壮，或悲切，在他耳中，皆是芸芸众生的呼号与呐喊，莫不激起他救民于水火、建不世之功的豪情壮志，长老那看破世情、无动于衷的言辞自然是他不能接受的。五年后（即至正二十年，公元1360年），他应召至南京，受到朱元璋礼遇，参与机要，筹划用兵，遂成为明朝建立的元老勋臣。

因此，在古诗文中，松柏不只是耐寒的意象，更是砥砺前行、奋发有为的象征。

春风吹又生——草

在自然界里，最普通然而富有诗意的莫过于小草了。它的诗意，或许正是由于它的普通，寒梅报春、杨柳吐翠，固然带给人无限的喜悦，但这喜悦往往是期待中的喜悦，不似小草的萌芽总带给人们意外的惊喜，南朝诗人谢灵运一句“池塘生春草”之所以千古传诵，正由于这平淡的字句背后所隐藏的那份不期然而然的惊讶和心动。唐代诗人韩愈也写过一首堪与之相媲美的咏春草的小诗：

天街小雨润如酥，草色遥看近却无。
最是一年春好处，绝胜烟柳满皇都。

——《早春呈水部张十八员外二首》（其一）

美，在于独到的发现。此诗好就好在诗人能别开生面，选取人们平素忽略的景色细加描绘。一场如纱似雾的春雨过后，大地萌发了生机，远远望去，不知何时竟出现了一片朦胧的青翠之色，可是，当你欣喜万分地跑过去想看个仔细时，那片草色却消失了，地上只有稀稀落落针尖般纤细的草芽儿……唯其如此，才更能体现出早春的特点：新鲜、生动、奇妙。所以，诗人接下去说，此乃最美的春天景色，比那满城烟柳不知要胜过多少倍。

小草诚然是卑微的，但它具有超强的生命意志，16 岁的白居易以其诗人的敏感写出了野草带给他的深深感动，他说：

离离原上草，一岁一枯荣。
野火烧不尽，春风吹又生。
远芳侵古道，晴翠接荒城。
又送王孙去，萋萋满别情。

——《赋得古原草送别》

《楚辞·招隐士》中有“王孙游兮不归，春草生兮萋萋”的句子，表达出光阴流逝、忧伤怀人的凄怆情调，白居易这首诗却将重心转移到小草本身。这看似柔弱的小草，总是循着大自然的节律枯萎后再次繁荣，哪怕被烈火焚烧，它依然凭借土中仅存的一点根须顽强地抽芽、滋长、蔓延，把一片翠绿将古道荒城装扮起来，深情地目送着行人远去的脚步……此诗写出了小草的精魂，千百年来一直受到人们的激赏。同样写到野草而博得白居易“掉头苦吟，叹赏良久”的是刘禹锡《乌衣巷》：

朱雀桥边野草花，乌衣巷口夕阳斜。
旧时王谢堂前燕，飞入寻常百姓家。

朱雀桥横跨在南京秦淮河之上，坐落在其南岸的乌衣巷，东晋时曾是名门望族的聚居区，开国元勋王导与指挥淝水之战的谢安都住在这里。然而，那时的煊赫和繁华，早已一去不复返了，剩下的只是桥边丛生的野草野花，而当年栖息在王、谢家族的燕子，也飞进了寻常百姓之家。这里，自然界的野草与燕子，成了人世沧桑的无言见证者。

小草那无与伦比的勃勃生机，固然令人类自叹其脆弱无力，但更多的时候，也无意中为人类灌注着生命的活力。如果说，人是多愁善感的动物，那么，小草那份天真的执着和乐观，适足给人以生生不息的感动，正如曾巩所写的这样：

雨过横塘水满堤，乱山高下路东西。
一番桃李花开尽，惟有青青草色齐。

——《城南》

古时志行高洁之士的居所周围常常长满青草，并非远离市井，而是因为他们自甘寂寞，罕与人交。“结庐在人境，而无车马喧。问君何能尔？心远地自偏。”没有车辙马迹，小草自然青翠茂盛。据皇甫谧《高士传》记载：东汉“张仲蔚，平陵人，博物善属文，好诗赋，常居穷素，所处蓬蒿没人。时人莫识，唯刘龚识之”。晋代陶渊明引为同调，两人颇多相似之处，繁茂的草木同样也隔开了他与俗世的联系：“野外罕人事，穷巷寡轮鞅。白日掩荆扉，虚室绝尘想。”偶有志趣相投的友人造访，则“披草共来往”（《归园田居五首》其二）。他在《读〈山海经〉十三首》（其一）中更淋漓尽致地写出了那种与世隔绝的乐趣：

孟夏草木长，绕屋树扶疏。
众鸟欣有托，吾亦爱吾庐。
既耕亦已种，时还我读书。
穷巷隔深辙，颇回故人车。
欢言酌春酒，摘我园中蔬。
微雨从东来，好风与之俱。
泛览《周王传》，流观《山海》图。
俯仰终宇宙，不乐复何如。

在这样一个草木环绕的小院里，微风细雨中的诗人自由自在地读书饮酒，感到惬意无比，中间一句“穷巷隔深辙，颇回故人车”，与首句“孟夏草木长，绕屋树扶疏”相互应，看似无意，实则道出了快乐的真正原因。唐代刘禹锡的《陋室铭》在作过“山不在高，有仙则名；水不在深，有龙则灵。斯是漏室，唯吾德馨”的自白后，忽然一句：“苔痕上阶绿，草色入帘青。”的确，这里的碧草青苔不正是守卫诗人高洁品格的一道天然屏障吗？

园林有高致

自然令人放松，俗务带来约束。于是，古人在公务之余，或登山临水，或田猎林野，从而将世俗的烦恼与羁绊统统抛到九霄云外，让身心得到彻底的解放。然而山水非在咫尺，林野相隔遥遥，而远途跋涉不唯耗费时日，亦颇劳筋累骨，因而，帝王醉心于在皇宫附近营造苑囿，官宦热衷于在家山一带修建庄园，如此，他们既可享受骋怀怡情之乐，又能免去舟车劳顿之苦，这庄园与苑囿便是后代所谓园林的雏形。

甲骨卜辞、《诗经》等文献都对此有简略的记述，反映出文明之初的人们对原始生活方式的一种怀恋和追寻。苑囿早在商代就已出现。最初，苑囿是商王经常田猎的一片地方。关于商王田猎，甲骨卜辞中留下了不少记载："王其田游，不遘大雨。""王其田，启。""今日辛王田，不遘大风。""翌日戊王兑田，大启，大吉。"商王田猎一般都有固定的日子，为了保证商王的田猎更方便安全些，便建造了苑囿。据史书记载，商纣王耽于涉猎，经常驰骋于沙丘苑，那里有特意放进去的野兽飞禽，《史记·殷本纪》载："益广沙丘苑台，多取野兽蜚鸟置其中。"① 周文王时亦建有灵台苑，那里群兽出没，众鸟高飞，锦鳞在水中嬉戏，这里成为帝王与群臣射猎宴乐之地，《诗经·大雅·灵台》写道：

经始灵台，经之营之。

庶民攻之，不日成之。

① （西汉）司马迁：《史记》，中华书局1959年点校本，第105页。

经始勿亟，庶民子来。

王在灵囿，麀鹿攸伏。

麀鹿濯濯，白鸟翯翯。

王在灵沼，於牣鱼跃。

当然，商纣王和周文王建造苑囿的动机不同，前者是为了纵欲淫乐：“大聚乐戏于沙丘，以酒为池，悬肉为林，使男女裸相逐其间，为长夜之饮。”后者是为了大倡礼乐，使民心归附：“虡业维枞，贲鼓维镛。於论鼓钟，于乐辟雍。於论鼓钟，于乐辟雍。鼍鼓逢逢，矇瞍奏公。”（此段可译为：编钟架上横放着大板，上面悬挂着大鼓和大钟。钟鸣之声音非常和谐，君王之离宫其乐融融。钟鸣之声音非常和谐，君王离宫其乐融融。鼍皮大鼓咚咚敲响，乐师奏乐祝祷成功。）但二者皆为皇家园林之雏形。

说起皇家宫苑，秦汉时期，帝王热衷于大规模造园。秦始皇造阿房宫，覆压三百里。汉武帝建上林苑，更是将大片山林河湖及田园划入田猎的区域：“左苍梧，右西极。丹水更其南，紫渊径其北。终始灞浐，出入泾渭；酆镐潦潏，纡馀委蛇，经营其内。荡荡乎八川分流，相背而异态。”（司马相如《上林赋》）然后依凭地形，盖起离宫别苑。这时巨宦豪富也开始营造自己的私家园林，洛阳北邙山下有豪家袁广权的园子，面积达20平方公里之广。开封梁孝王的菟园，绵延数十里，山水佳胜，气势恢宏。

关于私家造园的文字记载是相当可观的，而且也留下了不少令人心驰神往、流连忘返的胜迹。私家园林最早的繁荣出现在六朝时期，这是历史上政治混乱、社会动荡的特殊阶段，王朝更迭如走马灯，官僚阶层经常处在朝不保夕、人人自危的境地之中。于是，纵意丘壑、恣情山水，成为他们忘却尘世烦忧的最佳选择。而出身寒微的贫士在此门阀等级森严的时代看不到自身出路何在，也同样希望将愤懑消解于自然美景之中，钱锺书《管锥编》云：“山水之好，初不尽出于逸兴野趣、远致闲情，而为不得已之慰藉。达官失意，穷士失职，乃倡幽寻胜赏，聊用乱思遗老，遂开风气耳。”①

随着山水之好逐渐成为整个社会的时尚，人们的自然审美意识也由苏醒变为成熟，把山水视作有灵，看成知己，这正是六朝山水审美意识提升到一个新境界的标志，正如钱锺书所说：“人于山水，如‘好美色’；山水于人，如‘惊知己’，此种境界，晋、宋以前文字中所未有也。”②

而晋宋之际的陶渊明关于田园风光的诗意描写对后世文人雅士造园取景的影响力，亦不容低估，陶诗中那淡淡山村、缕缕炊烟、狗吠、鸡鸣、草屋、榆柳，宛如一幅幅山水画，宁静中有灵动，淳朴中有清新：“平畴交远风，良苗亦怀新”（陶渊明《癸卯岁始春怀古田舍之二》）“晨兴理荒秽，戴月荷锄归”（同上《归园田居》之三）、“诗书敦宿好，林园无世情……商歌非吾事，依依在耦耕”（同上《辛丑岁七月中赴假还江陵夜行涂口》）“静念园林好，人间良可辞”（同上《庚子岁五月中从都还阻风于规林二首》之二）。与官场的黑暗倾轧、人情翻覆相比，田园温馨友好、单纯静穆，在这样的环境中，人的心灵倍感自在和安宁。在后来的园林营造中，田园与山水，往往相得益彰、互相渗透，成为士人带有普遍性的雅逸时尚。

---

① 钱锺书：《管锥编》（第三册），中华书局 1979 年第 1 版，第 1036 页

② 同上书，第 1038 页。

且作清游寻胜地

如果说，陶渊明对自然的热爱落实在田园，那么，与其同时的谢灵运则偏重于山水，谢灵运全力以赴地创作山水诗是其明证。不只是“写”，他的“山泽之游”亦可谓声势浩大，空前绝后。一次，他与谢惠连等人带着几百名奴仆，从始宁县的南山出发，逢林开路，遇水架桥，浩浩荡荡地进入附近的临海郡内，临海太守王琇闻报，以为是一帮打家劫舍、占山为王的强盗，急忙亲率军队前往抵御，近前一问，方知竟是游山玩水的谢灵运，才放下心来。据载，谢灵运专门设计过一种阳伞——“曲柄笠”，带有弯曲的柄，可以紧挂在脖颈上，既能遮风挡雨，又不易被山风吹落，戴上它既有樵人农夫的野趣，又有高士名流的雅致；为了山行方便，他还设计了一种木屐，上山时去掉前齿，下山时去掉后齿，既能省力，又有利于保持身体平衡，当时，人们把这种木屐称为“谢公屐”。

由于他天资颖悟，也由于他比旁人肯花更多的时间和精力探索山水之妙，故而他更能传神地写出山水的美态与佳趣，如“春晚绿野秀，岩高白云屯”（《入彭蠡湖口》）色彩悦目，构图巧妙，十分动人；“苹萍泛沉深，菰蒲冒清浅”（《从斤竹涧越岭溪行》）写碧水中的植物，鲜活可爱，仿佛伸手可掬；而“野旷沙岸净，天高秋月明”

（《初去郡》）描写秋高气爽的江岸月色，又是多么清平明净；“林壑敛暝色，云霞收夕霏”（《石壁精舍还湖中作》）更将薄暮时分、烟霞弥漫的景象呈现在读者面前。

四面八方寻幽览胜，同时，对祖上遗传下来的庄园，谢灵运亦是着意经营。据其名篇《山居赋》说，谢家的始宁山墅是一个景色优美且经济上自给自足的实体，这里有茂林修竹、清泉岫岩，又有桑麻麦菽，梅桃李柿，鸟兽禽鱼，还有菜蔬药材，应有尽有，色色俱全，既满足了物质上的需求，又获得了精神上的享受。当时在始宁兴建山庄的还有王弘之、孔淳之等人，尽管当时皇帝多次下诏禁止扩张私园、侵占山泽，却屡禁不止，世族大家依然故我。

在那时，私家园林一年之中有很长时间是对外开放的，外人可以随意出入，这一风气客观上也带动了园林文化的日益繁荣。

到了唐代，由于社会的安定与政治的开明，士人的精神风貌也随之发生了重大改变，人们普遍热衷于积极进取，私建园林之风随之转弱，当然，这也是门阀制度遭到重创的结果。然而，人们对山水的热情非但没有消减，反而更加浓烈了。与往昔不同的是，他们的游览不再有地域的局限，而是天南地北，壮游四方。以盛唐诗人为例，李白、杜甫、高適、岑参、王维、孟浩然，都曾在青壮年时代有过恣意遨游的经历，此时，山水诗创作也进入一个更高更美的境界。诗人们不再单纯地刻画山容水态，而是将人的感情和感悟融入其间，不同的诗人形成了各自独特的风格，李白的飘逸、杜甫的沉雄、岑参的瑰奇、王维的清腴、孟浩然的闲淡，至今仍散发着无穷的魅力。

晚年的王维和杜甫都拥有自己的园林山庄，一个在长安的终南山麓，一个在成都的浣花溪畔。尽管规模和气派或许无法与谢家山庄相提并论，但各有其特色，尤其是王维的辋川别业，中有 20 处佳境，颇为引人入胜：华子冈山色蓊郁，鹿柴林木静谧，南垞、北垞烟波浩淼，栾家、濑白石滩清泉鸣溅，萍池绿萍靡靡，鸟鸣涧山鸟啁啾，竹里馆有千竿翠竹，辛夷坞红萼惊艳……另外，辋川别业每年都能为主人提供一些鱼藕之资，但很显然，辋川首先是一个精神乐园，其次才是一处经济实体。

元和十一年（816）秋，被贬为江州司马的白居易游览庐山，为秀美的山川美景所打动，于是在香炉峰之北、遗爱寺之南风景绝佳之地营建草堂，次年二月竣工，三月下旬便迁居其中。草堂风格极为古朴，据其《庐山草堂记》载，仅有“三间二柱，二室四墉”“木斫而已，不加丹；墙圬而已，不加白。城阶用石，幂窗用纸、竹帘纻帏，率称是焉。堂中设木榻四，素屏二，漆琴一张，儒道佛书，各三两卷”。除草堂外，便是平地、平台、方池，呈一线布置，但因选址巧妙，四周环绕着应接不暇的美景。近处有环池的山花，池中有白莲、白鱼。稍远是石涧、古松、老杉、修竹、灌丛、藤萝。堂东悬三尺飞瀑，昏晓如练色，夜中若环佩琴筑之声。堂西层崖危磊，竹槽引山泉，自檐注砌，累累如贯珠，霏微似雨露。春有锦秀谷花，夏有石门涧云，秋有虎溪清月，冬有炉峰积雪。阴晴显晦、昏旦含吐、千变万化、不可尽记。

与谢灵运的始宁别业及王维的辋川别业相比，白居易的庐山草堂显得比较简陋朴质，这一方面是因为，草堂是暂居之所，主人觉得没必要大兴土木；同时也由于这一时期城市中的文人园林渐渐兴起，而山居形式即将被取代。然而庐山草堂的精心选址，巧借四面景致，与自然融为一体以及不拘建筑传统形制，“广袤丰杀，一称心力”的造园思想却对以后文人园林的营建具有深刻的影响，白氏《庐山草堂记》因此也成为名篇佳作流传后世：

> 匡庐奇秀，甲天下山。山北峰曰香炉峰，峰北寺曰遗爱寺。介峰寺间，其境胜绝，又甲庐山。元和十一年秋，太原人白乐天见而爱之，若远行客过故乡，恋恋不能去。因面峰腋寺，作为草堂。
>
> 明年春，草堂成。三间两柱，二室四牖，广袤丰杀，一称心力。洞北户，来阴风，防徂暑也；敞南甍，纳阳日，虞祁寒也。堂中设木榻四，素屏二，漆琴一张，儒、道、佛书各三两卷。
>
> 乐天既来为主，仰观山，俯听泉，旁睨竹树云石，自辰及酉，应接不暇。俄而物诱气随，外适内和。一宿体宁，再宿心恬，三宿后颓然嗒然，不知其然而然。自问其故，答曰：是居也，前有平地，轮广十丈；中有平台，半平地；台南有方池，倍平台。环池多山竹野卉，池中生白莲、白鱼。又南抵石涧，夹涧有古松、老杉，大仅十人围，高不知几百尺。修柯戛云，低枝拂潭，如幢竖，如盖张，如龙蛇走。松下多灌丛，萝茑叶蔓，骈织承翳，日月光不到地，盛夏风气如八、九月时。下铺白石，为出入道。堂北五步，据层崖积石，嵌空垤堄，杂木异草，盖覆其上。绿阴蒙蒙，朱实离离，不识其名，四时一色。又有飞泉、植茗，就以烹燀，好事者见，可以销永日。春有锦绣谷花，夏有石门涧云，秋有虎溪月，冬有炉峰雪。阴晴显晦，昏旦含吐，千变万状，不可殚纪，覼缕而言，故云甲庐山者……
>
> ——白居易《庐山草堂记》

后来，白居易在洛阳履道里所构筑的宅园，与庐山草堂颇多相似之趣。

在宋代，由于文职官员的地位较高，待遇优厚，使得他们中间相当一部分人有财力购置园林，这正是宋代私家园林再度繁荣的根源，在今江苏省镇江市正东路河边巷内，有一座景色秀美的园林——梦溪园，是北宋著名文人沈括晚年隐居的遗迹，关于“梦溪”二字，沈括在《梦溪自记》中意味深长地叙述道：在他三十岁左右时，曾梦到自己去一处游历，那里山上林木参天，鲜花遍野，有条清澈见底的小溪在欢快地奔流，他乐而忘归。此后，每年中总是多次梦到那个地方。十几年过去了，沈括被贬宣城，一位道人说起京口（即镇江）山明水秀，恰好邑人有处旧园待售，沈括便给道人三十万钱，托他代买下这座园林。后来，沈括因罪遭废，来到镇江所购园林一看，不觉大惊，原来这正是自己梦中反复出现的地方。他不由得慨叹道：“吾缘在是矣！”遂举家迁居镇江，题名曰“梦溪”。当时园内筑有岸老堂、萧萧堂、壳轩、深斋、远亭、苍峡亭等，有一条清澈溪水流经园内。岸老堂建在百花堆上，是全家的住屋，萧萧堂是会客之所，壳轩是沈括的卧室兼读书写作的地方……整个宅园不大，占地约10亩。

南宋“中兴四大家”之一的范成大，晚年归隐故乡苏州，建筑了“石湖别业”，林泉之美，冠绝东南。其莫逆之交周必大有一次游览石湖别业后，作文以记之：“至能（注：范成大字至能）之园，因城基高下而为台榭，所植多名花。别筑农圃堂，对楞伽山，临石湖，盖太湖之脉，范蠡所泛之五湖者……岂鸱夷子成功于此，扁舟去之，天閟绝景，须苗裔之贤者然后享其乐耶?”范成大出身贫寒，发愤读书，进士及第，步入仕途，历任处州、静江、明州等地方长官，关注民生、力行仁政，政声颇著，更曾代表南宋朝廷出使金国，不辱使命，以慷慨气节闻名异邦。范成大自参知政事落职后，择栖故乡苏州，寄情石湖山水，无意中也开创了苏州士大夫在石湖之滨构筑别业的先河。他还在城内开辟了花木扶疏、颇具乡野风味的“范村”，或与友朋诗酒流连，或偕家人团聚赏乐。他的《初归石湖》写道：

晓雾朝暾绀碧烘，横塘西岸越城东。
行人半出稻花上，宿鹭孤明菱叶中。
信脚自能知旧路，惊心时复认邻翁。
当时手种斜桥柳，无数鸣蜩翠扫空。

官罢返乡，对一般人来说，是一件凄怆伤怀之事，范成大却不然，他的心情是愉快且兴奋的，青绿色的林雾烘托了深红色旭日，他轻快地行走在横塘西岸。他看见稻子长得很高且开满了花，行人们从田间走过，只能看到他们的上半身在移动。池塘里的翠绿菱叶丛中，有只白鹭懒洋洋地一动不动，好像还没睡醒似的。离开多年后，想不到还能信步沿着旧路找到家，时不时地遇见并辨认出当年的邻居，则让他心头一惊，日月如梭，“朝如青丝暮成雪”啊！再看看当年亲手种在斜桥的细柳，如今已经高入云霄，无数鸣蝉在上面高声叫着……虽有感慨，但不颓唐，充满了欢喜和惬意……这就是范成大的气象：在位，鞠躬尽瘁，置个人生死于度外；遭贬，皈依自然，安享田园之温馨。这种“达则兼济天下，穷则独善其身”的人生态度给后世文人以深刻启迪。

明中叶以后，随着工商业的日渐繁荣，城市人口成倍增长，更是出现了全民造园的热潮，尤其是江南之地，山清水秀，气候温润，为居民造园提供了良好的自然条件，因此，不止雅人高士和豪富缙绅修建园林，就连普通百姓也多有此好。据黄省曾《吴风录》记载：“虽闾阎下户，亦饰小山盆景为玩。”全民造园的风气，特别是皇家苑囿与私人园林的合流，极大地促进了我国园林艺术的进步和提高。清代从康熙到乾隆年间构筑的皇家园林——所谓三山五园：香山静宜园，玉泉山静明园，万寿山颐和园以及平地而建的畅春园和圆明园，另外还有承德的避暑山庄，足以代表了中国古代园林艺术的顶峰。相关的理论著作也丰富起来，像田汝成《西湖游览志》，王世贞《游金陵诸园记》《娄东园林志》，刘侗《帝京景物略》，而明末计成《园冶》更是一部精心结撰之作，清代的李渔《闲情偶记·居室器玩部》也对造园提出了自己独到的见解。小说《金瓶梅》《红楼梦》亦皆表现出作者高妙的园林艺术修养。尤其是后者，大观园诸景的描写，充满对人物性格的烘托和暗示，是极为精彩和耐人寻味的。文学提升了园林的品位与格调，反过来，园林亦丰富了文学的表现技巧与手段，二者互相促进，相得益彰。

始知人在画图中

一切艺术，皆是实与虚的妙合无垠。有实无虚，缺少韵致；有虚无实，缺少依据。园林艺术亦是实景与虚景的有机结合。所谓实景，指的是山水、田园、建筑、花木等；所谓虚景，指的是云霞、风月、光影，以及无形之景如花香、鸟语、雨声等的巧妙措置。虚实相得，园林才悦目醉心，富有诗情画意，清代诗人萧承萼这样描写豫园九曲桥一带的风光：

如墨云掩映夕辉，模糊烟柳影依依。
无端几点催诗雨，惊起闲鸥水面飞。
水心亭子夕阳红，九曲栏杆宛转通。
小坐忽惊帘自卷，晚凉刚动藕花风。

湖心的朱红色亭子，水上的九曲栏桥，周围的烟柳，出水的荷花，这些可谓实景；变动的云朵，飘洒的雨点，翩跹的鸥鸟，清凉的湖风，这些则是虚景。实景静，虚景动；实景真，虚景幻；实景常在，虚景易改……这样的景观，着实令人感到熟悉而陌生、真切又新奇、安适亦野逸。

一　实景

山水　一处园林，大抵总离不开山水。当然，山亦有真山假山之别，水亦有死水活水之分。于山水，亦各有所偏重。有的以山为主，如扬州的个园；有的以水为主，如苏州的拙政园。但一般而论，园林总是山与水的有机结合，山因水而灵，水因山而秀，元代著名文学家王恽在《游王官谷记》中说得好：“山之与水，相胥而后胜。山非水，则石悴而云枯；水非山，则势夷而气泊。”以苏州沧浪亭为例，这座已有一千多年历史的文人名园，至今仍散发着动人的魅力。此园为北宋著名革新派诗人苏舜钦遭人陷害、罢官隐居苏州时所建，园中一座土石相间的大假山几乎占据了该园前半部的整个观赏区，有着和真山相媲美的苍苍野趣，其上巨石耸立，大树参天，翠竹森森。据说诗人当年很爱此山，虽处闹市，俨然尘外。但光是大假山的苍古还不够，尚需水的灵动给它带来活泼的生趣，而诗人当初花钱四万购买此地建园时，首先看中的也正是其“三向皆水”的优越地理位置。因而，该园一反四面围墙的做法，而是在南边沿河（葑溪）修了一条贴水长廊。如此，徜徉园中，既可观赏古木山色，又可透过曲廊遥望水上扁舟，兴之所至，还可亲临河面——“予时榜小舟，幅巾以往，至则洒然忘其归。觞而浩歌，踞而仰啸，野老不至，鱼鸟共乐。形骸既适则神不烦，观听无邪则道以明。返思向之汩汩荣辱之场，日与锱铢利害相磨戛，隔此真趣，不亦鄙哉！”上古流传一首歌谣：“沧浪之水清兮，可以濯我缨；沧浪之水浊兮，可以濯我足。”抒发了一种清高超旷的情怀，诗人以“沧浪”名其园，非常妥帖。诗人还作了《沧浪亭》一诗：

一径抱幽山，居然城市间。
高轩面曲水，修竹慰愁颜。
迹与豺狼远，心随鱼鸟闲。
吾甘老此境，无暇事机关。

田园 既为追求返璞归真的农家情调，亦为获得实惠的经济利益，古人造园时，往往要开辟一片农田，种稼养鱼、种桑养蚕等，看得见农人劳动的身影，听得见鸡鸭的鸣叫，更能真切体会到一种远离官场险恶的安宁和乐。唐代诗人王维的辋川别业，并非只有竹林明月、白石清泉，更有旱田水田、果园菜园，其《积雨辋川庄作》写道：

积雨空林烟火迟，蒸藜炊黍饷东菑。
漠漠水田飞白鹭，阴阴夏木啭黄鹂。
山中习静观朝槿，松下清斋折露葵。
野老与人争席罢，海鸥何事更相疑。

从“蒸藜炊黍”“东菑”“水田”“露葵”这些字眼中，我们可以读出，王维的别业，田园情调还是颇为浓郁的。明代著名散文家祁彪佳《寓园注》，记录了自己的寓园各处景点之特色，关于豳圃，作者写道：在“让鸥池之南，有余地焉，衡可二百尺，纵不及衡者半。以五之三种桑，其二种梨、橘、桃、李、杏、栗之属……于树下栽紫茄、白豆、甘瓜、罂粟。又从海外得红薯异种，每一本可植二三亩，每亩可收得薯一二车，以代粒，足果百人腹。常咏陶靖节诗‘欢颜酌春酒，摘我园中蔬’，有似乎烹葵剥枣之风焉”[①]。可见这里一派田园风光，瓜果蔬菜，一应俱全，尤其是从国外引进的甘薯也在这里种植，且收成甚为可观，足够百人果腹……祁氏的幽圃无疑是实实在在的“农家乐”。园林，因了田园的营造而更显温馨和安乐。

花木　花草树木是园林不可或缺的点缀。我国传统园林中的花木，追求自然天成与雅俗共赏的效果。所谓自然天成，首先表现在它们要呈现出自然存在的姿态，高低上下，巨细曲直，成片成林或者单枝独秀，都要给人一种“本来如此”的感觉，可以不完美，但一定要适意，这充分体现出道家返璞归真、随遇而安的理念。西方园林中那修剪得齐齐整整的树木，修建得规规矩矩的花坛，或者直来直去的林荫道，在我们古代的园林中是极为少见的，因为给人的感觉太人工化了。其次表现在这些花草树木多是乡野中常见的才好，太名贵或太难以调养的花木，是不宜于移种园林之中的，清初文人徐日久曾说：“故庭中惟桃李红白，间错垂柳风流，其下则兰蕙夹竹，红蓼紫葵，堤外夹道长杨，更翼以芦苇，外用茱黍，前有三道菊畦，杂置蓖麻高粱，长如青黛，此法多自然，不烦人工。”古人很在意色彩的搭配，白色粉色的花宜植于青松翠柏或绿丛碧草边；大红绛紫的花宜植于粉墙旁；桃花长在溪桥之侧，有“春来遍是桃花水”的意境；石榴、柿子这些秋日果实累累的树木生在小院绿窗附近，带给人一种家道兴旺的喜悦。另外，像紫藤挂在白色的轩廊，女贞栽在背阴的角落，都是让人感到适意的安排。所谓雅俗共赏，是指富有文化意蕴的花木与那些具有村野风味的植物相映成趣、互为衬托，前者如竹（节操）、菊（傲骨）、兰（清雅）、梅（坚韧）、松（刚直）、莲（高洁）等，他

① 陈从周等编：《园综》，赵厚均注，同济大学出版社2004年版，第432页。

们总能带给人们某种精神的支持和慰藉；后者如芦苇、杨柳、桃杏，甚至黍麦、菱荇等，置身其中，宛若走在乡间村舍、水乡田园，自然忘却了世间的荣辱得失，感到“心安处是吾乡”。

亭榭桥廊 亭子是园林不可缺少的建筑物，它既用来点缀风景，又用来供人们休憩谈心。亭无四壁，为的是将周围风光一览无余，一座空亭成为山川灵气动荡吐纳的交汇点和山川精神交流聚集的处所，南朝诗人吴均《山中杂诗》云：“山际见来烟，竹中窥落日。鸟向檐上飞，云从窗里出。”正可看作一首吟咏亭子的诗。

低垂的茅亭有种朴拙的美，灵动的瓦亭有种飞扬的美，它们分别适应不同的环境和契合不同的心境。亭子上都有匾额题名，如沁秋亭、水心亭等，有不少亭写有对联，如扬州瘦西湖之徐园中最高点有风亭，上下联这样写道：“风月无边，到此胸怀何似；亭台依旧，羡他烟水全收。”一座本来很普通的亭子往往因意味隽永的对联而变得名闻四方。

榭是无室的厅堂，供观望休憩之用，多建在山水绝佳处，明代计成《园冶·屋宇》云：“榭者，藉也，借景而成者也。或水边，或花畔，制亦随态。”如苏州怡园的藕香榭，其南对山，其北面水，临水一面，附有赏月的平台，空中之月与水中之月，上下争辉，令人体会亦真亦幻的美妙意境。

至于廊，则是联系交通、引导游览之长形建筑，清代李斗《扬州画舫录》介绍了各式各样的“廊”：响廊、游廊、曲廊、步廊、竹廊、水廊等。园林中的径、桥、廊等，大都呈现出柔和的曲线美，西方美学家阿恩海姆在《艺术与视知觉》一书中曾说过：直线是趋向一致的点的轨迹，呈现出物质运动的确定方向性和同一种一以贯之的作用，因而显得挺拔刚直，端正不挠；曲线是由运动方向多变的点组成，包含着不同力的相互牵制、依存、推移，因此显得柔和秀媚，流转自如。前者令人紧张，后者让人放松。另外，曲线在视觉上有延伸感，特别适用于狭小的空间，如苏州的留园，从五峰仙馆到揖峰轩之间，只有七八米的距离，但小径要曲折五次；从该轩到对面的石林小室，亦只有六七米之远，游廊也要回环四五次。所以古诗词中常常出现“曲”字：像“曲径通幽处，禅房花木深”“栏杆十二曲，垂手明如玉”。

二　虚景

如果没有四季的轮回、朝暮的交替、阴晴的变幻、风云雨雪的流转，那园林该会失去多少情趣和韵味？正是因为这些虚景的映衬，园林才得以常看常新。这从一些景点的名字中即可领略一二，像云岗、樵风径、海棠春坞等。在所有的虚景中，似乎月景、雨景对实景的影响最为突出。

月景　白日里一切实实在在、真真切切的景物，在月光下全变得朦朦胧胧、如梦似幻起来，当年苏东坡与好友在承天寺夜游，恍然如行水中：“庭下如积水空明，水中藻、荇交横，盖竹柏影也。”美妙月色总能给人一种超现实的感觉，苏州怡园有锄月轩，对山面水，临水一面，建有赏月的平台，皓月当空的夜晚，值此辽阔水景，怎不顿感尘滓日去、清虚徐来之感？怎不幻想从此远离尘嚣，像陶渊明那样归隐田园——“晨兴理荒秽，带月荷锄归”？扬州的寄啸山庄内，也有一处赏月宝地——梅月船厅，此榭特异之处在于，它并不建在水上，而是立于平地之上，园主独具匠心地用素净的鹅卵石铺出粼粼波纹，有月的晚上，人在梅月船厅，便有一种船行水中的错觉，不禁想起李白“人生在世不称意，明朝散发弄扁舟”和杜甫“白鸥没浩荡，万里谁能驯?”的意境，平添一份笑傲江湖的超然。当然，赏月的形式自由多样，我们可以花间独酌：“对酒不觉暝，落花盈我衣。醉起步溪月，鸟还人亦稀。”（李白《自遣》）或邀友人共饮：“两人对酌山花开，一杯一杯复一杯。”（李白《山中与幽人对酌》）也可以静坐山旁，超然物外，独与天地精神相往来：“人闲桂花落，夜静春山空。月出惊山鸟，时鸣春涧中。”（王维《鸟鸣涧》）世道之沧桑，人生之得失，静夜望月，岂能无感?

雨景　烟雨茫茫，最能触动游人情思。或豪气千叠，或黯然销魂，或柔情缱绻，或润物无声，雨忽大忽小，风忽强忽弱，园中的景物忽而清晰，忽而迷蒙，亦同样带给游人情绪上的变幻不定。因此，亭楼多有赏雨的设置，上海豫园的卷雨楼，名字源于唐代诗人王勃咏滕王阁诗的名句——“珠帘暮卷西山雨”，此楼十个檐口翼角层层突起，宛如群鸟振翅欲飞。每逢雨日，白花花的雨水沿陡峭屋面流下，从反曲向上的檐口溜出很远，好似一斛明珠在飞翼翘角间弹落，令人逸兴遄飞。

不单亭榭在雨中显出秀逸的风采，花草树木在雨水的沐浴下亦更见动人的姿容。雨打芭蕉，向来是园林美景之一。芭蕉翠绿阔大的叶子，在雨中更觉莹润舒展，白雨跳珠其上，听着那叮叮咚咚的节奏，令人感到意趣无穷。鲜花沐雨，亦各领风骚，芍药——“有情芍药含春泪”，蔷薇——“无力蔷薇卧晓枝”，牡丹——“不觉醉面已潮红”，荷花——“水面清圆，一一风荷举”……还有青松、杨柳，益发苍翠油绿，生机勃勃，雨让一切花木展露出动人的风韵。

声景　不少园林专设聆听水声的景点，如河北保定古莲花池“小蓬莱”之北，有一系列品赏水韵的建筑群：响琴榭、响琴涧、响琴桥、听琴楼，水涧形似古琴，涧内置以散石，急流击石，淙淙铮铮，清脆悦耳，游人至此，不觉流连忘返。还有浙江杭州满觉陇烟霞三洞之一的水乐洞，山泉从石洞深处的石罅中冒出，折折而流，切切成韵，在洞口较开阔处，安放着数条石凳，供人留坐静听，旁边的石壁上刻有“天然琴音”等字。再有江苏无锡寄畅园的八音涧，由黄石堆叠，总长三十六米，谷深在六米到九米不等，因落差造成的流水声叮叮咚咚，如同八音齐奏，妙不可言。

啁啾鸟鸣也不失为增添园林游趣的生动一笔，但笼中养鸟大无必要，因为这样有违于自然之道，扬州八怪之一的郑板桥说：“欲养鸟莫如多种树，使绕屋数百株，扶疏茂密，为鸟国鸟家。”北京颐和园建有听鹂馆，恭王府花园曾有听莺坪。的确，红日初升的清晨，暮色朦胧的黄昏，听着鸟语如歌，谁能不感到妙不可言的喜悦和温馨，一种心灵的共鸣与回归？

很多时候，各种天籁之声是交织在一起的，像风声、水声、鸟声等。明末散文家刘侗在《水尽头》篇末这样描写道：

> 西上圆通寺，望太和庵前，山中人指指水尽头儿，泉所源也。至则磊磊中两石角如坎，泉盖从中出。鸟树声壮，泉喈喈不可骤闻。坐久，始别，曰：“彼鸟声，彼树声，此泉声也。”

作者表面是在写各种声音，其实是在写自己内心的清净无扰。因为心清，所以能在树声鸟声中分辨出极细微的泉水声。而大自然中的种种声音，仿佛一道道屏障，将红尘万丈挡在外面，使人的心境益发安恬静谧。

香景　有香气的花木宜有墙院围隔，这样，墙内花香墙外闻，会给人以莫名的惊喜与好奇。其实，任何一种花木皆有其天然芬芳，只不过有浓淡之别罢了。玫瑰、栀子的香是馥郁的；梅花、兰花的香是清雅的；即使苔藓、小草、灌木等，亦自有其一段隐约的清芬，而竹子有清逸的香味，松柏有清苦的香味，荷叶荷花有清凉的香味，桂花有清甜的香味……各种清香、幽香、浓香，一缕缕，一阵阵，让人应接不暇、心旷神怡。古园中亦往往设置赏香的景点，颐和园之玉澜堂，可赏荷香；澄爽斋，用以赏兰桂之香……园林中所建梅香径、雨香亭等，更是不胜枚举。《红楼梦》大观园的蘅芜苑，不以名花取胜，而以香草见长："只见许多异草：或有牵藤的，或有引蔓的，或垂山巅，或穿石隙，甚至垂檐绕柱，萦砌盘阶，或如翠带飘飘，或如金绳盘屈，或实若丹砂，或花如金桂，味芬气馥，非花香之可比。"馥郁的草香，把人们带入一个古朴幽雅的境界，在这里居住的人，乃安分随时、沉默寡言的薛宝钗。

心理学揭示，眼、耳、鼻、舌、身等感官与人的内心是互通的，诸如触觉可以调动视觉、视觉可以打通听觉、嗅觉可以触及味觉等，是谓通感，因此，声景、香景的设置，无形中大大拓展了游人的内心感知空间。

莫谓此中天地小

所谓园林，总是一个方圆有限的空间，尤其是一些私人园林，往往面积相当狭小。要在这有限的空间里，展现丰富多彩的景观，是颇费思量的。在这方面，古代园林家们总结出一系列布置经验，供后人参考。在叹赏之余，我们颇能从中领略几许东方传统文化的审美情趣。

小中见大　有些园林，占地面积极小，本是夹在住宅中的一座庭院，但由于布局合理，结构紧凑，对比得法，依然显出绰绰有余的韵味，如苏州残粒园，园如其名，其小无比，造园家别出心裁地将山石、石洞、亭子、家具与住宅巧妙地结合在一起，这样极大地节省了空间，从而腾出相当多的空间给水池，给人一种敞亮之感。再如山东潍坊的十笏园。笏，古代大臣上朝时手中拿的笏板。十笏，十根笏板那么大的一块地盘，极言地域之狭。尽管园子很小，但在造园家的妙手安排下，却能尽显大千世界的无限美景。十笏园中有清水一泓、假山一座，本皆极小，但由于深入水中的半岛及园内假山上各有一个小亭——漪岚亭与蔚秀亭的衬托，竟分别显出了开阔和雄奇，乾隆《纳翠轩得句》赞赏云：“十笏不为仄，诸峰无尽奇……说得拟芥子，纳千百须弥。”

造园家都懂得“园林越拆越小，越隔越大”的道理，尽可能地多用墙、廊、假山和高大树木来围隔，极尽曲幽之能事，使游人因不知其尽头而备觉其广大。如苏州留园，里面布满了大大小小的石林小院，它们或相通，或相套，或相并，人们好像走入迷宫，出出进进，难料下一步会是什么地方，可谓悬念多多，乐趣多多。如果将所有这一切墙、廊都拆除，人们一定要惊诧：原来只是如此狭小的一片空地啊！

直中多曲 一般说来，俯瞰园林的平面布局，就会发现它们的主要景点大都有序地安排在或东西或南北的直线主轴上，有的园林则是以水池为中心，沿池周围建造景点，但游览其中，却很少有直来直去、一目了然的感觉，为什么呢？一是因为造园家强调曲线美，将小径、长廊、栏杆等都设计成弯曲的造型；二是他们认为应将园景布置得有曲有藏，方为含蓄有味 。上海嘉定的秋霞圃，虽占地仅九亩，却容纳了涉趣桥、碧光亭、延绿轩、归云轩、扑水亭、砚室、草堂、丛桂轩、枕流漱石轩等众多美景，它们虽皆临池而设，但由于造园家深谙曲藏之道，时时能给人“山重水复疑无路，柳暗花明又一村”的感觉，一副对联是这样概括秋霞圃的：

涉趣桥边枕流漱石过砚室青山松风岭僻通幽径

碧光亭畔延绿归云沿草堂花树丛桂轩昂对曲桥

古人“藏”景之法多多，或藏于密林高树，或藏于假山岩壁，或藏于游廊苍藤。这样布局，若有若无、半隐半露的建筑方显得意味隽永，明代园林学家程羽文在《清闲供》中这样阐述道：

门内有径，径欲曲……花外有墙，墙欲低。墙内有松，松欲古。松底有石，石欲怪。石面有亭，亭欲朴。亭后有竹，竹欲疏。竹尽有室，室欲幽。室旁有路，路欲分。路合有桥，桥欲危。桥边有树，树欲高……泉去有山，山欲深。

豫园的萃秀堂位于黄石大假山之背面，沿陡峭悬崖而下，穿过一小洞，方可一见，真是隐秘，一旦揭秘，岂不快哉！

《红楼梦》中的大观园，入门便是一带翠嶂立在眼前，挡住游人的视线。这样的设计，也是为了延缓游人的行进速度，增加观赏者的审美视点，延缓时间，增生空间，唯曲才有韵，唯折才有趣。

动静结合　华夏民族受儒、释、道三教影响甚深，而三教都是崇慕静境的，儒教创始人孔子说："仁者静，智者动。""仁"正是儒家毕生追求的人生境界；释家提倡"定慧"，认为唯有"专思寂想"，才能将大千世界洞幽烛微；道家更是讲究"虚静"——"致虚极，守静笃"，心静则明，内心虚静方能把握宇宙万物的本质。受这种传统文化思想的浸润，园林亦以静为主，用"静"命名的景点可谓数不胜数：静观堂、妙静堂、静嘉轩、静通斋等，静有景静和心静之别。景静，是指客观景物的宁静安恬：一泓潭水，波平如镜；古木浓阴，寂寞无声；月照空林，万籁俱寂……而心静，取决于游赏者主观的感觉，静止不动的景物可以令心境静穆，变动不居的风景同样也可以使人心平气和、心如止水，所以，王勃说："岂知人事静，不觉鸟声喧"，王维处身"清泉石上流""莲动下渔舟"之境，反感到无限安闲——谈到王维，不能不谈其辋川别业，这实在是一处静境、动境相得益彰的所在。

辋川别业位于终南山一片被荫荫绿木环抱着的谷地中，是一处沿山谷布置的山地园林，一小湖名“欹湖”，汇集了附近的溪流和清泉，它是沟通别业与外界的主要渠道，王维有诗云：“轻舸迎上客，悠悠湖上来”“湖上一回首，青山卷白云”，颇富动态美；别业的大部分景点皆沿山沟设置，像孟城坳、文杏馆、辛夷坞、鹿柴、竹里馆等，都相当幽静：“空山不见人，但闻人语响。返景入深林，复照青苔上。”“独坐幽篁里，弹琴复长啸。深林人不知，明月来相照。”而沿溪泉的几个景点，像柳浪、栾家濑等，水流鸟飞，灵动至极，诗人这样描写栾家濑：“飒飒秋雨中，浅浅石榴泻。跳波自相溅，白鹭惊复下。”雨中清泉流淌得更加欢畅，溅起的水花让白鹭猛然一惊，堪称瞬间抓拍的动感镜头，景是动的，但折射出的诗人的心境是极静极闲的——没有丝毫尘虑俗念、没有半点是非烦恼，否则，他不可能将动感瞬间抓拍且描写得如此精妙。

一言以蔽之，我国古代的园林充满了动静之趣。

聚散相宜　一座园林，主景次景安排要得当，既要放得开——辽阔闲远、写意空灵；又要收得拢——前后呼应、浑然一体，这就要求造园家将园林中的山水按照其色彩、形状、体积、质地的特点进行适当地集中与分散。

如果园中假山巨大，则应用河道或曲径将其一分为二，两侧各设景点，高低上下，错落有致，这方面做得很好的要数上海豫园的黄石大假山。该山全用浙江武康黄石堆成，气势恢宏，重峦叠嶂，若不将它中分，势必会给人壅塞压抑之感，恰好此山南临水池，所以造园家就势用一条幽深蜿蜒的河道切入山腹，山上自有磴道盘曲，联络起上下各个景点。东院还有一座小假山，与大山相呼应，两者之间，一水相连，既开且合，饶有趣味。

同样的道理，如果园中水面过于开阔，就要用长堤、长廊、长桥来分割。颐和园昆明湖烟波浩渺，一望无际，便用西堤来切分，仿杭州西湖之苏堤，上面横跨六桥，颇有“青山隐隐水迢迢”的美妙意境，一派水乡泽国情调。

当然水面窄小，就应力求保持其完整性，如苏州的残粒园、畅园等小园，它们的水面都“聚”得很漂亮，玲珑可爱。

虚实相间 中国传统绘画很重视画面的虚实之韵，一般来说，以山景为实，以水景为虚；有景处为实，空白处为虚；近景为实，远景为虚；显景为实，隐景为虚。园林也是如此，讲究景物的虚实相间，避免造成感觉上的轻重失衡和节奏杂乱。

最常见的园林造景是山水相依，山的凝重与水的空灵相映成趣，山无形中有了秀气，水无意间有了内涵，唐代诗人窦庠有一首咏镇江金山的诗写得很精彩：

有时倒影沉江底，万状分明光似洗。

不知水上有楼台，却从波中看启闭。

——《金山行》

绘画须留白，空白可以象征天、象征水、象征天水相连，让读者有开阔的想象空间，但这留白又不能过大过多，而且最好有些点缀，比如点点飞鸟、片片船帆等。园林中的水面亦是这般，颐和园昆明湖占地两千五百亩，非常浩瀚，便要在湖中设置南湖岛、凤凰墩、藻鉴堂等多个小岛，否则，就会显得过于虚空。囿于高墙围隔的园林之中，常有闭塞沉闷之感，所以最好让游人可以遥望远处美景，以荡涤胸襟，拓展视野。虚虚实实，亦真亦幻。颐和园北面能瞭望红石山、西边能瞭望西山、玉泉山的倩影，它们都是很好的虚景。避暑山庄特地在榛子屿临湖山峰之巅，修建一危亭，以远眺山庄东面的奇峰——

上粗下细的磬锤峰，每当雨过天晴，人们会见到磬锤峰直插云霄；每当夕阳西下，磬锤峰则笼罩于云霞明灭之中，引人遐思。苏州沧浪亭南面的葑溪，没有围墙之隔，而是代之以一条贴水长廊，如此，河面上的叶叶扁舟、空中的朵朵白云，随时都可以闯进游人的视野之中，或者说，它们都是园景的一部分。

张弛有度　游历一处园林，好似阅读一个引人入胜的故事，情节要有张有弛、节奏要有快有慢，充满了悬念、想象和回味。如此，才能让人在开始时急欲一游，结束时渴望重游，始终感到趣味无穷。对园林而言，张即指窄、收、暗，弛即指敞、放、亮，苏州网师园便是深谙园林张弛之道的范例。

网师园在南宋时期是著名政治家兼藏书家史正志“万卷堂”藏书楼的花圃，名“渔隐”，在圃中植牡丹五百株及其他花卉树木。在这里，他垂钓养花，读书著述。世易事移，清乾隆时曾官光禄寺少卿的长洲宋宗元在万卷堂故址重治别业，作归老计（一说为奉母养亲之所），初名“网师小筑”，后名“网师园”。“网师”，乃“渔父”之别称，寓归隐江湖之意。此园占地虽只有九亩，但山水花木、亭廊桥榭，幽雅别致，很受世人称赞。从西面侧门入园，有曲廊悄悄通往绿树山石遮盖着的小山丛桂轩，这里环境清幽深邃，好像故事的开头，平静的叙述中缭绕着神秘的意味，让人对下面的跌宕起伏充满好奇和期待；自此曲径向北，忽见云岗假山耸立，雄奇壮观，声势夺人，仿佛故事高潮突起，令人惊诧；山上暗道仄险，山石峥嵘，循爬山廊“樵风径”，西而北折，便到了濯缨水阁，登阁一望，面前一片空阔，一泓清水涵映四周美景，宛如画图，好像故事峰回路转，别开生面，叫人长出一口气；登上池边月到风来亭，临风望月，不禁心旷神怡；而自此向北，过游廊、步曲桥，在花木围墙的环抱中，又一静谧小屋——看松读画轩，游人歇脚于此，好似预感到故事要有余波荡漾，不觉凝神细听；果然，缓步来到水池东南岸，又一假山傲立，恰与上面提到的“云岗”相呼应，二山之间，是池水延伸而成的山涧，源源不断地流向远方，也将读者的想象带到一片未知中去。

眼前光景时时新

北宋画家郭熙在《林泉高致·山水训》中云：“春山澹冶而如笑，夏山苍翠而如滴，秋山明净而如妆，冬山惨淡而如睡……春山烟云连绵人欣欣，夏山嘉木繁阴人坦坦，秋山明净摇落人肃肃，冬山昏霾翳塞人寂寂。”说的是自然山水在季节流转中呈现的不同景象以及带给人们的情绪上的变化。

明媚春光　一般来说，花草树木是最能渲染春天的气氛的，红梅和迎春花最早吹响号角，报告春天来临的喜讯，细细的柳丝吐出黄绿色的嫩芽，几丛翠竹在点点春雨的滋润下更加茂盛！紧接着，玉兰、碧桃、丁香、海棠、牡丹，热热闹闹，竞相喧哗，小河里春水欢快地流淌。漫长的冬季过后，人们纷纷踏青郊游，身心都感受着草木复苏般的勃勃朝气。

三春风景，最为动人心弦的是早春，它不以艳丽缤纷取胜，而以清新娇嫩见长。诗人杨巨源是这样写的：

诗家清景在新春，绿柳才黄半未匀。
若待上林花似锦，出门俱是看花人。

——《城东早春》

春寒料峭，天地间仍弥漫着寒冬的余威，人们还依然习惯于待在家中围炉取暖，唯有敏感的诗人呼吸到了一丝清浅的春意，惊喜地发现堤畔的杨柳正吐露新芽，虽然只是一星半点，但足以证实春天已经来临，预示着一串明媚鲜艳的日子将接踵而至。杨巨源从堤岸的柳枝上领悟了春天，韩愈则从原野的草尖上收获了同样的惊喜：

天街小雨润如酥，草色遥看近却无。
最是一年春好处，绝胜烟柳满皇都。

——《早春呈张水部十八员外二首》其一

相比于韩愈、杨巨源的“先觉”，诗人梅尧臣则表现得有些“迟钝”：

春风无行迹，似与草木期。
高低新萌芽，闭户我未知。

——《郭之美见过》

一直闭门不出，躲避着冬天的严寒与荒芜，若不是友人来访，还会继续这样蛰伏下去，原来春天早已开始装扮外面的世界了！杨巨源刻意寻春而如愿，韩愈不期然而然遂欢欣，梅尧臣如梦方醒般的自白更透出难以言说的喜悦。

早春的风景是疏朗的，早春的色彩是浅淡的，早春给人的感觉却是强烈而鲜明的。造园家深谙个中三昧，于是总让粼粼的碧波旁垂满细柳，让缓缓的山坡上长满翠竹，让仄仄的曲径边布满小草……清代文学家袁枚的随园里就充满了这种绿趣，徐珂在《清稗类抄·随园》中这样记述道：

> 开窗则一围新绿，万个琅玕，森然在目，宜于朝暾初上，众绿齐晓，觉青翠之气，扑人眉宇间。

的确，满园的新绿不仅养目，而且养生，所以几乎每一处园林都有以“翠”“绿”“碧”等字命名的景点，诸如“纳翠轩”“揽翠阁”“饮绿亭”“翠玲珑”“绿满窗前”，等等。“惜春常怕花开早”，在繁花盛开之前，好好品味眼前这美妙的绿吧。

与早春的绿意参差相比，仲春姹紫嫣红、五彩纷呈，先是粉白的杏花、粉红的桃花次第绽放，如云霞般覆满山坡；接着便有紫色的丁香在迷蒙细雨中舒展娇蕊，以及猩红夺目的杜鹃迎风歌唱；再有娇羞欲语的海棠月下浅笑，当然更少不了仪态万方的花王牡丹散播芬芳……她们像一群活泼美丽的春姑娘载歌载舞，一向清寂的园林于是变得生气勃勃、有声有色。群芳争艳的时候，鸟儿自然也要赶来凑热闹，尽管开始它们的双翼还不矫健、歌喉尚不婉转，就像白居易《南湖早春》所写的那样：“翅低白雁飞仍重，舌涩黄鹂语未成。”显出一种稚拙的可爱，但很快地，它们就变得从容自如了，与欢乐春景融为一体：

花开红树乱莺啼，草长平湖白鹭飞。
风日晴和人意好，夕阳箫鼓几船归。

——徐元杰《湖上》

迟日江山丽，春风花草香。
泥融飞燕子，沙暖睡鸳鸯。

——杜甫《绝句》

安徽滁州西南十里的琅琊山，林木茂盛，景色清幽，山多甘泉，宜于酿酒，庆历六年（1046），欧阳修迁滁州太守，遂命山僧建亭于泉边，曰“醒心亭”“醉翁亭”，遍植花卉于其间——“浅深红白宜相间，先后仍需次第栽。”每到阳春三月，山色如眉，花光如颊，温风如绸，情怀如水，一派旖旎情调。自此以后，这里便成为酒香浓郁的山水风景园林。

明代文学家袁宏道平生酷爱山水，他评曰，天下美景，西湖最胜；西湖风光，仲春最佳，而其朝烟夕岚及月影之魅尤令人心醉：“然杭人游湖，止午、未、申三时，其实湖光染翠之工，三岚设色之妙，皆在朝日始出，夕舂未下，始极其浓媚；月景尤不可言，花态柳情，山容水意，别是一种趣味。”（《晚游六桥待月记》）

早春叫人振奋，仲春令人沉醉，暮春则往往让人伤感——“流光容易把人抛，红了樱桃，绿了芭蕉”。（蒋捷《一剪梅·舟过吴江》）但越是如此，就越使人留恋：

红树青山日欲斜，长郊草色绿无涯。
游人不管春将老，来往亭前踏落花。

——欧阳修《丰乐亭游春》

似乎在暮春时节，人们格外珍惜光阴，似乎也只有在这个时候，人们才更觉出时光不可倒流，所以才这般为赏花而赏花，以致连伤感都来不及了。天地间的那些渺小生命无法感知节令的变换，面对“万花纷谢一时稀”的冷清局面茫然失措，尤叫人怜惜：

雨前初见花间蕊，雨后全无叶里花。
蛱蝶飞来过墙去，却疑春色在邻家。

——王驾《雨晴》

元代大画家倪云林擅长描绘疏木平林、村野田园的清寂之景，同时他也是一位卓越的造园家，曾帮高僧维则在苏州构筑狮子林，一派脱俗之气；而他在自己故里——今江苏省无锡市东大厦村所建清闭阁，可谓闻名遐迩。画家爱花成癖，于云林草堂前栽满各式花卉的花坛中铺设了白色瓷砖。暮春时节，繁花飘零，落在瓷砖上顺水飘入池中，而那些流不去的花瓣，他便“以长竿粘取，恐人足侵污也”。这黛玉葬花式的洁癖，是惜花，也是惜春，更是爱惜自己名节的心里折射。

然而，落英缤纷也并不总令人惆怅，像陶渊明幻想的桃花源，渔人初发现时便正处于此暮春时也，“缘溪行，忘路之远近，忽逢桃花林，夹岸数十步，中无杂树，芳草鲜美，落英缤纷……”一个多么优美恬静的世界！

暮春过后，世间的园林自然红稀香少，但藏在深山中的寺院里往往还是万紫千红的景象，令人惊喜莫名。白居易偕众人游庐山之大林寺时就是如此，只见那里“梨桃始华，涧草犹短，人物风候，与平地聚落不同，初到恍然若别造一世界者，因口号绝句云：人间四月芳菲尽，山寺桃花始盛开。常恨春归无觅处，不知转入此中来”。

清凉夏日 “赤日炎炎似火烧”，盛夏酷暑，人们容易减却游玩的兴致，但在人迹罕至的深山密林，总有一些景区清爽幽深——“别有天地非人间”，造园家总结经验，力求将仙境呈现在红尘之中，幽景与水景堪称营造园林清凉之境的两大秘籍。

俗话说：“心静自然凉。”置身一个清幽静谧之地，便会油然而觉阵阵清秋般的凉意袭来，清雍正皇帝《夏日泛舟》曰：殿阁风生波面凉，微洄徐泛芰荷香。柳阴深处停桡看，可爱纤鳞戏碧塘。苏州拙政园里就有多处这样的幽景，从西侧老园门进入，迎面便是一架苍郁古藤，这是明代大书画家文徵明亲手栽植的，至今已有四百年的历史，闲坐藤下，品茗弈棋，不觉悠然忘我，清凉惬意。而该园东头的梧竹幽居，更是一个清雅之所在，这里栽满碧梧翠竹，凤尾森森，龙吟细细，隔开了外界的一切繁华喧嚣，只觉阵阵凉意，沁人心脾。

竹子那青翠的色彩、萧散的风致、隐约的清香，带给人们清凉的感受，宋人杨万里有诗云："御风不必问雌雄，只有炎风最不中。却是竹君殊解事，炎风筛过作清风"（《午热登多稼亭》）；"夜热依然午热同，开门小立月明中。竹深树密虫鸣处，时有微凉不是风。"（《夏夜追凉》）可见，竹子的降温消暑之效相当不错。松柏亦是如此，它枝叶暗绿、树荫浓郁，把日光遮蔽得严严实实，以至地面布满青苔，人坐其上，倍感幽凉，故王维有"日色冷青松""落落长松夏寒"的诗句。因此，园林无不种竹植松，这正是由其冬翠夏凉的品性决定的。

不少园林中设有洞室，这也是夏日纳凉的绝好去处。扬州个园的太湖石假山，上台下洞，望去状若云朵，步入洞室，里面光线十分幽暗，但相当开阔，而且曲折深邃，壁石呈青灰色，阴凉宜人。夏日游个园，人们都爱流连其中。

水面风来，凉意习习。水景有动与静、天然与人工之分。动水景有清泉、湖泊、小河等多种，像济南的大明湖、趵突泉，苏州的沧浪亭，都是动水景。私人园林用水，受地理条件限制，多以静态为主，如苏州拙政园、扬州个园等。大明湖的水源系众多名泉泉水汇集而成，自古便有"众泉汇流，平吞济泺"之说，大明湖的湖底乃不透水的火成岩，汇聚来的泉水不能下泄，在低洼处形成湖面。珍珠泉、白花洲、王府池、芙蓉泉、孝感泉等涌泉的水，流入大明湖，又出汇波桥，经东西护城河入小清河，北流入渤海，因此"淫雨不涨，久旱不涸”成其特点。大明湖的茫茫烟水，极好地调节着周围的温度，炎炎夏日，漫步湖边，清凉惬意。荡舟湖上，与鸥鸟嬉戏，真是一种美妙的享受。

有水宜养荷。夏天的园林，处处是碧水绿树，需要些花朵点缀，才不至显得单调沉闷，荷花无疑是上佳之选。荷亭亭玉立于水面，高洁脱俗，清香四溢，给人以美好的感官享受和精神寄托。白日观花，夜晚闻香，雨天听声，自是园林胜景。拙政园有两个赏荷之处，一曰“远香堂”，一曰“留听阁”，取名分别源于周敦颐《爱莲说》之“香远益清”和李商隐《宿骆氏亭寄怀崔雍崔衮》之“留得枯荷听雨声”，诗情画意，引人遐思。水中的五色锦鲤，在荷间游来游去，自由自在，让人想到那首著名的乐府民歌《江南》：“江南可采莲，莲叶何田田，鱼戏莲叶间。鱼戏莲叶东，鱼戏莲叶西，鱼戏莲叶南，鱼戏莲叶北。”既充满灵动之趣，又满含“连年有余”的象征意味。

江南文人园林的静水，规模要小得多，但妙在造园家能根据具体环境，创造出活泼泼的动水景。拙政园是以水成名的名园，它采用“高方欲就亭台，低凹可开池沼”的方法，掘地为池，池为园中主景，各式建筑，皆临水而起。最美的是小沧浪水院，大池之水，从五曲桥潺潺流下，经廊桥直达小沧浪斋。此斋两边临水，左、右两条贴水游廊与北面的小飞虹廊桥，构成完整且开敞的流通水院，岸边石矶上灌木葱绿，简直是一幅清凉舒适的水乡写意图。

动人秋色　春华秋实，春天以清新绚丽取胜，秋天则以成熟丰盛悦人。一片红叶，一枚硕果，一掬月光，无不意味悠长。闲来无事，翻阅历代山水小品，发现喜欢秋景的文人似乎比喜欢春景的文人数量为多。传统的园林同样也十分重视秋景的措置和调配。

明末散文家刘侗描绘北京西郊寿安山的景色时曾说："然春之花尚不敌其秋之柿叶。叶紫紫，实丹丹，风日流美，晓树满星，夕野皆火：香山曰杏，仰山曰梨，寿安山曰柿也。"（《水尽头》）在刘侗的眼里，秋山像着了火，红的、黄的、紫的，何等热烈，何等迷人！杜牧也是点染秋色的高手，他轻轻松松地将红叶白云叠加在一起，便画出了秋天的无尽魅力：

远上寒山石径斜，白云深处有人家。
停车坐爱枫林晚，霜叶红于二月花。

——《山行》

清代扬州有一名园净香园，乾隆南巡，扬州著名盐商江春负责接驾，为此兴造多处园林，净香园乃其中之一，此园以林色艳异著称，李斗《扬州画舫录》卷十二这样描绘道："涵虚阁之北，树木幽邃，声如清瑟凉琴。半山槲叶当窗槛间，碎影动摇，斜晖静照，野色连山，古木色变。春初时青，未几白，白者苍，绿者碧，碧者黄，黄变赤，赤变紫，皆异艳奇采，不可殚记。"可以想见这里秋色之缤纷夺目。

除了比春花更加美艳动人的霜叶外，还有"香冠群芳"的丹桂亦怒放于此时，它不以颜色取胜，而以清芬悦人，李清照说它"何须浅碧深红色，自是花中第一流"（《鹧鸪天·暗淡轻黄体性柔》），象征一种超凡脱俗的高洁情操。《楚辞·招隐士》中就有"桂树丛生兮山之幽，偃蹇连蜷兮枝相缭"的句子，象征隐士所居之所。园林多有赏桂之处，上海嘉定之秋霞圃内有丛桂轩，院中遍植百年古桂，每到秋来，香气阵阵，幽雅宜人。

在飒飒西风中盛开的还有灿烂的菊花，历来引起文人雅士的赞美，它不嫌土地的贫瘠，无须特别的呵护，傲霜绽放。它品种繁多，花色绚丽，深受游人的喜爱。晋代陶渊明爱菊成癖，其“采菊东篱下，悠然见南山”的潇洒风仪尤令后人向往。因此，园林中往往都会设有赏菊之景点，如济南的趵突泉公园，每年秋天，千万盆菊花迎霜怒放。人们赏菊，不只是品鉴它的色香，更多的是感受和领悟清高脱俗的气韵与品格。

秋日游园，人们喜欢白天登高望远，夜晚临水观月，以体会秋季那特有的高远与清爽的意境。登高远眺，便会发现视野前所未有的开阔，山山水水，一览无余，南宋文人王质早秋游览东林风光，是这样写的：

> 溪未穷，得支径，西升上数百尺，既竟，其顶隐而青者，或远在一舍外，锐者如簪，缺者如玦，隆者如髻，圆者如璧；长林远树，出没烟霏，聚者如悦，散者如别，整者如戟，乱者如发，于冥蒙中以意命之。水数百脉，支离胶葛，经纬参错，迤者为溪，漫者为汇，断者为沼，涸者为坳。洲汀岛屿，向背离合，青树碧蔓，交罗蒙络；小舟叶叶，纵横进退：摘翠者菱，挽红者莲，举白者鱼；或志得意满而归，或夷犹容与若无所为者。
>
> ——《游东林山水记》

映入眼帘的美好景象，既是一种视觉快感，又是一种感情慰藉；既荡涤了胸中尘滓，又进补了生命元气。当然，有许多园林囿于环境所限，有的只是人工山水，但由于构思巧妙，仍然给人不尽的回味和身心享受，如扬州个园的秋山，它由黄石堆叠而成，高峻突兀，气势非凡，翠绿的松柏与黄褐色的山石相辉映，渲染出浓浓秋意。其主面向西，每当夕阳西下，霞光返照，色彩斑斓夺目。人立山巅亭中，可以鸟瞰全园，红叶黄花，碧水清流，目不暇接。

南宋文学家张孝祥在中秋之夜，曾于洞庭湖中赏月，那是他平生赏过的最美的明月，他总结出，赏月具“四美”，方臻完美。“四美”依次是：中秋月，临水，独往，去人远：

> 月极明于中秋，观中秋之月，临水胜；临水之观，宜独往；独往之地，去人远者又胜也。然中秋多无月，城郭宫室，安得皆临水？盖有之矣，若夫远去人迹，则必空旷幽绝之地。诚有好奇之士，亦安能独行以夜而之空旷幽绝，蕲顷刻之玩也哉。今余之游金沙堆，其具是四美者欤？
>
> 盖余以八月之望过洞庭，天无纤云，月白如昼。沙当洞庭青草之中，其高十仞，四环之水，近者犹数百里。余系船其下，尽却童隶而登焉。沙之色正黄，与月相夺；水如玉盘，沙如金积，光采激射，体寒目眩，阆风、瑶台、广寒之宫，虽未尝身至其地，当亦如是而止耳。盖中秋之月，临水之观，独往而远人，于是为备。书以为金沙堆观月记。
>
> ——《观月记》

中秋之夜的洞庭湖，“天无纤云，月白如昼”，“水如玉盘，沙如金积”，格外澄澈、明净和清爽，令人恍然飞度广寒宫、瑶台仙境，独自面对这广阔无垠的空间，他产生了一种无比庄严圣洁的感觉，尘滓涤荡尽，肺腑似冰雪，精神境界得到极大的净化与升华。

因此临水赏月，向来为园林设计家偏爱，苏州怡园的主厅叫锄月轩，背山面水，面水处，建有赏月平台。天上明月皎洁，水中静影沉璧，令人恍有不知今夕何夕之感，为赏月的上佳之所。扬州瘦西湖徐园后的小金山，是个四面环水的小岛，上有月观，坐西朝东，正对四桥烟雨，于此赏月，顿有远离尘俗、忘却世事烦扰之意。

冬天的园林，寒风萧瑟、池水冻结、山容惨淡，仿佛将要进入梦境一般。虽有松柏、竹林、女贞、冬青等木依然翠绿，但终归缺少层次和变化；虽有山茶、荚蒾、蜡梅等花零星吐艳，但毕竟形单影只，给人以“寒花只暂香”之感。园林如人，经历了春的活泼、夏的盛大、秋的浓郁之后，此刻归于沉静内敛，静思强盛与衰落、繁华与凋零，默默积蓄力量，调整心情，备战下一个精彩轮回。

下编　文献考证篇

关关雎鸠，在河之洲

——《关雎》之“好逑”考论

古人对于“好逑”的解释大致有以下几种：一是“好匹”（即“嘉偶”），《毛传》云：“言后妃有关雎之德，是幽闲专贞之善女，宜为君子之好匹。”① 朱熹同意此说：“好，亦善也。逑，匹也……此窈窕之淑女，岂非君子之善匹乎？”② 二是“和好众妾之怨”，《郑笺》云：“怨耦曰仇。言后妃之德和谐。则幽闲处深宫专贞之善女能为君子和好众妾之怨者，言皆化后妃之德。”③ 郑玄的这一解释得自鲁、齐两家的观点——“言贤女能为君子和好众妾也”“《关雎》有原，冀得贤妃正八嫔。”④《孔疏》则调和以上两种说法，而云：“后妃虽悦乐君子，犹能不淫其色，退在深宫之中，不亵渎而相慢也。后妃既有是德，又不妒忌，思得淑女以配君子，故窈窕然处专贞之善女，宜为君子之好匹也。”⑤

今人对“好逑”一词的解释，大致都继承了《毛传》，认为就是

---

① 《毛诗注疏》卷一，文渊阁四库全书本。

② （南宋）朱熹：《诗集传》卷一，中华书局2011年点校本，第2页。

③ 《毛诗注疏》卷一，文渊阁四库全书本。

④ （清）王先谦：《诗三家义集疏》卷一，中华书局1987年点校本，第9页。

⑤ 《毛诗注疏》卷一，文渊阁四库全书本。

“佳偶”之意，如高亨曰：“逑，配偶。好逑，犹今言‘佳偶’。”① 程俊英曰：“好逑，好的配偶。”② 陈子展亦曰：“好配偶”。③ 逑，同“仇”（逑，鲁《诗》、齐《诗》皆作“仇”），即“伴侣、配偶”意，这是可以确定的。关键是“好”字，是否就是我们今天惯用的“好坏”之“好”呢？下面就此加以辨析。

好，甲骨文写作[illegible]，[illegible]，[illegible]，或[illegible]等，由“女”和“子”组成，“子”，幼儿象形，乃一女子怀抱一婴孩之谓。《说文解字》：“子，十一月阳气动、万物滋。”段玉裁注：“子本阳气动、万物滋之称。万物莫灵于人，故因假借以为人之称。”甲骨卜辞中有这样的句子：

> 庚子卜，壳贞：妇好有子？④
>
> 妇好有子，四月。⑤

其中“妇好”“妇良”皆人名，“子”谓“婴孩”。

“子”既可指男孩，也可指女孩，如《小雅·斯干》：“乃生男子，载寝之床……乃生女子，载寝之地。”在生殖崇拜的远古时代，一个女人怀抱自己的孩子，自是无比喜爱，因此，“好”就是“爱”“十分喜爱”之义，是一种心理感受。当然也可指“可爱的”“心爱的”“喜爱的”。我们发现，《诗》中的“好”，正是如此：

《邶风·日月》：“日居月诸，下土是冒。乃如之人兮，逝

① 高亨：《诗经今注》，上海古籍出版社 1980 年版，第 2 页。
② 程俊英：《诗经译注》，上海古籍出版社 1985 年版，第 5 页。
③ 陈子展：《诗经直解》，复旦大学出版社 1983 年版，第 2 页。
④ 郭沫若等编著：《甲骨文合集》，中华书局 1978—1982 年版，第 13926 页。
⑤ 同上书，第 13927 页。

不相好。”

《邶风·北风》：“惠而好我，携手同行。”

《卫风·木瓜》：“投我以木瓜，报之以琼琚。匪报也，永以为好也。”

《郑风·女曰鸡鸣》：“宜言饮酒，与子偕老。琴瑟在御，莫不静好。”

《唐风·蟋蟀》：“无已大康，职思其居。好乐无荒，良士瞿瞿！”

《唐风·羔裘》：“岂无他人，维子之好！”

《唐风·有杕之杜》：“彼君子兮，噬肯适我？中心好之，曷饮食之？”

《小雅·鹿鸣》：“人之好我，示我周行。”

《小雅·棠棣》：“妻子好合，如鼓琴瑟。”

《小雅·彤弓》：“我有嘉宾，中心好之。”

《小雅·车攻》：“田车既好，四牡孔阜。东有甫草，驾言行狩。”

《小雅·斯干》：“兄及弟矣，式相好矣，无相犹矣。”

《小雅·车舝》：“虽无好友，式燕且喜……式燕且誉，好尔无射。”

《大雅·生民》：“实发实秀，实坚实好，实颖实栗，即有邰家室。”

《大雅·桑柔》：“好是稼穑，力民代食。”

就如《小雅·车舝》中的“好友”并非指“好的朋友”（而是指“亲爱的朋友”）一样，《周南·关雎》之“好逑”解释为“好的配偶”亦不准确，而应该译为“心爱的伴侣”或“心上人”方为妥帖。

《周南·兔罝》中的诗句可为此提供佐证：

> 肃肃兔罝，施于中逵。赳赳武夫，公侯好仇。
>
> 肃肃兔罝，施于中林。赳赳武夫，公侯腹心。

很显然，“好仇”与“腹心”是同样的意思。而“好仇”，与“好逑”是一回事。

由此，我们也容易理解《魏风·葛屦》“好人”的意思了：

> 纠纠葛屦，可以履霜？掺掺女手，可以缝裳？要之襋之，好人服之。
>
> 好人提提，宛然左辟，佩其象揥。维是褊心，是以为刺。

前人在注解这一段时总有些难以自圆其说：既然是善良的“好人”，为何又如此傲慢、冷漠呢？于理不通。其实，这里的“好人”，亦是“心上人”“爱侣”之意，纤弱的女奴冒着严寒为男主人的“爱侣”辛苦缝衣，她却丝毫不加抚慰，表现出不屑一顾的样子！所以诗人忍不住加以讽刺。

今人多以为《周南·关雎》是一首描写青年男女自由恋爱的诗，事实上，主人公不是普通的青年男女，他们亦非自由恋爱。郑玄《诗谱·周南召南谱》曰：“周召者，《禹贡》雍州岐山之阳，地名，今属右扶风美阳县，地形险阻而原田肥美。周之先公曰大王者，避狄难，自豳始迁也。”“文王受命，作邑于丰，乃分岐邦周召之地，为周公旦、召公奭之采地，施先公之教于己所职之国。武王伐纣定天下，巡守述职，陈诵诸国之诗，以观民风俗，六州者，得二公之德教尤纯，故独录之，属之大师，分而国之。其得圣人之化者，谓之《周南》；得贤人之化者，谓之《召南》，言二公之德教自岐而行于南国也。”[①] 的确如此，《周南》《召南》诸篇如《关雎》《葛覃》《鹊巢》《采蘩》等，俱见身家之显赫，所咏之事，亦与当时礼制密切相关。孔子说：“汝为《周南》《召南》矣乎？人而不为《周南》《召南》，其犹正墙面而立与?!”在周代，“钟鼓”，乃王者之乐，《诗》中凡九见，除《关雎》外，八见于《雅》《颂》。《小雅》之《白华》写周后失宠之落寞，《彤弓》写飨礼之乐，《宾之初宴》写大射之礼，《大雅》之《灵台》写王之游乐，《鼓钟》写昭王南征，《小雅・楚茨》《周颂・有瞽》与《商颂・那》写王者祭祀。王国维《观堂林集・释乐次》曰：“凡金奏之乐，天子诸侯用钟鼓。大夫、士，鼓而已。”此诗有“钟鼓乐之”之语，应是写王室结百年之好情事。朱熹认为《关雎》乃写文王、太姒情事：“周之文王，生有圣德，又得圣女姒氏以为之配。宫中之人于其始至，见其有幽娴贞静之德，故作是诗。”[②] 诗中的“窈窕淑女”便是这些女子美丽善良，秉承良好的教养。各诸侯之家能娶到她们，亦感到无上幸福和荣光。

关于《关雎》中的“雎鸠”，《尔雅・释鸟》解释曰：“雎鸠，王鸱。”郭璞注云：“雕类，今江东呼之为鹗，好在江渚山边食鱼。”1978年河南临汝阎村（今河南省汝州市纸坊镇纸北村）出土的一件仰韶文化陶罐上有这样一幅图案：一只鱼鹰类的鸟，叼了一条鱼。这反映出古人的生殖崇拜情结。《诗》中有很多篇目提到鱼与鸟，且鱼和鸟往往一起出现。闻一多在《说鱼》一文中指出《诗》里的鱼和鸟，皆为性的象征，暗示男女关系，《关雎》正是如此：“关关雎鸠，在河之洲。窈窕淑女，君子好逑。”前两句说鱼鹰捕鱼，后两句讲男女之事，诗人由鱼和鸟引发出两性之爱。身为南国诸侯（之子）的

---

① （东汉）郑玄：《诗谱》卷首，四库全书本。

② （南宋）朱熹：《诗集传》卷一，中华书局2011年点校本，第2页。

“君子”，与周室之女约为婚姻，他的人生将揭开崭新的一页，那位美丽娴雅的妙龄女子令他朝思暮想、魂不守舍。然而，此刻他却无法亲近她、得到她，因为按照周礼，“妇人先嫁三月，祖庙未毁，教于公宫；祖庙既毁，教于宗室。教以妇德、妇言、妇容、妇功。教成（祭）之（祭），牲用鱼，芼之以蘋、藻，所以成妇顺也”①。《召南》中《采蘋》便是写贵族少女出嫁前采水菜以主祭祀之诗：

> 于以采蘋？南涧之滨。于以采藻？于彼行潦。
> 于以盛之？维筐及筥。于以湘之？维锜及釜。
> 于以奠之？宗室牖下。谁其尸之？有齐季女。

这位端丽少女，怀着虔敬之心从水中采来蘋、藻，放进筐里，然后煮熟，用作祭品……郑玄《笺》曰：“此祭女所出祖也。法度莫大于四教，是又祭以成之，故举以言焉。蘋之言宾也，藻之言澡也，妇人之行尚柔顺、自洁清，故取名以为戒。”② 王先谦解曰：“祭礼，主妇设羹，将嫁时，先使习之。推本言之，知其必能循法度以成妇礼也。《召南》大夫之妻，娶异国之女，推其在家教成而祭之时而言。《左传》：‘济泽之阿，行潦之蘋藻，寘诸宗室，季兰尸之，敬也。’正释此诗。”③ 因此，我们有理由推断，《关雎》中“参差荇菜，左右流之”“参差荇菜，左右采之”“参差荇菜，左右芼之”等场景，其实都是“君子”对自己心上人（未婚妻）出嫁前供祭活动的想象，“一日不见，如三秋兮”，尚有三月才能娶进门来，着实令男主人公望眼欲穿、神魂不安：“求之不得，寤寐思服。

① 《礼记・昏义》，《周礼・仪礼・礼记》，岳麓书社 1989 年点校本，第 537 页。
② 《毛诗注疏》卷一，文渊阁四库全书本。
③ （清）王先谦：《诗三家义集疏》卷二，中华书局 1987 年点校本，第 83 页。

优哉游哉，辗转反侧。”至于后面的“窈窕淑女，琴瑟友之”“窈窕淑女，钟鼓乐之”的情境，亦是“君子”对即将到来的与心上人共结百年之好的幸福幻想。不久心上人就会来到身边，他抑制不住内心的欣悦之情，到时候，他们将举办盛大庄严的婚礼，他要用优美隆重的音乐来赞美她、迎接她。

荟兮蔚兮，南山朝隮

——《诗经·曹风·候人》主题考论

周时的曹地，在今山东省西南部之菏泽、定陶、曹县一带，位于齐、晋两国之间，是一个小国。《诗经》所录《曹风》共四篇，其中《候人》一诗，前人有不同说法，但都不能令人信服。今依据各种文献资料，重新加以考辨诠释。

彼候人兮，何戈与祋。彼其之子，三百赤芾。
维鹈在梁，不濡其翼。彼其之子，不称其服。
维鹈在梁，不濡其咮。彼其之子，不遂其媾。
荟兮蔚兮，南山朝隮。婉兮娈兮，季女斯饥。

——《曹风·候人》

关于此诗之旨，有几种代表性的说法：

1.《序》云："刺小人也。共公远君子而好近小人焉。"[①] 毛《传》、郑《笺》、孔颖达《正义》、朱熹《诗集传》皆认同这一见解。他们认为，肩扛戈与祋（一种用竹或木制成的杖）在道路上执勤的候

① 《毛诗注疏》，《四库全书》第69册，上海古籍出版社1987年影印本，第400页。

人，象征才德兼备的贤人君子，他沉沦下僚，不得重用；而“彼其之子，三百赤芾”，则代表扬扬得志、为数众多的小人。“不称其服”，是指小人们不配穿如此华贵的官服；“不遂其媾”，乃指小人们不会长久得到君主的宠幸。关于该诗的末尾四句，毛《传》是这样阐释的：“小云在南山而朝升，不能兴为大雨，则岁不熟，而幼弱者饥，犹国之无政令，则下民困病矣。”①

2. 高亨《诗经今注》云：“这是一首同情下级小吏，谴责贵族官僚的讽刺诗。”② 认为诗中的“季女”，是先被大官霸占后被抛弃的贫家少女，这个少女似即候人的女儿。

3. 郭沫若《中国古代社会研究》云：“这当然是讥诮那暴发户才做了贵族的人。这些由奴民伸出头来的人，在旧社会的耆宿眼里看来，当然是说他不配的。”③ 程俊英、蒋见元《诗经注析》同意这一观点。④

要弄清《候人》之意蕴，我们须先弄清诗中的关键一句：“彼其之子，三百赤芾。”

“彼其之子”，除在《诗》之《曹风·候人》中出现外，还存于以下四篇中：

1.《王风·扬之水》：

扬之水，不流束薪。彼其之子，不与我戍申。怀哉怀哉！曷月予还归哉！

扬之水，不流束楚。彼其之子，不与我戍甫。怀哉怀哉！曷月予还归哉！

---

① 《毛诗注疏》，《四库全书》第69册，上海古籍出版社1987年影印本，第400—401页。

② 高亨：《诗经今注》，上海古籍出版社1980年版，第194页。

③ 郭沫若：《中国古代社会研究》，人民出版社1977年版，第144页。

④ 程俊英、蒋见元：《诗经注析》，中华书局1991年版，第396页。

扬之水，不流束蒲。彼其之子，不与我戍许。怀哉怀哉！曷月予还归哉！

2.《郑风·羔裘》：

羔裘如濡，洵直且侯。彼其之子，舍命不渝。

羔裘豹饰，孔武有力。彼其之子，邦之司直。

羔裘晏兮，三英粲兮。彼其之子，邦之彦兮。

3.《魏风·汾沮洳》：

彼汾沮洳，言采其莫。彼其之子，美无度。美无度，殊异乎公路。

彼汾一方，言采其桑。彼其之子，美如英。美如英，殊异乎公行。

彼汾一曲，言采其萎。彼其之子，美如玉。美如玉，殊异乎公族。

4.《唐风·椒聊》：

椒聊之实，蕃衍盈升。彼其之子，硕大无朋。椒聊且，远条且。

椒聊之实，蕃衍盈匊。彼其之子，硕大且笃。椒聊且，远条且。

毛《传》对“彼其之子”未做解释。郑《笺》曰：“之子，是子也……其，或作记，或作己，读声相似。”① 陆德明云：“其，音记，

① （东汉）郑玄：《郑笺》，文渊阁《四库全书》本。

诗内皆放此。或作己，亦同。”[①] 朱熹云：“其，语助词。”[②] 马瑞辰在《毛诗传笺通释·扬之水》中亦云：

> 《笺》：“其，或作记，或作已，读声相似。”瑞辰按《嵩高》《笺》：“辺，声如彼记之子之记。”《叔于田》《笺》：“忌，读如彼已之子之已。”《表记》引《候人》云：“彼记之子，三百赤芾。”《释文》：“记，本亦作已。”《史记》《韩诗外传》、颜师古《汉书》注、李善《文选》注，俱引《诗》“彼已之子”，是《笺》“或作记，或作已”之证。其，又读姬（《尚书·微子》：“若之何其。”郑注：“其，语助也，齐鲁之间声近姬。”）姬，通作距（《礼记·檀弓·郑注》：“居，读如姬姓之姬。”）束皙《补亡诗》“彼居之子”即《诗》之“彼其之子”也，李注解为居处之居，失之。彼者对已之称。其，语词，犹《论语》“彼哉彼哉”、《左传》“夫已氏”也。

在《诗经》中，与“彼其之子”相同的句式是《王风·丘中有麻》中的“彼留之子”，马瑞辰《毛诗传笺通释·丘中有麻》云：“留、刘古通用。薛尚功《钟鼎款识》有刘公簠，《积古斋钟鼎款识》作留公簠。”“彼留之子”，意为“那位刘氏之子”。以此类推，“彼其之子”，意为“那位其氏之子”。男女皆可称为“子”，《仪礼·丧服》郑注云：“凡言子者，可以兼男女。”例如，上面所举《王风·丘中有麻》中的“彼留之子”，为男子，指刘家的儿子；而《卫风·硕人》中的“齐侯之子”，则为女子，指齐庄公的女儿。

---

① （唐）陆德明：《毛诗音义》，《四库全书》第69册，上海古籍出版社1987年影印本，第274页。

② （南宋）朱熹：《诗集传》，吉林人民出版社1999年版，第67页。

“彼其之子”，在其他典籍中有些异文，《左传·僖公二十四年》引《曹风·候人》作“彼己之子，不称其服”；《左传·襄公二十七年》及《晏子春秋·内篇杂集上·第三章》引《郑风·羔裘》均作“彼己之子”；《韩诗外传》引《郑风·羔裘》《魏风·汾沮洳》均作“彼己之子”。古有“己氏”，《左传·文公八年》载：“穆伯如周吊丧，不至，以币奔莒，从己氏焉。”杜预注：“己氏，莒女。”《左传·文公十四年》又载：“穆伯之从己氏也，鲁人立文伯。穆伯生二子于莒，而求复。文伯以为请，襄仲使无朝听命，复而不出。”同在《左传·文公十四年》又载：“齐公子元不顺懿公之为政也，终不曰公，曰‘夫己氏’。”

出土文物表明，历史上有过曩国（亦作其国，二者为同一个国家），“曩”的本字是“其”，甲骨卜辞作“[illegible]”，金文作“[illegible]”，是“簸箕”之“箕”的象形字。殷代曩字作[illegible]，上面的“己”，是后来加上去的，用来表读音的，即曩读如“己”。曩，有时亦作己，就是说，曩国、其国、己国，其实是同一个国家。1969 年，山东省烟台市上夼村发掘了一座西周古墓，其中有两只铜鼎，一为《曩侯鼎》，一为《己华父鼎》，两件铜器在同一个墓中出现，足以证明“曩”和“己”是同一个国家。① 曩人在殷代武丁时期已地位显赫，这从 1976 年河南省安阳市殷墟妇好墓中出土的 21 件“亚其”铜器可见一斑。根据近人的研究，商代甲骨、金文上常见的加在国族名、人名前的“亚”字，乃一种武职官名，担任此官职之人通常为诸侯，地位在一般诸侯之上，因此可断定，“亚其”当为商代一颇为得势之诸侯，这种显赫一直延续到整个西周及春秋早中期，这从 1951 年、1969 年、

① 李步青：《烟台市上夼村出土曩国铜器》，《考古》1983 年第 4 期。

1983 年陆续在山东省黄县、寿光县等地出土的大量㠱（己）国铜器可以得到证实①：春秋初年，㠱国有女子嫁为王妇（王，指周天子），《王妇㠱孟姜旅匜》，铭文曰：“王妇㠱孟姜作旅匜，其万年眉寿用之。”属于西周晚期到春秋早中期这段时期里的㠱国铜器，很大一部分都是为女子而制作的，如《己侯乍姜縈簋》：“己侯□□姜□子子孙孙永宝用。”《己侯鬲》：“己侯乍姜縈簋子=孙其永宝用。”《㠱侯作㠱井姜簋》：“㠱侯作㠱井姜妢母媵簋，其万年子=孙=永宝用。”《㠱公壶》：“㠱公乍为子弔叔姜□盥壶瀿眉寿万年，永宝其身，它配熙，受福无碁期，子孙永宝用之。”《㠱甫夫人匜》：“㠱甫人余，余王□叡孙，兹作宝匜，子=孙=永宝用。”《㠱白庭父盘》：“㠱白庭父媵姜無䤈盘。”……或为女儿出嫁随带之礼器，或为自家日常生活用品，从一个侧面反映出㠱氏家族显赫的贵族地位，以及㠱氏女子在家族中地位的优宠。的确，㠱氏女子不是平凡女子，她们散布各地，总是受到赞美和爱慕：在《魏风·汾沮洳》中，那位毫无贵族架子、亲自采摘野菜的㠱氏女子，实在是“美无度，美无度”，她的行为“殊异乎公族”——与司空见惯的公族之女判然有别！《王风·扬之水》中的“彼其之子”，是诗中男主人公的新婚妻子，诗人刚刚与她结为百年之好，却被派往异地戍守，所以他发出“怀哉怀哉！曷月予还归哉”的深情呐喊；那《唐风·椒聊》中的“彼其之子”，是一位身材高大、品德笃厚的女子，诗人赞美她能够令夫家人丁兴旺、繁衍不绝……

“三百赤芾”，毛《传》云：“芾，韠也……大夫以上赤芾乘轩。”郑《笺》云：“之子，是子也，佩赤芾者三百人。”孔颖达注疏云：

① 王献唐：《山东古国考》，齐鲁书社 1983 年版，第 116—128 页；另参见季旭升《诗经古义新证》，学苑出版社 2001 年版，第 158—169 页。

“彼曹朝上之子三百人皆服赤芾。”[①] 且引《左传·僖公二十八年》之晋文公“入曹，数之，以其不用僖负羁，而乘轩者三百人也”，就是说，曹国朝廷上有三百个大夫。一方面，我们知道，早在《左传·僖公二十四年》中，已引《曹风·候人》“彼其之子，不称其服”诗句、引《小雅·小明》“自诒伊慼”诗句，按理说，《曹风·候人》的产生年代应该较早，或者说，诗中所写“三百赤芾”与“乘轩者三百人”并无关联。另一方面，一个小小的曹国，竟然拥有三百个大夫，真是件不可思议的事情。魏源《诗古微·十》云：“左氏不言乘轩者何人，毛《传》谓‘大夫以上’。诸侯之制，夫小国皆大夫五人，以蕞尔之曹，即兵车且未必三百乘，而有此乘轩赤芾之大夫，十倍王朝之数（天子二十七大夫），则尽国赋所入，不足供其半，何待晋师之入乎？”接下来魏氏又分析道：“凡经言芾、言韨、言韠、言韐，皆是蔽膝。女之巾，犹男之韐，皆茅蒐染韦为之，其色赤黄，故《东门》诗之茹藘，即女之赤芾也。”我们在出土的青铜器上往往能看到天子赏赐臣下“市”“赤市”“黼市”等，例如，制造于西周昭王时期的《静方鼎》，上面刻有铭文：“王曰：静，赐汝鬯、旂、市、采䍙，曰用事。”[②] 再如西周晚期的《师克盨》，上面写有：“王若曰：师克，丕显文武，膺受大命，匍有四方……赐汝秬鬯一卣、赤市、五黄、赤舄……朱旂、马四匹……”[③] 另如春秋晚期的《子犯编钟》，上面写有：“王赐子犯辂车、四駐、衣裳、黼市、佩。”[④] 这里的“市”，就是《候人》一诗中的“芾”，《说文·市部》 “芾”作

① 《毛诗注疏》，《四库全书》第69册，上海古籍出版社1987年影印本，第400—401页。

② 张懋镕：《静方鼎小考》，《文物》1998年第5期。

③ 杨晓能：《美国圣路易市私藏师克盨的再考察》，《考古》1994年第1期。

④ 刘雨等编著：《近出殷周金文集录》，中华书局2002年版，第13页。

“市”：“市，韠也，上古衣蔽前而已，市以象之。”又《韦部》：“韠，韨也，所以蔽前。”芾或赤芾，并非仅为男子所穿着，洛阳东郊西周墓葬出土的两个玉人，皆系女性，她们腰下腹前都系有一条宽巾，即所谓“芾”。[①] 在《诗经》里，言及女子腹前之巾的地方自是不少，除了前面提到的《郑风·出其东门》中的“缟衣茹藘”外，再如《召南·野有死麕》：“舒而脱脱兮！无感我帨兮！无使尨也吠！”帨，即“芾”也。马瑞辰曰：“古以佩巾为帨，《内则》‘左佩纷帨’是也。亦以缡为帨，《东山》诗‘亲结其缡’，毛传‘缡，妇人之袆’，又引《士昏礼》‘施巾结帨’；《尔雅》‘妇人之袆谓之缡’，孙炎注‘袆，帨巾也’是也。《内则》‘女子生，设帨于门右’及此诗‘无感我帨’，帨皆为缡，因其为女子出嫁时所结，故重言之，非佩巾也。缡为妇人之袆，袆即蔽膝；一名大巾，故又通名帨。”[②] 依马氏之说，诗中之“帨”，应是蔽膝，为女子出嫁时所结之物。女子对男方说：“举止文雅些啊！不要动我的蔽膝！不要惹得狮子狗叫起来！”《豳风·东山》：“亲结其缡，九十其仪。”缡，蔽膝的带子。《小雅·采绿》：“终朝采蓝，不盈一襜。”毛《传》：“衣蔽前谓之襜。”陆德明《音义》：“襜，尺占反。郭璞云：‘今之蔽膝。’”

周人结婚所用的蔽膝是什么颜色的呢？是红色的，据《仪礼·士昏礼》载，迎亲时女子“纯（缁）衣纁袡”，即新娘身穿黑色上衣，腰下系着红色蔽膝。纁，红色。《尔雅》云：“一入谓之縓，再入谓之赪，三入谓之纁，朱则四入与？”也就是说，将织物放入红色染液中，以浸染次数的多少而得到不同的染色效果：一染而成水红或桃红（縓、韎），二染而成石榴红（赪、缙），三染而成绛红（纁、赤、彤、

① 沈从文：《中国古代服饰研究》，上海书店出版社2002年版，第40—42页。
② 马瑞辰：《毛诗传笺通释》，中华书局1989年版，第100页。

缇)，四染而成大红（朱、绛)。“商周时期，大量应用矿物颜料和植物颜料，颜料与纤维并不发生染色的作用，只是物理性的沾染，即使植物燃料，虽然能和丝麻纤维发生染色反应，但与纤维的亲和力比较低，浸染一次，只有少量染料染在纤维上，着色不深。要染成浓艳的颜色，就必须反复多次浸染。在两次浸染之间，将纤维晾干，后一次浸染时就能吸收更多的染料。”① “纁襜”，正可解为“赤芾”。周时尚黑红，“纳征”时亦是“玄纁束帛”。

贵族之家会为待字闺中的女儿准备好丰厚的嫁妆，这其中自然包括红色的蔽膝。《曹风·候人》中这位妙龄的曩氏之女便拥有“三百赤芾”，三百，是约数，极言其多。但她的意中人“候人”，却是个“何戈与祋”、终日在道路上奔波劳碌的下等小吏，他们之间地位的悬殊不言自明。《周礼·地官·媒氏》：“中春之月，令会男女。于是时也，奔者不禁。”而在一年的其他时段，男女的结合必须明媒正娶。《齐风·南山》：“析薪如之何，匪斧不克。取妻如之何，匪媒不得。”《豳风·伐柯》：“伐柯如何，匪斧不克。取妻如何，匪媒不得。”《卫风·氓》：“匪我愆期，子无良媒。将子无怒，秋以为期。”可见，尽管齐、豳、卫各地相距遥遥，但在结婚需要媒人这一点上是非常一致的。《礼记·曲礼》云：“男女非有行媒，不相知名。”“非受币，不交不亲。”《礼记·坊记》：“男女无媒不交，无币不相见。”重视门当户对，否则不予考虑。《国语·越语上》记载，吴打败越国，越派大夫种前往吴国求和，种说：“愿以金玉、子女赂君之辱，请勾践女女于王，大夫女女于大夫，士女女于士。”从这一史料中我们可知当时嫁娶时门第观念之严格。

---

① 陈维稷：《中国纺织科学技术史》，科学出版社 1984 年版，第 84 页。

由媒人代男方向女家提亲后，女家认为比较合适，才有可能开始实行“六礼”，即《仪礼·士昏礼》所言的纳采、问名、纳吉、纳征、请期、亲迎。纳采，即由男方向女家送一象征性的礼物——通常是一只雁，表示一个家族向另一家族要求建立婚姻关系。问名，是男方询问女子的姓氏等以占卜吉凶。纳采在先，问名在后，正可说明家庭婚姻较之两个人之间的结合更为重要，必是两家同意结姻后才得以顾及询问女子私名进行占卜，看两人是否合适。纳吉，是男方卜得吉辞后到女家报喜。纳征，即订婚，要送较重的聘礼，聘礼一般用币帛。请期，是男方选定完婚的良辰吉日，到女家请求同意。亲迎，即迎亲，由新郎到女家迎接新娘，一同返家。次日清晨，新娘拜见舅姑（公婆）。《卫风·氓》：“不见复关，泣涕涟涟。既见复关，载笑载言。尔卜尔筮，体无咎言。以尔车来，以我贿迁。”《齐风·著》：“俟我于著乎而，充耳以素乎而，尚之以琼华乎而！”《小雅·车舝》：“高山仰止，景行行止。四牡骓骓，六辔如琴。觏尔新昏，以慰我心。”《大雅·大明》：“文王嘉止，大邦有子。大邦有子，伣天之妹。文定厥祥，亲迎于渭。”这些诗篇描写了“六礼”中“问名”“亲迎”等景象。

《候人》之诗，在第一段就将男女主人公对举，形象地描绘出他们家世背景之悬殊，为他们婚事化为泡影的结局埋下伏笔。第二、第三两段可以参照来读。鹈鹕是一种水鸟，它的长嘴与众不同，下嘴壳连接着一个“大口袋”，好像自备的渔网，可以随时用来捞鱼，是首屈一指的捕鱼高手，故《庄子·外物》篇云：“鱼不畏网而畏鹈鹕。”古人有强烈的生殖崇拜情结，常以鸟类捕鱼的意象象征两性结合（以鱼多子象征结婚生子、多子多福）。1978 年在河南临汝阎村（今河南省汝州市纸坊镇纸北村）出土的一件仰韶文化陶罐上有这样一幅图案：一只长着长嘴的鹈鹕类的鸟，叼着一条鱼。《诗经》中有很多篇目提到鱼和鸟，且鱼和鸟往往一起出现。闻一多《说鱼》一文指出，《诗经》中鱼和鸟的出现，皆为性的象征，暗示男女关系。《候人》第二、第三段反复言及鹈鹕站在河堤上，不曾沾湿翅膀和嘴巴：

维鹈在梁，不濡其翼。彼其之子，不称其服。

维鹈在梁，不濡其咮。彼其之子，不遂其媾。

这只鹈鹕站在高高的河堤上，无法接触到鱼，因为鱼在水中。本诗开头一段，曾描写候人肩负着戈祋在道路上辛苦执勤，而曩氏女子出身豪门、家世显赫。两种描述，虚实相对，形成巧妙的衬托，候人对这桩婚事实在无能为力。“不称其服”，注者皆认为是“不配穿如此尊贵的衣服”之意，如郑《笺》：“云不称者，言德薄而服尊。”孔《疏》：“其人无德，不能称其尊服。”① 高亨《诗经今注》云：“不配穿那种官服。”② 事实上，“称”，是“称心如意”之“称”，满足也；“服”乃“寤寐思服”之“服”，思念也、心愿也。如《庄子·田子方》：“吾服女也甚忘，女服吾也亦甚忘。”这里的“服”，即思存、向往之义。“不称其服”与“不遂其媾”的意思是一样的，都是指曩氏女子没能如愿以偿地与候人结合。

诗的结尾一段，诗人采用“虹”这一古老而神秘的意象来表现曩氏女子对爱情的无限渴慕：“荟兮蔚兮，南山朝隮。婉兮娈兮，季女斯饥。”南山上云雾升腾，一道彩虹悬挂天际。美丽少女何其曼妙，她如饥似渴地盼望爱人的出现。先秦之人一向有种根深蒂固的迷信意识，认为虹是天上的一种动物，蛇类。天上出虹，是这种动物雌雄交

---

① 《毛诗注疏》，《四库全书》第69册，上海古籍出版社1987年影印本，第401页。

② 高亨：《诗经今注》，上海古籍出版社1980年版，第195页。

配的呈现。色明者是雄虹，色暗者是雌虹，二者相互依偎。《释名》“虹”下云：“虹又曰美人。阴阳不和，昏姻错乱，淫风流行，男美于女，女美于男，互相奔随之时，则此气盛。”《鄘风·蝃蝀》用虹出现于天来叙述一个女子的私奔行为：

> 蝃蝀在东，莫之敢指。女子有行，远父母兄弟。
> 朝隮于西，崇朝其雨。女子有行，远兄弟父母。
> 乃如之人也，怀昏姻也。大无信也，不知命也。

《候人》与《蝃蝀》诗中都出现了“朝隮”一词。朝，早上。隮，虹。陈启源《毛诗稽古编》云：“螮（蝃）蝀在东，暮虹也。朝隮于西，朝虹也。暮虹截雨，朝虹行雨，屡验皆然。虽妇女儿童皆知也。”朝虹行雨，两诗都用“朝虹”意象表现男女情事。在《诗经》中，不止虹，像云、雨、雷等天象，亦皆与男女情事有关，如《召南·殷其雷》：“殷其雷，在南山之阳。何斯违斯？莫敢或遑。振振君子，归哉归哉！”《邶风·谷风》：“习习谷风，以阴以雨。黾勉同心，不宜有怒。”《郑风·风雨》：“风雨凄凄，鸡鸣喈喈。既见君子，云胡不夷。”很显然，《候人》中的“季女斯饥”，绝非如毛《传》说的由于缺少食物而导致的饥饿，而是《周南·汝坟》“未见君子，惄如调饥”之饥。

综上所述，我们可以得出结论，《曹风·候人》不是一首政治诗，其旨不在讥刺国君亲小人、远贤臣，亦非谴责贵族官僚的无才无德，亦与暴发户的应运而生、深受敌视无甚关联，而是一首爱情诗，它十分娴熟地运用象征、衬托、比喻等手法，来表现候人与贵氏女子因地位悬殊而不能有情人终成眷属的爱情悲剧，对锦衣华服下女主人公的孤寂悲凉给予深切同情，一唱三叹而又含蓄隽永，是一篇上乘之作。

正是江南好风景

——《江南逢李龟年》作者考

“岐王宅里寻常见，崔九堂前几度闻。正是江南好风景，落花时节又逢君。”《江南逢李龟年》这首脍炙人口的七绝，被公认为出自唐代大诗人杜甫之手，俨然是无可争辩的事实。

晚唐郑处诲《明皇杂录》载：“唐开元中，乐工李龟年、彭年、鹤年兄弟三人，皆有才学盛名。彭年善舞，龟年、鹤年能歌，尤妙制《渭川》，特承顾遇……其后龟年流落江南，每遇良辰胜赏，为人歌数阕，座中闻之，莫不掩泣罢酒。则杜甫尝赠诗所谓：岐王宅里寻常见，崔九堂前几度闻。正是江南好风景，落花时节又逢君。崔九堂，殿中监涤、中书令崔湜之第也。”① 另一晚唐人范摅《云溪友议》所载大致相同：“明皇幸岷山，百官皆窜辱，积尸满中原，士族随车架也……唯李龟年奔迫江潭，杜甫以诗赠之曰：‘岐王宅里寻常见，崔九堂前几度闻。正是江南好风景，落花时节又逢君。’龟年曾于湘中采访使筵上唱‘红豆生南国，秋来发几枝。赠君多采撷，此物最相思’，又‘清风明月苦相思，荡子从戎十载余。征人去日殷勤嘱，归

① 郑处诲：《明皇杂录》，上海古籍出版社编《唐五代笔记小说大观》，上海古籍出版社2000年版，第962页。

雁来时数附书。’此词皆王右丞所制，至今梨园唱焉。歌阕，合座莫不望行幸而惨然。”①

受《明皇杂录》和《云溪友议》的影响，宋代研杜学者多裁定《江南逢李龟年》的作者为杜甫，如《九家集注杜诗》《分门集注杜工部诗》、黄鹤《补注杜诗》、蔡梦弼《集注杜工部草堂诗笺》《杜诗赵次公先后解》等都将此诗归于杜甫名下。今天的学者，一般将其定为大历五年（770）杜甫流寓潭州（今湖南省长沙市）时的作品。然而，事实果真如此吗？

一

对《江南逢李龟年》作者之为杜甫的怀疑，其实古代早就有人提出过：

南宋胡仔《苕溪渔隐丛话》卷十四云：“此诗非子美作，岐王开元十四年薨，崔涤亦卒于开元中，是时子美方十五岁。天宝后，子美未尝至江南。”明人胡震亨《唐音癸签》完全同意胡仔的观点，认为《江南逢李龟年》为“他人诗无疑”。清人沈德潜编《唐诗别裁集》卷二十论及此诗，也曾说：“含意未申，有案未断。”

据史书记载，天宝十五年（756）唐玄宗从延秋门弃城西逃奔蜀。于至德二年（757），唐玄宗由成都返回长安。范摅《云溪友议》所云“合座莫不望行（有本作“南”，误）幸而惨然”②，“望行幸”当

① 范摅：《云溪友议》，上海古籍出版社编《唐五代笔记小说大观》，上海古籍出版社2000年版，第1290页。

② 同上书，第1291页。

发生在唐玄宗逃难在外一年半的这个时间段，断不至于在唐玄宗回到长安后，众人盼望他行幸湖湘。而在这段时间内，杜甫先是被安史叛军俘虏，后来逃出后直奔肃宗即位的甘肃灵武，待两京收复后，随肃宗朝班回长安。在此期间，杜甫未曾到过湖湘。他流落湖湘是在大历三年（768）之后的事。因此，郑氏范氏笔记小说所言“杜甫以诗赠之”云云，乃属无稽之谈。

杜甫与李龟年在开元年间是否曾有过密切往来？现有的史料无法证实，先不说密切不密切，甚至连他们是否有过一次交集，都无迹可求。一般的学者，往往会引用杜甫《壮游》中的两句诗作为旁证：“斯文崔魏徒，以我似班杨。”在“崔魏”之下，诗人自注曰：“崔郑州尚，魏豫州启心。”学者们于是想当然地认为，开元初，岐王李范在东都洛阳有尚善坊，中书令崔湜之弟殿中监崔涤亦在东都遵化里有豪宅，杜甫既然在十四五岁时以诗才受到郑州刺史崔尚和豫州刺史魏启心的赏爱，势必崔、魏二人会将杜甫带到李范和崔涤的府上聆听李龟年演唱……然而，2002 年洛阳出土的《崔尚墓志》［《唐故陈王府长史崔府君（尚）志文》］对崔尚一生所历官职记述甚详，却并不载其曾为郑州刺史。该墓志载崔尚曾“出牧东平郡”，东平郡即郓州，疑“郑州”即“郓州”，因形近而致误。而新出土的开元二十一年（733）《唐故冀州刺史姚府君夫人弘农郡郡杨氏墓志铭》，作者自题“太子中舍魏启心撰”。又有新出土的石刻拓片《大唐故河南府泗水县尉长乐冯君墓志铭并序》，据此墓志铭内容，知其作于开元二十六年（738），作者自题“庆王府司马魏启心撰”。在开元二十六年时，魏启心尚为庆王府司马。《壮游》或其他诗篇中，杜甫曾无片言只字涉及崔、魏二人曾将自己引荐给李范、崔涤等，更不曾提及自己与音乐家李龟年有过任何往来。

可以说，在杜甫现存的所有作品中，找不到任何有关他与岐王（李范）、崔九（涤）、李龟年等人相识的记载。因此，晚唐人将《江南逢李龟年》定为杜甫，是没有根据的。

二

开元年间，在音乐舞台上与李龟年旗鼓相当且经常一同出入王府豪贵之家的是当时著名青年诗人王维。《旧唐书·王维传》曰："维以诗名盛于开元天宝间，昆仲游两都，凡诸王、驸马豪右贵势之门，无不拂席迎之，宁王、薛王待之如师友。"① 唐李肇《唐国史补》载："人有画《奏乐图》，维熟视而笑。或问其故，维曰："此是《霓裳羽衣曲》第三叠第一拍。好事者集乐工验之，一无差谬。"② 《旧唐书》《新唐书》《唐才子传》竞相转引。唐薛用弱《集异记》更是详细记载了开元八年（720）前后王维因娴于音律而深受岐王及玉真公主（玄宗胞妹）赏爱的情景："王维右丞，年未弱冠，文章得名。性娴音律，妙能琵琶，游历诸贵之间，尤为岐王之所眷重……维妙年洁白，风姿都美，立于前行。公主顾之，谓岐王曰：'斯何人哉？'答曰：'知音者也。'即令独奏新曲，声调哀切，满座动容。公主自询曰：'此曲何名？'维起曰：'号《郁轮袍》。'公主大奇之。岐王曰：'此生非止音律，至于词学，无出其右。'公主尤异之，则曰：'子有所为文乎？'维即出献怀中诗卷。公主览读惊骇，曰：'皆我素所诵习者。

① （五代）刘昫：《旧唐书·王维传》，中华书局 1975 年版，第 5052 页。

② 李肇：《唐国史补》，上海古籍出版社编《唐五代笔记小说大观》，上海古籍出版社 2000 年版，第 164 页。

常谓古人佳作，乃子之为乎？’因令更衣，升之客右。维风流蕴藉，语言谐戏，大为诸贵之所钦瞩。”①

王维举止潇洒，其精湛的琵琶演奏，让公主及在场的所有听众如醉如痴……当时，乐坛另一才子李龟年亦颇受岐王青睐，据唐冯贽《云仙杂记·辨琴秦楚声》载：“李龟年至岐王宅，闻琴声，曰：‘此秦声。’良久，又曰：‘此楚声。’主人入问之，则前弹者，陇西沉妍也；后弹者，扬州薛满。二妓大服，乃赠之破红绡、蟾酥麨。龟年自负，强取妍秦音琵琶，捍拨而去。”可以想见，同为深受岐王赏爱的音乐家，王维和李龟年都是岐王宅里的常客。

三

那么，王维是否到过江南？他是否在江南遇到过李龟年？答案是肯定的。

李龟年是岐王府上的常客。岐王李范于开元十四年（726）去世。大约在此之后，李龟年有过漫游江南的经历。

在王维的一生中，他曾两次到过江南。第一次是转官吴越，时间是开元十五年（727）他离开济州返长安后不久。

宋末元初邓牧《伯牙琴》中《自陶山游云门》一文中写道：“涉溪水，是亭榜曰‘云门山’。山为唐僧灵一、灵澈居。萧翼、崔颢、王维、孟浩然、李白、孟郊来游，悉有题句。遐想其一觞一咏，固亦如我辈今日，斯人皆归尽也……”据考证，灵一、灵澈确居云门山之

① 薛用弱：《集异记》，《虞初志》卷一，明刻本。

云门寺，李白、孟浩然、萧翼、崔颢都曾来此盘桓并留下诗作。因此，邓牧云王维来此游览，定不为虚。王维集中的《西施咏》："艳色天下重，西施宁久微。朝为越溪女，暮作吴宫妃。贱日岂殊众，贵来方悟稀。邀人傅脂粉，不自著罗衣。君宠益娇态，君怜无是非。当时浣纱伴，莫得同车归。持谢邻家子，效颦安可希。"当是诗人泛若耶、游云门之时的即兴有感之作。

王维集中有《宿郑州》一诗，其中写道："朝与周人辞，暮投郑人宿。他乡绝俦侣，孤客亲童仆。宛洛望不见，秋林晦平陆。田父草际归，村童雨中牧。主人东皋上，时稼绕茅屋。虫思机杼鸣，雀喧禾黍熟。明当渡京水，昨晚（一作夜）犹金谷。此去欲何言，穷边徇微禄。"《集异记》载，开元九年（721），王维释褐受大乐丞。同年旋因署中伶人黄狮子舞事件遭贬济州司仓参军。[①] 王维出贬济州，其实有着更为复杂的政治背景，应当与李唐宗室的钩心斗角有关。王维遭贬前与岐王、宁王、薛王交往密切，三王皆玄宗兄弟。玄宗对待兄弟们的态度，表面上亲热，实际上防范甚严，曾"禁约诸王，不使与群臣交接"。开元八年（720），终于发生了一桩大案，与岐王、薛王为友的一批官员先后受到处罚，轻者贬职流放，重者杖毙。王维当时是一介布衣，不曾直接卷进这场风暴。但第二年刚刚做官不久，即以莫须有的罪名降职外放，分明与此事有着内在的关联。王维在《被出济州》一诗中流露了悲哀心情："微官易得罪，谪去济川阴。执政方持法，明君无此心。闾阎河润上，井邑海云深。纵有归来日，多愁年鬓侵。"有人认为此诗与上面所引《宿郑州》作于同时，皆出贬济州时所作。但仔细读来，我们发现两诗的调子明显有别，《宿郑州》看不出贬

① 薛用弱：《集异记》，《虞初志》卷一，明刻本。

谪的痕迹，而末句云“穷边徇微禄”，济州在济南西南，无论如何也算不上“穷边”，因此，谭优学先生推断王维这次是“转官吴越”①。

李亮伟在《浙江黄岩王维庙考辨》中，曾谈到清末光绪年间所刻《黄岩县志》卷九《建置·丛祠》，收录明万历年间袁应祺在黄岩任县令时所撰《重建福佑庙记》，记述浙江黄岩王维庙的由来。从中可知，黄岩县庙祀王维，始于唐代元和年间，距王维去世才四十多年。上文但云唐元和间“婺源令陈英夫携侯香火，道永中江，舟几覆，赖侯拯得全，遵寄藉奉侯”，而未说明陈英夫为何会携带奉祀给王维的香火。合理的解释应是由于王维在世时在此推行善政，为当地人所敬仰，故香火以祀。在唐代，黄岩属台州，乃荒远边地。被玄宗称为诗、书、画三绝的著作郎郑虔，安史之乱中为叛军所俘，乱平后受到处分，即被贬为台州司户参军，并死于此地。王维自云“穷边徇微禄”，或正是此地。

开元十八年（730）五月，契丹降突厥，朝廷命幽州长史赵含章为都督赴代北征讨，王维作诗《送赵都督赴代北得青字》：“天官动将星，汉上柳条青。万里鸣刁斗，三军出井陉。忘身辞凤阙，报国取龙庭。岂学书生辈，窗间老一经。”从“汉上”“凤阙”等词，知王维此时已从吴越回到了长安。

王维第二次赴江南，是在开元二十八年（740），使命是“知南选”。据《通典》《新唐书·选举志》《册府元龟》等书，知唐朝每四年进行一次“南选”，即朝廷派官员赴南部选拔官吏。王维这次“知南选”时间是开元二十八年秋，当他到达襄阳时，好友孟浩然已去世。王维集中有《哭孟浩然诗》：“故人不可见，汉水日东流。借问襄阳老，江山空蔡州。”该诗题下诗人自注：“时为殿中侍御史，知南选，至襄阳作。”

---

① 谭优学：《王维生平事迹再探》，《西南师范大学学报》1982 年第 2 期。

四

王维著名的《相思》诗："红豆生南国，春来发几枝。愿君多采撷，此物最相思。"查今存收录此诗的典籍，多本作"秋来发几枝"（但清《唐诗三百首》作"春来发几枝"）。今按：红豆本秋天结子，既然写到"采撷"，照理当以"秋来发几枝"为是。此诗题目凌濛初本作"江上赠李龟年"，值得我们注意。从版本学的角度看，一般而言，古人诗作，内容详细具体的题目往往是原题，而相比之下简略概括的题目常常出自后人的改动，比如，敦煌本《唐人选唐诗》载李白诗《鲁中都有小吏逢七郎，携斗酒双鱼赠余于逆旅，因鲙鱼饮酒留诗而去》，而在殷璠《河岳英灵集》本变作了《酬东都小吏以斗酒双鱼见赠》，前者所涉人物姓名、地点、事件清楚而翔实，后者则显然经过了人为的加工和简化。再如敦煌本《唐人选唐诗》载李白诗《山中答俗人问》，到了殷璠《河岳英灵集》本则为《山中答俗人》，而此诗之写作缘起正是由于诗人要回答"俗人"之问："何意栖碧山？"造成这样后果的原因，未必是殷璠本人做了手脚，或是人们传抄或是刊刻《河岳英灵集》时做了删改。所以，说到王维《相思》诗，笔者认为"江上赠李龟年"是其本来题目。

综上所述，这足以证明王维在江南确实曾与李龟年相逢。而晚唐人笔记小说所载《江南逢李龟年》便极有可能是王维的作品。与《江上赠李龟年》（即《相思》不同的是，《江南逢李龟年》是两人初相逢时所作，而《江上赠李龟年》是两人行将分别时所创。两诗均作于唐开元年间。

蜀道何以如此难

——李白《蜀道难》创作主旨考探

引　言

《蜀道难》是李白最为著名的诗篇之一，那天马行空的艺术想象，那惊心动魄的跌宕笔致，千百年来始终令人们叹赏不已。然而关于此诗的意蕴，一向聚讼纷纭，莫衷一是。

唐人认为此诗为房、杜之危而作。中唐李绰《尚书故实》云："陆畅尝为韦南康作《蜀道易》，首句曰：'蜀道易，易于履平地。'南康大喜，赠罗八百匹……《蜀道难》，李白罪严武也。畅感韦之遇，遂反其词焉。"[①] 晚唐范摅《云溪友议》亦主此说，该书卷上"严黄门"条载："杜甫拾遗乘醉而言曰：'不谓严挺之有此儿也。'武恚目久之，曰：'杜审言孙子，拟捋虎须？'合座皆笑，以弥缝之。武曰：'与公等饮酒谋欢，何至于祖考矣！'……武母恐害贤良，遂以小舟送

① 李绰：《尚书故实》，上海古籍出版社编《唐五代笔记小说大观》，上海古籍出版社2000年版，第1164页。

甫下峡。”《新唐书·杜甫传》：“……（甫）性褊躁傲诞，尝醉登武床，瞪视曰：‘严挺之乃有此儿！’武亦暴猛，外若不为忤，中衔之。一日欲杀甫及梓州刺史章彝，集吏于门，武将出，冠钩于帘三。左右白其母奔救，得止，独杀彝。”《旧唐书·严武传》：“初为剑南节度使，旧相房琯出为管内刺史，琯于武有荐导之恩，武骄倨，见琯略无朝礼，甚为时议所贬。”上述说法其实并不符合历史事实。据晚唐孟棨《本事诗》载：“李太白初自蜀至京师，舍于逆旅，贺监知章闻其名，首访之，既奇其姿，复请为文。出《蜀道难》以示之，读未竟，称叹者数四，号为‘谪仙’，解金龟换酒，与倾尽醉，期不间日，由是称誉光赫。”据《旧唐书》，唐肃宗为太子时，贺知章曾官太子宾客兼正授秘书监，天宝二年（743）十二月乙酉，贺知章请度为道士还乡，唐玄宗与群臣赋诗送别。由此可知，李白给贺知章看《蜀道难》是天宝初年的事。《蜀道难》一诗收录于《河岳英灵集》，该书成书于天宝十二年（753），而严武被任命为剑南节度使，乃在唐肃宗上元二年（761），其时距《河岳英灵集》成书已晚了八年，故“危房、杜说”不攻自破。

宋人认为此诗为刺章仇兼琼而作。清人缪曰芑影印北宋本《李太白集》于《蜀道难》题下注曰：“讽章仇兼琼也。”沈括、黄庭坚赞同此说。该说认为诗中所云“剑阁峥嵘而崔嵬，一夫当关，万夫莫开。所守或匪亲，化为狼与豺”乃讽刺章仇兼琼有割据西南、不臣之心。据《旧唐书·吐蕃传》载，章仇兼琼刺蜀在开元末至天宝初这一时期。然据《金石萃编》卷八八《章仇元素碑》可知，章仇兼琼在蜀八年，颇著政绩，做了不少好事，百姓爱之，为之“立庙于堰南，号寅德公祠”。李白写于天宝十三年（754）的《答杜秀才五松见赠》一诗中有“闻君往年游锦城，章仇尚书倒屣迎。飞笺络绎奏明主，天书降问回恩荣”之句。可知，章仇在李白眼中是一位礼贤爱才之官员，因此，《蜀道难》非为刺章仇兼琼而作甚明。

元、清人认为此诗乃为讽玄宗幸蜀而作。元人萧士赟《分类补注李太白诗》、清乾隆御编《唐宋诗醇》、清末沈德潜《唐诗别裁》及陈沆《诗比兴笺》等均主此说。今人俞平伯《蜀道难说》①、聂石樵《蜀道难本事新考》② 认为此说深得《蜀道难》之旨。然而唐代殷璠所编《河岳英灵集》已收录了李白《蜀道难》一诗，该书成编于“癸巳”（即天宝十二年），而唐玄宗幸蜀发生于安史之乱爆发后的第二年（即天宝十五年）七月，故李白《蜀道难》绝不可能为唐玄宗幸蜀之事而作。

明人认为此诗乃蜀人咏蜀、无有寓意。明胡震亨《李诗通》卷四在《蜀道难》下注曰：“兼琼在蜀御吐蕃著绩，无据险跋扈之迹可当此诗。而严武出镇，在至德后；玄宗幸蜀，在天宝末，与此诗见赏贺监在天宝入都初者年岁亦皆不合。则此数说，似并属揣摩。愚谓《蜀道难》自是古相和歌曲，梁陈间拟者不乏，讵必尽有所为而作？白，蜀人，自为蜀咏耳，言其险而著其戒，如云所守或匪亲，化为狼与豺，风人之意远矣。必求一时一人事实之，不几失之细乎？何以穿凿为也？”顾炎武支持此说，他在《日知录》卷二十六云：“李白《蜀道难》之作，当在开元、天宝间，时人共言锦城之乐，而不知畏途之险、异地之虞，即事成篇，别无寓意。”然而，“五岳寻仙不辞远，一生好入名山游”的李白，为何在天宝初年竟极力渲染起山川之险恶可怖了呢？而且惕怵惊惧之情溢乎字里行间，这背后定有原因。

当今学者在对李白深入研究的基础上，又提出了以下三种新

① 俞平伯等：《李白研究论文集》，中华书局 1964 年版，第 231 页。

② 聂石樵：《〈蜀道难〉本事新考》，《北京师范大学学报》1980 年第 3 期。

的看法：

（一）仕途坎坷说。该说认为《蜀道难》寄寓着李白对仕途艰难、理想难以实现的愤懑和悲慨。郁贤皓《再谈李白〈蜀道难〉的寓意》[①]，认为李白《蜀道难》“极写蜀道之艰险，以寄寓自己功业无成之感：追求功业之难，犹如难于上青天之蜀道也。此乃开元年间李白第一次到长安，追求功业而无成，欲见明主而无门，曳裾王门而不称情，愤懑积胸，必欲一吐为快，于是借写蜀道之艰难，将胸中之烦闷倾泄而出之，寄寓其中也”。安旗《〈蜀道难〉新探》[②]《〈蜀道难〉求是》[③]《〈蜀道难〉新笺》[④]三篇文章的观点与郁贤皓大抵一致，如《〈蜀道难〉求是》曰：《蜀道难》“是李白在开元年间第一次入长安的产物，反映的是他此期屡逢踬碍的生活经历，抒发的是理想幻灭的痛苦，怀才不遇的悲哀，备受屈辱的愤懑，以及当时社会阴暗面所引起的种种思想感情……诗人采取比兴手法，借蜀道之畏途巉岩，状其一如长安种种难写之景；借旅人之蹇步愁思，传其明时失路的种种难言之情”。李白的古题乐府诗歌，多用比兴手法，这是事实，然而一定要说《蜀道难》一诗，意在表现其仕途之坎坷，却并无实证，同时史料证明，此乃李白二入长安即奉诏进京时的作品，“仰天大笑出门去，我辈岂是蓬蒿人”，此时他对前途极为自信和乐观。在这样的心境下，他不大可能悲叹仕途坎坷、功业难成。

（二）忧患国运说。玄宗晚年，沉溺酒色，内政委于奸相，外事委于边将。如果蜀将非忠诚之人，势必会恃险割据，导致蜀中大乱。

---

① 郁贤皓：《李白与唐代文史考论》，南京师范大学出版社2008年版，第422—428页。

② 安旗：《〈蜀道难〉新探》，《西北大学学报》1980年第4期。

③ 安旗：《〈蜀道难〉求是》，《唐代文学论丛》1982年第2期。

④ 《光明日报·文学遗产》，1983年5月7日第589期。

赵德润《蜀道莽苍 国步艰难——析李白〈蜀道难〉寓意》[①] 认为："由于大唐帝国由盛而衰、危机四伏，诗人忧虑国事、报国无门，这种感情形诸诗歌，才形成《蜀道难》深沉苍劲、激烈悲怆的风格情调……诗人对强盛的危机四伏的大唐帝国表示痛彻肺腑的忧虑和关切，而这也就是《蜀道难》的寓意。"这一观点的产生，基于诗中"一夫当关，万夫莫开。所守或匪亲，化为狼与豺"之句，其实，这几句不过是李白化用张载《剑阁铭》中的句子，并非实有所指。写于同期的《剑阁赋》，根本就不涉及这个话题，说明李白真正关心的并非此事。因此，此说与前面的"仕途坎坷说"一样，也是一个有关比兴寄托的问题，无真凭实据来证明。

（三）送友人入蜀说。詹锳1942年在《李白〈蜀道难〉本事说》一文中提出，《蜀道难》《送友人入蜀》《剑阁赋》三篇皆李白于天宝二年（743）在长安一带送友人王炎入蜀之作。李白集中还有《自溧水道哭王炎》一诗，作于天宝十三年，诗云"逸气竟莫展，英图俄夭伤""王公希代宝，弃世一何早""王家碧瑶树，一树忽先摧"。李白此时54岁，在诗中自称"老人"，惋惜王炎宏图未展而早夭，感慨他玉树先摧、辞世之早，则王炎死时至多三十余岁，这也从侧面论证了《蜀道难》应作于天宝初年李白二入长安之时，而不可能写于开元十八年（730）前后李白一入长安之际，因为那时王炎还是个十来岁的小孩子，四十多岁的李白不可能以"友人"和"君"呼之。《蜀道难》乃李白于天宝二年为送友人王炎入蜀而作，这一说法目前已在学术界获得广泛认同。

然而，"送别"是《蜀道难》一诗创作的起因，并不能等同于该

---

① 赵德润：《蜀道莽苍 国步艰难——析李白〈蜀道难〉寓意》，《信阳师范学院学报》1986年第3期。

诗的意蕴，一首送别诗，其意蕴可以是念友情，可以是悟人生，可以是忧时伤逝……那么，《蜀道难》写于友人入蜀之际，这首惊天地泣鬼神的诗篇，在其纷至沓来的惊悚可怖的意象群下，究竟掩藏着诗人怎样的心理奥秘呢？

一

蜀道是难行还是易走？在李白这位浪漫主义诗人的笔下前后会有截然不同的描写。天宝十五年（756），安史之乱爆发后的第二年七月，唐玄宗逃奔西蜀。第三年，长安收复，玄宗返回故都，李白慨然写下组诗《上皇西巡南京歌》十首，不仅没有渲染蜀道之难，相反却这样写道："谁道君王行路难，六龙西幸万人欢。地转锦江成渭水，天回玉垒作长安。"（其四）"秦开蜀道置金牛，汉水元通星汉流。天子一行遗圣迹，锦城长作帝王州。"（其八）诗歌热情赞颂上皇（即唐玄宗）西巡南京（成都），极力描绘成都之美，抒发"安吾君"的欣慰之情，颂扬上皇西巡给蜀地带来的繁华与荣耀。《上皇西巡南京歌》作于上皇返都、举国欢庆之时，而李白自身正处于危难之中，诗人因归附永王李璘而被视为逆党，在浔阳被判流放夜郎。李白对唐玄宗曾经的知遇之恩始终心怀感念之情，他的蒙冤乃唐肃宗一手造成，所以此时他寄希望于玄宗能为其昭雪，故而组诗对上皇大加歌颂，将玄宗经行的蜀道写成了通衢大道，一路畅通无阻。

西蜀自然条件优越，十分富庶，成都平原向来有"天府之国"之美誉，乃国之宝库。如果失去了这一经济强盛的后方基地，关中"帝王州"就难免陷入困境。唐朝统治者十分重视对巴蜀的牢固控制，要做到这一点，就必须保证蜀道的畅通无阻。唐政府曾多次在蜀道增设驿馆，整修路面，使从前的九曲羊肠小道变为通千里之险峻的通衢大道，以利于皇帝诏令的及时下达、政策法规的顺利颁布和实施。[①] 因此，唐代的蜀道，信使驿卒昼夜奔走，商贾官员频繁往来，早已变得不再险绝和陌生，这从初盛唐诗人的作品中可以得到充分验证。

在李白之前或与李白同时的唐代诗人作品中，不乏送友或诗人亲赴西蜀的篇什。阅读这些作品，我们实在无法形成“蜀道难行”的印象，比如王勃《送杜少府之任蜀川》：

城阙辅三秦，风烟望五津。
与君离别意，同是宦游人。
海内存知己，天涯若比邻。
无为在歧路，儿女共沾巾。

通读全诗，我们没有看到描写“蜀道难”的句子，甚至连“蜀道”二字都没有出现，诗人仅用“三秦”和“五津”两词就轻轻跨越了“蜀道”。这说明一个事实，在王勃那个时代，由长安去西蜀之途已相当畅通，绝不是什么一不留神就会粉身碎骨的恐怖历程。

武则天时代沈佺期写过《夜宿七盘岭》：“独游千里外，高卧七盘西。山月临窗近，天河入户低。芳春平仲绿，清夜子规啼。浮客空留听，褒城闻曙鸡。”七盘岭（又名五盘岭），位于唐时的三泉县（今陕西省宁强县西北阳平关镇之西）以西以南循嘉陵江至利州段，是川陕交界处的一个重要关隘。[②] 诗中不写栈道如何，只写其地清幽的夜色，“芳春”“清夜”是如此沁人心脾，还没听够子规的鸣啼，天就

① 梁中效：《唐代蜀道的地位和作用》，《成都大学学报》1992 年第 2 期。
② 孙启祥：《杜甫、岑参诗中五盘岭地望考辨》，《杜甫研究学刊》2010 年第 2 期。

亮了。这也从侧面证明，栈道并非险峻到叫人魂飞魄散的地步。

盛唐一代文宗、诗人张说，前后三次为相，执掌文坛三十年。早年为校书郎时，张说曾两赴西蜀，先后写过《蜀道后期》《过蜀道山》《蜀路二首》《再使蜀道》等诗，几篇诗作都以“蜀道”为题，足见诗人对蜀道十分留意。《蜀道后期》是一首短短的五言绝句：“客心争日月，来往预期程。秋风不相待，先至洛阳城。”写自己计划着尽快完成任务，早日回到洛阳与家人团聚，怎奈秋风更心急，撇下诗人早早地赶回去了。诗中只写思乡之苦，并未写蜀道之难行。其余三首都有对蜀道的描绘，他在《过蜀道山》中这样写道：“我行春三月，山中百花开。披林入峭蒨，攀登陟崔嵬。白云半峰起，清江出峡来。谁知高深意，缅邈心幽哉。”虽然使用了“峭蒨”“崔嵬”这样高耸峭拔的意象，但整首诗读下来，我们感受的是清新优美的意境与从容闲远的心情。诗人在《蜀路二首》中这样描写沿途风光：“云埃夜澄廓，山日晓晴鲜。叶落苍江岸，鸿飞白露天。磷磷含水石，幂幂覆林烟……”格调益发清新野逸、从容悠然。张说还有送友人赴西蜀上任的诗作《送宋休远之蜀任》，里面只说成都是个美丽富庶的地方，鼓励朋友要持坚守白、不磷不缁，通篇无一字涉及蜀道之难行。凡此种种，皆说明在张说眼里，蜀道并不是特别难行，更谈不上危险重重。

王维亦是如此，他在《送崔九兴宗游蜀》中，含混地用“出门”“中路”来形容“蜀道”：

送君从此去，转觉故人稀。
徒御犹回首，田园方掩扉。
出门当旅食，中路授寒衣。
江汉风流地，游人何岁归。

崔兴宗是王维的内弟兼至交好友，他要远赴西蜀游历了，王维只是叮嘱他一路上吃好穿暖，却只字不提蜀道如何艰险可怖，更没有丝毫劝阻之意。这表明，在王维心目中，“蜀道”与通往其他地方的道路并无二致，都不过是一段舟车劳顿的行程罢了。

王维在另一首送友人赴蜀的诗篇《送严秀才还蜀》中，同样也未写“蜀道”难行，诗人只是用一支画笔在宣纸上写了“花县”“锦城”两个地名，勾画了一下近山远水的大致轮廓而已：

宁亲为令子，似舅即贤甥。
别路经花县，还乡入锦城。
山临青塞断，江向白云平。
献赋何时至，明君忆长卿。

岑参在大历元年（766）曾出任嘉州（今四川省乐山市）刺史，自梁州（治南郑，今陕西汉中市东）入蜀，写有纪行诗《早上五盘岭》：

平旦驱驷马，旷然出五盘。
江回两崖斗，日隐群峰攒。
苍翠烟景曙，森沉云树寒。
松疏露孤驿，花密藏回滩。
栈道谿雨滑，畲田原草干。
此行为知己，不觉蜀道难。

诗中写了五盘岭一带两崖交错、群峰高耸、林深木茂、花覆回滩的景象，这里设有驿馆……涉及栈道的只有一句“栈道谿雨滑”，作为缓冲，紧接着便是“畲田原草干”。通读全诗，我们感觉这段向来称为蜀道中最险峻的一段也不过尔尔。在诗的结尾，诗人乐观地说：

"此行为知己，不觉蜀道难。"

岑参还有一首纪行诗《与鲜于庶子自梓州成都少尹自褒城同行至利州道中作》，里面"岩倾劣通马，石窄难容车。深林怯魑魅，洞穴防龙蛇"几句，写了蜀道之利州（今四川省广元市）段栈道因山势倾斜而显得颇为低窄，似有碍于车马通行，同时还担心林木岩穴里会有魑魅龙蛇出来伤人。但总的说来，诗人对蜀道的感觉并非心惊胆战、阴森恐怖，以至于在诗的结尾，诗人说："言笑忘羁旅，还如在京华。"如果像李白写的那样"扪参历井仰胁息，以手抚膺坐长叹"云云，岑参诸人断不会这样谈笑自若、如在故都了。

因此，我们可以断定李白在《蜀道难》中与众不同地夸大和渲染蜀道之艰险卓绝，定然是别有兴寄的。

二

李白之前，梁简文帝、刘孝威、阴铿、张文琮所作《蜀道难》，多为整齐的五言诗，描写从金陵（今江苏省南京市）入蜀之道的艰险曲折，平铺直叙，皆无出奇之处。而李白的这首《蜀道难》，不仅篇幅大大增长，以七言为主，却又兼以二言、三言、四言、五言、八言乃至十一言，纵横出击，长吁短叹，太白山、青泥岭、剑阁……沿着这条由长安（今陕西省西安市）入蜀的必经之地一路写来，极力渲染其高峻凶险。友人尚未离去，李白已在探问："你打算何时回来啊？"质问："其险也若此，嗟尔远道之人，胡为乎来哉！"前后三次惊呼："蜀道之难、难于上青天！"从内容上看，这首诗与其说是送别，毋宁说是劝阻：你不要去那里，一路太危险了！

《蜀道难》一诗，铺张扬厉，极写山川之险，力劝友人尽早回归长安。除了此诗之外，李白送别王炎的尚有五律《送友人入蜀》和《剑阁赋》，后者题下有作者自注："送友人王炎入蜀"，这篇抒情小赋，采用了铺陈手法，"直望""前有""上有""旁则"等句，渲染了远望和想象中剑阁的高峻与险要，有明显的骚体赋的特征，四言、五言、六言、八言、九言，句式长短错落，"兮"字频现其中，适合表达强烈的主观情感。从时间上看，此赋估计写在《蜀道难》一诗之后，因为《蜀道难》中描写了春天之景"又闻子规啼夜月"，而《剑阁赋》描写了秋天之象"鸿别燕兮秋声"。值得注意的是，在这篇专门咏剑阁之赋中，作者并没有写他对恃险割据的担心，只是单纯地抒发对友人的不舍和思念："送佳人兮此去，复何时兮归来。望夫君兮安极，我沉吟兮叹息。"由此可见，李白写《蜀道难》虽涉及了"割据"，而意不在此，只是借此强调友人切莫久留蜀地。

李白自五岁起生活于蜀，依照常理，对于养育自己长大成人的故土，他应该满怀眷念依恋之情，而在《蜀道难》中，我们不仅丝毫品味不出诗人对蜀地的思念，相反却一味地表现其恐怖险怪的一面，充满了抗拒排斥意识。中晚唐之交的姚合在《送李馀及第后归蜀》诗中说："李白蜀道难，羞为无成归。子今称意行，所历安觉危。"姚合认为李白之所以将"归蜀"视为畏途，是因为他没有实现自己的理想抱负，为此而感到羞愧无颜……姚合的这种猜度，其实大谬不然，以李白率真爽朗的个性，若果有此想，他定会在诗中淋漓尽致地一吐为快，就像他在其他诗中剖白心迹那样"宣父犹能畏后生，丈夫未可轻年少""仰天大笑出门去，我辈岂是蓬蒿人""安能摧眉折腰事权贵，使我不得开心颜"……而《蜀道难》整篇无一字涉及自己的理想与失意，通篇都是劝阻友人不要去那个险象环生的地方，一旦去了千万要尽快回来……因此，姚合的猜度是没有道理的，只能从李白创作的真实语境中找答案。天宝元年（742）秋天，李白得到唐玄宗召他入京的诏书，异常兴奋。他觉得实现自己远大政治理想的时机到了。到了帝京，李白受到了最高级别的礼遇，李白族叔李阳冰根据李白的描述记录在《李白集序》中："天宝中，皇祖下诏，徵就金马，降辇步迎，如见绮皓。以七宝床赐食，御手调羹以饭之。"魏颢亦曾当面听李白追忆往事："上皇豫游，召白，白时为贵门邀饮。比至，半醉，令制出师诏，不草而成。"（《李翰林集序》）李白受到了唐玄宗的赏识，一时间达官贵人纷纷主动向诗人示好："王公大人借颜色，金章紫绶来相趋。"（《驾去温泉宫后赠杨山人》）"当时笑我微贱者，却来请谒为交欢。"（《赠从弟南平太守之遥二首》）从这些诗句中，我们可以读出诗人的扬扬得意与踌躇满志，对仕途前景充满期待和自信乐观。此时，对李白而言，国都长安是希望、光明、幸福、成功之所在。在这个舞台上，他大展宏图的时刻正在来临。因而此时的他比以往任何时候都倍加珍爱生命，也更沉醉于富丽繁华、充满机遇的都市生活。相比之下，那条穿越崇山峻岭、通向遥远边陲的漫长蜀道在诗人心目中自然成了一个令人忧惧和排斥的对象。荒野哲学告诉我们，尽管文明的源头是荒野，但随着文明的日渐发达和强盛，它最终与荒野成为截然对立的一对范畴。当我们过度依恋和陶醉于文明带给我们的荣耀与温暖时，便会对荒野所固有的那种冷酷和野蛮退避三舍："在荒野，人们最容易产生的一种最为强烈的感情是恐惧。首先，因为荒野中充满众多对于人类而言显得陌生的物种，它们弱肉强食，在一个充满竞争的混乱世界中谋求生存，全然没有一点在人类文化中被赋予价值的同情心与道德感；其次，是因为这些物种生存的荒野表现出一种与生命对抗的冷漠与敌意，作为生命物质之本源的荒野本身似乎是一个无情的物理世界，对生命没有任何关心，只有巨大威胁。”[①] 像屈原《招魂》[②] 中“虎豹九关，啄害下人些。一夫九首，拔木九千些。豺狼从目，往来侁侁些。悬人以嬉，投之深渊些。致命于帝，然后得瞑些。归来！往恐危身些。魂兮归来！君无下此幽都些。土伯九约，其角觺觺些。敦脄血拇，逐人駓駓些。参目虎首，其身若牛些。此皆甘人。归来！恐自遗灾些。魂兮归来！入修门些。工祝招君，背行先些。秦篝齐缕，郑绵络些。招具该备，永啸呼些。魂兮归来！反故居些。天地四方，多贼奸些。像设君室，静闲安些。高堂邃宇，槛层轩些。层台累榭，临高山些……”诸多描写，亦形象地表现出文明世界中人对蛮荒边域的恐惧与不安。对受诏初到长安、梦想飞黄腾达的李白来说，至交好友将孑然一身远赴巴蜀，诗人便会下意识地将穿越蜀道想象为劫难重重的人生历险。不久之后，[③] 李白被逐出长安，这时的他对繁华享乐掩盖下的宫廷、官场、都市里的阴暗奸诈具有了清醒认识，于是开始向往山林的自由与单纯。在《梦游天姥吟留别》（此诗题在《河岳英灵集》作“梦游天姥山别东鲁诸公”）中，诗人虽然也写“猿啼”，但用“渌水荡漾”来修饰，无形中冲淡了其悲哀凄凉；诗人虽然也写“千岩万转路不定”，但并觉得惶恐不安，而是满怀“迷花倚石”的闲情逸致；虽然也写野兽嘶吼如“熊咆龙吟”以及山崩岩裂如“列缺霹雳，丘峦崩摧”，引来的却是美轮美奂的“金银台”和衣袂飘举的“仙之人”……诗人于其中心旷神怡、流连忘返，表现出与《蜀道难》迥然相反的心理感受，他表示：“且放白鹿青崖间，须行即骑访名山。”之所以如此，其根本原因在于对仕途进

① 王惠：《荒野哲学与山水诗》，学林出版社 2010 年版，第 56 页。

② （东汉）王逸《楚辞章句》称《招魂》作者为宋玉，因哀怜屈原“魂魄放佚”而作以招其生魂。（西汉）司马迁《史记·屈原贾生列传》中将《招魂》判定为屈原作品。

③ 《蜀道难》写于天宝二年，天宝三年李白被“诏许还山”，被迫离开京师。

取的厌倦："安能摧眉折腰事权贵，使我不得开心颜!"开元后期，王维有感于官场黑暗与倾轧，在诗中屡屡表现出对山林动物的亲近之情，"窗外鸟声闲，阶前虎心善""入鸟不相乱，见兽皆相亲"（《戏赠张五弟諲三首》），亦是同一道理。

三

殷璠《河岳英灵集》曰："至如《蜀道难》等篇，可谓奇之又奇，然自骚人以还，鲜有此体调也。"值得注意的是，殷璠将此古题乐府诗视为"骚体"之体调，骚人之后，少有人能创作出如此"奇之又奇"的诗篇。而此诗的"骚体"特质，正是我们破译该诗深层意蕴的密码。从文本的主题、思路和使用的意象、手法来看，李白的《蜀道难》《剑阁赋》和《楚辞·招隐士》具有显而易见的相似性。《招隐士》乃西汉淮南王刘安的门客淮南小山所作，其内容是陈说山中的艰苦险恶，劝告盘桓其中的隐士（即"王孙"）快快归来：

桂树丛生兮山之幽，偃蹇连蜷兮枝相缭。
山气巃嵸兮石嵯峨，溪谷崭岩兮水曾波。
猿狖群啸兮虎豹嗥，攀援桂枝兮聊淹留。
王孙游兮不归，春草生兮萋萋。
岁暮兮不自聊，蟪蛄鸣兮啾啾。
坱兮轧，山曲岪，心淹留兮恫慌忽。
罔兮沕，憭兮栗。
虎豹穴（闻一多认为当作"突"）。丛薄深林兮，人上慄。
嵚岑碕礒兮，硱磳磈硊。

树轮相纠兮，林木茷骫。
青莎杂树兮，薠草靃靡；
白鹿麏麚兮，或腾或倚。
状貌崟崟兮峨峨，凄凄兮漇漇。
猕猴兮熊罴，慕类兮以悲；
攀援桂枝兮聊淹留。虎豹斗兮熊罴咆，
禽兽骇兮亡其曹。
王孙兮归来，
山中兮不可以久留。

李白《蜀道难》与淮南小山《招隐士》的这种相似性，亦称互文性。“互文性”这一概念最早由法国符号学家、女权主义批评者茱莉亚·克利斯蒂娃提出。她认为所有文本都是吸纳并借鉴了过去的文本，都是在过去的文本之上建立起来的，后文本回应、重新强调和加工前文本，而形成新的文本。因此世上没有单独的文本，任何文本都有与之互相指涉的前文本：“任何文本都仿佛是某些引文的拼接，任何文本都是对另一个文本的吸收和转换。”① 前后两个作品的文本之间，彼此存在着密切关联，亦即后一个作品在基调、语言符号、意象、意境等方面对前一个作品有着明显的继承和沿袭。任何一个伟大的诗人，都生长于一个文学和文化系统之中。他在创作时，一方面“外师造化”，另一方面“内得心源”，对诗歌这样一种主观性极强的表现性文体来说，“内得心源”往往起着决定性的作用，在这“心源”中，却有很大一部分便是来自从前的文本。钱锺书曾说：“诗人

① Julia Kristeva, *Word, Dialogue and Novel*, *in The Kristeva Reader*, Toril Moi, Oxiford: Basil Blackwell, 1986, p. 37.

写景赋物，虽每如钟嵘《诗品》所谓本诸‘即目’，然复往往踵文而非实践（nicht in der Sache，sondern in der Sprache），阳若目击而阴乃心摹前构。”[①] 卡西尔也认为：“人的符号活动能力（symbolic activity）进展多少，物理实在也就相应地退却多少。在某种意义上说，人是不断地与自身打交道而不是在应付事物本身。他使自己被包围在语言的形式、艺术的想象、神话的符号以及宗教的仪式之中，以至于除非凭借这些人为媒介物的中介，他就不可能看见或认识任何东西。”[②] 揭示出这样一种客观存在，可以为我们提供一个文学和文化研究的独特视角，去观察、分析作品的内涵和题旨，从而作出具有说服力的分析和阐释。

以往论述李白《蜀道难》的意蕴，人们也曾从文本承袭的角度去考察，但一般都限于同以《蜀道难》为题的几首乐府诗篇，而未曾与淮南小山《招隐士》加以比较。事实上，李白的《蜀道难》与其前的《蜀道难》题目相同，但风格迥异。“开元天宝时代的乐府诗歌创作意在‘复古’——要把齐梁以来将乐府诗格律化的人为束缚解放开来，诗人们热衷于效法汉乐府歌词的朗朗上口，但并不遵照原乐府之音乐曲调。”[③] 李白创造性地将“骚体”用于乐府诗歌创作实践，对诗歌艺术慧眼独具的殷璠一下就看出李白的《蜀道难》属于“骚体”，楚辞《招隐士》与李白《蜀道难》无论在内容，还是艺术风格上，都存在着明显的相同之处：都采用了夸张、变形等手法，渲染出一种奇险、怪异、恐怖的环境气氛；都具有强烈的主观感情色彩，深切地传达出渴望对方早日归来的焦虑心情；都是杂言体，三言、四言、五言、六言、七言、八言等句式交互错综，多次换韵，借以表现

① 钱锺书：《管锥编》，中华书局1979年版，第364页。

② ［德］卡西尔：《人论》，甘阳译，西苑出版社2003年版，第44页。

③ 赵海菱：《汉乐府与杜甫的平民化书写》，《山东师范大学学报》2015年第4期。

作者心折骨惊的心理感受。就意象群而言，两者达到了惊人的吻合：《招隐士》用“嵯峨”“块兮轧、山曲岪”“嵚岑碕礒兮，硱磳磈硊”“崟崟兮峨峨”等状山岩之险，《蜀道难》用“地崩山摧”“天梯石栈”“扪参历井”“峥嵘而崔嵬”等写山势之危；《招隐士》用“偃蹇连蜷兮枝相缭”“树轮相纠兮，林木茷骫”等状树木之怪，《蜀道难》则用“古木”“枯松倒挂”等写树木之奇；《招隐士》用“猿狖群啸兮虎豹嗥”“白鹿麏麚兮，或腾或倚”“猕猴兮熊罴，慕类兮以悲”“虎豹斗兮熊罴咆”等状野兽奔叫，《蜀道难》则用“悲鸟号”“子规啼”“朝避猛虎，夕避长蛇；磨牙吮血，杀人如麻”等写禽兽哀狂……英国诗人 T. S. 艾略特（T. S. Eliot）有句名言：“小诗人借，大诗人偷。”（Imature poets imitate，mature poets steal）他认为：“我们称赞一个诗人的时候，我们的倾向往往专注于他在作品中跟别人最不相同的地方……如果我们不抱这种先入为主的成见去研究某位诗人，我们反而往往会发现，不仅他作品中最好的部分，就连最个人的部分，也可能正是已故诗人们，最有力地表现了他们作品之所以不朽的部分。我说的不是这个诗人容易接受影响的青年时期，乃是指完全成熟的时期。”① 唐代诗歌评论家皎然在《诗式》卷一也曾论述过诗人创作有“三偷”：偷语（语句与前人同）、偷意（立意与前人同）、偷势（情势与前人同）。我们说，李白的《蜀道难》在“意”与“势”两方面，都可以发现淮南小山《招隐士》的影子。

最早载录《招隐士》的王逸《楚辞章句》云：“《招隐士》者，淮南小山之所作也。昔淮南王安（刘安），博雅好古，招怀天下俊伟之士。自八公之徒，咸慕其德而归其仁。各竭才智，著作篇章，分造

① 程锡麟：《互文性理论概述》，《外国文学研究》1996 年第 1 期。

辞赋，以类相从。故或称小山，或称大山，其义犹《诗》之有《小雅》《大雅》也。”东汉末年，高诱在注《淮南子》时指出，是书为刘安“与苏飞、李尚、左吴、田由、雷被、毛被，伍被、晋昌等八人及诸儒大山、小山之徒，共讲论道德，总统仁义，而著此书。其旨近老子淡泊无为，蹈虚守静，出入经道”。崔豹《古今注》曰：“《淮南王》，淮南小山之所作也。淮南王服食求仙，遍礼方士，遂与八公相携俱去，莫知所往。小山之徒，思恋不已，乃作《淮南王曲》焉。”因此，《招隐士》与《淮南王曲》可以被视作姊妹篇，乃小山之徒召唤与八公隐入深山的淮南王刘安归来之作：“淮南王，自言尊，百尺高楼与天连。后园凿井银作床，金瓶素井汲寒浆。汲寒浆，饮少年，少年窈窕何能贤，扬声悲歌音绝天。我欲渡河河无梁，愿化双黄鹄，还故乡。还故乡，入故里，徘徊故乡，苦身不已。繁舞寄声无不泰，徘徊桑梓游天外。”该诗描写了淮南王昔日繁华惬意的生活情景与今日欲归故乡而不能的哀切痛楚，以及幻想化为黄鹄回归故里后的所见所感，揭示出淮南王于回归故里与隐居山林的彷徨与无奈。

唐代出于求贤的目的，非常重视征召隐士，唐太宗曾下诏曰：“若有鸿才异等，留滞末班；哲人奇士，沉沦屠钓，宜精加搜访，进以殊礼。”① 希望能发现姜太公、诸葛亮、谢安那样的治国安邦之高才能人。故此，栖隐林薮岩穴之士，尤为统治者注目。高宗、武后于此亦颇为用心：“访道山林，飞书岩穴，屡造幽人之宅，坚回隐士之车。”② 唐玄宗时期，征隐之风更加盛行，玄宗曾下诏曰：“有嘉遁幽栖、养高不仕者，州牧各以名闻。”③ “朕之爵位，唯待贤能。虽选士

① （北宋）宋敏求等编：《唐大诏令集》，学林出版社 1992 年版，第 478 页。

② （五代）刘昫：《旧唐书》，中华书局 1975 年版，第 5116 页。

③ （北宋）王钦若等编著：《册府元龟》，中华书局 1960 年版，第 761—762 页。

命官，则有常调，而安卑遁迹，尚虑遗才。其内外八品以下官，及草泽间有学业精博，蔚为儒首，文词雅丽，通于政术，为众所推者，各委本州本司长官，精加搜择，具以闻荐。”① 在这样的时代氛围中，“终南捷径”成为许多读书人心照不宣的入仕之路，李白便是通过此途走向朝廷的，他在《为宋中丞自荐表》中说：“天宝初，五府交辟，不求闻达，亦由子真谷口，名动京师。上皇闻而悦之，召入禁掖。”天宝元年（742）春正月，改元，令“前资官及白身人有儒学博通、文辞秀逸及军谋武艺者，所在具以名荐”②。这年秋天，李白接到皇帝征召，欣然写下《南陵别儿童入京》：“白酒新熟山中归，黄鸡啄黍秋正肥。呼童烹鸡酌白酒，儿女嬉笑牵人衣。高歌取醉欲自慰，起舞落日争光辉。游说万乘苦不早，著鞭跨马涉远道。会稽愚妇轻买臣，余亦辞家西入秦。仰天大笑出门去，我辈岂是蓬蒿人。”据葛景春、刘崇德《李白由东鲁入京考》③ 和詹锳《谈李白〈南京别儿童入京〉》④ 等考证，此“南陵”并非宣州南陵，或有舛误。此时李白身在东鲁，正与孔巢父、韩准、裴政等隐居徂徕山，时号“竹溪六逸”。唐玄宗见到李白时曰：“卿为布衣，名为朕知，非素蓄道从，何以及此。”（李阳冰《李白集序》）李白是被“招隐”到京师的，“招隐”是当时李白生命进程中的关键词。在这样的心境下，友人却要离开京师远赴巴蜀，他以楚辞《招隐士》的笔调和情怀写下《蜀道难》是十分自然的。

因此，我们说，《蜀道难》通篇极尽夸张渲染之能事的“危言耸听”，蕴含的是诗人渴望大展宏图、兼济天下的积极用世之意。

---

① （北宋）宋敏求等：《唐大诏令集》，学林出版社 1992 年版，第 370 页。
② 詹锳主编：《李白全集校注汇释集评》，百花文艺出版社 1996 年版，第 3966 页。
③ 葛景春等：《李白由东鲁入京考》，《河北大学学报》1983 年第 1 期。
④ 詹锳：《谈李白〈南京别儿童入京〉》，《文史知识》1987 年第 12 期。

君不见黄河之水天上来

——李白《将进酒》新考

《将进酒》是李白脍炙人口的代表作之一，关于它的创作时间，历来存在异议。有的认为创作于开元年间，有的认为创作于天宝三年（744）之后。詹锳先生主张后者；但多数学者主张前者。主张前一种说法的学者主要证据是《将进酒》中的一句话："天生我材必有用，千金散尽还复来。""对前途仍不失信心，而天宝三年赐金还山后的诗里就没有这种信心了。所以此诗当是开元年间的作品。"① "到了天宝年间……李白……颇有'空老圣明代'之感，他也就再也唱不出'天生我材必有用，千斤散尽还复来'的调子了。"② 然而，我们所能见到的敦煌写本中，"天生我材必有用"却作"天生吾徒有俊才"。诗人的自负"有俊才"，可以理解为他"斗酒诗百篇"，而因之到处受到社会名流的欣赏、邀约和馈赠，却并非自信其经世之才必能为世所用。单凭这一句话来断定《将进酒》创作于开元年间，殊可商榷。

① 郁贤皓：《李白从考·李白与元丹丘交游考》，陕西人民出版社 1982 年版，第 107 页。

② 安旗：《李白研究》，西北大学出版社 1987 年版，第 141 页。

“天生我材必有用”，此语到底出自李白之口，还是出于他人的改动，我们尚需深入探究。

一

周勋初先生指出：“追寻李诗原貌，自当寻找接近作者生活年代的最早记录。宋刻李诗，不管是蜀刻本《李太白文集》，抑或景宋咸淳本《李翰林集》，因为已经后人之手，上距唐代已远，所以还不能算是接近李诗原貌的首选材料。”① 敦煌手写本（三种）以及殷璠《河岳英灵集》，他认为这些才是接近李诗原貌的首选材料。今天我们检点这些版本，彼此之间不少地方存在异文。现在对它们进行比照分析，希望确定最能接近《将进酒》原貌的文本。

敦煌石窟有三种《将进酒》的手抄本，分别为 P2544、S2049 和 P2567。前两者虽然笔迹不同，但内容极为接近，且都未加题目。从字迹来看，两种写本的抄写者文学素养大抵较低。P2544 为：

> 君不见黄之水天上来，奔流到海不复回。君不见床头明镜悲白发，朝如青云暮成雪。如生得意须尽官，莫使金尊对。天生吾桐有俊才，千金散尽复还来。烹羊宰牛宜为落，回须一饮三百杯。琴夫子，丹丘生，请君歌一曲，愿君为我倾。钟鼓玉帛起足贵，但愿长醉不须腥。故来贤圣皆死尽，唯有饮者留其名。秦王筑城宴平落，斗酒千千紫欢虐。主人何为言少钱，径须沽取对君酌。五□马，千金裘，诂尔将出好美酒，为汝同欢

① 周勋初：《李白诗原貌之考索》，《文学遗产》2007 年第 1 期。

万固愁。

S2049 为：

君不见黄之水天上来，奔流到海不岸（注：旁边标有一个表示次序颠倒的符号√）复回。君不见床头明镜悲白髪，朝下青云暮成雪。如生得意须尽官，莫使金尊对。天生吾桐有俊才，千金散尽复还来。烹羊宰牛宜为落，回须一饮三百杯。琴夫子，丹丘生，请君歌一曲，愿君为我倾。钟鼓玉帛起足贵，但愿长醉不须腥。故来贤圣皆死尽，唯有饮者留其名。秦王筑城宴平落，斗酒十千紫欢虐。主人何为言少钱，径须沽取对君酌。五□马，千金裘，沽尔将出好美酒，为汝同欢万固愁。

可以看出，现藏法国的 P2544 写本与现藏英国的 S2049 写本基本完全一致，只有“诂尔将出”与“沽尔将出”和“斗酒千千”与“斗酒十千”两处不同（“诂”与“沽”、“千”与“十”，皆为字形近似而导致书写之别），因此断定这两种抄本同源。由于抄写者文字水平较低而导致的误漏如“黄之水”之漏掉“河”、误衍如“到海岸不复回”之衍出“岸”、声近而误如“如（声近‘人’）生”“尽官（声近‘欢’）”“吾桐”（吾徒）等，可谓比比皆是，但是我们不能因此而否定其校勘价值。

另一个敦煌写本 P2567，被称为“唐人选唐诗”残卷本。1913 年，罗振玉据照片影印，收入《鸣沙石室佚书》，题为“唐人选唐诗”。残卷录李昂、王昌龄、孟浩然、丘为、陶翰、李白、高適等人诗作 70 余篇，作者均为开元、天宝时人。该本录李白诗 44 篇。这个写本字体工整而清晰，题为《惜罇空》，现书录于下：

惜罇空

君不见黄河之水天上来，奔流到海不复回。君不见床头明镜悲白鬓，朝如青云暮成雪。人生得意须尽欢，莫使金罇空对月。天生吾徒有俊才，千金散尽还复来。烹羊宰牛且为乐，会须一饮三百杯。岑夫子，丹丘生，与君哥一曲，请君为我倾。钟鼓玉帛岂足贵，但愿长醉不用醒。古来贤圣皆死尽，唯有饮者留其名。陈王昔时宴平乐，斗酒十千恣欢谑。主人何为言少钱，径须沽取对君酌。五花马，千金裘，呼儿将出换美酒，与尔同销万古愁。

殷璠《河岳英灵集》共收录李白诗13首，《将进酒》诗亦在其中，诗题作“将进酒”。据考证，该书编成于天宝十二年（753），现有二卷本和三卷本两种版本，今北京图书馆所藏南宋刻本（二卷本），傅璇琮先生认为“是较早的，也是较接近于殷璠自编的本子”，[①] 该书选录李白诗13首，《将进酒》诗亦在其中：

将进酒

君不见黄河之水天上来，奔流到海不复回。君不见高堂明镜悲白发，朝如青丝暮成雪。人生得意须尽欢，莫使金樽空对月。天生我材必有用，千金散尽还复来。烹羊宰牛且为乐，会须一饮三百杯。岑夫子，丹丘生，与君歌一曲，请君为我听。钟鼓玉帛不足贵，但愿长醉不愿醒。古来贤圣皆寂寞，唯有饮者留其名。陈王昔时宴平乐，斗酒十千恣欢谑。主人何为言少钱，径须沽取对君酌。五花马，千金裘，呼儿将出换美酒，与尔同销万古愁。

尽管此“唐人选唐诗”残卷本（P2567）与P2544、S2049有多

① 傅璇琮等：《河岳英灵集研究》，中华书局1992年版，第113页。

处不同，但毋庸置疑，这三种敦煌手写本在本质上是同源的，因为它们与殷璠《河岳英灵集》版本相比，显然有别，比如它们都是“床头明镜”而非“高堂明镜”；都是“天生吾徒（P2544、S2049作‘桐’，乃音误）有俊才”，而非“天生我材必有用”；都是“请君为我倾”，而非“请君为我听”；都是“钟鼓玉帛岂（P2544、S2049作‘起’）足贵”，而非“钟鼓玉帛不足贵”；都是“贤圣皆死尽”，而非“贤圣皆寂寞”……而流传至今的《将进酒》文本基本上与殷璠《河岳英灵集》属于同一个系统。我们不禁要问，敦煌手写本与殷璠《河岳英灵集》本中的《将进酒》一诗，哪个更可靠？

二

敦煌本《唐人选唐诗》录李白诗43首，《河岳英灵集》录李白诗13首，两者有六首选目相同。从其中一些诗歌的标题来看，敦煌本较殷璠本更接近作者原始作品，比如敦煌本《唐人选唐诗》载李白诗《鲁中都有小吏逢七郎，携斗酒双鱼赠余于逆旅，因鲙鱼饮酒留诗而去》，而在殷璠《河岳英灵集》本变作《酬东都小吏以斗酒双鱼见赠》，前者所涉人物姓名、地点、事件清楚而翔实，后者则显然经过了人为的加工和简化。再有敦煌本《唐人选唐诗》载李白诗《山中答俗人问》，到了殷璠《河岳英灵集》本则为《山中答俗人》，而此诗之写作缘起正为诗人回答“俗人”之问话：“问余何意栖碧山？”所以，还是前者可信。尽管敦煌本《唐人选唐诗》与殷璠《河岳英灵集》之成编年代相近（都成书于天宝末年），但毕竟我们今天见到的《河岳英灵集》至早也是宋刻本，它在刊刻过程中可能经过了宋人的改动。如上面两首李白诗的题目，改动的痕迹还是颇为明显的。应该说，敦煌本《唐人选唐诗》更接近诗作原貌。

日本静嘉堂文库所藏宋蜀本《李太白文集》三十卷之《将进酒》文本，从本质上说，与殷璠《河岳英灵集》所载《将进酒》颇为接近，只是不少地方都加载了异文：

将进酒（一作惜空樽酒）

君不见黄河之水天上来，奔流到海不复回。君不见高堂明镜悲白髮，朝如青丝暮成（一作如）雪。人生得意须尽欢，莫使金樽空对月。天生我材必有用（一作开。又云天生我身必有财。又作天生吾徒有俊材），千（一作黄）金散尽还复来。烹羊宰牛且为乐，会须一饮三百杯。岑夫子，丹丘生，进酒君莫停（一作将进酒杯莫停）。与君歌一曲，请君为我倾耳听。钟鼓馔玉不足贵（一作玉帛岂足贵），但愿长醉不用醒（一作复）。古来圣贤皆寂寞（一作死尽），唯有饮者留其名。陈王昔时（一作日）宴平乐，斗酒十千恣欢谑。主人何为言少钱，径须沽取对君酌（一作且须沽酒共君酌）。五花马，千金裘，呼儿将出换美酒，与尔同销万古愁。

敦煌本《唐人选唐诗》中，题目《将进酒》作《惜罇空》，这个题目与诗歌内容有着直接联系，诗中写道："莫使金罇空对月""主人何为言少钱，径须沽取对君酌"，很显然，酒兴半酣，主人却因费用不足而提议罢饮，这让兴致正浓的李白极为惋惜，石激则鸣，人激则灵，正是这一激，刹那间诗人那久积于胸的愤懑与狂傲才火山般喷发出来："君不见黄河之水天上来，奔流到海不复回。君不见床头明镜悲白髪，朝如青云暮成雪。人生得意须尽欢，莫使金罇空对月……烹羊宰牛且为乐，会须一饮三百杯。岑夫子，丹丘生，与君歌一曲，请君为我倾……径须沽取对君酌……与尔同销万古愁!”可以说，这首惊心动魄的诗篇完全是由“樽空”而引起的。如一直喝得很顺畅，直至玉山自倒非人推，诗人或许写不出这样的激昂慷慨之作。在李白之前，有《前有一樽酒》的乐府古体流传，内容都是置酒祝寿之类，如晋代傅玄《前有一樽酒行》:“置酒结此会，主人起行觞。玉樽两楹间，丝理东西厢。舞袖一何妙，变化穷万方。宾主齐德量，欣欣乐未央。同享千年寿，朋来会此堂。”敦煌手写本《唐人选唐诗》残卷也载有李白之《前有樽酒行二首》(这里选录其一):“春风东来忽相过，金樽渌酒生微波。落花纷纷稍觉多，美人欲醉朱颜酡。青轩桃李能几何！流光欺人忽蹉跎。君起舞，日西夕。当年意气不肯倾，白髪如丝叹何益!”

李白借古题抒己情，青春易逝，暮年忽至，少壮意气不再，令人徒唤奈何！虽然语气比不上《惜罇空》之剑拔弩张，但所表现的惜时叹老的情绪是非常相似的。从此诗中，我们还可以领会到，诗人“倾”的是意气，而不是“倾耳听”。我认为，富有创造力的李白是完全可能将乐府古题《前有一樽酒》根据实情实景改为《惜罇空》的。至于“将进酒”，的确为汉乐府《铙歌》十八曲之一（这十八曲分别为:《朱鹭》《思悲翁》《艾如张》《上之回》《翁离》《战城南》《巫山高》《上陵》《将进酒》《君马黄》《芳树》《有所思》《雉子斑》《圣人出》《上邪》《临高台》《远如期》《石留》)。宋郭茂倩《乐府诗集》十六卷二云:“《将进酒》，古词曰：将进酒，乘大白。大略以饮酒放歌为言。宋何承天《将进酒》篇曰：将进酒，庆三朝。备繁礼，荐嘉肴。则言朝会进酒，且以濡首荒志为戒。若梁昭明太子云‘洛阳轻薄子’，但叙游乐饮酒而已。”

《铙歌》之《将进酒》，除开首两句外，歌词殊不可解：

> 将进酒承大白辩加哉诗审博放故歌心所作同阴气诗悉索使禹良工观者苦。

郭茂倩似乎也颇觉该诗费解，遂姑且根据前两句推测歌词“大略以饮酒放歌为言”。敦煌手写本 P2567 与 P2544、S2049 文本中皆无“进酒君莫停”之句。殷璠《河岳英灵集》宋刊本中亦无该句，但后者题目为《将进酒》，是否此题目为宋代刊刻者所加，存疑。

现在回到诗歌文本进行考察。究竟“床头明镜”与“高堂明镜”哪个出自李白之手？也许有人认为“高堂明镜”颇有士大夫气，而“床头明镜”显得有些闺房气，其实不然。李白有不少诗歌写自己深夜的辗转难眠“床前明月光，疑是地上霜。举头望明月，低头思故乡”，此乃因乡愁而不寐；“有时忽惆怅，匡坐至夜分。平明空啸咤，思欲解世纷。心随长风去，吹散万里云。羞作济南生，九十诵古文。不然拂剑起，沙漠收奇勋……”此乃因抱负不展而怵惕。诗人因愁苦而不眠，因不眠而“黟然黑者为星星”，古有“一夜愁白头”之说，故“床头”两字自有其深意且更能引发读者的共鸣。

究竟“天生吾徒有俊才”与“天生我材必有用”哪个更可靠？毋庸讳言，“天生我材必有用”，乃传世名句，但凡熟悉李白的读者，大抵都能脱口而出他的这句招牌式名言。然而，在这里，我们不禁要问，它是出自李白之手，还是经过了宋人刊刻《河岳英灵集》时的窜改？从用韵来看，诗歌开首两句之韵脚“来、回（回）”押十灰韵；接下来几句之韵脚“髪、雪、月”转为入声六月、九屑韵；再接下来重新转为十灰韵：“天生吾徒有俊才，千金散尽还复来。烹羊宰牛且为乐，会须一饮三百杯。”我们知道，李白转韵有个特点，转韵的首句总是用韵，是为“逗韵”，像他的其他名篇如《南陵别儿童入京》《蜀道难》《梦游天姥吟留别》等莫不如此。不独李白，张若虚《春江花月夜》、刘希夷《代悲白头翁》、白居易《长恨歌》等，都堪称“逗韵”之典范佳作。而“天生我材必有用”之“用”字，于此则殊觉突兀，妙于音韵的李白谅不至于如此。因此，“天生吾徒有俊才”应是原貌。

再看“贤圣皆死尽”与“贤圣皆寂寞”，究竟孰是孰非。从用词看，自然“死尽”不如“寂寞”更蕴藉隽永，但它更能体现李白的狂傲个性与愤激之情。“古来贤圣皆死尽”，说的是从古至今所谓的“贤圣”皆已死绝，诗人所指不独于“古”，而且更重于今。这当是诗人在仕途上遭遇重大挫折之后的牢骚之语。诗人在朝为翰林侍奉，备受攻讦与诽谤，最终被唐明皇“赐金还山”、赶出了朝廷。我们知道，李白对世道人心、对唐明皇都极度失望，方才道出这句肺腑之言。而“古来贤圣皆寂寞”，相比之下，则表现得未免太超然物外了，这不是“安能摧眉折腰事权贵，使我不能开心颜”的李白的刚直个性。

三

因为诗中提到了“岑夫子”“丹丘生”，我们试从他与此二人的交往，来考察此诗创作的大致年代。

李白与元丹丘交情深厚，集中有十多首酬赠元丹丘的诗作，他们的友谊持续了三十年：“弱龄接光景，矫翼攀鸿鸾。投分三十载，荣枯同所欢。”（《秋日炼药院镊白发赠元六林宗》）李白于开元十八年

(730)一入长安时，曾与元丹丘有应答之作——《以诗代书答元丹丘》:“开缄方一笑，乃是故人传。故人深相勖，忆我劳心曲。离居在咸阳，三见秦草绿。置书双袂间，引领不暂闲。长望杳难见，浮云横远山。”从中可见二人感情之深厚与融洽。大约开元二十年(732)左右，元丹丘隐居嵩山，李白《题嵩山逸人元丹丘山居并序》云:“白久在庐霍，元公近游嵩山，故交深情，出处无间，岩信频及，许为主人，欣然适会本意。当冀长往不返，欲便举家就之，兼书共游，因有此赠。”郭沫若在《李白与杜甫》一书中指出，此诗之“诗题和诗序不相应，序只言有意应邀，诗题却是已经到了山居，题诗壁上。看来，诗题是后人误加的，诗序即诗的长题。”所论极是。天宝元年(742)，元丹丘仍在嵩山，正式成为胡紫阳的弟子。是年秋，李白奉诏从南陵启程入京，元丹丘与此同时也从嵩山进京，他们都得力于玉真公主在唐玄宗面前的推荐:“白久居峨眉，与元丹丘因持盈法师(即玉真公主)达，白亦因之入翰林。”(魏颢《李翰林集序》)进京后，李白做了翰林供奉，元丹丘则做了西京大昭成观□□□威仪。天宝三年(744)前后，元丹丘离开了西京大昭成观，重新隐居嵩山颍阳。不久李白被“赐金还山”，离开了朝廷。名曰“诏许还山”，其实是遭奸人谗陷、被赶出了皇宫。李白为此产生了无可名状的挫败感。此时，名门之后、风标脱俗的岑勋慕名寻访李白，来到元丹丘之嵩颍山居，元丹丘设宴款待，当时正在梁宋漫游的李白慨然赴约，挥笔写下传世名篇《将进酒》。詹锳先生将《将进酒》《酬岑勋见寻就元丹丘对酒相待以诗见招》《送岑征君归鸣皋山》《鸣皋歌送岑征君》等诸诗都系于天宝四年(745)，极有识见。在《鸣皋歌送岑征君》中，李白愤怒谴责“鸡聚族以争食，凤孤飞而无邻。蝘蜓嘲龙，鱼目混珍；嫫母衣锦，西施负薪”的黑暗现实，声言“若使巢由桎梏于轩冕兮，亦奚异于夔龙蹩躠于风尘！哭何苦而救楚，笑何夸而却秦？吾诚不能学二子沽名矫节以耀世兮，固将弃天地而遗身！白鸥兮飞来，长与君兮相亲。”将岑勋引为知己和同调。在《送岑征君归鸣皋山》中李白自言“余亦谢明主，今称偃蹇臣。登高览万古，思与广成邻。蹈海宁受赏，还山非问津。西来一摇扇，共拂元规尘。”在《酬岑勋见寻就元丹丘对酒相待以诗见招》中，李白描述三人痛饮的情景：“忆君我远来，我欢方速至。开颜酌美酒，乐极忽成醉。我情既不浅，君意方亦深。相知两相得，一顾轻千金。且向山客笑，与君论素心。”显然是同时同地之作。

学者安旗将《将进酒》与《酬岑勋见寻就元丹丘对酒相待以诗见招》系于开元二十四年（736）秋天，主要根据是“天生我材必有用”诗句所表现出来的自信，她认为这自信在李白只有于开元之世才有。我们上面考辨文本时已经论述过，此言应是宋人刊刻《河岳英灵集》时的窜改，因此，不足为凭。另外，李白写于开元二十二年前后的诗作《赠从兄襄阳少府皓》云：“归来无产业，生事如转蓬。一朝乌裘敝，百镒黄金空。弹剑徒激昂，出门悲路穷。”此时诗人的生活已是十分窘迫，到哪里去寻那“五花马”“千金裘”的气派呢？这气派自是源于唐玄宗的“赐金还山”。

综上所述，我认为，敦煌手写本《唐人选唐诗》所载《惜罇空》乃李白传世名篇《将进酒》的原始版本，它与我们今天所熟知的这首诗从题目到内容都有许多不同，因为它在流传过程中经过了编者、刊刻者等人的改动，致力于古典文献整理的我们，应以敦煌手写本《唐人选唐诗》所载该诗为准。同时，该诗创作于诗人李白被“诏许还山”之后，亦是可以肯定的。

山川正气，雪月清辉

——范椁生平及其山水诗与诗学主张考论

范椁（1272—1330），字亨父，又字德机，号文白，人称文白先生。临江府清江县（今江西省樟树市）人，元代中期著名诗人、书法家、诗歌评论家，与虞集、杨载、揭徯斯并称“元诗四大家”。范椁诗文著作有《燕然稿》《东坊稿》《海康稿》《豫章稿》《侯官稿》《江夏稿》《百丈稿》等，共十二卷，后人整理为《范德机诗集》，行于世，诗风雅正平和，堪称“山川正气侵灵府，雪月清辉引思风”，同时不尚雕琢、出乎自然，代表了元中期的诗歌美学追求。范椁另有诗论著作《木天禁语》和《诗学禁脔》，以及其弟子们整理的范椁所授诗法若干。在此拟对他的生平及其所交诗友、山水诗及其“宗唐得古”之诗学主张做一考辨和论析。

一　范椁生平及诗友考

据《元史·范椁传》记载：范椁父亲早逝，母亲熊氏守节“不他适”，亲自教他读书习字。范椁自幼聪颖，过目成诵，他在《奉和效古意醉歌》中曾这样写道："忆我初年三四龄，当客唯对声令令。夜诵汉赋一千字，朝来千字仍心冥。"① 元大德十一年（1307），范梈北赴京师谋求发展，靠卖卜自给。后以学识为御史中丞董士选赏识，聘为家庭教师。不久董士选荐之为左卫教授，旋迁翰林院编修官。期满，任命为海南海北道廉访司照磨（职官名）。在地方官任上，不畏酷热瘴疠，巡历僻地，兴学教民，昭雪冤案，政声颇著，创作了不少关心民生疾苦的诗篇，如任福建闽海道廉访司知事时，他了解到福建文绣局常借给皇上绣衣袍为名，随意征集老百姓家的女子无偿做绣花工，为了牟取暴利，还常把年轻男子也抓去做女红，不仅影响了农业生产，扰乱了百姓生活，加重了百姓的苦难，亦导致军队士卒缺乏。范梈为之而写了《闽州歌》，揭露文绣局的腐败，廉访司采之上报朝廷后，文绣局立即被取缔。又如《省灾初至新建山谷山家》："恤灾犹自恼渔樵，太息无时缓赋徭。日暮解鞍仍秉烛，强颜聚吏戒科条。"一心为民着想，从不谋一己私利，粗茶淡饭，从容宴如。不久迁任江西湖东道廉访司照磨。随后，又由御史台提升为福建闽海道知事。范梈对母亲十分孝顺，多年在外做官，不能侍亲，几次上书朝廷请辞回家，皆未得批准。天历二年（1329），朝廷任范梈为湖南岭北道廉访司经历，范梈因母亲病重拒不赴任，回到家乡，归隐百丈山，照料母亲起居。这一年，范母病亡，他十分悲痛，抑郁成疾，次年10月病逝，终年59岁。吴澄为其撰写碑文，把他比作东汉时的梁鸿、张衡、赵壹、郦炎等一批正直的君子，赞之曰："介洁之行，瑰玮之文，而止于斯也，来世倘有闻乎?"②

范梈平生所结交的诗友，以大德十一年他北上京师为分水岭，这

① 文中所引范梈诗歌均出自四部丛刊初编景印校抄本《范德机诗集》，不逐一出注。
② 吴澄：《范梈墓志铭》，《吴文正公集》卷四十二，元人文集珍本丛刊影印成化刊本。

一年，他36岁。北上之前，他一直在江西读书、求学。至元初，范梈拜杨叔方为师，学习经学。杨叔方是江西吉水人，博学多才，“通诗、书、易、春秋、天文、历数，靡不研精，著经辨疑、历法五行论等书行世……四方学者争造其门，以经学授清江范德机”①。范梈诗歌的雅正之风，与其早年研经经历不无关系。杨叔方之子杨文川则拜范梈为师，两人朝夕相处过一段美好时光。杨文川之诗，颇得范梈之骨力。二十年后，范梈曾深情回忆道：“始我南山居，与子共朝夕。服事子尊君，德义蔼夙昔。焉知二十载，万变如顷刻。渔钓负平生，浩荡随所适。进惭负官义，退愧寻幽迹。而此山水间，时勤问消息。夜深疑岩扃，萝月在屋翼。清言溢前闻，子学自有力。世好将未忘，相资庶有得。”(《和答杨茂才》) 两人唱和的诗篇很多。范梈去世后，杨文川整理了其诗稿，付梓前命其子继文特请揭傒斯为范梈诗集作序。

在本乡尊贤好礼的皮氏（即嘉义大夫南雄路总管府尹兼劝农事皮一荐）家，范梈结识了著名理学家和诗文大家吴澄，吴澄长范梈二十余岁，对之印象深刻：“年未三十，予识之于其乡里富者之门，虽介然清寒，茕然孤独，而察其微，有树立志，无苟贱意。越数年，渐渐著声称。”②“范之清操廉节，实清实廉者也。益贫而益坚，弥久而弥光，斯其为实之茂也已。”③ 吴澄名重京师，董士选曾推荐入朝，擢应奉翰林文字，未任。除江西儒学副提举，以疾去官。后历任国子监丞、国子司业、集贤直学士、翰林学士、太中大夫等职，后来范梈入京师受董士选赏识及举荐，或与吴澄援引有关。

① 解缙：《南麓斋记》，《文毅集》卷九，四库全书本。
② 吴澄：《范梈墓志铭》，《吴文正公集》卷四十二，元人文集珍本丛刊影印成化刊本。
③ 吴澄：《万实元茂字说》，《吴文正公集》卷六，元人文集珍本丛刊影印成化刊本。

进学皮家时，作为年纪最小的一位，范梈还结识了刘辰翁、虞汲（虞集之父）、邓中父（一荐）等，一起讲学不倦，其中杜本亦颇年少，与范梈相仿，他们二人也十分投契，厚谊伴随终生。杜本，字伯原，清江人，与范梈同乡，学识渊博，于经史、天文、地理等无所不通，颇具经世之才。元至大年间，吴越大饥，杜本上救荒之策，江浙行省丞相呼剌木奇之，力荐入朝，至京旋即隐居武夷山；图贴睦尔在江南闻其名，即位为文宗，以币征之，不赴，书《尚书·无逸》以进；至正三年，会宗招修辽、金、宋国史，丞相脱脱荐为编修官，辞以疾笃。杜本为人“湛静寡欲，终日无疾言遽色，夜则嗒然而坐，或达旦不寐。与人交，尤笃于义”①。范梈与杜本情谊深厚，京师为官时曾寄诗于杜本：“征君家住武夷山，白鹤玄猿夜叩关。船泛清泠凡九曲，屋分丹壁只三间。世人往往知名姓，仙子时时定品班。孔壁秦灰天未丧，几多鱼豕待重删？”（《寄武夷杜伯原甫》）后来范梈隐居百丈山，杜本深夜来访，两人畅饮甚欢：“不意故人车，间回南巷深。自承闽州问，契阔遂至今。良辰得佳遇，足以涤烦襟。乔木生夏凉，广池鸣夕琴。景会理应惬，况此月下斟……”（《夏夜杜山人本自武夷来百丈会馆》）

范梈中年至京师为官，虽仕途不达，但诗名颇显，他与虞集、杨载、揭傒斯等人横绝诗坛，同倡宗唐得古、雅正和平之声，“有元混合天下，一时鸿生硕士，若刘、杨、虞、范出，而鸣国家之盛，而五峰、铁崖二公继作，瑰诡奇绝，视有唐为无愧”②。曾任辽、金、宋国史总纂修官的翰林学士欧阳玄曾说：“我元延祐以来，弥文日盛，京

---

① 危素：《元故征君杜公伯原父墓志铭》，《危太朴文集》卷续二，元人文集珍本丛刊影印宣统嘉业堂从书本。

② 贝琼：《清江贝先生文集》卷一，四部丛刊初编景印明初刊本。

师诸名公咸宗魏、晋、唐，一去金、宋季世之弊，而趋于雅正，诗丕变而至于古。江西士之京师者，其诗亦尽弃其旧习焉。”① 宋濂在《元故秘书少监揭君（汯）墓碑》中说：“有元盛时，荆楚之士以文章名天下者，曰虞文靖公集、欧阳文公玄、范文白公椁、揭文安公傒斯，海内咸以姓称之，而不敢名。”② 学识渊博的高士徐达佐亦说：“当是时，以诗文鸣世者，若赵松雪、虞道园、范德机、杨仲弘诸君子，以英伟之才凌跨一代，谐鸣于馆阁之上，而流风余韵，播诸丘壑之间。”③

范椁与虞集的关系最为密切。虞集，字伯生，号道园，因书室名邵庵，人称邵庵先生。祖籍仁寿（今四川省眉山市仁寿县），为南宋丞相虞允文五世孙，其父虞汲曾任黄冈尉。宋亡后，徙家临川崇仁（今属江西）。虞集承家学，少从吴澄游（两家为世交）。虞集与范椁同岁，两人年轻时在清江皮氏家相识，后来又先后同在董士选家客居，友情非比寻常。范椁去外地做官后，虞集很想念他，多次寄诗抒怀，也托他人捎去问候。虞集对范椁的人品、诗歌、书法均给予高度评价：“羽客鉴空犹有鉴，故人诗后更无诗。”（《赠罗鉴空，兼忆范德机》）“凡骨蜕余清似雪，高情起处一丝轻。”（《题范德机墨迹》）其《己卯秋，舟过清江，忆范德机二首》（其一）深情写道：“归来江上鬓如丝，所谓伊人独系思。千载清风东汉士，百年高兴盛唐诗。离离宿草秋云断，采采黄花夕露滋。山水含晖无尽意，他生何处共襟期。”赵汸在《邵庵先生虞公行状》中说：“最善清江范公德机，称其著作妙入神品。其卒也，尤哀之。舟过清江，抚存其孤子，为之

① 欧阳玄：《圭斋集》卷八，四部丛刊初编景印成化刊本。
② 宋濂：《宋文宪公集》卷三十，上海中华书局四部备要校勘本。
③ 徐达佐：《勾曲外史集序》卷附录，四库全书本。

慨然。”①

范梈先读到杨载之诗，后识其人，“大德间，余始得浦城杨君仲弘诗，读之，恨不识其为人。”② 后来二人同在京师，成为朋友，两人谈诗论文，抵掌而乐。两人在皇庆元年同为史官，每每夜以继日，秉烛切磋：“会时有纂述事，每同舍下直，已而又相与回翔留署，或至见日月尽，继烛相语，刻苦淡泊，寒暑不易者，唯余一二人耳。”③ 后来范德机远去南地为官，杨载赠诗曰：“往岁从君值禁林，相于道义最情深。有愁并许诗频和，已醉宁辞酒屡斟。漏下秋宵何杳杳，窗开晴昼自阴阴。当时话别虽匆遽，只是离忧搅客心。”④ 后来，杨载中进士，亦各地为官，两人十几年未能相见，但彼此常有诗歌往来，幻想着有朝一日再能相会，谁知杨载竟撒手而去。杜本请范德机为杨载的诗集作序，因为他最了解仲弘的为人为文，范梈在序中写道：“盖仲弘之天禀旷达，气象宏朗，开口议论，直视千古。每大众广席，占纸命辞，敖睨横放，尽意所止。众方拘拘，己独坦坦；众方纡余，己独骋骏马之长阪，而无留行。故当时好之者虽多，而知之者绝少，要一代之杰作也。”⑤

“元诗四大家”之一的揭傒斯与范梈亦有颇多往来。揭傒斯，字曼硕，号贞文，龙兴富州（今江西省丰城市）人。父来成，为南宋乡贡进士。傒斯幼贫，以父为师，读书十分刻苦，昼夜不少懈，由是贯通百家，早有文名。大德年间出游湘汉。名公显宦如湖南宣慰使赵琪素、湖南宪使卢挚、湖北宪使程钜夫都非常赏识他。仁宗皇庆元年

① 赵汸：《东山存稿》卷六，四库全书本。

② 杨载：《翰林杨仲弘诗集》卷首，四部丛刊初编影印明嘉靖十五年刊本。

③ 同上。

④ 同上书卷六。

⑤ 同上书卷首。

(1312)至大都，与名震京师的文坛巨匠赵孟頫、李孟、虞集、范梈、杨载、邓文原、袁桷等颇多酬唱，其文正大简洁，体制严整；作诗长于古乐府，选体律诗，长句伟然，有盛唐之风；楷体行书，皆有可观，由是知名。绝延祐初，由布衣荐授翰林国史院编修官，与范梈友谊日深。他们曾结伴游览江左飞虎山之桃源、清江之黄氏池亭，赋诗以记之。范梈晚年隐居临江百丈山，揭徯斯专程看望，可惜不遇，题壁而去。过后范梈和之曰："麻姑蚤解鬓成霜，况说山中海与桑。久别南城坛近客，西风残照忆题墙。"（《和揭曼硕茂才，揭尝过临不遇，留题墙壁》）范梈去世后，揭徯斯深为感慨，在《范先生诗序》中他这样形容范梈的诗："如秋空行云，晴雷卷雨，纵横变化，出入无联。又如空山道者，辟谷学仙，瘦骨嶙嶒，神气自若。又如豪鹰掠野，独鹤叫群，四顾无人，一碧万里，差可仿佛耳。"

济南历城人张养浩将范梈视为知音。张养浩，字希孟，号云庄，是位正直之士。至大年间，官监察御史，以直言忤丞相。仁宗时，累迁礼部尚书；英宗时，命参议中书省事，后辞官回乡隐居。他与范梈也有诗歌往来。至大三年（1310），范梈被任命为海南海北道廉访司照磨，时张养浩在朝中任监察御史，同为诗友，作诗《送范德机赴海北道宪司知事》为范送行："金薤银钩两绝奇，才华江左舍君谁？一官毛义荣亲日，千里吕安怀友时。叫断霜天鸿雁瘦，吟残山月凤鸾饥。从今夜夜江湖梦，说与杨花未必知。"首联赞美范梈的书法超群、才华过人；颔联以古代孝子毛义比范梈，"每一相思，千里命驾"的嵇康好友吕安来自比；颈联写自己别后相思之苦与范梈在艰苦环境中依然能坚守高洁情操；尾联写自己夜夜魂牵梦绕，此心无人堪会。后来范梈隐居百丈山，张养浩挥笔写下《范德机寓田记》：

人多不能隐，而德机锐于隐。顾无田以为归，天下事若此者多矣，岂德机与余终于胥失耶？虽然，夫田土为物实传世，不可人力锢者，其或有焉不能守，守焉不能恒，恒矣而旱溢以厄之、螟蜷以痒之、剧族豪邻侵牟之，则其为扰反不若无有之愈。然则为德机计者，将奈何哉！德机其以博厚为田，高明为庐，仁以为山，智以为水，种以义理，而获以道德，将居之食之，无不穷极厌足。虽使子若孙永世守之，亦无厄痒侵牟之患，则其为业不既安且久乎？于是德机怃然曰：吾不贫矣！遂为书之，以满其所欲云。

——《归田类稿》卷6（四库全书本，第9页）

傅与砺作为后学，深得范梈之赏爱。与砺，名若金，字汝砺，后改作与砺。元代新喻（今江西省新余市）人。少贫，学徒编席，游食百家，发愤读书，刻苦自励。天历二年（1329），范梈去湖广行省乡试考官，与傅与砺相识于武昌，范作《赠傅汝砺北游》以赠之：“十年身不到瀛洲，江上逢君又素秋。行李只今何处在？看花须及俊年游。沧波远去浮三坞，白日高悬照九州。大旱若将敷说命，贤良记取旧弓裘。”后来范梈隐居百丈山，傅与砺入其门下，朝夕承教：“范太史德机先生居百丈峰之下，自少承其面论口传者为多。”① 傅与砺北上京师，范梈写信与虞集，希望他对傅与砺有所帮助。范梈在《与虞伯生书》中介绍傅与砺说：“其人妙年力学，所为诗赋警拔可爱，其为人静慎又可尚，谓将北行，介之以见……与语当知仆之非妄，未由参侍，更冀以斯文自爱，不宣。”② 傅与砺在京师受到虞集、揭傒斯、宋褧等名流的热情褒扬，声名鹊起。范梈在诗文创作与为人处世等各方

① 傅与砺：《傅与砺文集》卷首，四库全书本。

② 同上书附录。

面都对傅与砺十分尽心，傅与砺对老师充满了由衷的敬重和感激："范先生人品重一时，而文章之高古神妙，名公作者莫不服之，称其必传后且不朽。其书亦清劲有韵，神气清朗，无毫发倦惰苟且之思，类其为人。"①

危素亦曾师从范梈。危素，字太朴，金溪（今江西省金溪县）人，唐抚州刺史危全讽之后，自幼聪颖好学，年少即通《五经》，登门向吴澄、范梈求学。元至正元年（1341），因大臣推荐，朝廷授为经筵检讨，参预编修宋、辽、金三史及注《尔雅》，书成，由国子助教升翰林编修。后历任太常博士、兵部员外郎、监察御史、工部侍郎，最后至大司农丞、礼部尚书。范、危二人常共吟咏，范之名句"雨止修竹间，流萤夜深至"，便是他们秋夜不寐、漫步山中时灵感忽至之语。两人酬唱之作颇多，如范德机《九日和危太朴见贻》："年年江海上，饮菊对重阳。又复兹辰至，都无少日狂。遥峰栖户碧，败叶拥池黄。只有长生事，于今堕渺茫。"《九日简危太朴》："疾风吹细雨，忽忽过阴崖。久喜江山静，新增节序佳。秋声连迥野，暝色起高斋。自得论文侣，中年有好怀。"范梈去世后，危素期望老师英明不朽，特请当世大儒吴澄为撰墓志铭，吴澄在《范德机墓志铭》中，对范梈品格才学给予了高度赞扬。

元朝建立后，道教一直受到统治者的扶持，呈现出兴盛气象，形成北方以全真道为代表、南方以正一教为中心的格局。范梈生活的时代，统治者重兴儒教，儒道合一渐成时代趋势，颇受皇帝优宠的著名道士吴全节、张守清、张雨等，本自是博学多才的儒士，诗名卓著但沉沦下僚、时有出尘之想的范梈与他们有所往来是很正常的事情。吴

① 傅与砺：《傅与砺文集》卷首，四库全书本。

全节，字成季，号闲闲，饶州安仁人，是正一教的代表人物，至治二年被授特进、上卿，封“玄德真人”，总摄江淮、荆湘等地道教，知集贤院道事，范梈集中有数首写给吴全节的诗，表达了自己的敬佩、倾慕之情。张守清，名洞渊，峡州宜都（今湖北宜昌西北）人，武当山著名道士。至大三年（1310）及皇庆年间（1312—1313），多次奉诏入京祈祷雨雪。延祐元年（1314）朝廷授为“体玄妙应太和真人”，命他管领教门公事。范梈《送张炼师归武当山》，热情赞颂了张守清求雨成功的高超功力，“我持一瓢酒，欲以赠远色。岁暮不见君，怅惘空中翮”，表现出依恋不舍之深情。张雨，字伯雨，号贞居之，又号句曲外史、华阳外史。张雨为宋崇国公张九成之后裔。年少时倜傥不羁，年二十弃家，遍游天台、括苍等名山，后拜茅山四十三代宗师许道杞弟子周大静为师，豁然有悟。又师从杭州开元宫师玄教道士王寿衍，道名嗣真，道号贞居子。尝从王寿衍入朝，却不希荣进。张雨多才多艺，诗文、书法、绘画，清新流丽，有晋、唐遗意。曾拜访范德机，碰巧不在，写诗《题范德机编修东坊稿后》留于其书案，“直想瘦生如饭颗，竟从痒处得麻姑”，范梈读后很是兴奋，写了《和答张伯雨》以答之。另外，范梈与著名道士朱思本、查广居等也都有诗歌往来，此不一一列举。

二　范梈的山水之吟

范梈生在江西，中年北上京师（大都）步入仕途，后来又去海南、福建等地为官，江南秀色、北国风光、岭南山水，无不惊艳着双眼、滋养着心灵、丰富着生命、激活着诗情，因此，山水诗在范梈的作品中占据着重要地位，不仅数量大，而且质量高。范椁的山水诗，不像许多诗人此类题材的作品，图形写貌，为山水而山水，而是在水光山色的描写中表现自己的政治理想、友道人生、天伦之爱、出尘之思，因此，范椁的山水诗较常见的山水诗要来得厚重、雅正、清平，下面对此分别加以论述。

山程水驿，长路漫漫，此时诗人往往最有闲情欣赏沿途风景，采撷入诗。范椁也写下过不少山水记游诗，但他并非只是赏玩物态，而是要寄寓自己的政治理想和抱负，如《顺昌道中》：

冉冉秋序高，劳劳客程促。如何霜霰交？不见原野肃。
颓崖绚夕红，古涧漾寒绿。非惟藤蔓敷，亦复芳气馥。
物生固有常，气候殊过续。以兹羸疾身，动往居瘴毒。
念彼闽村人，田稀口如粟。耕种上青云，妻孥力凉燠。
吁嗟公私弊，群需待其熟。安得廉耻吏？俾之食常足。
上以承恩光，下以厚风俗。丹心映皓首，我何自拘束？

已是深秋时节，严霜已降，但闽地原野依然花红水绿、香雾缭绕。诗人对这种反常的自然景象颇感惕怵，自己羸疾之身，置入瘴毒之地，自非幸事。但诗人并没有陷入一己祸福之虑之中自怨自艾，而是把眼光转向当地百姓生计之艰：“念彼闽村人，田稀口如粟。耕种上青云，妻孥力凉燠。”这里田少人多，寒来暑往，家家老小不辞辛苦地在山巅劳作。诗人联想到贪官污吏的巧取豪夺、层层盘剥，令百姓食不果腹、衣不蔽体，不禁痛心疾首，呼吁：“安得廉耻吏？俾之食常足。上以承恩光，下以厚风俗。”这与诗圣杜甫“知君尧舜上，再使风俗淳”的仁者之心，真可谓一脉相承。再如《四月朔，经杨林作诗，奉命宣布郡县，值大水，蚕麦俱尽，深念民生》：

吉日涉大川，单舟若鸿毛。摇摇遇顺风，泛泛凌雄涛。
已过赤岸渚，复宿杨林皋。棹师何心术？在险益无劳。
受命未逾期，触目叹所遭。蚕熟麦再空，万口声哀嗷。
年时有灾地，白屋皆滔滔。不能补分寸，奚用征秋毫？
纶言本温厚，下布肃官曹。奉宣吾职尔，庶用救萧骚。

诗人身为奉宣使，前往各郡县传达王命，旨在整肃官曹，沿途遭遇水患，洪水浩荡，诗人乘坐的小舟漂摇其上，轻若鸿毛。放眼望去，白屋没水，麦田尽淹，百姓哭声震天。看到眼前的水灾，诗人痛感自己力薄，不能救百姓于苦难，但对当代统治者的“仁政”表现出充分的信心，相信官府将会安抚众生、解民于倒悬。这一方面是由于范梈所处之世，政治相对而言尚称清明，同时也不妨视为一种话语策略，诗人希望统治者能够怜悯百姓之苦，下旨扶贫救灾、免去当年赋税。本是一首书写旅途见闻的山水诗，但由于一腔仁爱之情渗透字里行间，读来更像是一首地道的政治诗。

有时是分别题赠，范梈送友人踏上征程，他凭借丰富的想象力，构思出对方所到之处的所见所感，从而抒发勤政爱民的良吏情怀，这类诗总是写得情景交融，富有感染力，如《寄上甘肃吴右丞三首，其一》：

要使唐虞化远覃，玉门关下屈征骖。
多忧总为民心苦，有喜惟闻郡姓甘。
日晚边沙黄浼浼，天晴陇树碧毵毵。
国风不系秦州外，自此西人识召南。

吴右丞远赴西北关外，范梈寄诗以赠。边关荒凉，故人难遇，对友人的孤单凄苦，范梈在诗中不仅没有渲染，反而有意忽略，而对吴右丞此行带给当地百姓的温暖与关爱给予热情赞美，从而提升了诗歌的境界和品格。“日晚边沙黄浼浼，天晴陇树碧毵毵”，黄沙弥漫，绿树依依，描画出西北边陲迥异于内地的最具代表性的景色，但诗人无意吟风弄月，他着意要表现的乃是，这片《国风》不曾涵盖的外邦，如今因了吴右丞的到来而成为王朝的教化之邦。范梈本人曾多年在南荒履职，写于海南任上的《郡中即事十二韵》云：“儋耳九州外，邈然在南荒。周回数千里，大海以为疆。古来非人居，禽兽相伏藏……吾尝七八月，持节泛沧浪。一旬录郡狱，询事考纤芒。问之守郡人，莫识为治方。但见西风多，廨宇秋芜长。圣哲戒忠信，勿谓不足行。及兹蛮貊邦，始见斯道臧。”因而，写给吴右丞的肺腑之勉，又何尝不是其夫子自道。人评范梈之诗“雅正”，殊不知，诗雅正，源于诗人为人为官之雅正。

郡斋周围的小花小草，看似平淡无奇，范梈也常作诗以记之，但每每传大雅之韵，如《金凤》：

金凤阶前只漫生，移栽行列甚方平。
新来两本当轩出，各吐幽花照眼明。
夏雨要将苏众槁，朝阳端已瑞先鸣。
勿云小草精神短，每论韶箫记尔名。

金凤花开，灿烂夺目。长期干旱之后，一场夏雨降临，复苏万物。金凤花赶在此时盛开，在诗人眼中，直是祥瑞降临，以引百鸟朝凤之景象。金凤虽是普普通通一株花木，但其又是一种民族的图腾、一种诗意的象征，《尚书·益稷》曰：“箫韶九成，凤皇来仪。”是为盛世祥瑞之应。再如《庭草》：

为爱庭中草，经春坐不除。澄心皆净域，履道即安居。

海气含楼阁，年光映簿书。昔人伤废事，作吏竟何如？

诗人喜爱庭阶草绿，故任其滋长，不加剪除。在他看来，心地清净，则处处皆为净土；循道而行，则时时可得安居。郡斋濒海，见地属荒陬；簿书堆案，见吏事繁杂，昔人于此每叫苦不迭，自己感觉又当如何呢？诗贵含蓄蕴藉，诗人没有明说，但我们能从上面怡然自得的景物描写中探知，他是安于且乐于这一差事的。

范梈喜爱交友，人缘颇好，其诗集中与友人赠答之作数量较多，阅读这些诗篇，我们不难发现这样一个事实，范梈的赠友诗往往可视为山水诗来品味，因为诗中，景物描写的篇幅与分量总是占据绝多优势，而不像其他诗人那样，赠友诗的内容是偏重叙事，写景只是一种点缀或兴寄。反过来我们也可以说，范梈的许多山水诗是用来抒写友情的，比如《卧庭》：

朝来忽见树藏霞，碧草村边径路斜。
佳客不来春雨尽，山禽啄遍小桃花。

诗人一早忽见红霞隐映绿树之间，村外芳草萋萋，一条小路弯向远方，他不禁一阵惊喜，昨夜雨一直在下，自己还在担心佳客可能会因下雨而取消今天的约会呢，不想雨居然识趣地停了。诗人喜不自胜，于是坐在院子里静候友人的到来。可是，等来等去，对方就是没来。诗人懒懒地看着山禽将初开的小桃花一朵朵给啄了个遍……其无聊若此，其失落可知。而题作“卧庭”，亦属有意，一定是坐等太久而感到倦乏，所以才躺卧下来呢。只是写景，但情思之浓表现得淋漓尽致。宋代赵师秀《约客》诗这样写道：“黄梅时节家家雨，青草池塘处处蛙。有约不来过夜半，闲敲棋子落灯花。”两相比较，我们说，范梈《卧庭》更为蕴藉，也更耐人寻味。再如

《九日，简危太朴》：

疾风吹细雨，忽忽过阴崖。久喜江山静，新增节序佳。
秋声连迥野，暝色起高斋。自得论文侣，中年有好怀。

范梈之于危素，亦师亦友，他对危素的才学一向十分欣赏。前六句全是写景：疾风细雨，吹过背阳的山崖。江山静穆，清秋替换了炎夏。旷野秋声响成一片，夜色渐渐弥漫了高高的书斋。诗人以白描手法，晕染出秋天黄昏时候的江边雨景。从色调上看，并非明媚敞亮，甚至还有颇些阴郁黯淡，但诗之妙恰在于此，诗人因为结识了危太仆这样与自己谈诗论文的高人，心情格外欢畅，于是再萧索的风景在他眼里也变得非常可爱了。但心情孤寂落寞时，相似的黄昏秋雨只能让诗人倍添惆怅，化解苦闷之方便是与友人的声气相通：

乱竹通邻舍，修梧限掖垣。日长惟有雨，秋半只如昏。
野色愁俱破，河流畏更浑。惟应好僚友，孤寂义弥敦。

——《秋雨寓舍酬答夏编修四首，其一》

范梈初到元大都时，曾寓居在北京西郊，附近有个夏庄，诗人与同伴曾数次来此地的平坡游玩。《至夏庄，怀平坡旧游》一诗，乃为怀念“旧游”而作，此诗也是写景多于叙事，描写桃杏花、村酒、紫燕、青蛇等，景致与上次大同小异，但字里行间颇有怅惘之意，因为少了故交虞集，虞集才高八斗，却对范梈格外青睐，赞赏不已。人在困顿落魄之时，得到友人的鼓励，是非常宝贵的精神支撑：

平坡谷前桃杏花，年时着屐到君家。
只今可买惟村酒，无复能来识石茶。

帘幕高高通紫燕，溪潭款款伏青蛇。

同游昨有虞公子，郤为卢郎得浪夸。

范梈游宦在外多年，位沉下僚，崎岖艰辛，冷暖自知。同时，诗人自幼由寡母抚养长大，中年以后，走北闯南，极少有机会回归故土。他对自己无法尽孝高堂始终心怀愧疚，因此，思亲怀乡之情与日俱增，在一些山水之作中，我们可以体会到他浓烈的乡愁：

鼓角连天月满城，芭蕉叶上露华生。

思乡不寐占潮信，说是中旬夜半平。

——《不寐》

商船夜说指江西，欲托音书未忍题。

收拾乡心都在纸，两声杜宇傍人啼。

——《得樟树镇，便寄家书》

前一首写异地风俗，祭神时鼓角连天，吵得人不得安生。芭蕉叶上聚起了露珠，可见已是夜半更深。苦于思乡，无法入眠，百无聊赖之中遂占卜起汛期结束的日子来，说是要等到中旬夜半，方能退潮，那时大概可以归乡了吧？可谓深衷浅貌、短纸长情。后一首写邂逅商船，说是要发往江西老家的，正好可以托带家书，可是真怕信上的文字惹亲人伤感，所以犹豫着不忍下笔。好不容易写好了，这时杜鹃仿佛有知，忽然哀鸣了两声……不如归去，不如归去，这正是诗人心底的呼喊啊。

母亲年迈多病，诗人官职在身，无法归乡奉亲，只好遣妻子前往照料老人：

具船闻解缆，想象系朝昏。到日初收雨，沿流定达郛。

初生南涧藻，好近北堂萱。载感飘零意，清江是故园。

——《三月十一日，遣家人还舍奉侍，值雨。十四日，值晴作》

雨幕中将妻子送上船，沿江而下，希望能如期抵达清江老家。妻子温顺善良，定会好好孝敬老母。自己飘零异邦，鞭长莫及，如此庶可稍解内心愧疚之意。我们从“闻解缆”“系朝昏”“初收雨”“定达郫”“南涧藻”“北堂萱”这一系列情景画面的叠加与转换中，可以真切感受到诗人对妻子远行的牵挂和对老母获得侍奉的欣慰。

范椁另有不少山水佳作，寄寓着他摆脱尘俗、飘然远引的志趣。尽管范椁致力于儒术，关爱百姓，希望有补于时。但他在政治上郁郁不得志，一直在僻远之地作下级官吏，官场的黑暗腐败与险恶，秉性孤洁、正直的诗人时时生出避世归隐之念，他对友人山居的幽美景色格外艳羡：

游居展静好，尽日有高情。竹下流泉过，花间时鸟鸣。

因人问药裹，要我罢琴迎。本自无知者，山林颇近名。

——《题友人山居》

友人的山居，宁静祥和，清新脱俗。有竹林，竹下有清泉；有繁花，花间有鸟鸣。范椁陶醉其中，这种闲适惬意的生活方式真是太对自己的胃口了。

诗人本有烟霞之癖，因而每遇山水美景，便自会萌发归隐林泉之想，他在《由海昏人武宁道中》一诗中写道：

登高势欲坠，逾险心始领。戒想适其恒，经过何由骋。

泄云行崦杉，零露浥涧茗。玄蝉振山凄，白鹭团沙整。

久盼归舟近，况怀垂钓永。岂不畏严程？无因揽流景。

烟霞蕴至乐，岁月启深省。百丈有幽期，眷兹心耿耿。

诗人出差公干，由海昏县行至武宁道中，这里景色如画，引人入胜。怎奈公务在身，官程紧迫，不容自己坐下来细细品赏。他再一次醒悟到，人生至乐，乃蕴藏在“烟霞”之中，只有皈依自然，人才能真正地找回真我、身心安顿。此刻，隐居百丈山这一念头又变得格外强烈起来。

他在《黄州道中》写道：

径转山仍掩，沙移圃自成。蒹葭连水白，杨柳荫门清。

无复论余事，真堪了此生。眼中陈仲子，九鼎一毫轻。

此次亦是执行公务，行经黄州道中，但见山水清幽，景色宜人，诗人真想就此停下红尘匆匆的步履，将俗事尽抛脑后。与高洁脱俗的古代隐士陈仲子相比，所谓江山社稷实在是轻如鸿毛。

后来，范梈终于如愿以偿隐居百丈山，虽然日子过得并不富足，但诗人心满意足，在他眼里，这种自由自在的生活充满了世外桃源般的诗情画意：

川容丽过雨，百谷会新流。溪路凌高转，佳木鸟鸣幽。

我田横岫下，黍稷岁可收。不谓有生意，乃复见将秋。

时从野老饮，欢语載道周。宇宙无终极，此外更何求。

——《雨后山庄图》

雨过天晴，山庄焕然一新。路边小溪在山中婉转奔腾，茂密林木里时时传来清脆鸟鸣。山下有自家的一片天地，庄稼长势喜人，秋天应该收成不错。乡村野老，时时过来一起饮酒，欢声笑语在路边回响。宇宙永恒，人生苦短，获得当下的身心合一与愉悦才是王道，又何必让自己为浮名浮利而虚苦劳神呢。从表面上看，范梈的耕田与野老的耕田并无区别，但从认知上说，二者分属于两个层次，野老的耕田，是一种被动的认命，他们祖祖辈辈以此为生；范梈的耕田是出于文人的自觉，是对宇宙大化的自觉皈依，他耕种的是田地，也是理想、信仰和诗意，同时代人张养浩这样评价范梈的隐居："德机其以博厚为田，高明为庐，仁以为山，智以为水，种以义理，而获以道德，将居之食之，无不穷极厌足。"可谓知音也。

三　范梈"宗唐得古"的诗学主张

范梈的诗学理论主要保存在他的诗法著作《木天禁语》《诗学禁脔》以及《诗法源流》（题作"傅与砺述范德机意"又名《诗法正论》《诗源至论》《诗评》）《总论》（旧题"范德机门人集录"）和《吟法玄微》（旧题"范德机门人集录"）中。范梈还选批过杜甫、李白诗歌选集：《杜工部诗范德机批选》《李翰林诗范德机批选》，通过对杜甫、李白各体诗歌的选评批点，阐发了自己的诗学观点。另外，在他为别人作的诗集序中，也可散见他的诗学思想。

明代学者许学夷认为《木天禁语》《诗学禁脔》二书非范梈所撰，他在《诗源辩体》卷三十五中说："范德机《木天禁语》，论七言律有十三格，谓一字血脉、二字贯穿、三字栋梁、数字连续、中断、钩锁连环、顺流直下、双抛、单抛、内剥、外剥、前散、后散，其所引诗，率皆穿凿浅稚。又云'用字琢对之法，先须作三字对或四字对，然后妆排成句，不可逐句思量'，其浅陋为甚，伪撰无疑。"但浅陋云云只是许学夷个人的主观感受，他并未能提出真凭实据证明

《木天禁语》非范梈著。《四库全书总目提要》也曾指出此为伪书，根据有二：一是该书将《诗苑类格》的作者李淑误以为唐人，事实上李淑是宋人；二是书中有些论述与明代赵撝谦《学范》中的观点相同，因此断定《木天禁语》为书贾割裂、剽窃《学范》而成。已有学者对此进行了考辨①，认为元明时《诗苑类格》尚在，明代著名学者高棅《唐诗品汇》在《引用诸书》中于《诗苑类格》下注曰："李淑，唐人。"可见元明之时将李淑误以为唐人者并不罕见，我们不应只凭这样一个失误就简单粗暴地判定《木天禁语》是伪书，就像我们不能判定《唐诗品汇》是伪书一样。而赵撝谦《学范》中与《木天禁语》相同的内容，赵氏已明确标明其来源于"一指"（即收录了《木天禁语》的诗法汇编《诗家一指》），因此，《四库全书总目提要》的论断也并没有说服力。明代不少诗论家如赵撝谦、黄省曾等，都曾对《木天禁语》的诗法见解做出了肯定。将《木天禁语》《诗学禁脔》中阐述的诗学观点与范德机本人的诗歌创作对照分析，可以清楚地感到两者具有明显的一致性。总之，《木天禁语》与《诗学禁脔》基本上可以断定都是范梈的作品。

概言之，"宗唐得古"，是范梈诗学理论的核心。范梈的"宗唐得古"说涵盖以下几个方面的内容：

（一）宗李杜，兼顾初中盛晚其他重要诗人。在《诗法源流》中，范德机放眼古代诗歌史，认为《诗经》达于性情，乃风雅正宗。魏晋以后，世运衰落，诗歌元气不充，日渐衰颓。至唐则宇内统一，文化昌明，诗赋取士的选官制度使诗歌创作呈现空前繁荣之势，风雅重振，诗歌复主性情，李杜横空出世，双峰并峙，环卫在他们的前后左

① 张健：《元代诗法校考》，北京大学出版社2001年版，第139—140页。

右的陈子昂、白居易、韩愈、王维、杜牧、高適、岑参等亦各有千秋："《诗》亡而《离骚》作，亦《国风》之变也。""自汉以来，由《骚》之变而为赋，故班固曰：赋者，古诗之流也。李陵、苏武，始为五言诗。当时去古未远，故犹有三百篇之遗意也。""魏晋以来，则世降而诗随之。故载于《文选》者，词浮靡而气卑弱。要以天下分裂，三光五岳之气不全，而诗声遂不复振耳。""唐海宇一而文运兴，于是李杜出焉。太白曰'大雅久不作'；子美曰'恐与齐梁作后尘'，其感慨之意深矣。太白天才放逸，故其诗自为一体；子美学优才赡，故其诗兼备众体，而述纲常、系风教之作为多。三百篇以后之诗，子美又其大成也。"宗李杜的同时，范梈亦颇推赏陈子昂、白居易、韩愈、王维、杜牧、高適、岑参等众诗人的成就，认为他们各有千秋："唐人以诗取士，故诗莫盛于唐。然诗者源于德性，发于才情，心声不同，有如其面。故法度可学，而神意不可学。是以太白自有太白之诗，子美自有子美之诗。其他如陈子昂、李长吉、白乐天、杜牧之、刘禹锡、王摩诘、司空曙、高、岑、贾、许、姚、郑、张、孟之徒，亦皆各自为一体，不可强而同也。"即使对晚唐颇有排诋，如《吟法玄微》论及晚唐曰："皆纤巧浮薄，而不足观矣。"但对晚唐格律诗艺术上取得的成就亦颇能留意，如《诗学禁脔》论七律十五格，所标举的15首诗中不少是晚唐诗人作品。由此可见，范德机虽然崇尚盛唐，但不废中唐；虽鄙薄晚唐，认为其气格卑弱，但对其特色与成就仍予以重视。

（二）言病，且开药方。唐人重视诗法，初唐时有元兢《诗脑髓》、崔融《唐朝新定诗格》、旧题李峤《评诗格》，盛唐时有王昌龄《诗格》《诗中密旨》，中唐时有白居易《金针诗格》、皎然《诗式》，晚唐齐己《风骚旨格》，徐寅《雅道机要》、贾岛《二南密旨》、文彧

《诗格》，等等。宋代少有诗法著作，多的是诗话。元代诗法兴盛，“元诗四大家”虞集、杨载、范梈、揭徯斯经常切磋诗艺，各有诗法问世，亦可视作“宗唐”的表现。范梈《木天禁语》云：“诗之说尚矣。古今论著，类多言病而不处方，是以沉痼少有辽日，雅道无复彰时。兹集开元、大历以来，诸公平昔在翰苑所论秘旨，述为一编，以俟后之君子，为好学有志者之告。”范氏认为，唐诗与宋诗属于两种迥然不同的诗歌范型，“宋诗比唐，气象迥别……盖唐人以诗为诗，宋人以文为诗。唐诗主于达性情，故于三百篇为近；宋诗主于立议论，故于三百篇为远”。在他看来，宋人“以文为诗”，是因为他们“尚意”，而不理会作诗之法。因此，他格外强调“法度”，“临法度既立，须熟读三百篇，而变化以李杜，然后旁及诸家，而诗学成矣”。因此，范梈论诗，不仅言诗病，而且开药方。范梈认为宋诗之所以不如唐诗，很重要的一个原因，是宋人论诗只是感性地品评，而不是对诗歌创作的规律和方法做理性的分析和论述。在《木天禁语》里，范梈探讨了“六关”：篇法、句法、字法、气象、家数、音节。篇法、句法、字法讲的是诗歌的布局谋篇和遣词造句，气象讲的是诗歌的思想内容、风格情调；家数讲的是诗歌的源流嬗变；音节讲的是诗歌的音调韵律。《诗学禁脔》探讨了七律的 15 种格式，如颂中有讽格、美中有刺格、先问后答格、感今怀古格、一句造意格等，举例多为晚唐诗作，计：李商隐 3 首，刘禹锡、韩偓各 2 首，李郢、刘长卿、张佐（或为张祜）、韦庄、胡曾、罗邺、姚合、李建勋各 1 首。另外，在《总论》里，着重探讨了立意的重要性，在下笔之前，对于自己将要表达什么题旨一定要成竹在胸，否则写起来就会生涩不畅：“凡作诗，先须命意，意得然后行文，文成而后润色之。所谓一命意，二修辞，三炼字是也。慎勿以先得一句一联，而因之以成章，如此则意思不相属，血脉不贯串，此诗家之大病也。”① 在《吟法玄微》中着重论述了比兴的重要性：“古诗之中，多有专于赋而无比兴者，然赋之感人者浅，比兴之感人为深。如古诗乐府之‘苦桑知天风，海水知天寒’，《佳人》之‘在山泉水清，出山泉水浊’，于赋之中，忽有比兴，使人诵之有余味，上下不必相属，意义不必可解，而自然动人。在《诗法源流》中，探讨了诗歌创作的“起承转合”之法：“作诗成法，有起承转合四字。以绝句言之，第一句是起，第二句是承，第三句是转，第四句是合。律诗，第一联是起，第二联是承，第三联是转，第四联是合。或一题而作两诗，则两诗通为起承转合……如作三首以上，及作古诗、长律，亦以此法求之……大抵起处要平直，承处要舂容，转处要变化，合处要渊永。起处戒陡顿，承处戒迫促，转处戒落魄，合处戒断送。起处必欲突兀，则承处必不优柔，转处必至窘束，则合处必至匮竭矣。”② 这是诗学史上最早的“起承转合”论（范椁好友杨载在《诗法家数》“律诗要法”中也谈到了“起承转合”），对后世诗文创作产生了深刻影响。

（三）复古，但不泥古。《诗法正论》引范椁语曰：“吾平生作诗，稿成，读之不似古人，即焚去改作。”但他所言“似古人”，指的是神似，强调诗歌情味的纯朴与深厚，而非字句层面的因袭和模拟。具体到古体诗与近体诗之别，时人每以“正变”论之，认为古体为正、近体为变，范椁反驳了这种说法，指出正变与否，与“立意命辞”有关，而与声律无关，反映出他对诗格发展的深层思考，《吟法玄微》曰：

① 张健：《元代诗法校考》，北京大学出版社 2001 年版，第 214 页。

② 同上书，第 242 页。

问：古诗径叙情实，于《三百篇》为近；律诗则牵于对偶，去《三百篇》为远。其亦有优劣乎？

先生曰：世有谓此诗体之正变也。自《选》以上，皆纯乎正者，唐陈子昂、李太白、韦应物，犹正者多而变者少。子美、退之，则正变相半。变体虽不如正体之自然，而音律乃人声之所同，对偶亦文势之必有，如子美近体，佳处前无古人，亦何恶于声律哉！但人之才情，各有所近，随意所欲，自可成家，并行而不相悖也。此殆未然。夫正变之说本于《三百篇》，自有正有变，何必古诗为正、律诗为变耶？立意命辞，近于古人，则去《三百篇》为近；远于古人，则去《三百篇》为远，何待拘于声律，然后为远？自《选》以上纯乎正，吾亦未之信也。自《选》以下或正多而变少，与正变相半，恐亦未然。

显然，范梈反对此说的目的在于，时人以正变言选诗与唐诗，无形中会导致古诗高于唐诗、古体优于近体的错误结论。所谓一代有一代之文学，诗歌的形式总是要向前发展的，唐代律诗已臻于完美的境界，理应成为后代诗人学习的典范。

（四）尚雅，贵实用。元中期宇内安定，南北文化大融合。自大德年间始，南方诗人袁桷、虞集、揭傒斯、范梈、欧阳玄等陆续来到京师，与北方文士元明善、许有壬、张翥、马祖常等频繁聚会往来，尤其是延祐年间，恢复科举，名儒硕学、才子词人，“磊落相望”，诗坛呈现一派繁荣景象。这样的文化语境与唐朝的大一统有某种相似性。但也应看到，事实上，在元代，文人儒士的地位非常低下，尤其是“南人”，位列蒙古、色目、汉人之后，若要在政治上有一番作为，几乎是不可能的。既然现实如此残酷，诗人们只好从诗教的角度强调诗歌的重要性，借以启发统治者重视诗人的作用与贡献。“雅正”，是延祐诗坛的主流审美趋向。《毛诗序》曰："雅者，正也，言王政之所由废兴也。"延祐诗人，普遍致力于创作有补于世教、从容于法度的正大和平之音。范梈在《傅与砺诗集序》中说："古人云：'声音之道，与政通。'夫声者，合天地之大气，轧乎物而生焉。人声之为言，又其妙者，则其因于一是盛衰之运，发乎性情之正，而形见乎辞者可瞻已……正得失，动天地，感鬼神，莫近于诗。夫诗道岂不博大哉？要其归，主于咏歌感动而已。"《翰林杨仲弘诗集序》中说："今天下同文而治平，盛大之音称者绝少。于斯际也，方有望于仲弘也……盖仲弘之天禀旷达，气象宏朗。开口议论，直视千古。"

范梈论诗推崇实用，认为诗歌须有补于兴邦治国、人伦教化："只是关人伦风教，道其实事，使可考见得失，不为无用之诗。如后人多是架空寓言，说无说有，不足凭信，所以虽好，只是闲言耳，不能有补于世……故三百篇之后，唯杜子美诗乃为诗家冠冕，得号为诗史者，正以其善道实事，有补于世教耳。"① 《总论》云："诗为五经之一，圣人删述，有所不废。且先王以是经夫妇、成孝敬、厚人伦、美教化、移风俗、考得失、动天地、感鬼神，莫近于诗。则诗之为用，岂不大哉！后人推其流，或美或刺，或警或戒，主文而谲谏，使人闻之者足以感，考之者见政治之得失，善者感发人之善心，恶者惩创人之逸志，故诗人为无官谏议，亦为无官御史，则诗之为学果可谓之无乎？"一般来说，在元代诗人眼中，李白、杜甫双峰并峙、难分高下，但范梈从尚实用的观点出发，认为杜诗忠义剀切、有补世教，因而杜高于李："作诗大概要依道理，方有补于世教，庶不谓之空言。杜诗所以高者，以其多忧国之事，能知君臣之义，所以说出便忠厚。

① 张健：《元代诗法校考》，北京大学出版社2001年版，第202页。

李白所以不及子美者，以其篇篇说酒说色。”[①] 与此实用观相连，范梈认为诗歌创作只有善写“实景实事”，方能情真意切，感动人心，从而避免人云亦云、拾人牙慧之陋：“吾尝亲承范先生之教曰：‘诗贵乎实而已。实则随事命意，遇景得情，如传神写照，各尽状态，自不致有重复套袭之患。’”[②] 而在表达上，他亦主张刚健有力，要做到这一点，须善用实字，“大抵用物愈多，则字面亦多，字面愈多，则语句愈健，语健则为佳句矣”。[③] 但这并非片面强调堆砌景物，而是应做到情景交融、虚实得当：“大抵用景物则实，用人事则虚。一诗之中，全用景物，则过实而窒；全用人事，则过虚而软。故作诗之法，必要虚实均匀，语意和畅，而后为善也。”[④]

作为“元诗四大家”之一的范梈，论诗力主“宗唐得古”，崇性情、尚实用、重诗法，强调诗歌创作是感性与理性的有机结合，不可偏废，这对反拨宋诗以文为诗、以议论为诗之弊，深化人们对诗歌本质的认识以及进行创作实践，都具有一定的指导和借鉴意义。

---

① 张健：《元代诗法校考》，北京大学出版社 2001 年版，第 212 页。
② 同上书，第 240 页。
③ 同上书，第 224 页。
④ 同上书，第 214 页。

后　　记

年少时，清澈、明净的河水从门前静静流过，细柳轻拂水面……画面颇有些江南水乡的韵致。尽管这条河有个很不诗意的名字：徒骇河，我仍是那么喜欢她。

大学四年，在杭州西子湖畔度过。几乎每个周末，都会和同窗好友登山临水，领略大自然之妙趣。记得有次游天目山，深夜，阵阵寒意袭来，坐在禅源寺的石阶上，仰望碧天明月，忽悟尘世何其渺小，自然如此永恒。寺里老僧喃喃道：你们两个女孩子真是胆大，眼下整座山上，包括我们释子在内，仅有六个人。那时社会治安好，我们脑子里压根就没想过会遇到坏人。但山里是否有虎豹一类猛兽呢，现在想来，不免有点后怕。

基于天性中对山水的热爱，一向对中国古典山水诗文甚为沉迷。人事与山水，在古人的生命与文字里，互为表里、互为支撑。人事因山水而风流，山水因人事而深厚。

《文化生态与山水诗文论稿》，是若干年前我申报的山东省社科规划项目“中国山水生态诗学（09CWXZ13）”的结稿，此次出版，得到“山东省一流学科中国语言文学建设经费”资助，深深感谢山东师范大学文学院各位领导的关心与支持，深深感谢中国社会科学出版社郭晓鸿主任的辛勤付出。

是为记。

赵海菱

2018 年 2 月 7 日